张笑天小说研究论文集

主　编　王启东　刘立苹

副主编　温兆海　于沐阳　孙淑芹

　　　　郭玉玲　马　达

延邊大學出版社

图书在版编目（CIP）数据

张笑天小说研究论文集 / 王启东，刘立苹主编 ；温兆海等副主编. -- 延吉 ：延边大学出版社，2022.5
ISBN 978-7-230-03343-5

Ⅰ. ①张… Ⅱ. ①王… ②刘… ③温… Ⅲ. ①张笑天一小说研究一文集 Ⅳ. ①I207.42-53

中国版本图书馆CIP数据核字(2022)第090296号

张笑天小说研究论文集

主　　编：王启东　刘立苹
责任编辑：张艳春
封面设计：吴伟强
出版发行：延边大学出版社
社　　址：吉林省延吉市公园路977号　　邮　编：133002
网　　址：http：//www. ydcbs. com　　E-mail：ydcbs@ydcbs. com
电　　话：0433-2732435　　传　真：0433-2732434
印　　刷：英格拉姆印刷(固安)有限公司
开　　本：787毫米×1092毫米　1/16
印　　张：15
字　　数：310千字
版　　次：2022年5月第1版
印　　次：2022年6月第1次印刷
书　　号：ISBN 978-7-230-03343-5

定　　价：63.00元

序言

王启东

“延边张笑天研究会”成立九年后的第一本研究论文集终于付梓。

在九年前的“延边张笑天研究会”成立大会上，张笑天先生亲自到场并讲话的情景历历在目，先生的音容笑貌、硕儒风范宛然在目。而今，先生作古已五年整，这本展现延边大学朝汉文学院现当代文学硕士生和汉语言文学专业本科生对先生作品研究的粗浅成果的文集能够出版，是研究会同仁倾心指导的结晶，也是对先生最好的告慰。

20世纪80年代我开始阅读先生的作品。那时候正是中国当代文学繁荣的时代，先生异军突起，以《雁鸣湖畔》《公开的“内参”》等作品蜚声文坛。因为先生作品最早描写的是家乡的风土人情，从小生活在延边的我自然对先生的作品有着浓厚的兴趣，对先生仰慕至极。至于和先生相识相交那是想都不敢想的事。

毕业后我回到延边从教，最初在延边高等师范专科学校中文系主讲现当代文学；1996年延边五所高校合并后在新的延边大学中文系继续现当代文学的学习，逐渐萌生了想要研究延边作家乃至东北作家的想法。2006年我成为延边大学中国现当代文学硕士生导师后，逐渐扩大了自己的学术视野，开始有意识地收集有关东北作家群的相关资料，张笑天先生的大量作品就成为我研读的主要内容之一。

初次和张笑天先生谋面是在时任厦门大学中文系主任李无未老师的扶持下得以偿愿的。在李无未老师的牵线下，我到长春拜见了张笑天先生并和先生一起探讨了成立“延边张笑天研究会”的诸多细节。在先生的办公室和先生畅谈是我一生中最难忘的场景。先生个子不高，目光睿智，精神矍铄，饱经沧桑的面容始终带着微笑，不厌其烦地指点着我，并带我到诗人张洪波处，和时任吉林大学文学院院长的张福贵老师一起对研究会的工作思路进行了深入的交流。随后先生又将他三十多本著作的初始版本赠送给我，并为我列了一份清单。先生的为人之道、谦和之风在细微处见其光华。

经过一年多的筹备，“延边张笑天研究会”于2013年10月19日在延边大学成立。先生由于手术，嗓子尚未恢复，但先生仍坚持发表了热情洋溢的讲话；同时，先生还邀请了吉林省文联主席尹爱群、吉林省作协主席张未民为研究会助阵；时任延边大学党委书记的金雄教授为彰显对张笑天研究会的重视，还专门在延边大学主楼会议室会见了从长春奔赴延吉开会的张笑天、尹爱群、张未民等人，并对张笑天老师对延边大学的支持表示了由衷的感谢。

九年来，研究会的同仁特别是现当代文学硕士学科的诸位导师潜心对张笑天先生的作品进行了先期的研读和整理，并指导了一大批学生对先生四十卷的作品进行了相关的选题和研究，写出了五篇硕士论文和十余篇学士论文。本文集选择其中对先生的小说研究编辑成集，拟作“延边张笑天研究会”关于先生文学创作研究的首本研究成果付梓印刷。本文集未选择其他学者关于先生的小说研究成果入集，虽然尚存孤陋之处，但本文集主要是要呈现“延边张笑天研究会”的研究成果，还请方家谅解。

今后我们还会陆续出版对先生不同文体创作的研究成果，进而推动学术界关于张笑天先生的文学创作研究，包括小说、影视剧文学、散文等专项性研究。通过对张笑天的研究，我们可以更好地认识文学、认识社会、认识人生，继而能够更充分地认识延边、认识东北、认识中国，为塑造新时代延边文学的精神风貌做出研究会力所能及的贡献。

研究之路修远而耐久，我们需要长久的沉潜与积淀。文集的出版只是一个开始，研究会的同仁会继续努力，把先生的硕果细细揣摩和研读，不负先生的厚爱和信任，不负先生肘底磨茧的创作艰辛，不负默默支持研究会的诸位同行。

愿小集能告慰先生在天之灵，泣泪是为序。

2022年1月11日于延大

目录

张笑天历史小说《台湾首任巡抚刘铭传》研究…………高德斌/1
张笑天历史题材小说研究…………王维肖/37
张笑天抗战题材小说研究…………孙　枫/74
浅析张笑天《黑土地魂》的人物形象…………高德斌/141
浅析张笑天电影作品中的人物形象…………王嘉琪　李欣洋/148
历史长篇小说《太平天国》研究…………姜品亦/153
张笑天短篇小说的主题研究…………曾安妍/170
站在历史的高度来观照当下的世界
——张笑天小说《太平天国》的艺术特色研究…………张　鑫/183
张笑天长篇小说《权力野兽朱元璋》的主题研究…………赵　赟/191
张笑天中篇小说的主题研究…………夏铭清/199
张笑天《天之涯，海之角》的戏剧元素…………汤淑平/216

张笑天历史小说《台湾首任巡抚刘铭传》研究

高德斌

【摘要】张笑天毕业于东北师范大学历史系，因此他的创作几乎都与历史有关。张笑天遵从历史真实，遵循“七分史实，三分虚构”的创作原则对历史史实进行艺术加工，构建了许多丰富的人物形象，设置了曲折复杂的故事情节。本文以张笑天长篇历史小说《台湾首任巡抚刘铭传》为研究对象，通过分析作家创作理念、小说中的人物形象以及小说文本价值，体会张笑天历史小说中的历史人物为了正义事业竭尽所能奉献一生的伟大精神，弘扬历史赋予我们的伟大爱国主义精神，展现历史光辉。

本篇论文分成五个部分，第一部分为绪论，介绍张笑天历史小说、历史人物刘铭传等研究现状，以及本文的研究目的、方法、意义等。

第二部分结合文本分析张笑天的创作理念。张笑天历史小说《台湾首任巡抚刘铭传》的创作理念与国家主流意识形态在一定程度上不谋而合。张笑天通过宏大的历史书写表现历史内蕴，追求历史真实与艺术虚构的统一，挖掘历史事件以及人物性格背后隐藏的真善美的人性价值。

第三部分分析张笑天历史小说《台湾首任巡抚刘铭传》的人物形象。小说中的人物的处事风格因性别不同而具有差异性。在封建专制制度之下，男性把封建礼教视为道德准则，尊崇三纲五常，忠贞爱国，可为国赴汤蹈火。张笑天极其关注女性的人格魅力，小说中的女性反抗封建礼教，抒发内心情感，崇尚自由民主。男性与女性形象交织形成立体复杂的人物关系图，在历史事件中彰显人性光辉、民族气脉、时代气息，使这部小说的价值得到完美的呈现。

第四部分分析张笑天历史小说《台湾首任巡抚刘铭传》的文本价值。张笑天的创作风格与主流文学风格步调不同，他不在意自己是否在主流文学的边缘徘徊，依旧按照自己的风格进行创作。本部分通过研究文本掌握张笑天小说中的历史脉络，挖掘历史蕴含的巨大能量，把握历史赋予的文化内涵并积极运用到实践当中。

第五部分为本论文的结论。小说描写了刘铭传在台湾期间的丰功伟绩，展现了他为推进台湾近代化进程做出的巨大贡献。小说真实再现历史事件，让大众真实了解历史内涵，从历史事件以及人物形象中探寻历史赋予我们的价值，对历史进行理性思考。同时，《台湾首任巡抚刘铭传》这本小说有利于增进民族情感，增强中华民族的凝聚力，对社会发展、时代进步具有借鉴价值。

【关键词】张笑天；刘铭传；创作理念；历史真实

第一章　绪论

20世纪80年代的中国文学追寻现代主义艺术形式，追求淡化历史背景的创作，崇尚个人表现，坚持人性与政治的剥离，张笑天在这一时期以历史题材为创作素材，他的创作理念跟主流文学的创作观念背道而驰。张笑天本着对历史、大众负责的原则，不以大众娱乐性阅读为创作标准，不迎合市场趣味性阅读需求，以历史史实为依据，力求还原历史中真实的人物与事件，挖掘埋藏在历史中的人性光辉，运用理性直接的创作手法将历史史实铺展开来，让大众深切体会历史与人性。研究张笑天的历史小说，把握张笑天的创作特点，以史为鉴，有利于打破大众对历史的固有认知，感受历史背后人性的真善美。

1.1　研究目的与意义

身为历史小说家以及编剧家的张笑天，毕业于东北师范大学历史专业，历史知识掌握扎实，这为张笑天的小说创作奠定了坚实的基础。而后，张笑天在长春电影制片厂工作，得天独厚的工作环境为张笑天的小说创作提供了优势条件，让小说出版与剧本拍摄变成现实。张笑天选择书写重大历史题材和革命历史题材，他擅长运用史诗般的笔触把历史脉络梳理清晰，展现历史真实，从而挖掘历史与人性的复杂关系。

《张笑天文集》已经出版，这为研究张笑天的作品提供了非常重要的文献资料。张笑天的原始文献资料与著作资料完整齐全，《张笑天文集》中包含张笑天的全部小说作品，大大提高了研究者的搜索效率。《台湾首任巡抚刘铭传》是张笑天长篇小说中的重要一篇，已改编成电视剧，该剧于2004年在CCTV-1播出，可见这部电视剧具有非常高的教育意义。相对于同名的电视剧《台湾首任巡抚刘铭传》来说，大众对张笑天的历史小说《台湾首任巡抚刘铭传》的关注度较低。没有文本支撑的影视剧作分析是比较片面的，所以本文以历史小说《台湾首任巡抚刘铭传》为分析对象，真切地感受张笑天的创作理念，从而探究这部小说的教育价值。

这部小说不仅富有教育价值，而且生动描绘了台湾近代化发展，让大众对台湾有了更深入的认知。张笑天采用客观真实的叙述手法还原历史中真实的刘铭传，通过对历史更深入的探究，解读刘铭传，使读者可以领略刘铭传奋勇抗敌、建设台湾的雄健风采。以往大众对台湾的了解，主要是通过历史书籍、媒体新闻、文化交流等方式，张笑天对刘铭传的刻画，拓宽了大众的历史视野，让大众对历史有着全方位的系统性认知。

台湾是中国不可分割的一部分，20世纪，台湾经历了诸多波折，但中国无时无刻地用积极的方式维护祖国统一，促进民族团结，这是人心所向，是中华民族从古至今的使命与责任。

1.2 研究现状

张笑天的小说创作产量颇丰，他的小说为大众学习历史提供了重要途径。《雁鸣湖畔》《末代皇后》《重庆谈判》《太平天国》等多部小说均被改编成电视剧。张笑天的创作经验丰富，由他担任编剧的影视剧扣人心弦、百看不厌。虽然由张笑天担任编剧的电视剧数量很多，但张笑天还是以小说创作为主，本文主要研究张笑天的代表作之一《台湾首任巡抚刘铭传》，下面对小说的研究现状做着重分析。

对张笑天历史小说《台湾首任巡抚刘铭传》的研究主要分为三个方面，一是对张笑天小说的研究；二是对张笑天个人访谈的研究；三是对刘铭传的研究，这部分研究主要集中在刘铭传保护台湾、海防建设、抚番与经济开发等方面。

首先是对张笑天小说的研究。张笑天的长篇小说主要描写历史与革命，中短篇小说主要描写底层人物、官场腐败等。张笑天主要小说创作有《太平天国》《台湾首任巡抚刘铭传》《扎西1935》《开国大典》《抗美援朝》《孙中山》等长篇和《离离原上草》《公开的“内参”》《芳草天涯》《乔迁之喜》《来自居里大学的报告》等中短篇。

张笑天的长篇小说题材主要集中在历史与革命，主要论文包括：文佳的《20世纪历史剧关门之作——〈太平天国〉擂响战鼓》（《电影评介》，1998年第4期），宗仁发的《永恒的母题：人性的崇高与卑劣——评张笑天的长篇小说〈太平天国〉》（《当代作家评论》，1999年第6期），张诗悦、吴景明的《张笑天历史小说创作中历史、文学、现实的融合——以〈太平天国〉〈权力野兽朱元璋〉为例》（《文艺争鸣》，2012年第8期），王金娟的《张笑天小说〈太平天国〉人物形象研究》（延边大学硕士学位论文，2014年）。这些论文分析小说《太平天国》的人物特点、创作特点、小说意义等，探究张笑天的创作原则，肯定《太平天国》的现实意义。对《太平天国》的负面评价主要集中在影视剧拍摄和呈现上，主要问题有场景过于宏大、人物特点不突出等，论文主要包括：尚东的《〈太平天国〉观众有话要说》（《金融时报》，2000年8月），孔庸君的《〈太平天国〉八点遗憾》（《中国消费者报》，2000年8月）。朱晓东的《仁者无敌——读张笑天小说〈抗美援朝〉》（《中国新闻出版报》，2003年6月）对张笑天小说《抗美援朝》给予高度评价，认为小说还原历史，没有夸大英雄人物形象；杨虹的《关于"台湾近代化之父"的凝重叙说》（《全国新书目》，2004年第5期）认为小说生动再现了祖国大陆与台湾的历史关系；程革的《底层叙事的别样风景——论张笑天长篇小说〈天之涯，海之角〉》（《文艺争鸣》，2012年3月），赵强的《落地生根与叶落归根——谈张笑天长篇小说〈天之涯海之角〉》（《文艺报》，2011年6月22日第3版）两篇论文认为，小说通过对底层家族的描绘，书写宏大历史，展现张笑天的创作理念，彰显中华民族优良品德；刘金霞的《夕阳西下，让我们也去寻找天使——读张笑天的长篇小说〈寻找天使〉》（《文艺争鸣》，2015年第2期）通过对错综复杂的人物关系的描绘，得出小说《寻找天使》的意义；张待纳的《在人性的开掘中书写历史——张笑天历史题材创作解读》（东北师范大学硕士学位论文，2002年）通过研究张笑天历史题材的长篇小说，展现张笑天的创作特点，即真实再现历史真实；纪众的《历史叙述的文学文本——张笑天的小说特性和方法》（《文艺争鸣》，2005年第6期）认为，张笑天独特的叙述方式在当今社会具有重要作用，历史真实与艺术真实要相辅相成；王维肖的《张笑天历史题材小说研究》（延边大学硕士学位论文，2015年）解读了张笑天长篇小说的创作内容、人物形象、艺术特征等方面。

张笑天中篇小说研究的主要论文包括：刘万厦的《她，应该是一个探索者——评〈公开的"内参"〉中戈一兰的形象》（《文谭》，1982年第7期）对小说《公开的"内参"》中戈一兰的人物形象提出疑问；若平的《从一部失误的作品中得到的启示——谈〈离离原上草〉》（《咸宁师专学报》，1984年第1期）认为，《离离原上草》这部作品宣传了资产阶级人道主义人性论和社会主义异化论，对历史和现实进行了歪曲的描写；纪众的《历史叙述的小说文本——张笑天的中篇小说论评》（《文艺争鸣》，2004年第4期）认为，张笑天的中篇小说反映了社会矛盾，着力于凸显社会矛盾，引发大众对生活的思考；纪众的《历史叙述的文学文本——张笑天被遗忘与被敌视的两部中篇小说评论》（《作家》，2005年第7期）认为，张笑天通过对普通人的日常生活的描述反映社会历史矛盾；朱晶的《关注现实，秉笔直书》(《文艺报》，2007年8月2日第3版)、《透视官场、世相与人性的变异——读张笑天小说》(《文艺争鸣》，2007年第12期)对官场腐败现象进行全方位的解读，引发大众深思；吕冰的《在历史的夹缝中坚守——张笑天中短篇小说解析》(吉林大学硕士学位论文，2009年)全面解析了张笑天中短篇小说的创作特点，认为张笑天的中短篇小说政治思想浓厚，在国家意识层面具有积极作用；刘立萍的《国家叙事下的个人想象——对张笑天中篇小说〈离离原上草〉的"再评论"》(《科技信息》，2008年第15期)重写解读了《离离原上草》，认为个人话语在超出国家叙事所容纳的范围时，要以消失的方式对主流意识进行改造和整合；何青志的《春天里的叙事——张笑天中篇小说创作论》(《吉林师范大学学报》，2013年第1期)分析张笑天的中篇小说，探索张笑天中篇小说的审美意蕴；周珉佳的《张笑天与〈雁鸣湖畔〉》(《芒种》，2013年第7期)认为张笑天书写了无产阶级英雄形象，但也指出了作品缺少人文关怀。

其次，是张笑天个人访谈研究。张笑天从东北师范大学历史系毕业后被分配到吉林省敦化县(今敦化市)担任中学教师，后担任长春电影制片厂的专业编辑、副厂长，创作多部作品的同时也担任多部电视剧的编剧。个人访谈包括张笑天自己写的文章以及记者采访，为研究张笑天的小说及创作奠定了较好的基础。

张笑天自己写的文章主要有：《"创作自由"放谈》(《当代电影》，1985年第2期)；《"宠辱不惊"思辨》(《现代交际》，1996年第8期)，张笑天认为真正做到宠辱不惊，需要有一种彻底的豁达精神。张笑天的个人访谈研究主要包括：赵洪的《记青年电影编剧张笑天》(《电影评介》，1982年第3期)，乔迈的《话说张笑天》(《作家》，1995年第9期)，刘一光的《张笑天如此"编"剧》(《电影评介》，1997年第5期)，梁云舒的《风风雨雨同度过——作家张笑天的一段旷世情缘》(《健康生活》，2001年第5期)，贾仁山的《张笑天的爱情传奇》(《时代风采》，2000年第11期)，谢迪南的《张笑天：回到历史现场》(《中国图书商报》，2004年8月13日)，冉茂金的《传奇作家张笑天》(《中国艺术报》，2004年10月15日)，贾仁山的《"写作英雄"张笑天，成功背后有贤妻》(《老年人》，2005年第3期)，乔迈的《天纵英才——我知道的张笑天》(《时代文学》，2006年第6期)，李前宽、肖桂云的《书写生命壮美人的壮美人生——素描张笑天》(《时代文学》，2006年第6期)，龚保华的《我深爱着这片广袤的土地——记省文联(作协)主席、著名作家张笑天》(《吉林日报》，2006年7月20日第10版)，孟凌云的《创作出富有时代精神的伟大作品——访省文联主席张笑天》(《吉林日报》，2006年11月22日第9版)，智水的《爱的赞美：

走过疾风骤雨，那温暖的深情厚谊——作家张笑天夫妇的坎坷人生和幸福婚姻》（《鹃花》，2007年第12期），任晶晶的《揭示生活本质才是深入生活的目的——访十七大代表、中国作协主席团委员张笑天》（《文艺报》，2007年10月13日第1版），龚保华的《向文化大繁荣大发展的美好愿景全力迸发——访著名作家张笑天》（《吉林日报》，2011年12月16日第12版），韩业庭的《温不增华，寒不改叶——追记影视文学家张笑天》（《光明日报》，2016年2月25日第9版）。这些作家、学者、评论家运用优美的语言讲述了张笑天的一生，以及他对创作的坚持，对妻子的忠贞与感激。张笑天的作品国中有家，家中有爱，这种大爱情怀让张笑天赢得广泛好评。

综上所述，目前的研究主要偏重张笑天历史革命小说的题材、艺术特征；然后是对由张笑天担任编剧的电视剧的研究；张笑天作品产量大，但近几年学界对于张笑天的研究处于停滞阶段。张笑天小说注重历史真实，其文学、编剧作品的艺术价值还有很大的研究空间。

最后，是对刘铭传在台湾时期的研究。陈婷、杨春雨的《刘铭传与台湾防务》（《军事历史研究》，2001年第2期），陈九如的《刘铭传与台湾铁路近代化》（《安徽师范大学学报》，2002年第1期），苏小东的《刘铭传的海防思想与实践——兼论台湾在中国海防中的战略地位》（《安徽史学》，2007年第1期），这三篇论文赞扬了刘铭传前瞻性的见解，肯定了刘铭传在保台与海防建设中发挥着功不可没的作用；林其昌的《刘铭传抗法斗争研究的独到见解——读〈中法战争诸役考〉札记》（《安徽史学》，2002年第4期）大胆质疑了“基隆大捷”上报朝廷的杀敌数量，但在总体上对刘铭传在基隆和淡水的作战中的表现给予了高度的评价；邓孔昭的《试论刘铭传的台湾建省方案》（《台湾研究集刊》，2005年第4期），沈寂的《刘铭传近代化思想剖析》（《安徽史学》，2006年第1期），两篇论文肯定了刘铭传在台湾抚番清赋、整顿财政、修建铁路、兴办学堂等方面做出的贡献，虽然刘铭传的建设方案有局限性，但总体来看，刘铭传为台湾近代化建设做出了巨大贡献；戴逸的《从大清史角度看待刘铭传保台建台的意义》（《学术界》，2006年第1期）认为，刘铭传是位深明大义的爱国主义英雄将领，他为维护祖国领土完整，保卫和建设台湾做出了巨大贡献；周宇清的《从〈大潜山房诗钞〉看刘铭传的人格特征》（《青岛大学师范学院学报》，2009年第3期）通过《大潜山房诗钞》分析出刘铭传推崇传统文化，徘徊于入世与出世之间，以及平和、朴实的生活特点；周宇清的《新世纪以来“刘铭传与台湾”研究述论》（《北京教育学院学报》，2016年第5期）对21世纪以来关于刘铭传与台湾关系的论文进行了整理和融合；赵松林的《试论刘铭传的民族关系思想》（《合肥学院学报》，2017年第4期）肯定了刘铭传的民族关系思想具有重要的时代价值和现实意义。

学者们都肯定了刘铭传在台湾的经济建设、政治建设、海防建设、文化建设等方面做出了巨大贡献，推动了台湾近代化进程。

1.3 研究方法

本文主要采用社会历史分析和文本细读的方法，收集张笑天和刘铭传的相关资料，通过对小说人物形象的分析、历史史实与小说内容的比较分析，得出张笑天的历史观以及刘铭传对台湾的贡献。具体做法是通过文本细读的方式，将小说中的人物形象特点提取出来，再通过对这些人物形象的分析以及历史事件的探究，汇总得出张笑天的创作理念，同时让大众在阅读这部小说以及论述时得到启发和人文的关怀。

第二章 《台湾首任巡抚刘铭传》的创作理念

张笑天是东北师范大学历史专业毕业的学生，受家庭及所学专业的影响，历史知识广博，他结合大学时期的历史知识体系，创作出一系列与历史有关的文学作品，形成了自己独特的文学艺术风格。张笑天创作题材涉猎广泛，如太平天国运动、李自成、民国时期孙中山等，历史上的重要事件及重要人物都有所体现。他所参与编剧的电视作品内容均为历史上真实存在的人物和历史事件，如《孙中山》《抗美援朝》《叶挺将军》《三八线往事》《太平天国》《靖海大将军》等。

文学评论家缪俊杰提出："现实主义作为一种创作原则，是许许多多作家在长期的创作实践中总结出来的一种艺术经验，一种优秀的传统现实主义。"缪俊杰认为，考察文艺现象必须坚持美学观和历史观的统一，文学必须真实地反映社会生活，文学的真实性和进步的倾向性必须有机地结合起来。由于他坚信现实主义是一种优秀的创作方法，是一种具有强大生命力和可观发展前景的创作方法，所以他在分析那些在新时期成长起来并进一步走向成熟的中年作家或者是富有才华的青年作家时，对于他们的现实主义的优秀作品都给予了充分的肯定和高度的评价。

张笑天的历史小说创作意识与缪俊杰的观点不谋而合，张笑天的历史题材小说大部分是围绕历史真实人物或者历史真实事件展开描写的。如《太平天国》讲述了太平天国运动由“拜上帝教”到金田起义、永安建制、转战两湖、定都天京、北伐西征，逐步发展壮大，又经过杨韦事变等一系列内讧，元气受损，再到天京陷落一步步走向灭亡的历史过程。《开国大典》《重庆谈判》等历史小说同样以历史真实的人物和事件为刻画背景。还有其他历史小说如《三八线往事》《抗日战争》《开国大典》等都是以历史为依据进行艺术创造的。

一般来讲，历史观念就是人们对整个人类历史的一种认识和思考，是人们精神世界的外在体现。由于每个人所处的社会环境、受教育的程度、生活经历等都各不相同，所以会有不同的历史观念，即便是对待同一历史事件，不同时代的人也会产生不同的看法和观点。张笑天的历史小说思想内容与国家政治意识形态保持一致，倡导和反对的内容也大致相同。张笑天会不自觉地、无意识地配合主旋律的律动，描写英雄人物，讴歌英雄人物的光辉事迹。笔者认为，这跟张笑天自身接受的教育以及他原本的创作观点有关。张笑天是一位优秀的作家，他在国家政治主旋律之下进行反思与甄别，创造属于自己的独特的创作理念。张笑天的小说虽然描绘的是历史事件中的人物形象，但在张笑天笔下，英雄人物不仅有丰功伟绩，还有性格缺陷。

本章从张笑天的创作理念着手，试图揭开张笑天对历史小说的理解与其创作观念，分析出张笑天独特的创作模式，以此为基础分析小说《台湾首任巡抚刘铭传》的人物形象以及小说价值。

2.1 “七分史实，三分虚构”的历史动机

张笑天在散文《质疑“知识分子精神”》中写道：“有人问过我，你怎样评价你自己的作品。我说我尽力了，囿于个人的修养，局限于无法逸出的轨道，我的作品只是有限的真实。也许，在几十年或更远的将来，后人会视这些作品为文字垃圾，那我也无话可说。但我也想阿Q一回，有些人写的作品可能比我的要速朽，你再伟大，都管不了身后事。”张笑天竭尽所能还原历史真实，他的创作意识是基于一种审视历史的思维方式，把关照历史作为创作的基础和支撑点，表达他对历史的理性把握，在此基础上认识历史、重温历史，通过对历史的叙述反思历史与社会的境况与价值。

学者吴秀明认为：“历史文学真实表现无论怎样千殊万类，但它毕竟以一定的史实为基础的，‘有某些客观规律发生作用’，而‘不是主观的随心所欲和杂乱无章的领域’。”张笑天以文献资料为参照对客观事实进行历史再现。由于文献资料

中关于刘铭传的记载少之又少，张笑天需要查阅大量的历史资料，同时还要进行考察，确保资料的真实性。

这部小说涉及的历史内容非常多，张笑天不想为迎合市场商业需求而创作不符合历史真相的小说，他本着对社会负责以及历史要在合理的范围内进行艺术加工的原则创作作品，以积极的态度理性地看待历史的更替与发展，重视历史真实与小说艺术的结合。他的作品理性地看待历史的进步，专业性地重塑历史，以求历史真实与艺术呈现的统一。

2.1.1 再现历史内容原貌

历史小说《台湾首任巡抚刘铭传》以中法战争为历史大背景，讲述了刘铭传在中法战争期间，呕心沥血地在台湾部署作战计划，带领士兵抗战杀敌，击退法军之后积极出谋划策建设台湾，让台湾在政治、经济、军事、文化、教育等多领域变得强大的故事。小说赞扬了刘铭传为促进民族和谐、推动台湾近代化做出的突出贡献。

《清史稿》列传二百三中写到刘铭传入台保国的事迹，书中记载：

> 十一年，法兰西兵扰粤、闽，诏起铭传，加巡抚衔，督台湾军务……
>
> 抵台湾未一月，法兵至，毁基隆炮台，铭传以无兵舰不能海战，伺登陆，战於山后，歼敌百馀人，斃其三酋，复基隆，而终不能守。扼沪尾，调江南兵舰，阻不得达。敌三犯沪尾，又犯月眉山，皆击退，歼敌千馀，相持八余月。十一年，和议成，法兵始退。初授福建巡抚，寻改台湾为行省，改台湾巡抚。

通过历史文献的简短记载，可以看出刘铭传在台湾战绩颇丰。小说中描写刘铭传悄悄潜入台湾，一到台湾就在基隆建立炮台，守住基隆。后在基隆不保的情况下，刘铭传果断弃基隆保沪尾。因议和成功，法兵撤退，刘铭传随即开始建设台湾。张笑天通过对正史、野史的收集，以及参考其他作家、社会学家等对刘铭传的描写，整理出刘铭传在台的生活与作战轨迹，使这些史实在小说中真实自然地展露出来。

总体来看，《台湾首任巡抚刘铭传》这本小说的故事情节与历史史实基本保持一致。在对刘铭传生活细节的处理上，作者进行了艺术加工，《清史稿》中只提及他因病辞官，小说中写到刘铭传辞官是因为武官没有文官地位高，加上刘铭传生性高傲，于是自己告病还乡。小说中刘铭传在首战告捷之后，主动分析基隆和沪尾的利弊，在还没有与法国进行下一次对抗之前，就摧毁基隆的煤矿，把基隆的百姓安全撤离，不留一粒米。但正史和野史记载，刘铭传接到沪尾李彤恩的第三封告急书之后，知道沪尾守军薄弱，在如此紧急的情况下，刘铭传下令撤离基隆。小说中刘铭传的孙子刘朝带战死在台湾，但根据刘铭传《副将开山战殁折》的奏章记载，刘朝带是在“抚番”的过程中，被不明真相的山民所杀，他也并没有入山与马莱诗媛结为连理。

学习历史就要融会贯通，历史源远流长，当下的我们能做到的是在历史人物身上学习人物品格，或精忠报国，或追求梦想，或勇敢坚毅，学习历史可以充实自己的知识库，传承中华传统文化。张笑天着重描写历史的精华部分，同时也触及历史的糟粕部分，用艺术的视角将历史真实、多维、立体地呈现在读者面前。读者在阅读过程中，可以快速地带入情节，以最敏锐的目光发现精华，在阅读中感受中国传统文化的魅力。张笑天的小说还可以让读者了解现代的美好生活跟历史的沉淀积累息息相关，是一代代人用智慧和汗水造就了今天，我们要怀着感激之心感知传统文化，站在历史人物的角度感知历史，体会中国源远流长的历史的魅力。

作者在这部小说中对历史史实进行整理和糅合，这种有意改写历史史实的创作是对历史的肯定，把历史史实、野史与艺术创造有机地结合起来，把历史中真实且精彩的环节以更能让人读懂的形式展现出来，在读者的头脑中展现一个个活灵活现的生动故事。张笑天为我们呈现了一个个精彩的历史片段，我们要学习历史、借鉴历史、传承历史，以史为鉴，弘扬历史中的经典故事与人物的优良品质。

2.1.2 还原人物形象真实

以往大众对刘铭传的认知，仅限于书本以及传记中记载的内容，这些文本描写刘铭传镇压太平天国运动时，把他刻画成一个不折不扣的刽子手，这种刻板印象显然是对刘铭传的误读，只看到了刘铭传剿杀的一面，没有看到他维护祖国领土完整、捍卫祖国、爱国的一面，没有体现出刘铭传在历史中的真正价值。

在张笑天创作小说《台湾首任巡抚刘铭传》之前，已经有一个台湾版本的有关刘铭传的电视剧，据刘铭传后人讲，这部电视剧把刘铭传真实的面貌改得不像样子，他们希望可以用历史发展的眼光把刘铭传的真实事迹理性客观地表达出来，张笑天欣然接受了这个任务并把小说改编成电视剧。张笑天不仅以历史史籍作为创作依据，还借鉴了刘铭传后人的描述，以及史学家提供的十几盘录音带。张笑天在阅读资料时发现以往对刘铭传的描绘不够全面，遮盖了刘铭传应有的历史面貌。所以，张笑天在对以往历史进行复盘的同时，重新整合内容，本着还原历史、公正评价刘铭传的原则进行创作。

《清史稿》中记载了刘铭传的事迹，《清史稿》列传二百三中写道：

> 十月，李秀成纠李侍贤同踞无锡以为援，为刘铭传、李鹤章所缀……
>
> 刘铭传，字省三，安徽合肥人。少有大志。咸丰四年，粤匪陷庐州，乡团筑堡自卫。其父惠世为他堡豪者所辱，铭传年十八，追数里杀之，自是为诸团所推重。从官军克六安，援寿州，奖叙千总。同治元年，李鸿章募淮军援江苏，铭传率练勇从至上海，号铭字营……
>
> 李鸿章代国藩督师，铭传专剿东捻，东至郓城，西至京山，大小数十战。

根据历史记载刘铭传的家在合肥，他参加淮军，镇压过太平天国和捻军，征战沙场，参与过大大小小战役。短短几句话的记载，概括了刘铭传的前半生，小说中虽没有过多提及刘铭传的生平经历，但用简单的语言描写、叙述话语等勾勒出刘铭传前半生的经历，小说中刘铭传的生平与历史记载如出一辙，让读者重回历史现场，感受历史的厚重感。

在小说中，不仅历史大事件真实可靠，人物形象也同样在正史和野史中有记载，比如刘铭传、李鸿章、左宗棠、刘璈、孙开华等，还原了历史原本模样。不难看出张笑天的历史题材小说是经过长时间的阅读和实际创作积累的，张笑天本着“七分史实，三分虚构”的理念尽可能地还原历史人物，把历史理念付诸创作，打破了夸大历史事实以及英雄人物的创作传统，让故事情节与人物性格在大方向上符合历史史实，让历史史实和艺术创造进行有机结合，让人物在历史的坐标轴上自由舞蹈，以真实的立场关照历史，挖掘历史独特价值，不仅增加了大众的阅读资料，还可以使大众追随历史的脚步，探索历史与生命的价值。

张笑天笔下塑造出来的历史英雄人物，并不是集所有优点于一身的完美形象，而是有缺点、有不足的灵动的人。人无完人，张笑天在创作时，本着真实还原的创作意识，没有刻意回避人物的缺点。比如刘铭传，他长相平平，满脸麻子，不擅长水战；因朝廷文官比武官等级高，以眼疾为由告病还乡；因不舍得将视为心头之爱的珍宝虢季子白盘送给亲王，而上演一出“窃宝记”。用现代的眼光来看刘铭传，他的传统思想根深蒂固，尊崇三纲五常，拒绝汉人与其他民族结婚。这些性格与思想缺点在小说中被不加掩饰地展现出来，让读者在头脑中对人物形象有了清晰的认识。

历史需要理解，需要传扬，史书中记载的朝代变迁、物是人非需要用当下的语言进行传播，用客观理性的眼光精准地传达历史。作者不是单纯地记录历史，而是通过文字描述让历史画卷在读者面前徐徐展开，让读者认可历史的存在，展现历史的光耀。张笑天正是用艺术的眼光探索历史、欣赏历史，把历史的厚重感化为阶梯，一步一步挖掘历史真谛。

2.2 “天下兴亡，匹夫有责”的人文情怀

张笑天在历史书写中透露着民族情怀，让广为人知的历史事件以崭新的形式重新浮现在大众眼前，为大众展现历史赋予人们的民族价值以及大国意识，为历史叙事增添了宽度和广度。

包忠文主编的《当代中国文艺理论史》指出：“他所经历的一切和作出的一切之所以有意义，是因为这一切激发和表达了他的情感，战争的胜负并不重要，具有美学意义的是胜利者和失败者心灵上巨大的震撼……被史学视为偶然的、无价值的东西，往往正是戏剧的永恒话题，……被戏剧视为偶然的、无价值的东西，往往在史学上极具意义。”

张笑天关心民族统一，关注国家，心系民族的生存境况，他的文字是理性的，在理性的阐述中，借助中国历史上较为有影响力的人物抒发爱国情怀，让读者体会到历史人物维护祖国和谐统一的大国观念，勉励读者要肩负起振兴祖国的重任，增强爱国情感，弘扬爱国精神，为创造更加辉煌的民族未来而努力奋斗。

2.2.1 爱国主义的坚定

历史小说《台湾首任巡抚刘铭传》中多次提到，台湾自秦朝起就属于中国，是中国不可分割的一部分，中华民族一直在为捍卫台湾的领地做贡献，这是任何时代和国家都不能磨灭的史实。刘铭传在台期间，日本领事山田登上炮台，刘铭传跟山田郑重地说：“同治八年，日倭人突然派兵侵犯台湾，后来用武力迫使朝廷签订了《台事专约》，要去了五十万两白银，又获得了琉球群岛的保护权，山田今天来为法国人当调停人，有资格吗？”刘铭传没有给山田任何反驳的余地，让山田不尴不尬。刘铭传的义愤填膺让读者回想起中国受到的屈辱，不禁感慨刘铭传的外交魄力。在抗法期间，法国人毕乃尔与朱丽娅维护正义，一心一意帮助中国击退法军，身为法国人有这样明大义的行为，让人感慨。刘铭传与将士们众志成

城击退法军之后，刘铭传并没有张灯结彩欢庆胜利，他立即提出台湾应该独立建省的建设性意见，主张通过各方面的改革与建设，让台湾增强自身实力，从而促进台湾经济发展。当刘铭传乘船离开台湾回家时，台湾人民纷纷赶到码头目送刘铭传，他们都舍不得这位无私奉献的英雄。《马关条约》签订之后，在日本兵多器多的事实面前，刘永福军队、陈天仇等人还在台湾拼死一搏，奋战到生命的最后一刻。小说中的人物维护祖国统一，同破坏中国领土完整以及民族团结的行为作斗争，从字里行间展现爱国精神。

张笑天洞悉历史，将小说人物形象特点与民族意识特征相结合，把民族观融汇在小说中，这样不仅没有束缚其创作，反倒使爱国主义思想得到最大化的呈现。如《台湾首任巡抚刘铭传》描写了刘铭传鞠躬尽瘁的高大形象，他为了祖国领土完整与西方列强对抗，在台湾排兵布阵消除外敌，把法国人从台湾赶了出去，这是1840年鸦片战争爆发以来，中国人首次打败外国人。

张笑天刻画小说人物形象时，还原了历史人物真实的一面，小说中的人物没有与生俱来的超级能量，他们都是历史中的普通人，他们热爱祖国，对自己国家以及民族和文化具有强烈的归属感、认同感、尊严感与荣誉感，在关键时刻挺身而出，比如一心为父报仇的陈天仇，她保家卫国，奉献一生，这种思想的转变正是作者想要表达的中心主旨，在大义面前牺牲小我，生而为人都要这样，这是从古至今恒久不变的历史使命，也是每一个时代需要提倡的价值观。不管是平凡的小人物还是丰功伟绩的大英雄，在任何情况下都要以大义为准则，热爱祖国，团结人民，这是历史留给我们的弥足珍贵的精神财富，推动着每一代人进步。

2.2.2 人性本善的认同

历史的意义在于，关注人性，以人为出发点和归宿，启示、帮助现世的人。张笑天强调历史真实，这不仅是推动他穿越文学沙漠艰难跋涉的内在动力，也变成他文学创作的有机材料而外化于笔下的文本之中。他在历史与现实中寻找相互间的联结，呈现出实用理性的倾向，最终指向了对现世的真切关怀。

小说中描写刘铭传为化解湘淮两军的矛盾，自掏腰包给湘军发放军饷，与湘军和睦相处；“撤基援沪”的提出导致朝廷下旨革除李彤恩的官职，刘铭传向朝廷上奏为李彤恩辩解；陈天仇得知刘铭传是为国出征时，她暂缓复仇计划，与刘铭传一起抗击法军，在打仗期间，甚至还救了刘铭传的性命，在击退法军之后，陈天仇的复仇计划以释怀而告终；李彤恩在台湾抗敌过程中，成为刘铭传和孙开华的沟通桥梁，战后积极在台湾修建铁路、招聘华侨工程师和技工、筹集经费等，在隧道塌陷时因救工人而牺牲；法国人毕乃尔与妹妹朱丽娅没有帮助自己的国家，他们选择站在人道主义的正义一方，为中国发声；通元上人本是太平军将领，而后却与曾镇压太平军的刘铭传惺惺相惜，他在寺庙收养了陈天仇，他给刘铭传一幅“螳螂捕蝉，黄雀在后”的画，意在提醒刘铭传细心注意身边的人。

小说虽然体现的是硬汉形象，但他们都有鲜明的价值导向，他们的内心有温暖柔情，这种温暖柔情不是儿女情长，而是重情重义。他们用人性本善的观念待人接物，看待世界，他们用言行举止传递着世间真情，彰显了深切的人文关怀，并以实际行动传递着道义与温暖，这是文学给予大众的力量，这也是张笑天在创作过程中想展现的一面。张笑天的创作不仅写出了社会积极的一面，还写出了社会黑暗的一面，笔者认为，这是张笑天对历史内涵的总体思考，他可以挖掘出历史背后的引申含义，人文关怀恰好是对时代的集体宣言，这是历史的启发，是时代启蒙的产物。在历史小说普遍意义不深刻、价值不明晰的时期，张笑天的小说向社会展示了另一种创作范式。

张笑天的创作是机敏的，他在丰富的历史事件中关注人性的本质，让创作的历史人物性格与主流意识保持一致，又恰好把趋同的创作观念很好地融入作品。张笑天对真善美价值体系的关注体现在对小说的人物形象的描绘，小说通过人物的积极与颓唐展现各自的历史命运，关注精神与心灵，着力表现对生命的思考，认为善良大义是人之根本，恶人自会遭到报应，要培养大众正确的历史使命感和社会责任感。

2.3 “宏大历史，细腻刻画”的审美意识

张笑天的小说，用他自己的话说，“是严格遵循现实主义的”，他一直强调自己用“现实主义”的方法来勾勒《台湾首任巡抚刘铭传》，讲述刘铭传为台奉献的后半生。张笑天的创作追求细节真实和本质真实两个要素，在整体历史时间吻合的情况下，对历史人物进行适当的艺术改造，让人物具有复杂性，情节具有曲折性，但人物的矛盾冲突始终紧紧围绕历史史实展开。

张笑天创作的历史小说，包括《台湾首任巡抚刘铭传》，采用大量白描手法，语言平铺直叙，简单直接，不讲修辞手法以及表达方式，人物内心暗隐的变化主要通过语言传达给读者，但这也会造成文字平实寡淡，不能给予读者相应的文感美。但这不能断定张笑天历史小说的创作是不好的，笔者认为，这反倒成为张笑天历史小说的创作特点，他可以把冗长的故事脉络书写清楚，并制造跌宕起伏的

故事情节；通过对细节的勾勒，塑造完整的人物形象，这是基于他自身的创作观念进行书写，即还原历史的同时用最简洁的文字快速勾勒人物性格。

2.3.1 历史真实与艺术真实统一

张笑天以历史真实为前提，确定每个人物形象的定位，通过情节的描写，让每个人物形象和每段历史都具有严谨性，让读者对历史人物有着清晰的认识与明确的定义，可以准确对既定事实进行评价，而不是以偏概全地片面认识、以己度人。

张笑天的小说注重本质真实、历史真实、人物真实，但是他的小说与史书不同，史书单纯记录历史内容，不夹杂作者情感，没有情节的具体刻画。张笑天创作的小说可以称为诗化的历史，以作家的理性情感为创作基础，以适当、合理的手法虚构故事细节，比史书更具有情节连贯性。这也正是为什么这类历史小说常常以“将来可资正史采用”的历史教科书自居。读者在阅读过程中可获得相应的历史知识，读者此时也不会计较细节的真实，只要大方向真实即可。

读张笑天历史小说首先映入眼帘的是历史长河中的精彩瞬间。作者不更改历史，以历史为纲进行人物刻画，巧妙地运用艺术手法梳理线索，设置矛盾冲突。张笑天在创作过程中坚持自己的创作原则，并高度自觉地在“七分史实，三分虚构”的限定框内完成他的作品，让符合历史真实且带有艺术感的小说呈现在读者面前，让读者从中了解历史、学习历史，领会历史人物的风采。

本篇小说刻画的历史人物，既有历史中确实存在的真实人物，也有作家为迎合小说的艺术性构造出来的虚拟人物。小说中的真实人物与虚拟人物是根据史实资料的收集而界定的。在正史上找不到记载，而在野史上有记载，或在其他作家的传记中有记载的人物归纳为虚拟人物，另外还有一种就是完全是作者凭空想象创造出来的，这些统统归纳为张笑天创作的虚拟人物，比如刘铭传机智聪慧的姨太太陈展如，法国人毕乃尔、朱丽娅，陈天仇等，这些人物历史史实记录较少，甚至都没有记录。

小说的主人公是台湾首任巡抚刘铭传，在小说中，刘铭传的性格特点以及生平事迹与历史事实相符。他具有浓厚的爱国主义精神，甘愿为国家、为民族大义献身，即使在生命尽头，也心系台湾安危，这与历史记载保持高度统一。张笑天并没有因为刘铭传是历史重要人物而对他进行美化包装，反而把人物真实的一面展现给大家，消除读者对人物形象的刻板印象，比如刘铭传封建专制思想根深蒂固，他不喜欢不懂礼教的朱丽娅，不允许孙子与台湾番民马来诗媛在一起，为了珍宝可以哄骗亲王。历史中没有记载刘铭传的性格缺陷，也没有记载刘铭传的生活起居，以及抗战杀敌的具体细节，小说中的人物细节包括语言、神态、动作等描写具有虚构成分，但这种虚构成分是围绕真实展开的，即使是艺术虚构，也不失历史真实。张笑天阅读大量的史实资料，挖掘人物真实性格，理性地加工历史史实，避免因为创作理念，导致读者对人物形象理解偏差。这时就彰显了张笑天的创作实力，他可以在头脑中构造出符合历史真实的人物细节，采用细腻的艺术笔墨，将这些细节描绘准确，以确保艺术与真实的统一。

对一般作家来说，创造一个人物形象很简单，不需要考虑背景环境，只要勾勒出人物形象与情节即可。张笑天要在史实资料相对较少的情况下，进行大量的艺术创造，在符合历史真实的同时，还要保证历史中真实存在的人物、虚拟创作的人物形象不能与小说整体氛围有出入，要把小说中所有人物形象串联起来，构成完整的故事情节，这对张笑天来说，既是创作难点，也是创作兴奋点。

2.3.2 历史叙述与结构形式结合

每本小说都拥有属于自己的独特结构形式，结构体现作家的创作观念、创作风格等，还体现小说的文本内涵，分析小说结构有利于让大众对作家以及小说具有独特且清晰的认知，彰显作家的创作力。

为了让大众在快速阅读的时代深入了解中华文化的博大精深，打破人们对历史人物以及事件的刻板印象，还原历史史实，张笑天的历史叙事结构与他的描写方式一样简洁明了，不追求结构的新奇多样。他的重点不是追求叙事结构的多样性，而是让大众以最便捷的方式清晰客观地了解历史、学习历史，把历史作为民族符号解读历史背后的价值，思索历史给予的现实意义以及人文关怀。

张笑天写作题材宏大，大规模的历史叙述需要清晰的逻辑思辨能力，把历史事件全场景式地、立体地呈现出来，让大众在阅读之后可以在脑海中拥有属于这段历史的记忆。张笑天采用多重空间的历史叙述结构，把历史事件分解成零散式的片段进行排列组合、系统优化，几个历史情节在不同的地点同时展开描写，比如小说一边描写刘铭传在台湾带兵打仗，一边描写朝廷上慈禧太后与众大臣之间的谈话，把错综复杂的事件以空间顺序展开刻画，但要把控叙事的逻辑条理，这无疑是对作家的挑战与考验。

张笑天历史小说《台湾首任巡抚刘铭传》结构简单明了，看似简单的叙事结构如果想要表达清楚，让大众理解小说的内容，还不失丰富性，就要求作家在动笔创作之前，在头脑中梳理出清晰的结构脉络。小说一共32章，每章之下划分小节，小节数量与篇幅不固定，每章大致分为六节或者八节，个别章分为七节，章节的篇幅有长有短，大部分篇幅较短，大部分章与章、节与节之间讲述的历史事件关联性不强，人物形象也相互交错。以小说第二章为例，第二章第一节讲述了慈禧太后心情不佳，李莲英讨慈禧太后开心的片段；第二节讲述了通元上人劝陈天仇放弃报仇被拒的片段；第三节讲述了李鸿章接待刘盛蛟，刘盛蛟汇报越南战况危急的片段；第四节讲述了朱丽娅在找刘铭传家庭住址时偶遇陈天仇的片段；第五节讲述了刘铭传在刘老圩为越南战事焦虑的片段；第六节讲述了在朝廷上，慈禧太后与军机大臣、各亲王探讨越南战争的片段；第七节讲述了朱丽娅与陈天仇交往的片段；第八节讲述了法国总理茹费理与大清驻法公使谈判未果的片段。

张笑天将不同时空中发生的事件同时展现在读者的脑海中，其他人物与核心人物刘铭传相互穿插、相互衬托，小说章与节的篇幅长短取决于历史事件的叙述，如运用较少的语言将事件说清楚则篇幅较短，反之则较长。比如第二章中，第一、二、三、五节篇幅较短，四、六、七、八节篇幅较长，每小节的人物也有所不同，而且每个事件以及每个人物再次叙述的间隔不长，这种视角的来回转换，确保了事件的连贯性与完整性，为历史小说的白描式叙述方法增添了生动性。

2.3.3 直接描写与通俗话语运用

在《台湾首任巡抚刘铭传》中，作者运用简短的叙述性文字勾勒出人物形象、性格特征，如“刘铭传方脸微麻，脸上的线条有棱有角，一双不大的眼睛，目光却很伶俐，看他走路姿势，孔武有力，一望可知是行伍出身”。通过实用性语言勾勒出刘铭传的人物形象，这种陈述既定事实的白描手法不用任何修饰、不加渲染地刻画出人物形象，让读者毫不费力地了解人物。

人物形象的特点还从人物的语言中体现出来，作者把小说人物的心中所想以及情绪全部呈现在文字中，使读者阅读起来虽没有精彩之快感，但又比历史资料读起来有趣味。陈展如告诉刘铭传，陈天仇有不良企图，“刘铭传心想，是呀……但也没有什么不祥的事情降临啊，不做亏心事，不怕鬼敲门”。作者直接把刘铭传的心理所想描述出来，如果小说中只有这么一段白描的描写出现，读者可以接受，全篇几乎都是以这种描写形式存在，对于不了解张笑天历史小说的读者来说，刚阅读时会有乏味之感，但深入了解张笑天之后，就会产生感慨之情，感慨张笑天能把历史描写得如此真实。同时，张笑天对人物语言的描写更为直接，对话直白，人物的对话没有任何感情修饰词语，全篇文章的对话模式几乎都是“XXX说”“XXX道”，比如“刘铭传说”“石超说”“李彤恩道”，小说在描写人物对话时，没有过多赘述，一个人物说话之后，紧接着是另一个人的话语，笔者认为，这种话术描绘的方式，直观、简洁地把事情尽可能地客观展现出来，但也丧失了部分艺术感。

张笑天对事物的环境描写可以称为轻描淡写。形容刘老圩的环境，他在小说中写道“刘老圩是个山清水秀的地方，大潜山像一条巨蟒蜿蜒在北方，沿着山脚，金水河逶迤流过平川，环抱着青堂瓦舍的刘老圩，支流穿城而过，这里是个富庶的地方”。简短的几句话就把历史中刘铭传费心建造的老家描写出来，朴实无华的用词并没有描写刘老圩是一个多么富饶、依山傍水的地方。在台湾战场上打仗，形容战争激烈“基隆南郊的骚扰几乎一刻也没停止过”，这种直接描绘的语言并没有声情并茂地把战争的紧迫感、激烈感写出来，读者只能凭借已有经验在头脑中想象。作家在创作小说时，普遍先进行大量的环境描写，奠定全篇文章的感情，引导读者慢慢地融入书中的情节。但张笑天不会在环境描写上运用大量笔墨，他似乎不关注环境的美感体验，不在乎文章的氛围基调，他认为将历史事实如实地写出来，才是重中之重，历史的情感基调与厚重感不需要在环境描写上大费周章。

张笑天的人物形象描写简单直接，语言直白朴素，感情直抒胸臆，人物情感通过语言直观平面地表达出来，没有任何隐晦、双关等描写成分，完全不需要结合任何写作技巧而表现人物情感。笔者认为，这样的描绘方式虽缺少小说叙事美学，不具备小说应有的多元的叙述手法和方式，但不可否认的是，张笑天能够抛开作家的主观意识，客观理性地不掺杂作者任何情感地把历史完整地表达出来，这是张笑天的创作特点，是张笑天的标志。

第三章　《台湾首任巡抚刘铭传》的人物塑造

《台湾首任巡抚刘铭传》是一部写实性的历史题材小说，主要描写刘铭传在台湾抗法保台的丰功伟绩。根据前一章的分析，张笑天在艺术构思时追求历史真实，在细节或者行为的处理上也会添加艺术成分，全方位地塑造小说，保证情节精彩性以及读者阅读的完整性。张笑天在史书文字记载内容较少的前提下，尽最大限度进行构思与创作，还原人物的真实性格。小说虽然刻画出了典型人物和典型事件，但人物形象以及情节刻画略显生硬，缺乏灵动的质感。但与一板一眼的历史资料相比，张笑天的历史传记小说更具有趣味性，更值得大众阅读。

历史的丰富多彩需要人物形象的配合，在历史事件中，不同的人物形象对历史事件的影响也是不同的。小说中的男女人物有着不同的心理特征，无论是思维逻辑方式，还是处理事情时的做法和态度，都是截然不同的。以往的女性书写是把女性附庸在以男性为主导的历史中，但张笑天并没有把自己的性别观念带入创作，他依附于理性的创作经验，还原人物形象在历史中的本真状态，展现女性豪情洒脱的真实一面。所以，根据小说中人物性别的不同，笔者将小说中的人物形象分为两类进行分析，一类为男性人物形象，男性人物主要为民族意识觉醒的仁人志士以及道德理想反叛的忘本小人；另一类是女性人物形象，根据女性人物形象的特点，分别是放弃个人意志的正义女性以及反抗传统礼制的非汉女性。性别的不同让人物产生碰撞的火花，衍化出一个个生动的故事情节，彰显小说历史真实与艺术虚构相结合的特点，本章将深刻感知张笑天小说的创作理念，体会小说人物形象在历史中的价值。

3.1 性格鲜明的男性形象刻画

历史小说《台湾首任巡抚刘铭传》在人物形象塑造上，男性形象的数量多于女性形象，小说中的男性人物几乎都在正史或者野史中存在，如刘铭传、李彤恩、通元上人、朱守谟等，小说以刘铭传为核心人物，塑造出一系列形象生动完整、经历真实丰富的人物。在刻画人物形象时，张笑天以宏大的历史背景为创作基础，改变以往历史小说只书写英雄人物光辉事迹的情况，将男性的魅力与弱点常规化，尽量还原历史真实，展现被大众忽略的历史的价值，赋予历史生机，抒发民族主义爱国情怀，让富有意蕴的历史变得妙趣横生、引人深思。

3.1.1 民族意识觉醒的仁人志士

出身卑微的刘铭传是淮军将领，在镇压太平天国和捻军的作战中用兵诡奇，屡建功勋，小说中对刘铭传前半生的描写较少，对其后半生建设台湾的描写较为细致。

小说以刘铭传儿子在越南抗击法国为开端，此时的刘铭传早已告老还乡，在家养老。英勇善战的刘铭传深知越南战场的严峻，他在刘老圩坐立难安，时刻挂念着前方战事。在看到儿子刘盛蛟递上的“破法夷，保中华”的血书后，他立即给李鸿章写了一封亲笔信，让儿子带着血书连夜启程，进京奏报。越南观音桥事变发生之后，在得知慈禧太后下旨让两个不作为的巡抚徐廷旭、唐炯带兵驻越作战时，刘铭传难以掩饰自己的失落之感。面对法国的阴谋，刘铭传写了《遵筹整顿海防讲求武备折》“主张整顿海防，讲求武备，以立自保之基”。而后，刘铭传前往台湾，途经上海，他在上海装作纸醉金迷的样子，成天出入各大酒楼赌场，寻欢作乐的萎靡生活让法国人信以为真，以为刘铭传是个“扶不起的阿斗”。随后，法国人邀请刘铭传参加“鸿门宴”，在宴会上法国人偷偷往刘铭传酒里下药，想要阻止刘铭传去台湾。刘铭传与夫人陈展如配合默契，使用障眼法逃过法国人的眼线，当法国人发现苗头不对时，刘铭传已经悄悄抵达台湾，积极部署作战计划。为人正直的刘铭传在台期间，专注练兵买炮，不与在台官员钩心斗角，他深谋远虑，不顾众人反对做出“舍基隆保沪尾（今淡水）”的战略决定。小人朱守谟挑拨刘铭传与曾是湘军部下的孙开华、潘高升的关系，故意给湘军队伍少发一个月的兵饷，激化矛盾。刘铭传得知此事，“喝令扯下去，打（朱守谟）三十军棍”，“刘铭传又命李彤恩马上把湘军所欠饷银立刻补足，刘铭传自掏腰包给士兵发饷银”。台湾作战成绩显著，他在奏章上写道“薄儿孙，厚异己。亲者严，疏者宽”，论功行赏时对自己和亲人的功绩轻描淡写。刘铭传还团结土著番民，抗战期间与番民产生误会时，孤身一人去番地和解，以表诚意。抗法成功之后，刘铭传积极建设台湾，建省抚番、巩固海防、修建铁路、兴办学校等，发展经济的同时增强台湾抵御外敌的能力，推动台湾近代化建设。

在抗法保台以及建设台湾期间，刘铭传的儿子刘盛蛟，将领石超、李彤恩，挚友通元上人等发挥着重要作用。在越法战争中，刘盛蛟冲在战场最前线，越南战事失利后，刘盛蛟以血为墨，写下“破法夷，保中华”的血书，恳请朝廷下令发兵进军越南剿杀法军。在抗击法军的战争中，刘盛蛟依旧首当其冲奋战杀敌。巡逻期间，刘盛蛟发现番民与法军私下交易粮食，他见机行事，阻止了番民对法军的支援，让我军继续占领作战先机。石超和李彤恩是刘铭传的左膀右臂，两人为刘铭传出谋划策，战后积极响应刘铭传建设台湾。通元上人曾是太平军管理文书文牍的职员，刘铭传因为跟通元上人交往密切曾被小人污蔑包庇长毛余孽而险些被朝廷处罚，但两人不计前嫌，推心置腹。在去台湾前，通元上人赠予刘铭传二百精英僧将抗敌报国。

这些爱国人士对感情都忠贞细腻。刘铭传珍惜跟他一起奋战的战友，在从台湾返家时“刘铭传眼中含泪说：‘渡海来台时，僧众二百余人，如今只剩一百多人得归槛外，我刘铭传深表谢忱’说着深深鞠一躬”。朝廷得知刘铭传弃基隆的主张后严加申饬，下旨革李彤恩的职，刘铭传为李彤恩起草了一份辩诬折，在朝廷面前据理力争，使李彤恩官复原职。曾说过“不兴办洋务，势必为洋人所灭”的李彤恩为了抢救修建铁路的工人，自己被压在落石之下失去生命，刘铭传得知此事，马不停蹄地赶到现场，“你说如果死后能葬在这里于愿足矣，我说我也想占此宝地，倒让你抢先了”，说完号啕大哭，哭声震天动地。刘盛蛟对爱人的随性行为包容大度，曾因朱丽娅不合法度的行为主动向父亲下跪为朱丽娅请罪。石超创造契机让刘铭传对朱丽娅转变印象，化解陈天仇复仇之恨。小说中的男性人物不妥协，敢于与当时的西方列强作斗争，他们将满腔热血挥洒在战场上，他们的血拼换来了全国千千万万人民的幸福。小说中不仅有抛头颅洒热血的爱国人士，还有妥协求和、为国着想的形象，在妥协背后实则是对国家的担心，因为他对国家有着深入的认识。“说说看，我们有什么把握……银样镴枪头的人太多了，只会说大话这副烂腔调早该歇歇了，有几人真正懂洋务，有几个人真正懂天下事？”“办事不能光往好处想，恰恰该往坏处想。我们与法夷交恶开战，能打一百年吗？你们现在倒是推波助澜，是帮倒忙到头来必是让我去揩屁股，我去谈判，签字画押，我去当割地赔款的罪人。”“越南那么穷，赔得出巨款吗？当然是想从中国身上榨取油水，所以才千方百计地诱我出战最终让中国赔款。”“打不是不可以打一下，不过不要太抱幻想，把割地、赔款的数目降到最小，就念阿弥陀佛了。”从上述的语言表达中可以看出，李鸿章主张议和是根据他多年的外交经验得出的结论，小说真实还原了李鸿章性格的原本面目。当时中国军事能力与西方列强的军事能力相差甚远，如果跟西方列强硬碰硬，根本不是外国人的对手。

男性人物身上的大义、大气之举在不经意间散发出来，增加了小说内容的深度与广度，不论在源远流长的历史之中，还是在现实生活之中，民族主义爱国情怀一直是彰显男性优秀的标志之一。透过小说人物恪守职责保卫台湾的事迹，可以看出无论时代如何变迁，中国人的爱国主义精神是亘古不变的。

3.1.2 道德理想反叛的忘本小人

小说中不仅有被近代台湾史学家连横先生高度评价“溯其功业，足与台湾不朽”的刘铭传等一系列爱国主义英雄人物，还有阿谀奉承、骄奢谄媚的负面人物，正负形象的交融可以充实历史情节，提高大众阅读兴趣。

小说中的负面人物主要是朱守谟以及台湾兵备道刘璈父子，他们狼狈为奸，贪图权贵。朱守谟为讨好亲王向刘铭传索要旷世珍宝虢季子白盘，索要未果便记恨刘铭传，主动申请与刘铭传一同前往台湾抗法。在台湾期间，朱守谟没有为台湾出过一份力，反而与刘璈父子勾结，挑拨刘铭传与部下的关系。朱守谟故意少给湘军开军饷，肆意激发湘、淮两军的矛盾；与刘璈父子故意挑拨番民与朝廷的关系，私下勾结番民与法军做粮食交易挣国难财等。小说中对朱守谟的暗昧之事作如下描述，“散布谣言，伪造李彤恩出卖基隆的契约，鼓动不明真相的番民闹事，你与刘璈父子勾结，恶人先告状，陷害清廉之人，这都不算，竟敢利诱番民到法国人那里去卖粮，这不是卖国，又能做何解释？”背信弃义的朱守谟难逃真理的法网，被就地正法，大快人心。毫无疑问，朱守谟的命运是咎由自取。

台南兵备道刘璈得知法军在台湾的消息时，并不在乎台湾的安危，反而担心自己的官位与权力被刘铭传抢走。抗法期间，刘璈父子没有为国出谋划策，反而想尽歪门邪道让庆亲王压制刘铭传。刘璈抢占女子曹芷兰未果，利用职权，将女子的父亲以勾结生番、杀死军官等无中生有的罪名打入了大牢；刘璈假意让刘铭传留宿，好让刘铭传沾惹桃花债以此控告刘铭传；当所有人在部署作战计划时，刘璈却在转移赃银，还向左宗棠“检举”刘铭传在台湾的战略部署，严参李彤恩。小说中对刘璈父子恶人先告状，向朝廷反映情况做了描写：“刘铭传强占民女，还徇私放通匪要犯，还养了两个洋人奸细”。刘璈父子的结果可以想象，刘璈被发配到黑龙江，刘浤因勾结番民突袭营地，制造军队不合，最终被马来诗媛的剑射死。

朱守谟和刘璈在正史和野史中均有记载，小说中朱守谟的人物形象与历史记载的人物形象相符，小说中描写的刘璈的行为在历史上确实存在，但刘璈与刘铭传的矛盾是非在学术界存有争议。小说中对朱守谟和刘璈父子的奸诈性格的描写让这部小说的人物和故事情节更加饱满。张笑天对人物的刻画具有正义感，以理性的客观角度对人物的秉性进行深刻的揭露，还原历史中真实的人物性格。张笑天洞悉社会问题，借此表达社会现实与大众心理，即做人要深明大义，不做违背自己良心、突破底线的坏事，贪图权财、忘国忘本的人注定是没有好下场的。

3.2 独立人格的女性形象建构

董之林在《女性写作与历史场景——从90年代文学思潮中“躯体写作”谈起》中指出：“女性写作一方面与历史密不可分，一方面又在重新讲述历史，并透过传统对女性的种种定义，不断超越将女性本质化的写作倾向，通过对历史间隙的一次又一次描述，不断改写包括她们自身也参与构筑的势力。”小说中的女性形象有别于传统封建制度之下的软弱的女性形象。封建社会尊崇男尊女卑的压抑人性的思想，要求女性依附于男性，使女性在封闭无权的氛围中逐渐丧失人格。小说中的女性形象提倡个性解放，独立自主，表现自我，大胆追求幸福，有独当一面的睿智，与传统女性产生强烈的反差。

张笑天的小说不仅还原历史真实，同时还真实地展现女性美，体现女性飒爽的一面。张笑天通过对女性的描写，打破大众对封建传统女性的固有认识，思考女性在历史中的处境，强调女性也有行为自由，为现实社会对女性进行正确评价提供参考借鉴。

3.2.1 放弃个人意志的正义女性

陈天仇是太平天国护王陈坤书的女儿，刘铭传镇压太平军时，陈天仇的一家除了陈天仇全部被俘，陈天仇立志为父报仇。在寻仇期间，陈天仇得知刘铭传家中仆人准备抢劫珍宝，她为刘家通风报信以此得到刘铭传的信任，并借住在刘铭传家中，俟机报仇。报仇失败的陈天仇随后一路尾随前往台湾的刘铭传，此时石超劝解陈天仇，向她解释刘铭传现在是为国出征。陈天仇内心的大义被唤醒，她决定暂时放下执念，与其同仇敌忾，主动帮助刘铭传抗击法军。陈天仇在台湾杀敌报国，冲在最前线，基隆大捷中，她可一口气杀掉七八个法兵，拼尽全力在战场上杀敌。刘铭传看到陈天仇如此敬业，“看你这一身土，又和士兵一起去挖壕堑了？你大可不必这样啊”。陈天仇愿与士兵同甘共苦，但却要装出一副冷若冰霜的样子。在沪尾之战中，陈天仇在关键时刻救了刘铭传一命，如果当时陈天仇对刘铭传置之不理，刘铭传将落入敌人手中，这也是变相替陈天仇报了仇，但她出于本能救了刘铭传，可见陈天仇是一个心中有大义的女子。

小说中虽然对陈天仇的外貌没有明确的描写，但通过张笑天的描写可以让读者对陈天仇有着清晰的认识。陈天仇是一位面无表情的冷酷女生，骨子里渗透着暗黑忧郁，读者可以真切地感受到她内心的纠结与矛盾，在国难面前，她放弃自己唯一的信念，主动与刘铭传议和，共同抗法保台，这就是当今社会倡导的大爱奉献精神，是对现实责任感的思考。

作者笔下的慈禧太后与大众对其的普遍认知相吻合，她生性多疑，阴险果决，垂帘听政。小说对慈禧太后的描写主要集中在朝廷上讨论法越、中法战事，通过对慈禧处理政务时的语言、动作以及其他人物形象的神态、心理等描写，彰显慈禧太后独裁专政的特点，如北洋大臣李鸿章、工部翁同龢、恭亲王奕䜣、庆亲王奕劻等人上朝时发表言论要看慈禧脸色，显示了慈禧太后在百官面前的威严。

张笑天不仅还原了慈禧太后的真实性格特点，同时为慈禧太后在中法战争中起到的积极作用发声。他把慈禧太后的形象以还原历史史实为前提重新塑造，为大众展示她完整的人格。小说中，慈禧太后为了中国的领土不被分割，为了不一而再再而三地赔款，下诏让刘铭传去台湾带兵打仗。刘铭传参见慈禧太后时，表达了一线财务紧缺的困窘，慈禧太后专门挑选自己五十大寿的日子，让朝廷官员表孝心，把征集到的二十万两寿金全部交给督办台湾军务的刘铭传，作为军饷。

慈禧太后义正词严地让刘铭传彰显国家实力，用实际行动告诉法国人，中国人不是好欺负的。“除了昨天过生日敛的一点钱，粮饷、军械也得加紧筹备才是”，慈禧太后把自己例份中的三千两赠予刘铭传，让他认真带兵作战。在谣言四起时，慈禧太后相信刘铭传的为人，全力支持他在台的政策。从种种行为来看，慈禧太后不甘一味地割地赔款，她会竭尽全力为国付出，向西方列强证明中国的实力。

大义之下必有勇夫，张笑天把目光投向较为复杂的历史细节，通过对细节的描写刻画人物形象，直观地展现女性刚毅勇敢的性格特点，女性也有男性化的一面，有勇有谋不再是男性的代名词，在很大程度上改变传统认知中传统女性弱势群体的地位，展现女性人性光辉，肯定女性在历史上的作用。

3.2.2 反抗传统礼制的非汉女性

小说中不仅有遵礼守矩的女子形象，还有从没接触过传统礼制教育的非汉族女性，她们性格外向活泼，从不压抑自己的情感，她们并不是有意破坏传统制度，她们的无知无畏是对世界的单纯感知，这种新式思想与传统思想的碰撞，体现了小说构思的精巧。

台湾番民马来诗媛在航行过程中偶遇被哥哥马来诗宾锁住的朱丽娅，马来诗媛想办法帮她逃走。马来诗媛对感谢她的朱丽娅说：“最好的感谢，是你给我当嫂子，我们就能天天在一起了。可是我哥哥不配。到了台湾有难处去找我。”随后，马来诗媛男扮女装在刘朝带的部队当士兵，在此期间喜欢上了刘朝带。接受传统思想教育，主张“汉番不通婚”的刘铭传不同意马来诗媛与孙子刘朝带的婚事，于是马来诗媛孤身一人乘海船，走旱路，历经千辛万苦到达京城，想尽办法见到慈禧太后，让她下旨同意这门亲事。马来诗媛直言不讳地跟慈禧太后说“我想跟他的（刘铭传）孙子成亲，他死活不让，还要杀我头”，慈禧太后欣赏她的单纯可爱，立马下旨同意了这门亲事。小说不仅写出了马来诗媛大胆追求幸福的独立人格，还揭示了祖国血脉一家亲的真谛。

在《台湾首任巡抚刘铭传》这部历史小说中，法国金发女郎朱丽娅不注重传统规矩礼节，天生随性自在，热情奔放。“在枝蔓缠绕的林间，衣服都刮破了，背着沉重药物，手提着背囊，葛藤拦路，荆草没膝，她走得气喘吁吁”，朱丽娅凭借着坚韧的勇气与毅力，孤身一人前往越南前线，给刘盛蛟的队伍送去珍贵的药品。刘铭传反对儿子与朱丽娅的感情，朱丽娅直言不讳地说刘铭传是僵尸，虽然嘴上骂他，但还是给他治疗眼疾。在越南观音桥的战争中，朱丽娅见机行事打中了法国将领杜森尼，救了刘盛蛟一命。在台湾，朱丽娅在丛林发现了法国密探卑尔，把他绑起来扔在岸边，自己随意勾勒地形图纸，向法军邀功。在随后的战争中，由于朱丽娅的错误指挥，法军作战失利，让刘铭传掌握了作战先机。作者在小说中对马来诗媛和朱丽娅的描绘，给小说增添了新鲜血液。刘铭传与法国为敌，却有明事理的番民和法国人支持他，这种突破传统、推陈出新的行为彰显了正义的重要性。张笑天大胆运用冲击性的写法向读者展现别样的历史景观，种种历史景观都在阐明：为正义发声不分国界。这种对正义的书写，引发读者深思，以历史的角度向读者诉说维护正义是高尚美德。

在封建专制制度之下群众对女性的认知是女子无才便是德。历史上女性被动地依附于男性，没有独立的人格与思想，在历史中多以弱者形象存在，虽然慈禧太后在历史上没有被视为弱者，但她的固有形象被描述为专政自私。随着张笑天的笔触与视角的不断深入，马来诗媛与朱丽娅的形象逐渐深入人心，马来诗媛主动追求爱情，朱丽娅崇尚自由民主，二者在小说中的出现，让人眼前一亮，因为她们不同于传统女性，她们与中国传统礼教格格不入。笔者认为，张笑天对马来诗媛和朱丽娅的描绘是对历史弊端的矫正，通过小说中的女性形象审视现实生活中女性的魅力，建构女性完整的人格速写。

单一的人物形象特征有失真实，英雄人物也是优缺点并存的，如果描写历史事件以及历史人物，只放大优点的话，这种行为是舛错的。张笑天笔下的男性形象与女性形象交相辉映，共同构成丰富多彩的故事情节。小说中对女性人物的描写可以弥补历史中独立女性的空白，淡化沉淀在人们潜意识中的固有的传统思想，让大众对中国传统女性有了新的认识，彰显女性意识的同时为传统的历史小说增添趣味色彩。

第四章　《台湾首任巡抚刘铭传》的文本价值

回顾历史，历史总会折射出时代的特征，给现实社会的人类以启迪，当今社会的生产生活经验处处可见历史的影子。张笑天小说的创作唤起大众对历史的记忆，把挖掘历史价值融入现实生活中，对社会负责，让大众树立正确的价值观念。

《台湾首任巡抚刘铭传》描写了刘铭传在台湾抗击法军，在担任台湾首任巡抚期间，他的改革措施推动了台湾近代化进程。在历史人物刘铭传身上发生的历史事件，对于当今社会说来，依旧具有价值，这种价值通过小说文本展现在大众面前，以史诗笔法再现历史真实，关注从历史中透露的精神内涵。

张笑天小说的艺术创造性对当代社会来说意义重大。在快速变化的时代，大众对历史的认知停留在课堂的课本中，普遍从历史教材以及影视剧作中汲取知识，真正全面了解历史及历史人物的人很少。阅读历史书籍对于消费时代的读者来说，耗时长、效率低、趣味性低，但以趣味性为主的电视剧等娱乐性手段，缺失了历史真实。张笑天却做到了两者统一，他在历史轨迹中展现历史进程，注重把历史距离感与艺术虚构性在保留历史大事件真实的基准之下进行结合，帮助人们在当下的语境中以真实的历史维度理解历史、学习历史、借鉴历史，在主流文化氛围里培养积极的精神文化，大大弥补了文化精神的空缺。

4.1 历史叙述的实用性

1961年，卡尔·波普尔在《历史主义的贫困》中指出："历史主义的每一种说法都表达了被一种不可抗拒的力量卷入将来的感觉"。我们可以从古代的资料记载反观历史，通过历史事件，了解其背后存在的历史意义。张笑天深知历史史实背后的价值，他放下作家内心的主观意识，以客观视角切入历史，深入历史事件的内部，挖掘历史背后真正隐含的意义。

小说中对台湾的归属问题进行了明确真实的分析。《尚书·禹贡篇》记载，在距今两千多年的秦朝，徐福带五百男童五百女童登上台湾，本为秦始皇采长生不老药，大家上岛后发现台湾如此富饶，就留下来繁衍后代。从宋朝起，有很多福建百姓泛舟过海到台湾安家落户。台湾在古代就是中国领土的一部分。台湾远隔重洋，岛上有煤矿，自明朝以来台湾一直被觊觎。

在张笑天散文《台湾行》中他曾写道：

> 说来我自己都有点不信，在我书中出现的一切，包括花莲太鲁阁社土番的山川地理和民俗，都与现实这样吻合，日后人们捧读这部小说时，即或是台湾人，也未必猜到作者成书之前竟然未踏上此岛半步。

张笑天在散文中情不自禁地赞叹自己的描写与现实生活是多么的相近。对于去过台湾，了解台湾地理和风俗的读者来说，张笑天把历史现场进行复刻，以崭新的形式呈现在读者面前，让读者了解历史中台湾的原本面貌。小说成为历史与现实的连接纽带，读者通过阅读，可以拓宽学习历史的视角，把历史给予的启发运用到现实生活中来。

张笑天散文《台湾行》中提到刘铭传生前为台湾做的贡献：

> 听闻台北有刘铭传的雕塑，但到台北却失望而归。台湾总是与郑成功、刘铭传的名字分不开的。也许有人想抹掉他们存在过的痕迹，不容易办到，这痕迹是落在民族基因链上的。不仅如此，譬如刘铭传以及他抚番造成的民族统一战线也是留下历史痕迹的。

读者如果知道刘铭传的生平事迹，一定会赞同上述文字。刘铭传在台湾做军事部署，在基隆建设炮台，部署作战计划，鼓舞士兵“倘这次我们能聚歼上岸之敌，我大清不至于丧权辱国、赔银割地，诸位就都是青史留名的英雄”，“抗法保台，为国争光”是刘铭传与士兵们心中的信念。刘铭传在军事指挥上有独到见解，战士们在刘铭传的领导下奔向前线，奋勇杀敌，英勇抵抗，最终击退了法军，没有让法国的企图得逞。从张笑天的文字中可以直观地看到，刘铭传在台湾艰苦卓绝的奋斗和建设，改变了以往大众对刘铭传的印象，也纠正了大众对这段历史的错误认知。历史要以最真实的面貌展现在大众眼前，让大众根据最真实的资料进行判断，以史为鉴。

这部小说是对歪曲历史真相的纠正，是历史真实与艺术虚构的内在逻辑的有机结合。历史叙事在对历史真实性的表达中丰富了大众对历史的记忆，客观全面地还原历 史真实，凸显在时代动荡中成长的、具有先知性的英雄人物，通过其中各种曲折委婉的情节，着意凸显历史的厚重感，重新赋予历史生机。

4.2 情感关照的教育性

悉尼•胡克站在社会学角度，将英雄界分为历史上行动方面的英雄和思想方面的英雄。张笑天在历史小说《台湾首任巡抚刘铭传》的创作前期，对刘铭传等历史人物进行了深入的了解，明确了人物的行为与思想，从而可以客观逻辑地阐述历史人物行为与思想的变化，向大众展示真实历史。

“台湾近代化之父”刘铭传的丰功伟绩传播度不高，以往对刘铭传的描写较为片面，在中小学生的历史教材中也没有提及。张笑天通过他的创作以及他作为编剧改编的电视剧，使刘铭传的事迹被广泛传播，以轻松有趣的方式让大家深入了解刘铭传的丰功伟绩，更正大众对刘铭传的刻板印象，为大众树立正确的历史观念。梁启超说过“历史所以要常常去研究，历史所以值得研究，就是因为要不断地予以新意义及新价值以供吾人活动的资鉴”。随着时代发展，人们会赋予新的内容与价值供大众阅读学习，刘铭传的历史事迹的价值会随着研究的深入获得更多新的意义。历史人物的优秀品格是代代相传的，不会随时间的推移而淡化。

史书中记载，刘铭传击退法军后，调整台湾的行政体制，在台湾设3府1直隶州，领11县5厅，将台湾分为南、中、北和后山四路，如今台湾的行政区域划分就是以此为基础。刘铭传在台湾积极修建铁路，铁路分为南北两路，北路由基隆到台北，南路由台北到台南。铁路的建设极大丰富了台湾人民的物质生活，交通便利促进了对外贸易的发展，从而促进了台湾的经济发展。在抗敌期间，基隆煤矿遭到破坏，击退敌人之后，刘铭传大力兴办工矿企业，修复和开发被破坏的基隆煤矿，陆续开设硫黄厂、煤油局、蚕桑局等，给台湾带来了新式经济发展方式。刘铭传在台北设立了第一座西学堂，为台湾的人才队伍建设注入新力量。刘铭传深知硬实力的重要性，积极建设海防，在台中、台南两地设立营务处，聘请西方教官，精练军队，同时创立台湾机器局、火药局、水雷局等，基本满足了台湾的军事武器需求。刘铭传在抗敌期间深知抚番联番的重要性，在台期间，刘铭传坚持“民番皆朝廷赤子”的观念，团结番民，剿抚兼施，以抚为主，加强对番民的教化，对番民一视同仁，以智取胜，对番民头领攻心为上，刘铭传的这些措施，强化了对番地的治理。刘铭传发展邮政通讯事业，在台北设立电报总局，引进外资，承办台北至基隆和台北至台南的电话线路，又铺设两条海下电缆，使台湾内部及与大陆各省之间的通讯面貌大为改观，促进了台湾与大陆的密切联系。刘铭传通过一系列的建台措施，有效地增强了台湾的海防建设，促进了台湾经济社会的发展。

刘铭传在台湾实际主持政务七年。在这短短的七年时间里，刘铭传做了大量富有成效的工作，使台湾从一个落后地区一跃成为全国先进省，近代化水平居于各省前列，基本实现了他“以一隅之设，为全国树立典范”的雄心壮志。小说中刘铭传告老还乡时，道路两边都是百姓护送，可见刘铭传对台湾的贡献很大，百姓都真心舍不得这位民族英雄。

刘铭传的这些措施，加强了对番民、番地的管理，为之后的改革与建设奠定了坚实的基础。刘铭传的“开山抚番”战略计划是结合台湾的民俗风情特别制定的，有利于巩固海防，一定程度上扩大了台湾农业的发展，增强了台湾的经济发展，促进了民族的和谐与融合，增进民族团结，为台湾与大陆的血脉相连增添了浓厚的一笔，同时，还有利于台湾的形势稳定，推进了台湾近代化进程。

刘铭传是一位深明大义的杰出政治家、战略家，他为维护祖国领土的完整，为保卫台湾和建设台湾做出了重大贡献。他身上有着赤诚的爱国主义精神以及高度的社会责任感，他见证了一段两岸同根的历史。

刘铭传为台湾近代化书写了不朽的篇章，“台湾近代化的先驱者”“台湾近代化之父”的荣誉，他当之无愧。通过对刘铭传的分析研究，可以得出，历史人物都有一个相同点，即热爱祖国，维护祖国统一。本篇小说的核心是台湾是中国的领土，不可分割，中国人民愿为台湾竭尽所能，奉献力量。张笑天创作的历史人物和历史事件具有大爱大义的大局观念，无论时代如何变迁，这种价值观都不会改变。从这部小说中，人们不仅可以学习到历史，还可以学习到历史人物身上积极的品质。

刘铭传不服输，面对越南的战败，他的愤慨之情溢于言表。他将满腹热血挥洒在台湾的土地上，不放弃任何一寸属于中国的领土，誓死捍卫祖国，这不仅是当时战士们的爱国精神，也是现代人为人处世的宗旨。在这部小说中，读者可以学习到刘铭传身上的积极价值观，这也是这本书想传达给大众的价值观。爱国主义精神是时代精神，是民族精神，它不会随着时代的更替而改变，奋发向上、勇敢刚毅的精神也鼓舞着每一代人。历史给予大众的能量是无穷的，我们应该积极参与历史、学习历史，以史为鉴，成就历史。

4.3 文学突破的反思性

20世纪80年代中期以来，一批先锋作家把创作风向标转向对历史的叙述，他们的创作不再固守“诗化的历史”这一传统历史小说的叙述立场。这批先锋作家颠覆历史背景，强调历史背景在作品中的虚化，不以还原历史本相为目的，以全新的视角切入阐述。比如莫言的《红高粱》《丰乳肥臀》、刘震云的《故乡相处流传》、李锐的《旧址》、刘恒的《苍河白日梦》等新历史主义小说显然不再是“诗化”的历史，而是一种“历史”的诗化，除了人物和背景置身于过去的历史之外，这类小说在想象性和虚构性方面，与其他虚构文本的写作并无二致，历史因此被彻底地解构了，成为一种可以为当下目的所支配的诗化话语。张笑天的历史题材小说创作不同于20世纪80年代主流新历史小说。

写实性的历史观念在中国文学发展史上一直处于主流地位，真实客观地再现历史本来面目也就理所当然地成为作家追求的终极目标。西方的旧历史主义同样也认为文学文本是在某一具体社会背景之下产生的一种客观存在的历史现象，是社会生活的一种写照，所以其关注的焦点和重心是再现历史。而反之历史作为一种客观现象，它的存在又制约着文学文本的创作形式，以及其要传达的历史精神和历史情感。那么对于文学研究和文学批评来说，文学就是一面“镜子”，甚至是社会政治文化的摹本，同时也是人们了解某一历史阶段的工具，批评家的任务就是从产生文本的时代背景中挖掘出隐藏在文本背后的作家的情感倾向以及文本产生的现实意义，对历史进行“还原”。

随着时代的发展、社会的进步，客观真实反映论已经不能满足历史题材文学发展的需要和读者的期待，逐渐在文坛上沉寂下来，被后起之秀所取代。“新历史小说”适时地以反叛的姿态进入大众视野，在对历史真实观提出疑问的同时，以个人主观化的叙事方式来虚构历史，重新勾勒历史。

在描写历史题材的作家陷入两难境地的时候，张笑天却没有这样的文学创作矛盾。张笑天着眼于历史书写，虽不隶属于主流文学，但他也不是边缘文学，他介于主流文学与边缘文学之间，在历史小说领域具有独特性，因此备受关注。

历史通过文本的形式得以流传，如何叙述历史取决于史学记录者或者作家的撰写。所谓的历史真实是特指历史上曾经发生过的客观存在和客观实有，大体和历史事实的含义相似。如信使上记载的真实的历史人物、历史事件、民间传说的真实可靠的历史故事等，主要指史实资料的真实记载。张笑天的小说创作就是如此，基于对史实的整理和收集，还原历史情节，再现历史场景，让艺术创作依附于历史史实，在此之上保证故事情节的戏剧性。这既是对作家艺术想象力的严峻考验，也是他创作的乐趣所在。

《台湾首任巡抚刘铭传》的文本通过白描等描写方式，把历史史实中的有效信息还原出来，这是作家对历史小说创作的思考，也是对历史价值的反思。

张笑天另辟创作蹊径，他独特的创作意识使他成为历史叙事这一板块的佼佼者，无须跟随主流小说的文学思潮。张笑天按照自己的理念进行创作，让正史与野史高度融合，在宏大的历史叙事中细化历史内容，体现历史的内在本质，反思主流文学与非主流文学的境况。

第五章　结论

《张笑天文集》收纳了张笑天全部的长篇小说，从创作数量来看，张笑天可谓是高产作家，具有独特的艺术魅力。张笑天理性客观地回顾历史，汲取历史史实进行虚构创造，在文学的范畴内进行历史叙述，塑造了一大批形象鲜明的人物。

本文在文学研究的基础上，试图用文史结合的方法来研究张笑天的小说，通过对其小说的实用性、教育性和反思性的研究，感受文学与历史之间的微妙关系。

本文对张笑天历史小说《台湾首任巡抚刘铭传》的解读是从历史的角度切入，分析张笑天在宏大历史之下的文学创作，以此来分析张笑天的创作意识。从历史的角度来看，张笑天本着还原历史真实的创作目的，在创作的过程中查阅了大量的历史资料，让小说的故事情节与历史高度吻合，以形成文学性的历史。从文学的审美性上看，张笑天的小说语言朴素简洁，不冗杂，他通过朴素的描写手法把历史人物的性格特征全部展现在作品中。从作品内涵上看，张笑天在创作过程中关注人性，把历史人物的真善美通过文学艺术加工呈现在文本中，深化了文本的内涵价值。他还高度还原历史人物的性格，让大众对历史人物有更客观的了解。本文通过分析张笑天的创作理念与创作意识，剖析张笑天在创作中运用的写作技巧，对小说文本进行深入的分析，以研究其作品中的文学价值与历史价值。

张笑天历史小说《台湾首任巡抚刘铭传》刻画的人物形象让读者客观真实地了解历史人物和历史情节，这是作家在通过文学来表达自己的历史观。对读者来说，相对于历史文献资料，这是一种更容易接受的了解历史的方式。张笑天通过对刘铭传的刻画，塑造了一个多维立体的形象。刘铭传镇压过太平军，建设过台湾，在离开台湾时，他分文不取，如果只看他镇压太平军这一小部分而忽略他推动台湾近代化这一事实，就真的以小失大了。小说真实刻画了刘铭传对台湾的贡献，纠正了以往对刘铭传的误读，重塑爱国英雄的形象。张笑天对刘铭传以“他传”的方式进行再塑造，同时也塑造了大众对历史的认识。他通过历史叙述，展现爱国主义伟大旗帜，以重新审视历史。笔者认为，刘铭传可作为历史书写的文学符号，因为他不仅仅代表着他自己，还代表着成千上万为国奉献的爱国人士。从古至今台湾都是中国不可分割的一部分，台湾危难时的痛心与愤懑的情绪，正体现了作者自身对台湾的态度。

本文通过研究《台湾首任巡抚刘铭传》这部小说，运用文学与历史结合的研究方法，来感受史实与文学艺术的融合。张笑天使刘铭传重回历史舞台，填补了大众对历史了解的空白。小说为大众展开了丰富的历史画轴，增强了历史厚重感，肯定了历史的价值，具有实用性和教育性，向大众传递了积极乐观的价值取向。

参考文献

专著：

[1]胡克．历史中的英雄[M]．王清彬，等，译．上海：上海人民出版社，1964.

[2]赵尔巽，等．清史稿[M]．北京：中华书局，1977.

[3]连横．台湾通史[M]．北京：商务印书馆，1983.

[4]姚永森．刘铭传传[M]．北京：时事出版社，1985.

[5]卡尔·波普尔．历史主义的贫困[M]．何林，赵平，译．北京：社会科学文献出版社，1987.

[6]井上靖．井上靖西域小说选[M]．乌鲁木齐：新疆人民出版社，1984.

[7]包忠文．当代中国文艺理论史[M]．南京：江苏教育出版社，1998.

[8]张笑天．张笑天文集[M]．长春：吉林人民出版社，2006.

[9]何青志．东北文学五十年[M]．长春：吉林人民出版社，2007.

[10]宋邦强．刘铭传与台湾[M]．福州：福建教育出版社，2007.

[11]吴秀明．中国当代长篇历史小说的文化阐释[M]．北京：文化艺术出版社，2007.

[12]张笑天．张笑天散文集[M]．北京：作家出版社，2009.

[13]梁启超．中国历史研究法·中国历史研究法补编[M]．北京：中国人民大学出版社，2012.

期刊论文：

[14]吴秀明．历史真实与作家的现代意识——关于这几年长篇历史小说创作的一个断想[J]．小说评论，1986（5）：5-13.

[15]钟艺兵．贵在使人警醒——看影片《开国大典》[J]．电影艺术，1989（10）：9-14.

[16]吴泽永．评缪俊杰的文艺论评[J]．当代作家评论，1992（2）：114-117.

[17]纪众．文学价值论[J]．文艺争鸣，1992（5）：65-72.

[18]郑惠，章百家．又一部成功的革命历史巨片——《重庆谈判》观后[J]．电影艺术，1994（2）：71-72.

[19]喻几凡. 试评刘璈与刘铭传在中法战争台湾保卫战中的矛盾与是非[J]. 湘潭大学学报（哲学社会科学版），1995（2）：39-43.

[20]乔迈. 话说张笑天[J]. 作家，1995（9）：21-27.

[21]张笑天. “宠辱不惊”思辨[J]. 现代交际，1996（8）：8-9.

[22]刘一光. 张笑天如此“编”剧[J]. 电影评介，1997（5）：16.

[23]廖宗麟. 刘璈何尝“舌战退孤拔”兼评和连横《台湾通史·刘璈传》[J]. 学术论坛，1998（1）：91-96.

[24]文佳. 在20世纪历史剧关门之作——《太平天国》擂响战鼓[J]. 电影评介，1998（4）：6-8.

[25]宗仁发. 永恒的母题：人性的崇高与卑劣——评张笑天的长篇小说《太平天国》[J]. 当代作家评论，1999（6）：36-39.

[26]陈建新. 历史题材小说的道德抉择[J]. 浙江大学学报（人文社会科学版），2000（4）：26-34.

[27]贾仁山. 张笑天的爱情传奇[J]. 时代风采，2000（11）：46-48.

[28]董之林. 女性写作与历史场景——从90年代文学思潮中“躯体写作”谈起[J]. 文学评论，2000（6）：41-53.

[29]梁云舒. 风风雨雨同度过——作家张笑天的一段旷世情缘[J]. 健康生活，2001（5）：19-21.

[30]陈九如. 刘铭传与近代台湾邮电[J]. 史学月刊，2001（4）：61-64.

[31]陈婷，杨春雨. 刘铭传与台湾防务[J]. 军事历史研究，2001（2）：65-74.

[32]林其昌. 刘铭传抗法斗争研究的独到见解——读《中法战争诸役考》札记[J]. 安徽史学，2002（4）：91-92.

[33]张笑天. 人格·品格泛论[J]. 文艺争鸣，2002（6）：23-25.

[34]陈九如. 刘铭传与台湾铁路近代化[J]. 安徽师范大学学报（人文社会科学版），2002（1）：89-94.

[35]张笑天. 关于刘铭传[J]. 世界知识，2004（6）：68.

[36]纪众. 历史叙述的小说文本——张笑天中篇小说论评[J]. 文艺争鸣，2004（4）：33-40.

[37]纪众. 历史叙述的文学文本——张笑天的小说特性和方法[J]. 文艺争鸣，2005（6）：71-78.

[38]贾仁山. “写作英雄”张笑天，成功背后有贤妻[J]. 老年人，2005（3）：28-29.

[39]张笑天．物我两忘[J]．时代文学，2006（6）：65-67．

[40]戴逸．从大清史角度看待刘铭传保台建台的意义[J]．学术界，2006（1）：254-259．

[41]来新夏．刘铭传与台湾开发——兼论历史人物评价应从大节着眼[J]．探索与争鸣，2006（5）：17-18．

[42]李前宽，肖桂云．书写生命壮美人的壮美人生——素描张笑天[J]．时代文学，2006（6）：73-77．

[43]乔迈．天纵英才——我知道的张笑天[J]．时代文学，2006（6）：68-73．

[44]朱晶．透视官场、世相与人性的变异——读张笑天小说[J]．文艺争鸣，2007（12）：31-35．

[45]智水．爱的赞美：走过疾风骤雨那温暖的深情厚谊——作家张笑天夫妇的坎坷人生和幸福婚姻[J]．鹃花，2007（12）：13-15．

[46]刘海荣．刘铭传与台湾近代化[J]．赤峰学院学报，2007（2）：6-12．

[47]刘立萍．国家叙事下的个人想象——对张笑天中篇小说《离离原上草》的“再评论”[J]．科技信息（教学科研），2008（15）：117．

[48]周宇清．从《大潜山房诗钞》看刘铭传的人格特征[J]．青岛大学师范学院学报，2009（3）：75-80．

[49]张诗悦，吴景明．张笑天历史小说创作中历史、文学、现实的融合——以《太平天国》《权力野兽朱元璋》为例[J]．文艺争鸣，2012（8）：134-136．

[50]赵黎雯，林世峰，等．“向电影大家致敬”——“《云白石坚——苏云传》首发式暨缅怀苏云同志座谈会”“王滨同志诞辰百年纪念会”“张笑天影视作品研讨会”纪要[J]．电影文学，2012（17）：4-7．

[51]程革．底层叙事的别样风景——论张笑天长篇小说《天之涯，海之角》[J]．文艺争鸣，2012（3）：132-134．

[52]何青志．春天里的叙事——张笑天中篇小说创作论[J]．吉林师范大学学报（人文社会科学版），2013（1）：14-17．

[53]朱晶．张笑天革命历史题材电影剧作四题[J]．文艺争鸣，2013（6）：101-105．

[54]张夷非．寻找革命历史题材影片《扎西1935》的突破点[J]．电影文学，2013（13）：9-10．

[55]申海良．略论刘璈其人[J]．黑龙江史志，2013（13）：43-44．

[56]彭程．李彤恩与“撤基援沪”[J]．昭通学院学报，2014（3）：8-11．

[57]刘金霞．夕阳西下，让我们也去寻找天使——读张笑天的长篇小说《寻找

天使》[J]. 文艺争鸣，2015（2）：166-168.

[58]钟树. 台湾首任巡抚、中华民族英雄刘铭传——“溯其功业，足与台湾不朽”[J]. 台声，2015（19）：48-51.

[59]周宇清. 新世纪以来“刘铭传与台湾”研究述论[J]. 北京教育学院学报，2016（15）：31-34.

[60]赵松林. 试论刘铭传的民族关系思想[J]. 合肥学院学报（综合版），2017（4）：121-131.

[61]李欣洋，王嘉琪. 张笑天电影作品中的历史人物形象分析[J]. 北极光，2019（2）：95-96.

[62]吴秀明. 论历史真实与艺术假定性的类型[J]. 社会科学研究，1992（1）：56-63.

[63]赵洪. 记青年电影编剧张笑天[J]. 电影评介，1982（3）：15.

[64]叶楠，白桦，等. “创作自由”放谈[J]. 当代电影，1985（2）：12-21.

报纸文献：

[65]张笑天. 寻找突破点[N]. 中国艺术报，2012-05-21（5）.

[66]张笑天. 寻找《扎西1935》的突破点[N]. 文艺报，2012-05-11（3）.

[67]贾仁山. 张笑天的爱情传奇[N]. 时代风采，2000-11-1（11）.

[68]谢迪南. 张笑天：回到历史现场[N]. 中国图书商报，2004-8-13（6）.

[69]龚保华. 我深爱着这片广袤的土地——记省文联（作协）主席、著名作家张笑天[N]. 吉林日报，2006-7-20（10）.

[70]任晶晶. 揭示生活本质才是深入生活的目的——访十七大代表、中国作协主席团委员张笑天[N]. 文艺报，2007-10-13（1）.

[71]朱辉军. 片面的历史观与艺术观——由《太平天国》的评论说到历史题材文艺创作[N]. 文艺报，2000-9-28（3）.

[72]刘军. 从“辉煌”到“失败”介绍电视连续剧《太平天国》[N]. 解放日报，2000-7-14（4）.

[73]白烨. 悲壮的英雄史诗——电视连续剧《太平天国》观后[N]. 文艺报，2000-8-3（2）.

[74]尚东.《太平天国》观众有话要说[N]. 金融时报，2000-8-11（8）.

[75]张笑天. 占领文学高地 勇攀文学高峰[N]. 吉林日报，2015-10-28（12）.

学位论文：

[76]韩春燕．当代东北地域文化小说论[D]．长春：吉林大学，2006．

[77]吕冰．在历史的夹缝中坚守——张笑天中短篇小说解析[D]．长春：吉林大学，2009．

[78]王金娟．张笑天小说《太平天国》人物形象研究[D]．延吉：延边大学，2014．

[79]王维肖．张笑天历史题材小说研究[D]．延吉：延边大学，2015．

[80]韩路鹏．张笑天影视剧文学创作研究[D]．延吉：延边大学，2015．

[81]程伟．从革命历史小说到新历史小说叙事模式嬗变[D]．呼和浩特：内蒙古师范大学，2010．

[82]刘进军．中国新时期历史题材小说论[D]．济南：山东师范大学，2008．

[83]王玮琼．当代“新历史小说”的历史书写[D]．齐齐哈尔：齐齐哈尔大学，2012．

[84]张待纳．在人性的开掘中书写历史——张笑天历史题材创作解读[D]．长春：东北师范大学，2002．

[85]李莉．刘铭传与台湾近代化[D]．大连：辽宁师范大学，2005．

张笑天历史题材小说研究

王维肖

【摘要】张笑天历史革命题材小说是中国当代文学史的重要组成部分，张笑天以速度快、产量高而著称。作者以其独特的人文视角重新审视了历史与革命，侧重于表现人性、刻画心理、抓住细节，还原了真实的历史、真实的英雄。人是历史中的人，无法摆脱历史的局限性，又在充满局限性的历史中发挥着个性的积极作用，对历史进行思考，从而用自己的行动诠释着历史观，作者在作品中也生动地展现了底层人物的命运。张笑天的小说叙述结构宏大，人物形象丰富，刻画细腻，人与历史交织，以人带史，以史塑人，把历史人物置于历史特定时期的典型场景中，同时使历史人物的画面生活化，历史与生活交织，充分挖掘历史人物的性格。作者在其小说中，融入了自己深刻的感悟与思考，坚持一切历史都是当代史，具有超前的历史观，他的小说给人以深厚的文化感、历史感，打开了历史空间，真实而生动。张笑天采用独特的历史叙述手法，在历史叙述中，传达了积极的历史观，揭示了历史发展的必然趋势和必然规律。

【关键词】张笑天；历史小说；主题；艺术特征

第一章　绪论

张笑天是当代中国著名的作家，他的作品种类繁多，主要为小说和散文，小说又分为历史革命题材的长篇小说和取材于底层人物、官场腐败的中短篇小说。主要小说有《太平天国》《台湾首任巡抚刘铭传》《扎西1935》《开国大典》《抗美援朝》等长篇和《离离原上草》《公开的“内参”》《芳草天涯》《乔迁之喜》《来自居里大学的报告》等短篇。其长篇小说题材丰富，结构宏大，中短篇小说语言犀利，善于刻画，在中国当代文学创作中具有重要的地位。另外，张笑天的创作速度惊人，素有“快速高产”的盛誉。他的小说作品思想深阔，处处洋溢着对生活和艺术强烈的探索精神，并拥有丰富的意象和深刻的意蕴，对当代文学来讲，其文学作品有着独特的审美视角。

一个完整的题材，不管是宏大的，还是微小的，一旦进入作家的视野，被用来进行文学创作，那它都是作者手术刀下的病人。不同作家的区别就在于手术工具的运用高超与否，手术技法的运用娴熟与否。张笑天在历史题材这个病人面前就利用自己的叙事结构对其进行了深刻的透视，大至历史事件，小至历史底层人物，直切要害。笔者研究作品同样是对作者的作品进行手术透视。

本论文的目的就是结合张笑天的生平经历和时代大环境的话语语境来探析张笑天小说创作的独特价值，具体阐释他小说中历史与艺术、艺术与真实、细节与历史之间的契合，展现其作品中丰厚的文学思想，深入把握其小说中个体与历史的关系，以及对激烈的社会动荡中的人性的生动描绘。英雄创造历史，还是得益于历史，这是一个一直以来都众说纷纭的话题。张笑天还原真实历史，把英雄从神坛拉向人间的大地，给读者更切实的感受。不论是宏阔的历史长篇小说，还是细致精悍的中短篇小说，张笑天都表现出了出人意料的创作功力，完整的视角研究有利于体会其作品独具一格的艺术魅力和审美价值。

张笑天作为20世纪下半叶中国知识分子，他对历史和时代有着不同于常人的敏锐观察和体验，作为一个作家，他用文字去刻画历史的瞬间和历史人物的命运，为我们呈现出极其生动而独特的历史画卷。他的历史革命题材小说叙事结构宏大，里面人物众多，作为历史主体的众多小人物，他们缺乏历史敏锐感，无法参与意识形态的主流对话，但他们依然有着自己的历史命运和历史力量，完成着生动而又容易被忽略的历史选择。所以，对张笑天的作品进行全面的分析研究，有利于我们确立生动而真实的历史观，对我们感受历史、把握历史、面对历史有着重要的意义和价值。

张笑天是从“文革”时期跨入改革开放时期的作家群中的重要一员，他的创作是中国新时期文艺界百花齐放的重要一朵，文学界从伤痕文学、改革文学到寻根文学，再到先锋文学等，一批批沉寂的作家纷纷醒来，一批批新锐作家纷纷呼应，中国当代文学再次出现了百家争鸣的景象。对张笑天的作品进行全面的研究有利于把握新时期中国当代文学创作的整体风貌。

历史革命题材小说是中国现当代文学创作的一个重要领域，类型丰富，如五四时期鲁迅的《故事新编》、郭沫若的《屈原》等都是对历史题材的成功创作。可以说历史革命题材创作在中国有着深厚的传统和根基，撇开古代历史革命题材的创作不谈，张笑天的历史革命题材小说创作在中国当代小说创作中独树一帜，既打破了“文革”时期的真空，又为后来的历史革命题材小说竖起了标杆，极大地影响和促进了历史革命题材小说的创作。而且，张笑天在创作过程中充分发挥了自己的激情和想象，使作品带有传奇色彩，极大地增强了其作品的艺术性和审美价值。

第二章　张笑天历史题材小说的主题思想

张笑天，笔名纪延华、纪华、严东华，祖籍山东昌邑，1939年11月13日出生于黑龙江延寿县黑龙宫镇，少年时期即在《中国少年报》发表了第一篇小说《新衣》。1961年，毕业于东北师范大学历史系，后被分配到敦化县（今敦化市）执教。1975年，调入长影任专职编辑。长期的基层经验与个人的文史天赋为他的创作提供了丰富的灵感源泉。在其主要的历史题材作品中，无论是历史人物，还是虚构的人物形象，都是立体与丰满的，在处理历史与现实、历史与艺术、理想与现实的关系上，他总是显得游刃有余。他的创作集中在历史题材的长篇小说上，他创作的速度之快、质量之高令人惊叹，这与他的职业有着密切的关系。作者长期任职于长影，这使他的创作才能得到充分施展，同时对他的创作也是一种鞭策。20世纪八九十年代中国改革开放的思潮席卷大江南北，人们急需接受新的东西，接受新的刺激，正是在这种渴望之下，各类个性、自由的文化产品迅速产生。人们需要重新看待历史，重新感受历史，在保留历史的那份沉重之余，又要加入自己弹性的理解元素。张笑天历史革命题材小说的创作就是在这种大背景下展开的，他笔下的历史既是群体的大历史，也是作者自己眼中的小历史，由于作者特殊的职业关系，他的作品能够通过银屏直接与大众相见，因而影响深远，具有典型性。

2.1　历史与革命

历史与革命是一个古老而常新的话题，人们生活在这个世界上，在对未来进行探索的同时，必然会对自己从哪里来，如何走到现在产生疑问。西方有位名人曾说过：忘记过去就意味着背叛。从人类学的角度来看，这句话是有一定道理的，人类的发展并不是像幻想家和理想主义者想象的那样如一股美丽的旋风从天堂吹到人间。文明发展到今天的繁荣局面，积累了千万亿人类的探索，是人一步一步走出来的，他们穿越了数亿年的时间，使我们的脚步延续至今。在这个过程中有后来人无法想象的各种挑战和抉择，当今社会便是人类勇敢的先辈们挣扎搏斗出来的，所以我们应当首先感谢历史，感谢先辈为我们打造的今天。但我们不能仅仅沉迷于人类先辈们所造就的丰功伟绩之中，我们探寻历史，恰恰是因为现实不够完美，有许多需要改进的地方，先辈们的选择无疑在当时看来是最正确的，他们必然会选择最有利于人类发展下去、生存下去的道路，扬长避短，可当他们所避的短日益显现的时候，作为后来的承受者的我们，有责任、有使命去面对、去克服，拿着先辈们为我们留下的长来弥补他们为我们留下的短。于是革命便产生了，一切打破旧的形式的活动都是革命。

以历史革命为题材的小说注定要包含着深沉的人类意义，并不是一个新的更有活力的团体经过一番较量顺理成章地把旧的团体推翻的简单逻辑，它必然要包含着作者的自觉意识，只有作者对历史与革命有了深刻的思考，有了清醒的理性分析，有了铭彻肺腑的心灵体验，他才能在笔下刻画出有意义的、真实的历史和壮烈的、深刻的革命。张笑天的历史革命小说做到了这一点，虽然他的作品都是间接地通过银屏所被人熟知的，这丝毫不影响他作品的文学意义、思想意义。他的作品给人耳目一新的感觉，给人观后不绝的回味与反省。

张笑天的主要作品就是取材于历史与革命的长篇小说，2002年他发表了文集30卷，共2000多万字，在文集中，他的长篇小说占着极其重要的篇幅和地位。从1975年调入长影以来，他先后创作了21部历史革命题材小说，并将部分改编成电影和电视剧。在这些作品中，张笑天向我们展示了他的历史观和革命观，虽然作者没有直接表达他对历史和革命的看法，但小说为我们展示的历史与革命的画面、人物的设定、场景的安排就已经让我们间接感受到他对历史的感受，作者写出来的就是他想让读者了解的，就是他渴望被读者认同的历史与革命，他的意图不可能全部被读者领会与接受，所以我们需要对其作品进行全方位的研究，从而探知其全貌。

2.1.1 张笑天历史题材小说中的革命诉求

历史题材小说在中华人民共和国成立初期占据着中国文坛的主要地位，这源于时代的要求，中华人民共和国成立，人们当家作主，想要表达革命胜利的喜悦，充分宣泄内心的自豪感，历史革命小说自然成了当时最有力的文学潮流。但当时的小说有着很强的政治色彩，选材不够丰富，模式单一，倾向于表现个体的光辉形象，过分追求高大上，因此显得简单，当然此类作品是那个时代的好作品，但现在从文学的角度来看，它们存在着一些不足。

历史小说与革命小说不同，革命小说是指创作于1942年延安文艺座谈之后，以1921年建党至1949年中华人民共和国成立的这段历史为题材的小说，它的范围十分明确，具有很强的政治色彩。历史革命小说不是单独侧重于红色革命的历史，它包含两个部分，一是历史小说，二是革命小说，第二个部分是与革命小说重叠的，但第一个部分包含的历史更大，是在一个大的历史环境中进行创作的。所谓历史小说就是指以历史人物和事件为题材，反映一定历史时期的生活面貌和历史发展的趋势的小说。张笑天还有一部分特殊的作品，就是他的43部中篇小说，这类小说虽然历史性不是那么明显，集中于对知识分子和社会进程的书写，但他在书写时采用了历史叙述手法，所以把这类作品也归为历史小说，这些作品集中展示了20世纪80年代社会现实的历史，并把它当作一种结果去展示它的情节过程。

张笑天的长篇小说主要以历史与革命为题材，如《太平天国》《抗美援朝》《三八线往事》《抗日战争》《开国大典》等。在历史与革命小说的创作中，又以历史人物和历史事件为主，在不同的作品中，有着不同的刻画。以历史人物进行创作的有《权力野兽朱元璋》《台湾首任巡抚刘铭传》《戚继光》《孙中山》《叶挺将军》《末代皇后》等，这些小说以人物为主线，挖掘人物的生活细节，完整展现人物形象的同时，又从侧面以一个个体的视角感受时代和历史。以历史事件为焦点的小说有《开国大典》《重庆谈判》等，这些小说以历史的关键性时刻和事件为切入点，全方位展示关键性时刻和事件的重要意义，展示不同的人在历史性时刻和事件中的反应，使读者对历史时刻和事件产生更全面、更丰富、更准确的认识。当然，张笑天的小说还有以特定地域为创作背景的历史革命小说，如《扎西1935》《白山黑水》。

张笑天的历史小说，以展现宏大的历史画面为主，笔触泼洒，再加上自由发挥的才华，如果以书法来比，可以比作书法中的草书。在表现时间画卷时，张笑天采取的是粗线条、重笔墨，与表现时间不同，在刻画人物时，他采取了细笔墨、深雕琢。

2.1.2 张笑天历史题材小说中的革命形象

张笑天小说中比较重要的两类人物形象，一是关键性人物形象，在历史小说中表现为历史主要人物，在革命小说中表现为光辉革命者形象，这类人物即主要人物；二是小人物形象，小人物则是次要人物，这里所说的次要并不是不重要，而是在小说中出现较少的人物，但是他们在小说中是不可或缺的，从意义上讲也是主要人物。首先，对历史主要人物的刻画，张笑天极尽笔触，干脆利落，以人物为线索来牵出历史，在事件中展现人物，如《台湾首任巡抚刘铭传》讲述了刘铭传在战争结束后，被任命为台湾第一任总督。小说以此为线索，描述了刘铭传抵御法国入侵，保卫台湾，成为传奇人物的发展。小说所描述的刘铭传具有战略家、军事家的远见。小说展示了他的挫折、不幸、痛苦和遗憾，真实地再现了复杂的历史和社会背景。小说还展示了刘铭传鲜为人知的个性。刘铭传成功地实施改革，被称为台湾近代化之父，尽管他遭到了一些人的诋毁，但抹不去他的荣耀。作者生动地叙述了两岸人民的生活。小说气势宏伟，情节跌宕起伏，人物生动形象，对话语言精彩，主题寓意深刻，具有高超的思想性、艺术性和欣赏性。《孙中山》中的孙中山先生开创了一个时代。这部小说是根据大量的历史数据创作的，从1895年孙中山领导广州起义写起，至1925年孙中山逝世，前后有30年，再现了伟大的革命先行者孙中山先生一生壮丽的革命事业，他是20世纪中国三位最伟大的历史人物之一。这是第一次以小说形式，真实、全景式地反映孙中山一生的长篇大作。

同样，张笑天小说中的革命人物形象也深入人心，但是与历史人物不同，革命人物包含的范围较广，不仅有启明星式的威武将军，也有众多底层坚韧的大众。在刻画这些人物时，作者避开了呆板化、符号化的桎梏，拉近了关键性人物与普通民众的距离，英雄也是常人，也是普通人，他们也是有情有血有肉的个体。在《孙中山》中，作者就没有把笔墨集中放在革命风暴的前线，而是通过描写孙中山与家人的关系，细致展现了孙中山先生的日常生活，尤其是他的感情生活，从而使我们了解了一个更真实、更丰满的孙中山。

另外，在对反面人物进行刻画时，作者也采取了人性化的表现方式，而没有用统一白脸的形式进行刻画，与传统的对国民党一味贬斥的做法不同，在《台儿庄战役》中，作者对蒋介石就进行了中肯的描写，充分肯定了他的正面作用。

作者在表现人物时，特别注重对细节和心态的描述，与传统的典型环境中的典型人物的刻画不同，他更侧重于表现人物的性格与生活。人在历史中生活，但历史也是人创造的，人带动了历史，从这个意义上说，生活也是历史，是更细致、更丰富的历史。《重庆谈判》中并没有把写作的焦点放在谈判桌上，而是详细描述了毛泽东与各阶层人的接触，尤其值得注意的细节是毛泽东和小女儿的相处，这使他的形象不止停留在伟人这一高大形象上。还有邓小平向毛泽东讨烟的细节，使伟人间的关系生活化。当然伟人之间的关系很多样，但生活毕竟是其不可缺少的一部分，而这一部分也正是为众人所不知的。细节是一个人思想与情感的完整表露，在对细节的刻画上，人物的心理与心态自然有迹可循。所以，张笑天的小说把人物从一个极其狭窄的空间中解放出来，使人物成为丰满的圆形人物。

2.1.3 张笑天历史题材小说的意义

没有历史，就没有今天；没有革命，就没有宏伟的民族史。一个伟大的民族在人类的进程中，必然要进行各种的挑战和突破，在面对人类自身的局限时，人们必须要进行思考与行动。那些最伟大的行动在后人看来就是迫在眉睫时采取的壮烈行动。

张笑天在小说中向我们展示了历史与革命，使我们了解了一个更全面、更不一样的历史。他的小说不同于严谨的史书，史书是对历史事件的完整而严格的记录，但在面对历史时我们不仅需要完整和严格，我们更需要用心灵去感受，人类的方向不只是政治和经济前进的方向，更是心灵的进步，如何在历史面前找到自己的位置，这是每个当代人都需要面对的问题。张笑天在小说中告诉我们，历史离我们并不远，那些在历史中勇搏激流的人并不遥远，他们也是与我们有着共同特点的个体，他们也有着自己的生活和情感，他们也要忍受痛苦与煎熬。我们都是历史的参与者，因此我们要热爱历史，热爱这个我们活着的当下。在历史的今天，我们应该做些什么？我们应该向那些真正创造了历史的人们学习，去思考他们为什么能在历史的关键时刻做出正确的抉择。在历史的潮流面前，人都是渺小的，不顺应潮流，必然会被历史淘汰，所以我们应该融身于历史，而不是做历史的绊脚石。与历史相似，革命似乎让很多人感觉相距很远，和自己没有多大关系，有时刚过去不久的革命听起来就像发生在很多年前的传说一样。即使到了科技与信息发达的今天，普通民众对于革命的概念依然没有正确的认识，总感觉革命和自己没关系，那是大人物的事，自己只要过好小生活就可以了。其实炮火只是革命的一种形式，它的本质是每个人都要面对的，革命就是去除不合理的东西所进行的激烈的斗争形式。现在是和平盛世，不需要我们进行革命，但对于刚发生不久的，当代中国社会赖以生存的近代和现代革命，我们应当充分关注，汲取其积极的养分，传承先辈们的精神。

一切历史都是当代史，当代生活是全部历史基因的总和，学史使人明智，中国是从乡土社会发展而来的，虽然现在经历着翻天覆地的科技革新，但前人的思想对我们以后的发展有着不可忽略的借鉴和指导意义。我们应当积极地参与历史、关注历史、关注革命史，形成正确的历史观。张笑天就是通过他的历史革命小说传达了他的历史观和历史视角，为我们展现了一个不一样的历史，一个作家眼中真实的历史。

2.2 底层人物的故事书写

张笑天在接受采访时曾说过，他在进行历史小说的书写时坚持回到历史现场的原则，因此他收集了大量的资料，同时采用艺术手法进行了虚构化处理，七分史实，三分虚构，这正与郭沫若先生的观点不谋而合。张笑天在写作时首先是让自己进入历史现场，然后是要把读者带进历史现场，只有这样才能切身感受到历史的真实感、立体感。对于历史现场，处于底层的人民大众是更直接的观察者，因此，历史的真实离不开人民大众。历史不是一个人或一群人、几个人或几群人的历史，它是全体民众的历史，展现历史就不能缺少底层人眼中的历史。历史的命运对于大人物来说更多的是政治命运，而对于底层人来说是全部的命运，包括人生、生活、情感，甚至包括生命。

张笑天的小说塑造了上千个人物，其中绝大部分都是底层人物，底层人物有大概以下几类人，一是历史与革命的旁观者与亲历者，他们是历史重大时刻伟人身边的小角色，他们没有决断的权力，但他们一直处于历史事件核心位置，追随领导者一起革命，与领袖共进退，如《白山黑水》中的普通战士等；二是历史与革命的接受者，在历史与革命中他们没有自觉的意识，只是被动接受历史与革命赋予的命运；三是在历史的变革中拥有自我意识，在革命时进行着自我小范围的应对与抗争，但面对历史的潮流他们根本无法自保，只能在夹缝中生存。在这里我们集中讨论第三类人。

张笑天在历史叙述的中篇小说中给予了第三类人切实的关注，这部分作品以20世纪80年代为创作背景，集中于对知识分子的命运和官场矛盾的揭露。20世纪80年代是国家转型的重要时刻，一切百废待兴，经济与思想需要加速转变。转型是历史的阵痛期，转型成功必须要克服这个阵痛期，其中特别值得关注的就是知识分子。底层的农民缺乏自觉意识，历史对他们来说就意味着接受，不需要过多的思考。但是对于知识分子来说，事情要复杂得多，他们有知识、有想法，当时代的进程与他们所保持的文化阵地不同，或现实无法满足他们的诉求时，他们就会产生多样的变化。

2.2.1 历史动荡中的底层人

张笑天的《太平天国》描述的是一次中国历史上轰轰烈烈的农民革命，但他们终归是当时社会的底层，革命是他们在社会的动荡中不得已而进行的选择，因此在根子上他们还是社会的底层人群。张笑天在《太平天国》中就把他们的形象进行了群像化处理，没有简单突出单个的人，洪秀全、杨秀清、韦昌辉等都是以群像的形式出现的，他们涵盖了更丰富的个体本性，洪秀全总揽全局，杨秀清则是一个阴险的人物，石益阳更是一个虚构的人物，作为石达开的爱女出现，从而揭开石达开的生活。在小说中，文本更多地展现的是太平天国内部的事件，清王朝只是一个外围背景设置，文本空间大量留给了太平天国的人，这就为充分展示他们之间的关系提供了条件和空间。其实，小说表现的就是整个大环境下的底层人物的挣扎和奋斗，他们在面临相同的境遇时有着不同的反应和对策。

张笑天有着自己独特的历史观，因此在还原历史现场的时候，他采取了不同的标尺对人物进行刻画，不是用史学和政治学的观点来随意褒贬历史人物，而是用文学的观点、人性的标准来刻画人物。在文学的世界里没有所谓的反动派、白色恐怖主义，只有人，具有人性的人，在《离离原上草》中他就把共产党、国民党、人民群众划归到一起，在作者的眼里他们都是中国人，都是中国人的个体，本质是一样的，而不是用他们的标签决定他们在文学中的角色。所以，他的小说具有浓厚的人情味，尤其是在对底层人物的生活描写中表现得更为明显。张笑天执着于表现普通人的苦难，《集结号》写的就是普通士兵的困境，着眼的不是战争的胜利，而是普通人的命运。《老将离休之后》描写的是一个退休的老将军回忆自己的往事，以此为线索进行展开，这个故事突出的不是老将的光辉战绩，而是其内心深深的反省。他曾因为个人英雄主义的思想使战士死伤，并为此感到痛苦。小说也从普通士兵的命运的角度反思了组织和领导行为的重要性，以及个人英雄主义对普通士兵的严重影响。《没挂军功章的女兵》讲述的也是一个普通士兵的故事，女兵蓝天月因为脑部受伤没有明显的外部伤痕被错误地划为逃兵，遭到了组织和社会的不公平待遇，最后含冤而死，表现了个体缺乏话语权，在面对群体时处于弱势地位，张笑天在小说中对这些个体给予了充分的关注。

张笑天的43部中篇小说集中描述了20世纪80年代社会转型时期的知识分子的生活境况，他们的困境主要集中在旧有的观念与新的现实之间的矛盾、新旧价值观念之间的矛盾、个人生活与公共生活的差异。新时代要求有新的思想，新社会要实行新的制度，但已经处于新时期的知识分子的思想还是旧的，他们还未能及时地改变自己的思想，有时甚至是不愿意改变，这就与新的社会有了冲突。新的社会注重人的个体价值和私人生活空间，政治色彩淡化，注重个体自由，但是人的圈子总是把人的生活过度公共化，极度挤压个体生活空间。知识分子在人际关系方面的欠缺和科学研究的优势不能形成很好的互补，如黎大品在科学上很有能力，但正是他在科学上的优势使他在生活中百受其苦，他缺乏在人际关系方面的应变和承受能力，所以无法协调自身的落差，如一颗社会关系中的棋子一样，可怜地受周围氛围的摆布。徐晴与刘烈的婚姻具有20世纪八九十年代婚姻的典型特点，因为对爱情的憧憬和追求徐晴做出了大胆的一步，但结婚后一切美好都如浮云一样飘逝而去，她眼中的刘烈已不是当初的那个爱情白马，但主人公无法挣脱周围的舆论和传统的观念束缚，最终勉强维持名合实离的婚姻躯壳。张笑天笔下的知识分子很多，他们面临着不同的困境，但本质是相同的，他们在社会的大潮中蜷曲地生活，委屈着自己的灵魂和思想，他们是在夹缝中生存的一批人。

2.2.2 光怪陆离的现世相

张笑天的小说从来不乏对现实的关注，作者极具人文关怀，他关心伟人的心理与感情生活，关心下层人的心灵。在社会方面，他一直以社会责任作为作家的使命，直面社会，写出时代的最强音，使人警醒。

张笑天对官场有着细致的描述，主要集中在他的中篇小说中。在社会转型的关键历史时期，每个人都会面临着新境遇，知识分子有着知识分子的苦闷，官场同样有着自己复杂的状况。社会转型需要新的制度，新的制度的实行必然要从政府和官员首先开始。新时期的很多官员曾在历史时期为革命做出了卓越的贡献，他们中的大部分是意志坚定的共产主义者，但在新的时期，他们的思想已无法满足经济变革和体制变革的要求。在张笑天的小说中，有的人物直接以离休和退休的状态出现，如《家务清官》《前市委书记的白昼与夜晚》中的人物。在历史的新时期，他们需要重新寻找自己的位置，完成自己的历史转型。

描写官场，当然离不开官场的腐败与人性的乱象，官员本是国之重器，在社会转型时期，他们应当是社会的诊脉器。但与转型较慢、守旧阵地的离休干部不同，一些官员转型过快，他们不仅适应了新的经济社会，甚至在官场浑水摸鱼。张笑天对这些现象也进行了深刻的讽刺。《雪下》讲述了一个非常有意思的故事，在一个小县城里，两个病人都需要进行手术抢救，一个是手中有权的官员，一个是离休干部。在进行孰先孰后的问题抉择时，医院决定先抢救手中有权的官员，结果离休干部因为延误而死亡。当然这不是直接表现官员腐败的问题，但在人性的考量上特别有意味。在张笑天的小说中类似的具有意味的片段有很多，生命在他的小说里就是人性的展示场。

2.2.3 底层人物的尴尬意境

张笑天塑造了上千个人物形象，在写作时力求塑造丰满的人物个性，摒弃了线性刻画手法，在对人物角色的设定上也突破了假大空的模式，使小说中的每一个人物都真实、鲜活，让读者感觉他们就生活在平常人之中。张笑天在接受采访时曾表示，他写作的立足点是人，他所要挖掘的是生命的深度，即使是英雄，在张笑天的笔下，他们虽然身处激荡的历史洪流，也会有着平常人的苦闷、追求，甚至常人看似极普通的东西，在他们的生活里却弥足珍贵。《太平天国》是一部英雄的历史，更是一部普通血肉之躯的追求史，但最终以悲剧收场，无数个英雄之魂在历史的尴尬意境中只给后人留下一声叹息。

《天之涯，海之角》与《太平天国》不同，它描写的是一批商人的积累史，与闯关东、走西口等历史素材相似，表述的都是普通民众的求索史。在小说中，一批丝绸商人不畏千辛万苦，下南洋找市场，最后事业昌盛，看似风风光光，再回头来看，人为什么要远行，难道他山的石头真可攻玉？这不过是他们求生存而不得已的选择，立足之地已可施展，何必还去远方求富贵。他们取得了事业的成功又如何呢？他们的心灵、他们的根不在南洋，而是在生自己养自己的那片落叶之地。他们拥有社会财富，但依然改变不了他们的生存境遇，在心理的安适感面前，在乡音难觅的挣扎中，他们的生活并不比一个本地的市井无赖强多少。所以，《天之涯，海之角》描述的是早期商人下南洋的创业史和心灵史。

中国是一个乡土社会，占据中国民众主流的是守根如金的中国农民，在革命与历史的浪潮里，他们的根很难守得稳、守得住。《太平天国》里的人没有人从心眼里是想闹革命的，从军打仗的人没有人想去拿枪杀人。但是在激流涌动的时代，他们被迫走进了历史。淮海战役的成功是几百万农民用手推车推出来的，他们是历史的幕后者，是默默的承受者。

《十三号病区》描述了一群麻风病患者如生活在孤岛一般，当然他们的生活比较具有典型性。作者描写他们并不是仅仅把他们写出来，而是对这一类人给予人文关怀。试想，底层的普通人或多或少都有着那样这样的不顺利，天灾人祸在所难免，他们没有经济实力，没有地位，在面对灾难时，他们靠什么，只能靠承受，无言的承受。在人性的舞台上，没有人是胜利者，每一个人都要面临困境，不管你是伟大的将军，还是一个小手工业者，不管你拥有多少财富，人们有的只是真实的生活、心灵的思考。

2.3 历史人物的命运感叹

时间造就历史，时间把人带向美好的青春，而人又被另一批美好的青春赶进黄昏的胡同。人在历史的潮流中，如风中一羽，随风飘逝，终将被遗落大地，碾作成泥，被雨雪浸湿，“落得个白茫茫大地真干净”。无论古今中外，时间的存在感一直强烈地缠绕着人的思维，面对着万千世界，人们不禁感叹，一切都将过去，时间这一刻还在自己手中，可瞬间就成过往，不可把握。茫茫乾坤，自己永远生活在过去与未来的临界点，如一个游魂，无所指归。马赛尔·普鲁斯特在《追忆似水年华》中生动地描绘了自己对过去的留恋，仿佛人生的全部就在过去，这是对过去极致的阐述。但是，如果人类只停留在对过去的留恋上，那么人类也就不会有新的历史，向前、向上是自然界的天性，也是人的天性，就是在这急速流转的状态中，人们渴望用精神、用行动走在时间的前面，对新的东西有着近似痴迷的渴望和热爱。

人创造了历史，人们对创造历史的英雄有着一种自然的崇拜之情，因为每一个人都希望自己是历史的创造者。因此，人们学会了享受生命、享受人生，即使生命终将完结，也要留下自己的色彩，或激流勇进，或极其钻营，或挖空心思，或仗义直行，或正气立身，从而绘制丰富多彩的历史画卷和人生画卷。人们在面对前人创造的历史时，思考着自己的突破点，以走出与前人不同的道路，但是，在时间面前人是绝对无力的，在历史面前，又何尝不是，想创造历史，必然要融身历史，但融身历史、融身社会，那就注定你不可能是完全的自己，你利用了历史的智慧，必然会进入下一个历史的胡同，这就让人不免掩卷长叹。

张笑天的小说展现了众多历史人物，他们在历史时刻作出了自己的努力，完成了自己的历史使命，比较值得人们关注的是他们在历史的关键时刻的挣扎与抉择。历史并不是一条直路，他们只能按照自己的思维去寻求直线前进，但每个人的直线不同，所以历史就是众多人不同的直线交织的网，不同的力的方向使网向任何一个方向前进一小步都困难重重。如果太平天国中的每一个人都是洪秀全，或者都是杨秀清。那么太平天国的命运绝不是当年草草了事的昙花一现，同样，也就不会有重庆谈判。当然这都是假设，历史不会有假设，如果历史能随便假设，那么历史也不会这么动人心弦，这么丰富多彩。

2.3.1 伟人与普通人的历史命运

首先，处在历史风口浪尖的伟人，他们在当时所处的位置，拥有着看似能改变历史的能力，但是事实是他们处于历史的车轮之下，终成历史的过客。这里大致可分为两类人，一类是顺应历史潮流的伟人，他们是大多数人或一个民族先进的代表，另一类是不顺应历史潮流，葬身于历史的滚滚洪流中的枭雄人物。我们首先来看看第二类人的命运，这类人谱写进史册是被后人所唾骂的一类人，如《重庆谈判》中的蒋介石，他自认为自己拥有着当时中国最有力的武器，没有团结大多数人，创立了军统，对全国进行恐怖统治，当然我们应当把他的行为看成一种历史行为，而不是一种个人行为。他的命运如何呢？不言而喻，一个自认为拥有着最高权力的人，在历史车轮的面前，不得不屈服于历史，而成为历史的垫脚石。第一类人在历史的篇章里是正面的，被认为是历史真正的开创者，但在历史的潮流之中，他们犹有很多不舒之意。历史的轨道不容人的猜疑与犹豫，伟人虽然是伟人，但他们的智慧远远不能使自己人生的各个方面达到极致。毛泽东在《重庆谈判》中以一个历史的承担者的身份出现，但他的个人生活却充满曲折，在他与小女儿的温情当中，我们感受到他是轻松、自由、愉快的，但是在革命当中，他不得不收起自己的温情，投身于社会与革命之中。如果在历史的伟人与慈爱的父亲、高大的丈夫之间选择，他会选哪一个？有人说他依然会选择第一个。可是，历史不会让他有两个选项。《太平天国》中的人，严格地说是一帮农民，他们在历史中是最有力量的一群人，他们决定不了历史的方向，但他们是历史进程的重要推动者。他们活不下去了，去闹一闹，然后失败，他们的命运悲壮，让人感叹，但那就是历史赋予他们的命运。也有人说，有的农民起义就成功了，太平天国的命运并不是所有农民的命运，如《朱元璋》中的朱元璋，他获得了一时的权力，但他的权力在历史中是如此的渺小，如果他的权力像他想象的那样，那么《永乐大帝》中的朱棣便会提早消失在历史的尘烟中了。

其次，是历史生活中的普通人，他们是历史的承受者，他们有着自己的声音，有着对自己生活的诉求，但他们的声音在时代面前往往显得如此微小，不是通过史书传递给后人，而是通过文学、野史进入后人的视野。其实他们生活的状态才是历史的真实状态，如战争时代的农民、社会转型时代的知识分子，历史的前景是光明的，但它的主旋律却是充满灾难与苦闷的。

2.3.2 个体的思考与选择

历史人物在历史中的作为和历史人物本身的性格、所处的时代有着密切的关系，从总体来看，历史人物的命运要服从于历史潮流与时代大环境，面对历史，他们能做的选择不多。终被历史淹没是每一个人的历史宿命，无论是轰轰烈烈的帝王，如《朱元璋》中的朱天子、《永乐大帝》中的朱棣，还是泱泱大众，正如《三国演义》的开篇词所写“滚滚长江东逝水，浪花淘尽英雄，古今多少事，都付笑谈中”。但是，人成全了历史，没有人也就没有历史，没有那些历史人物的血与泪、英明与愚蠢，历史的魅力也绝不会如此巨大，如果人人都对历史漠然，那么历史的天空将一片空寂。

所以，人在历史中不是无所作为的，正是人局限性的行动与抉择创造了历史。现在回过头来看历史人物的状态与命运，我们应当站在他们的角度，正如张笑天所提出的：回到历史现场。人处于自己的原点，处于自己所处历史的原点，应当如何选择呢？答案不一而足，但有一点是应该肯定的，做自己想做的，做自己该做的，做自己能做的，而不是屈服于当下，为历史的浩渺而尘封自己的脚步，鲁迅说过不在沉默中爆发，就在沉默中死去，人要造就属于自己的历史，让自己生活的那片历史耀眼于当下的天空。《太平天国》中的人们失败了，在历史中更被视为悲剧，但是他们为自己的历史画上圆满的句号，他们无愧于时代，更重要的是他们无愧于自己。从革命的历程来看，蒋介石是失败了，但他也完成了自己历史的使命，他的光与热在那个时代也充分地展现了出来。

人的脚步，如空中展翅而过的飞鸟，时日可以迁延，山河可以易位，但永远无法抹去飞过的轨迹，当下的历史也永远无法抹去前人留下的脚印，踩过这片大地，这个大地就曾属于他，历史就曾属于他。张笑天生动的笔触为我们展现了这样一批历史与革命的健儿，让我们重温了那片多彩的天空，体会他们在一刹那做出抉择的力量以及他们思维的艺术，他们在小说中又为我们重活了一遍。

2.3.3 历史与现实

张笑天的历史与革命小说真实地还原了历史，为我们开启了另一个不同的独特视角来感受历史，在他的笔下，那些曾经站在历史最高点的人们，走到了我们的眼前。他曾真切地表示，要回到历史现场，探索历史人物的人性，把最真实的历史、最真实的人物展现在读者与观众面前。历史人物已经追随历史的尘烟呼啸而去，我们现在不能执着于他们的时代，而要学会关注他们给我们留下了什么。

一切历史都是当代史，历史之所以被留下，证明后人认为它们有留下的意义，有着能被今人观摩学习的作用，最直接的就是以史为鉴。当然，张笑天的历史观是一种更宏观意义上的历史观，他把整个人类看作一个共同体，当下的一切，一切的当下都是所有历史的归结点，而不是时间分明的年代和时间框架，当下的社会文化是历史千转百回的糅合。因此，我们应当有一种历史感，而不是把历史隔离，我们要融身于历史，以一种历史的眼光看问题。

学习历史，是为了更好地创造历史。每一个时代都有着自己的使命，每一个人都有着自己的历史角色，无论是伟人，还是不起眼的小人物，在历史中都是不可替代的。历史过往的人物，都在历史的际遇中完成了自己的历史使命，无论是成功的还是失败的，我们不能认为洪秀全失败了，就认为他的历史是失败的，失败也是一种历史作为，就是他的失败成就了他的历史命运。所以，我们应当树立自己的历史角色，在当今纷乱的大潮中，坚定自己的历史定位，勇于追求自己的理想，哪一位被后人敬佩的历史人物不是在纷繁的历史潮流中勇于搏击，划出了自己的历史符号？

人性，这也是作者极尽笔墨进行书写的，历史可以改变山河风景，可以消磨成功伟名，但唯一不能淹没的就是人性，单个的人永远无法超越历史，但人性却可以穿越时空，保持鲜活，永不褪色。这是人性的迷人之处，也是历史的迷人之处。我们看着历史人物，就像看到了昨日的自己，人们总是慨叹没有人理解自己，其实你的全部性格与心理都可以在历史中找到原型，你走过的路，前人已经走过了很多遍，这正是我们要进行关注的地方，前人走通的，我们应当引为经验，前人未走通的，我们就凭借自己的智慧，沿着前人的脚步去创造历史。

第三章　张笑天历史题材小说的艺术特征

3.1　内容广泛，结构宏阔

张笑天以历史与革命为主要题材，在多部长篇小说中对历史与革命进行了生动的刻画，时间跨度较大，刻画的历史人物繁多，所摄取的历史资料与历史生活极其丰富，从《朱元璋》《永乐大帝》《戚继光》到《佩剑将军》《重庆谈判》《开国大典》，从《三八线往事》《太平天国》《白山黑水》到《台湾首任巡抚刘铭传》《孙中山》《叶挺将军》，从历史到人物，从战争到政治，包罗万象，为我们展示了宏大的历史场面、壮烈的英雄人生。

在张笑天的创作中，还有一部分中篇小说值得人们关注，它们表现的画面可能不像张笑天的长篇小说那么宏大壮观，但也真实反映了历史进程，描绘了历史中人的生存状态。此类作品的艺术手法不同于长篇小说的大开大合，但细腻、生动、深刻，在张笑天作品中别具一格，使他的创作丰富多元。这类作品也属于张笑天历史小说创作的范畴，因为它们表现的内容是与历史进程相契合的，同时采用的描述手法也是历史叙述。

3.1.1 内容广泛

张笑天的历史与革命小说，内容十分广泛，以历史与革命为主线，涉及了社会、经济、政治、军事的各个方面，包含的历史信息十分丰富。如《权力野兽朱元璋》从朱元璋早年发迹写起，描述了他在众多的历史险境中化险为夷，把握住历史机遇，带军打仗，所向披靡，一生百转千回的故事，以他个人的命运牵出整个历史面貌。再如《孙中山》，从1895年的第一次起义写起，写了孙中山三十年的革命历程，以1925年他的逝世为结尾收笔。小说内容丰富，笔墨触及了孙中山先生不为人知的革命背后的故事，叙述了他的爱情故事。孙中山先后娶了一妻一妾，然后流亡日本期间又结识了两个日本情人浅田春和大月熏，后来与大月熏成婚，回国后投入革命，又结识了宋庆龄。该小说以宏大的气势，再现了伟大的革命先行者、20世纪中国三位最伟大的历史人物之一孙中山先生一生波澜壮阔的革命经历；以细腻深刻的笔触，生动地描绘了他鲜为人知的感情生活，矛盾迭起，撼人心扉。这是第一次以小说形式，真实、全景式地反映孙中山一生的长篇大作。《重庆谈判》以谈判为背景，描述了谈判前后伟人的心理与家庭生活场景、细节，生动地刻画了人物形象，复原了历史面貌，让我们感受到了一个不一样的历史、一个鲜活的历史。

张笑天小说中的人物形象十分丰富，大到伟人、英雄，小到市井小民，伟人、英雄又各种各样，包括大到平民英雄、平民帝王、革命先驱，小到知识分子、政府官员，其中知识分子和官员又分为几类，他们由于自己的性格和追求，在历史中走向了不同的道路。在张笑天小说中除了历史英雄外最惹人注目的是小说中的虚构人物，如石达开的女儿，她像一个历史的使者走进太平天国，经历着爱恨情仇。张笑天在创作时就明确了自己的创作主张：三分虚构，七分历史，那三分就是历史留给作者的想象和创造空间，也是作者留给读者的想象和创造空间。

张笑天通过他的小说创作，对人性进行了深刻的描绘，在大开大合的叙述结构中，让各种人物在历史的框架内演绎了不同的人性。爱与恨、家与国、革命与生存，在这些二元对立的矛盾体中，张笑天如一个画家，顺着人性的纹理进行着大肆的涂抹。一个画家曾说过这样一句话：画家的神奇之处不在于画工多么高超，而在于他是自然与人的搬运工。张笑天就是通过文学的画笔，把各类包含着真实人性的人物搬运到小说中，搬运到大屏幕上，为我们展示了一个生动而广泛的历史画卷、人性画卷。

3.1.2 叙述宏阔

由于张笑天关注的是历史、革命与人的深刻题材，所以这就注定他不能采取散文的轻松笔触，也不能采取言情小说家的浓情蜜意，他需要用文学的语言展现生动的历史。历史是宏阔的，他的笔法也是宏阔的。在历史小说的叙述中，他采取了历史手法，所谓历史手法就是以历史为大背景，展现大背景下的历史细节。如《太平天国》，当时的大背景就是农民起义风云突起，直逼清廷，但双方的对峙又处于胶着状态，太平军的形势严峻而又一筹莫展，当时的人们就是在这样的大背景下展开了自己在历史风口浪尖上的爱情、政治与军事生活。张笑天的叙述也正是在这样的背景下展开的，给叙述留下了充分的空间，同时气氛又相对紧张，就在这样的一张一弛中，完成了巧妙的构造，既让人了解了历史的风云突起，又让历史人物在历史的天空下舞出绚丽的人生。在历史传记小说中，张笑天的创作集中于争议颇大、具有迷人光环的历史人物，就是他们的争议性、多变性，使他们成为了历史中的迷影，这样的人物自然有着不同于常人的人生。张笑天在这类小说中选择了恢宏的传记式叙述，如《权力野兽朱元璋》，从他的生平写起，一直到他的生命之末，以一种直观的历史视野对朱元璋的传奇人生进行了展现，让读者在谜一样的历史轨迹里渐渐了解一代传奇君主的人生路途。

另外，革命小说不同于一般小说，革命本身就充满着不确定性，充满着生命的陷阱，人往往在生与死的边缘徘徊，随时进行着成功与失败的抉择。但革命的魅力也在于有一大批英雄志士不顾个人安危，在历史的逆境中迎难而上，绝不畏缩。当然他们除了勇气之外，还具备着常人不能及的智慧，他们的智慧加上他们的意志，使他们成为革命骄子。所以，对革命与革命人物的描写绝不能像纯文学学者那样仅仅以一副欣赏的眼光进行观摩，要深入革命情境，深入革命人物，带着自己的感情与心灵投入创作。张笑天在他的革命小说中，采取了直观叙述，还原了革命现场，还原了革命人物，回到战火硝烟的年代，塑造了一个个生动的时代健儿。《三八线往事》描绘的就是中华人民共和国成立初期极其艰难的战争画面，在力量悬殊的敌我较量中，中国志愿军以钢铁般的战斗毅力战胜了强大的敌人。《叶挺将军》更是以短急迫切的切近式手法叙述了叶挺将军短暂而传奇的一生，在革命岁月的初期，叶挺将军如暗夜下的映光宝刀，散发着峥嵘的光芒。

张笑天的历史与革命小说没有运用单一情节主线的推进模式，而是深入历史与革命的背后，对历史与革命细细端详，多线进行，立体化表现。历史小说包含了政治、军事、社会、经济的方方面面，力求描绘出完整的历史。张笑天的历史与革命小说的笔墨并不单纯集中于对小说人物成就的烘托，而是窥探了人物的情感、心理空间，与其说他在重塑一部历史、重现一个人物，不如说是，他在进行着历史写作、革命写作。

3.2 形象丰富，刻画细腻

张笑天笔下的人物形象十分丰富，他在写作中对人有着特殊的关注，要求自己写出生命的深度，从人的角度出发，塑造真实生动的历史。张笑天采用独特的方法使大大小小上千个人物形象跃然笔下而不拥挤。首先，张笑天把人物放在复杂的历史关系中，使他们处于多重矛盾交织的历史网格中，在矛盾中完成人物形象的塑造。《太平天国》中的洪秀全是一个农民领袖，在革命开始的时候，最先举起义旗，严格要求自己，但他又是一个实实在在的人，有着自己的欲望，在革命后期耽于酒色。石达开是一个具有正气的知识分子，具有高超的军事指挥才能，令敌人闻风丧胆，但最后却落了个不顾大局、私自出走的恶名。在张笑天笔下他是一个充满矛盾的人，也是在矛盾中行走的人。张笑天也是以辩证的历史笔法来对历史人物进行描写的，而不是以单一的盖棺定论式的结论来指导全书，英雄们有着自己的过人之处，同时也有着自己的历史局限，他们是活生生的人，而不是供人观赏的毫无瑕疵的艺术品。

张笑天以人的角度，生动地展现完整的人，在刻画人物的时候避免脸谱化、公式化，比如在写孙中山时，不是以故事为主线叙述他的革命事迹，而是深入人物的生活。生活是人最丰富的存储卡，张笑天在对历史人物的生活场景的叙述中，把着眼点放在感情上，着重对他们的感情进行刻画，对他们的性格和人性进行展示。如孙中山不仅是一个伟大的革命领袖，更是一个注重感情的人，一生在几个女人交织的感情纠葛里徘徊，在政治上他有着自己的激情，但同时他在性格上又有着不适于政治的童真，轻易相信别人，把大总统的位置让给了袁世凯。可见，张笑天笔下的人物是圆形人物，是丰满的、血肉生动的人物。

张笑天特别注重心态和细节描写，要想完整地展现人物性格，就离不开对心理的描写，至少要有心理活动的外部流露；同样，人物的心理往往在细节中体现，细节的捕捉自然要有着巧妙的眼光和极高的艺术水平。《开国大典》前夜，毛泽东突然心血来潮出去吃夜宵，吃完之后发现自己忘了带钱，这个细节突出反映了在这个伟大时刻毛泽东的心理。《重庆谈判》中，蒋介石训斥孙子把“明修栈道，暗度陈仓”写在作业中，突出表现了蒋介石的隐秘心理和如意算盘。就是这些细节真实地展现了历史人物的真实历史状态，具有画龙点睛的作用。

3.2.1 小人物的重要性

张笑天的历史革命小说由于其特殊的题材，所以写作结构宏大，其中最引人注目的是小说中的主要人物，那些历史英雄和伟人，他们是历史的焦点，历史的闪光灯曾经聚集在他们的身上，现在时日久远，他们的光环却没有随着时间的延续而暗淡，更罩上了一层迷人的光晕。在这一部分我们要讨论的不是这些大人物，每一部历史小说都知道要用历史传奇人物来吸引读者的眼球，但就是这个原因促使历史小说的次要角色设置极其重要，小说中小人物的安排更能显示作者的创作思想和高超的创作技巧。张笑天小说中有着大量这样的人物，如《太平天国》中的洪宣娇、石益阳，尤其是石益阳还是一个虚构的人物，但是她们穿插在历史的特殊时刻，与历史关键人物有着千丝万缕的联系，她们的爱恨情仇在历史的大结构下有着一种飘逸的色彩，仿佛游离于历史之外，或者说历史成为她们生活的点缀。《开国大典》中的毛岸英、蒋介石的孙子，《孙中山》中的三个女人都是类似的角色，当然不能说他们是小说中的次要人物，但对于后人来说，他们很容易被历史的主流忽略。

张笑天的中篇小说描写的全是一些小人物，他们处于历史的大进程中，仿佛与历史主流没有多大的关系，因为他们既不能决定历史的走向，又不能逃离历史做一个世外高人。就是因为他们是小人物，他们的心态与生活更能真实地反映历史的延伸，历史不是单属于伟人们的，更多的是属于小人物的，他们是历史的大多数，在历史的车轮压过来的时候，他们只能默默承受，然后在自己生活的小范围内进行着微妙的反抗。《公开的“内参”》中的戈一兰本应是一个具有自由精神的探索者，但是她处于新旧转型的社会进程中，当外在的舆论氛围与自己的心灵产生剧烈的冲突时，她犹如一个被束缚了双腿的鸭子，在自己的小圈子里打转。她作为一个新时代的女大学生，本应有着光明的前路，但在挣脱束缚自己双脚的绳子时，她打破了自己生活的界限，最后沦为了一个“高级女流氓”。这真实地反映了新时代人的价值观的变化，以及传统的爱情观与价值观的支离破碎。

张笑天小说中的大历史下的小人物，给人以真实感、生动感、丰富感。

3.2.2　大人物的关键点

历史与革命当然离不开大人物的关键点，历史的推动就是在这些点的相互交织下展开的，犹如一张错综复杂的大网，历史的关键人物和历史的关键点就是这张网的纲，所有的线索与力量都围绕着这些因素积聚。所以，历史上的交战往往是历史关键人物智慧的对决，表现在历史上就是历史大事件。张笑天的历史与革命小说就紧紧围绕着历史人物和历史事件展开，由于对人性的执着，作者更偏重对历史人物的挖掘，历史中的大人物的关键点往往显得尤为重要，因为这些点不仅关涉着历史人物，还关涉着历史事件，是历史人物与历史事件的聚合点。

《重庆谈判》里最关键的点就是谈判，虽然作者放在谈判上的笔墨不多，但不得不承认谈判是整个小说的高潮部分。在谈判中作者对毛泽东与蒋介石首次面对面交锋进行了细致的描述。在这部小说里，毛泽东与蒋介石共见了十次面，毛泽东虽然身在国民党的陪都重庆，但他凭借自己的才华在会面中从容自如，充分显示了他的文韬武略。最有意思的是蒋介石为了在文学上使毛泽东出丑，派了一批遗老遗少，与毛泽东文斗，最后通通失败，连蒋经国都感叹不已。

《太平天国》中的农民革命是一场声势宏大的历史大事件，但是最后失败了，令后来的评点者唏嘘。他们的失败就在于在历史的关键时刻没有把握住关键的历史机遇。著名思想家李泽厚在20世纪70年代末曾对此进行了分析："农民革命在摧毁地主土地所有制的旧生产关系之后，在一定范围和时期内，土地得到了重新分配和调整，生产力得到了发展，但很快起义领袖们变成以皇帝为首的公卿将相大地主阶层，占主导地位的仍然是地主土地所有制，农民革命即使在粉碎旧的国家机器之后，建立起来的也仍然只能是封建王朝和专制政体。太平天国政权当时主要的功能、作用是在打清朝、打曾国藩，还是在军事、政治、经济上代表农民阶级反对地主统治的利益，所以应当承认它仍是农民的革命政权。"

《开国大典》前夕，是极其重要和关键的时刻，它决定着一个旧时代的结束和一个新时代的开始，这个时间点对于毛泽东来说是极其特殊的，所以这个时间点毛泽东的心情和思绪也是值得人关注的。张笑天在小说中就针对这个时刻安排了一个特殊的场景，毛泽东与他的儿子毛岸英进行了一场意味深长的谈话。

岸英："您应该高兴才是。"

毛泽东："高兴，当然高兴。不过心情从来没有这样沉重过。……只有从万死中觅取一生。"

……

毛泽东："我当时回答 ：能。我们已找出一条新路，那就是民主，让人民监督政府，政府方不敢松懈，只有人民起来负责，才不会人亡政息。"

这场对话看似平常，却真实地把毛泽东在历史关键点的心理展现出来。围绕着历史伟人的不只是历史的光环，还有深思的忧虑，他们是历史的创造者，同时也在对历史进行着深刻的思考，在那个时刻毛泽东自然是极其高兴的，但同时他也在担忧着中国与民族的命运，内心充满焦虑与思索。

《白山黑水》描述的是东北抗日联军的故事，其中的焦点人物是东北抗联司令杨靖宇，小说截取的历史断面就是杨靖宇战斗生涯中最精彩、最悲壮的一幕，当时杨靖宇的部队被日军重重包围，身陷孤山，不投降就只有死路一条。在面对强大的日军时，杨靖宇杀身成仁，他们无粮无弹，在最后几天的对峙里，他们只能以榆树叶、柞树皮熬粥充饥，在几乎绝境的情况之下，他们仍以身战斗，拖住日军。最后，由于叛徒的告密杨靖宇被捕，他宁死不降，死于日军的刀口之下。日军对他开膛查验，发现他的胃里只有棉花、树叶、皮带，令人震撼。小说以日军的感叹与敬佩收尾，电视剧末尾还打上了101位抗联战士的名单与牺牲时间，引起了观众的共鸣。

3.3 真实艺术，艺术真实

在谈张笑天历史小说的艺术创作之前，笔者首先论述一下真实与艺术的关系。所谓真实，就是全部历史生活的真实场景，包括已经发生的事实和人们所处的真实生活状态、心灵状态。所谓艺术就是形象地表达生活场景和人物心灵的手法和艺术作品。从人类的发展史来看，真实要远远早于艺术的产生，人类刚一产生，真实就已经产生，甚至在人类产生之前的自然真实也属于我们所谓的真实范畴；艺术则不同，它是纯人类的创造，不同于生活真实，更不同于自然真实，但艺术的产生离不开真实，艺术的产生就是帮助人类更好地理解生活、理解世界，所以艺术的创作必须要源于真实、遵循真实，否则就是伪艺术。艺术又不同于真实，艺术一产生就决定了它与真实不同，它源于真实，但绝不是真实的复制，为了更好地表现真实，艺术可以采取大胆的假设和极端情况的思考，甚至可以完全用想象的方式来完成。所以，真实是艺术的基础，艺术是真实的表现。作家在进行文学作品创作时，应该把握真实与艺术的尺度，尤其是历史小说的创作更应该准确地进行真实与艺术之间的混合。

3.3.1 三分虚构，七分史实

张笑天在接受采访时曾直言，他的历史革命小说有三分虚构，七分史实，既符合历史小说的真实性，又符合小说作品的文学性，七分史实可以以历史为纲，基本符合历史事件与历史背景，三分虚构又给了文学创作者充分的创作空间，使作者发挥自己的历史想象，充分描绘历史人物，让读者在更生动的历史空间里体会、感受历史情景以及历史人物的风采。

张笑天在进行历史小说的创作时，很好地安排了真实与艺术之间的关系，既没有落入历史创作的窠臼，让小说成为历史的传声筒，又没有夸大文学创作手法的作用，使历史真实沦为艺术的叫卖品。在长篇小说的创作中，他以历史为纲，不更改历史的纪元性标尺，以刻画历史人物为核心，巧妙地运用了艺术手法，有选择地安排生活场景，甚至是设置生活场景，使历史人物在一个更自由、更放松的环境中展示自己。《孙中山》就集中展现了孙中山先生的爱情生活，《太平天国》也穿插了很多爱情故事和生活场景。在中篇小说中，张笑天更是采用了独特的历史叙述手法，以历史大环境为创作背景，以小人物的生活圈子为视角，以小见大，见微知著。他虚构的人物也是以基本历史为前提设置的，虚构的人物对历史进程没有大的影响，但他们与主人公之间的生活联系和感情纠葛却十分紧密，这就很好地处理了真实与艺术之间的冲突，极大地扩展了读者的想象空间。其实我们在阅读历史小说时，也可以把自己想象成历史中的人物，在想象中陪同主人公一起重历那些震撼的岁月。

张笑天的小说创作，为我们提供了解读历史的另一把钥匙，在不变的历史中最丰富的是多变的人，每一个历史人物在每一个后人眼里都有不同的解读，不同的时刻对待同一事件同一人物又会有不同的认识，这就是历史的丰富之处，历史一旦过去，等待后人的就是无尽的挖掘。贯穿历史的只有不变的人性，只要人类存在，人性就永远富有魅力，所以追寻人性的小说创作是最迷人的，阅读一部好的作品更是一种享受。

3.3.2 历史的真实态度

在进行历史小说创作时，处理真实与艺术之间的尺度对作家来说是一项高难度动作，动作大一点，历史会头破血流，动作小一点，小说又会蜷曲不展。所以对真实与艺术的处理往往能体现一个作家的创作水平，张笑天的小说很好地处理了真实与艺术的关系，这和作者的历史态度是分不开的。张笑天经历过中华人民共和国成立之后坎坷的几十年，吃过不少苦，积累了丰富的人生经验，对历史有着一种敏锐的触觉。他也目睹了社会的迅速变迁，知道历史很容易被误读，所以向读者展示一个真实的历史十分有必要，而且十分迫切。

张笑天的创作主张回到历史的现场，描绘出历史人物的复杂性。历史过去了，历史面目已经模糊，对历史人物的评价更是功过不一，在众说纷纭的讨论里探索历史人物的本来面目就显得困难而珍贵。每一个人物都有着自己的局限性，不可能在急切的情况下做到面面俱到，政敌倾向于揭露他的丑事，被统治者以是否为自己谋福祉权衡他，国君以他是否对自己忠诚来决断他的命运，所以在对历史人物进行描绘的时候，选择材料十分重要。张笑天遵循了历史真实，在他的眼里只有真实，没有偏见，每一种观点都是这个真实的组成部分，但又远远不是全部，所以作家的客观态度是作家创作时应当首先做到的。在张笑天的眼里每一个人都是一个正常的人，既不是被神话的人物，也不是被丑化的恶魔。在对毛泽东的刻画中，毛泽东走下了政治的神坛，在对蒋介石的刻画中，作者没有一味地把他描写成国人的仇敌，十分公允地评价了他对中国历史的积极作用。每一个历史人物的地位与历史作用都需要一段时间的净化，对当代人的评价往往不能从同时代人当中得到公正的答案，与戏说历史不同，历史有着严肃性，戏说历史可以随意评价历史人物，甚至可以完全颠覆历史的公论和基本历史事实。

在阅读历史人物时，我们也应当树立起正确的历史观，而不能凭借片面的历史断言，甚至是以一己之见来敲定历史人物的作用。我们可以从历史中掘取自己的倾向性资源，但不能以偏概全，以己度人。

3.4 再现历史，还原英雄

磅礴的气势、宏大的结构描写使张笑天的历史小说具有史诗般的风格，他刻画的人物众多，历史情节复杂。他的历史小说多以近现代中国史为题材，从《太平天国》到《开国大典》，再到《抗美援朝》，全景式地展现了中国现代历史的进程，如《太平天国》描述的是中国历史上持续时间最长、规模最大、最具有悲剧色彩的中国农民革命，具有浓厚的文化色彩和历史色彩，《抗美援朝》展示了中华人民共和国成立后面对强大的帝国主义侵略者进行的艰苦卓绝的奋斗。宏大的历史框架为张笑天提供了充分的创作空间，他以历史为题材，以生动的笔触展示了历史，他的历史小说是中国当代史诗般小说的典范。当然，宏大的历史框架对于史诗般的作品创作来说只是一个有利的条件，要把这个条件有效地进行利用，还需要作者的艺术加工，张笑天就以其高超的创作技巧塑造了一大批的典型人物。

对历史的展现，张笑天强调要真实地反映历史，回到历史现场，实现真实与艺术的完美结合，所以张笑天不仅注重对重大历史进程的展现，更注重历史细节的描写，从小处着眼，以细微的历史轨迹显示重大的历史进程，给人以真实感、生动感。在很多时候，张笑天更是把政治、军事作为小说场景的背景，对当时的生活进行全景式的展示。张笑天创作小说有着很强的当代意识，一切历史都是当代史，所以他的创作是具有当代作用的历史小说创作。在宏大的历史小说中，张笑天通过对历史精神的挖掘，充分地弘扬了中华民族的崇高品格，具有很强的当代意识。

在对人物的塑造中，张笑天运用典型环境中的典型人物的艺术手法。在对历史题材进行创作时，张笑天更倾向于对历史人物进行塑造，善于捕捉人性，更有意把历史背景作为人物活动的空间，以点带面，以面缩点，使历史与人物达到高度的契合。张笑天塑造历史人物特别注重生活细节与心理刻画，这使他的小说具有强烈的抒情色彩和浪漫主义色彩。

作家在进行书写的时候也有着自己独特的历史思考，而不是单纯地记录历史。人不能左右历史的必然潮流，但人可以认识历史、把握历史。自古以来，得民心者得天下，历史是为捍卫正义而生的，没有永远不破的阴谋。就像一个需要成长的孩子，历史也需要成长，如果黑暗主道，那么历史终将走向灭亡，所以在历史的进程中，有些对历史有着卓越贡献的历史人物虽然在当时的年代不被历史所认可，但在历史的前进中，他们终将绽放出更长久、更耀眼的光芒。这种历史选择的机制，使历史在阴谋与爱情、战争与正义中顽强地走下去，绵延不绝。这就是张笑天要还原的历史，要再现的历史的厚重与力量，要刻画的真正的历史英雄。

3.4.1 历史造就英雄，英雄谱写历史

张笑天的历史小说更注重历史人物的刻画与书写，在他的笔下，历史造就了英雄，同时英雄也谱写了历史，历史是历史大众的历史，同时也是英雄的历史。如果把历史比作一条河流，历史大众是河流里的水，那么英雄就是这河流里的浪花，没有历史大众，河流就会干涸，但是只有历史大众，那河流也将如一潭死水，激不起后人的半点兴趣，宏大的史册也将如一本本流水账，毫无半点传奇。张笑天的历史小说就是要向读者展示那些曾经叱咤风云，在历史的漩涡中周转回合的历史传奇人物。

张笑天笔下的英雄与离我们遥远的英雄不同，他们有着常人的生活、常人的情感，他们有欢乐、有痛苦，更有着常人难以想象的抉择与无奈。每个人都会遇到很多的人生矛盾，英雄们也不例外，历史就是因为有着持续的矛盾而不断前进的，只是英雄们选择了去解决这些矛盾，才成为了历史英雄，所以说历史造就了英雄。但同时，这些矛盾也促使英雄们前赴后继，最终在解决旧矛盾，应对新矛盾的过程中使历史前进，找到历史的方向，从而谱写了历史。太平天国运动的兴起就是政府与民众矛盾激化的结果，抗美援朝的诱因就是帝国主义与中华民族利益的矛盾，重庆谈判就是国共代表不同阶级利益的矛盾碰撞。所有的矛盾，不管是政治矛盾、经济矛盾、民族矛盾等都可以归结为人的矛盾，站在最广大人民的角度和立场去解决矛盾才是历史的正确道路，开国大典的举行有力地说明了这一点。张笑天在历史小说中，刻画人的同时也在演绎着人的矛盾，通过对人的书写，传达了一种正确的历史进程观，传达了历史正能量。

张笑天刻画历史英雄，也是把他们置于各种复杂的关系之中，马克思曾经说过，社会是人的一切关系的总和，历史也是各种关系的归结。张笑天就是在对历史英雄的社会关系的梳理中对人物进行着全方位、多角度的展现，把人物放在矛盾重重的社会关系之中。历史英雄的真实状态不是在历史舞台上的表演，而是在处理矛盾关系时的种种细节。面对矛盾时，英雄们果决选择，最终使矛盾得以解决，历史就是在这样一批历史健儿们的簇拥下前行的，因此，英雄们谱写了历史。张笑天的人物刻画与细节描写向我们展示了一个真实的历史英雄篇和英雄历史篇。

3.4.2 英雄是人而非神

张笑天通过他的历史小说刻画了一批另类的英雄，他们不是富有历史传奇性的时空超人，他们并不遥不可及，而是和我们一样，是有着丰富人性的普通人，他们有着常人的情感，遇见常人经常遇见的矛盾，在选择中也有着无奈和辛酸。张笑天就是通过对他们的细节与心理的描写深入他们生活的内部空间，通过对人性的描写向我们叙述着英雄们的侧面，为我们寻求真正的英雄和英雄们的真实生活。

首先，英雄不是神，英雄身处历史与革命之中，他们并不能完全把握历史的方向和自己的人生归宿。在一些完全虚构的小说与电视剧中，英雄往往是一些历史关键时刻的拯救者，在历史的危难时刻挺身而出，力挽狂澜，完成重大历史举动，更有甚者，当他们完成了关键性的举动之后又不为历史之名全身而退。历史远不是人们想象的那么自由、广阔，任由你出入，历史英雄们也不是人们所崇拜的那样全能。英雄们在历史面前也如弹指一沙，身处历史所赋予的空间，有着他们无法超越的局限性，他们无法游离于历史之外，然而他们的可贵之处就是他们在历史所赋予的局促之地勇于开拓自己的人生空间。张笑天的小说就是向我们叙述他们的普通，他们在普通中的不平凡。

英雄是人，英雄之所以成为英雄，首先是因为他们有着常人的人性，然后才成为英雄，毛泽东、刘铭传、叶挺等，他们不是因为是英雄而为人们所留恋，是因为他们是和我们一样的人，却做出了普通人很难做的事而为人所敬仰。张笑天的历史小说具有当代意识，历史人物也具有当代意义。今天我们回首历史，回顾历史人物，就是要在历史中学习，而那些英雄正是我们学习的楷模，他们是与我们相同的普通人，在历史的造化中前进，受历史限制，在历史的定格空间中局促，也在历史的矛盾中寻找前进的方向，人人都可以做前进的英雄，因为英雄是人而非神。

第四章　张笑天历史题材小说的文学价值

特有的宏大结构和典型的历史与革命题材使张笑天的历史革命小说具有史诗般的风格，激流涌动的历史在他的笔下如一幅幅画卷向读者徐徐展开。张笑天在创作中一直坚持着他的人文立场，侧重刻画人物细节，展示人物个性，这使其小说具有生活传奇的浪漫抒情色彩。在小说中，作者没有把自己的意志强加于文本，同时也摒弃了强化的政治主流意识形态，但是作者进行了深入的历史思考，有着自己崇高的历史品格，尊重历史、还原历史、认识历史，然后把握历史、创造历史。历史是前进的，人类也是前进的，人类在历史的基石上继续前行，历史在人类新的脚步下不断谱写新篇章，这本身就是充斥于人类生活的一种正向能量，因此，在叙述这种进程的时候，作者就间接传达了历史的正确取向，从而也肯定了革命的正向意义，具有浪漫的革命追求。

历史人物与历史场景完美融合，成为互动的一体，这是历史的真实状态。历史人物的风貌，直接显示了人物所处历史时期的精神风貌，历史人物的心理也显示了历史的复杂性。张笑天在他的历史革命小说中对人物进行了全方位的展示，突破了符号化的人物模型，使人从符号向真实转变，塑造了一批丰满的圆形人物，同时以人带动历史，塑造历史中真实的人物。所以，无论是历史审美的大方面，还是人物刻画的细节方面，张笑天的小说都具有很高的文学审美价值。

4.1 重现历史的细节性与艺术性

历史的长河是由水珠汇积而成的，历史的细节也是一个历史时期的观测表，在众人瞩目的历史事件中，定然糅杂了各个历史因素，包括最隐秘的历史力量、最曲折的历史心声。所以，完整真实的历史并不只是历史向哪里走去，最后走到了哪里，而应该是历史在什么状态下向哪里怎么地走去，最后如何走到了哪里。一个历史事件发生后，我们去评价它的历史意义当然是非常重要的，但是一个历史事件的意义并不取决于历史事件本身，因为在它发生之前它的历史意义基本已经确定。历史事件是历史人物意志与历史因素交叉影响的产物，它代表着历史人物意志的实现程度与历史因素的轻重缓急，所以它只是历史脚步的承载体和加速器，而不是历史进程与历史意志的真正决定者。张笑天是深知这一点的，所以他在历史小说中没有用过多的笔墨对历史事件进行外部渲染 ，而是深入历史事件的内部，深入历史人物的生活，去挖掘历史的真实动态，这正符合他回到历史现场的基本观点。

张笑天的正确历史观使他更加注重对历史细节的捕捉，在《太平天国》《重庆谈判》《开国大典》等一系列历史革命小说中，他以历史重大事件为题材，选用切入式的展现手法，如一个外科医生剖析病人的内部身体结构一般，张笑天没有从宏观的外景去感受历史，而是用一面镜子，把光反射进历史事件内部，使外景覆盖下的内景显露出来。张笑天的历史小说突出描写历史人物的全景生活，发掘历史人物的情感世界、心理世界，表现历史人物在拨弄历史这盘算珠时的复杂心理，把他们置于历史的现场，站在他们的角度去感受他们手中的历史，也就是我们后人思考的历史。

历史本身不具有艺术性，但我们可以创作历史艺术作品，用艺术的眼光和视角去欣赏历史、感受历史，张笑天在创作历史小说时就采用了艺术手法，复制了一个艺术的历史。他在小说中进行了三分虚构，既不失史实又兼顾文学艺术性，使历史不失去原有的真实感，又使人物更丰满，非但没有夺走历史小说的历史感，更增加了历史小说的真实感和文化感。

4.1.1 细节的历史

在细节中展示历史是张笑天独特的历史表现手法，为了打破后人与前人之间的时空限制，张笑天特别注重对人物的刻画。不管历史如何更迭，人性是历久弥新的，所以前人和后人是相通的，这时历史既是一种连接，也是一种阻碍。文字记录的历史和人们口耳相传的故事使后人对历史有着基本的了解，但同时对历史的定见又把历史打进了一个笼子。人们获得的历史信息改变了历史本来的色彩，从而又影响着人们的思考与感受，使人们很难走进历史信息的内部，一个个历史事件也就成了历史天空中的浮光掠影。张笑天为了打破这种阻碍，塑造历史在文本中的全新面貌，他以回到历史现场的观点为指导，采用了以人带史、人史相合的叙述手法，这是对历史小说内容定位的细化。

张笑天在刻画人物时，摒弃了他们身上的历史光环，把他们从后人想象的舞台上拉回生活的历史原景。首先是情感纠葛，人是有感情的，人最有魅力的地方就在于有着丰富的感情，历史人物也是有感情的，如果一个伟人只是在政治和军事上有着卓越的成就，而感情却一片空白，那他最多作为一个政治学案例和军事学案例，作为研究对象，而不是吸引后人的典范。张笑天在对历史革命人物进行描写的时候，创新式地对他们的感情生活给予了充分的展示。孙中山的爱情纠葛、太平天国中人们的儿女情长，这在纯文学作品中是必不可少的，但在历史小说中以这么多的笔墨去刻画是不多见的，如果处理不好，会影响整个小说的风格和品味，这正是张笑天的创新之处。感情是人的性格与内心世界的最好突破口，也是最真实、最有效的突破口。

其次是对人物的心理描写，对历史人物的心理描写与一般文学作品中的心理描写不同，不可以完全凭想象进行虚构，创作的空间相对小一些，有时只能在有限的生活资料里针对性地选择素材，然后在原材料的基础上进行艺术加工。张笑天展现历史人物的心理时采用的是通过生活场景间接反映的手法，不直接叙述人物的心理，不判定人物的心理，让人物在生活细节中自己与读者对话，避免了心理描写的压迫笔法，使读者不受作者思维定式的影响，给读者很大的想象空间，也给小说增加了韵味。蒋介石教孙子写字，毛泽东与儿子谈话，都从侧面突显了人物的心理，保留了人物心理的原始状态，丰富而生动，令人回味无穷。

4.1.2 艺术的历史

在张笑天的历史小说里，历史是真实的，也是艺术的，他追求真实的历史叙述，更追求历史的艺术再现。无论后人如何努力去寻觅，历史永远无法回到原有的真实之中，但是，历史最有价值的地方并不只是他的真实，而是在真实基础之上的文化感、艺术感，像《追忆似水年华》中的主人公一样，过去是一场美好的回忆盛宴，充满了无数的美好想象，历史对于人类如同过去对小说的主人公一样，充满着魔幻、神秘，因为无法还原、无法再次进入而极具吸引力，为后人留下了无尽的艺术空间。

历史本身的艺术性是对现有的民族群体而言的，具有很强的针对性，一个家族的历史可能吸引的只是本家族的人，一个民族的历史则是整个民族的生活背景。所以，在对历史进行加工创作的时候，历史对于作者来说本身就是具有艺术性的，不管他查的资料如何的翔实，治学多么的认真，都无法穿越历史。历史本身的艺术性使得历史小说创作必须采用艺术的手法，以艺术的手法去表达历史、再现历史。

作者在对历史资料进行取舍时也要有偏有重，选择也是一种艺术。张笑天选择的是以历史人物为中心，专注于人物刻画和人性描述，在史实的基础上进行了合理的虚构，无论是人物设置、历史事件选择，还是叙述视角等都进行了艺术化处理。为了表现历史当事人的真实面貌，他虚构了一些关键人物，选择了具有典型历史意义、代表性的历史事件和人物的生活事件，进行以点带面的历史叙述，使人物生动而丰满，历史真实而充满想象空间，拓宽了人们的视野，丰富了读者观察历史的角度。

4.2 宏大历史中的个体与人性

张笑天具有作家的敏锐和人文关怀下的人性视角，专注于刻画历史人物的人性，展现他们的命运。个体的命运往往寓于历史的潮流之中，在历史的关头，他们被交织的复杂形势所羁绊，不能随心所欲地去实现自己的政治和历史抱负，后人在看待他们的时候，感觉他们的一些举动很幼稚，那是没有在特定的历史条件下去看待他们的历史选择。历史给予他们把握历史的机会，但没有给予他们超越历史的能力。张笑天历史小说中的人物以历史关键人物为主，他们处于宏大历史的结构之中，在这些宏大的历史事件中，他们的个体命运与个体选择尤其具有代表性、典型性，是个体与历史紧密关系的写照。

4.2.1 历史潮流与个体抉择

历史是被动的，人是主动的，这是大多数人的共同意识，是历史的宏观潮流，但是个体的人在面对历史的时候，又是被动的，要受历史条件的制约，所以历史与个体是一种辩证的关系。也正是这种辩证的关系使个体的历史境地与个体追求有着矛盾的撞击，产生了历史人物与历史时代之间的火花。也正是个体与历史的焦灼关系使得人的命运更富有戏剧性、传奇性。同时，历史给了个体焦灼的历史命运，也给予了他们广阔的历史舞台，使他们的人生、心理得到淋漓尽致的展示，历史空间包容了他们，吸纳了他们的全部。

《太平天国》中的英雄儿女们在历史的大篇章里是失败的，但那个时代属于他们，他们在属于自己的舞台上完成了自己悲壮而多情的一生，历史没有赋予他们超越历史的能力，他们有一个注定失败的历史命运，却有一个成功的人生命运。历史命运与人生命运不同，个体的历史地位可以飘忽不定，后人可以根据历史得失来评判他的历史地位与历史意义，但人生命运却是属于他自己的。人生命运虽然和历史命运是紧紧相连的，但人生命运不同于历史命运，人生包含着个体的情感、心理等一系列隐秘因素，涵盖了个体的全部，而历史命运只是在纵向的时间序列里对个体加以评价。没有一个个体是专注于历史命运的历史机器，他们更专注于自己的人生，在进行历史选择的时候也会很大程度地考虑自己的心理感受。失败的历史命运没有抹杀他们的瑰丽人生，相反，可以说他们的历史命运成就了他们的人生命运。

4.2.2 历史是人性的历史

历史是长流不息的，而人性是亘古相通的，在漫漫的人类历史征程中，留下来的是那古老而隐秘的人性基因，当我们以现在人的眼光去看先人的时候会发现，他们处事的方式或许与我们有很大不同，但在心理感受方面，先人和今人是相通相合的。历史上，中国是一个乡土社会，特别注重先人的经验，其实每一个民族都是如此，人活着首先是为了获得，原始人为了获得猎物，现代人为了有更多的幸福感，这在本质上是一样的。历史有着正面和负面之分，在正面和负面的碰撞中前进，所以清明史和贪腐史是相辅相成的，但不管正面还是负面，人性是一样的，都是为了更好地达成自己的心理预期。所以，历史是人性的历史。

张笑天的历史小说很好地捕捉到这一重要因素，他关注人性，在历史的现场寻找人性的身影。他以人物带动历史事件，缓缓展开叙述，以历史为名，其实更侧重于人。不管是《太平天国》中的英雄儿女，还是《开国大典》中的伟人，在作者的眼里他们都是有着人性的普通人，只是他们身处于历史事件之中，有着和常人不同的表现方式和途径。所以，作者侧重挖掘他们的生活，深入他们的心理，发现他们的细节。一个人可以成为伪历史者，但他绝对无法在人性的世界遁形。

4.3 叙事话语选择的多样性

文学的叙述涉及叙事话语的选择，因为作家的创作意识必然受意识形态的影响，有的是服从于主流意识形态的叙事话语，有的是批判主流意识的叙事话语，有的是逃离于主流意识之外的个体纯文学话语叙事。当代中国文学创作在1978年之后有了一个突出的变化，就是打破主流意识，进行个体自由创作，张笑天的创作就是集中在这个时期的。张笑天打破了传统的革命文学模式，形成了自己独特的叙事风格。

4.3.1　改造主流意识形态话语

张笑天的叙事改造了主流意识形态话语，打破了传统的叙事模式，他通过自己独特的人文关怀视角开创了新的叙述模式，使人物从符号化向人性化突进，更多地关注人的内心世界与情感世界，使人们重新认识英雄、认识伟人、认识历史。叙事话语的突破意味着意识形态和创作观念的突破，文学不再是政治符号、宣传工具，文学工作者也由国家政治的附庸成为民族的思考者与启迪者，具有独立精神和活泼的创作空间。

首先，不再刻画符号型人物，而是塑造真实的圆形人物，使他们更接近历史的真实状态，更接近人们的心理，描写他们的情感世界和生活细节。其次，张笑天更关注下层人民的生活，采取了底层叙事，对在社会大进程中苦闷与焦灼的人群给予充分的关注，通过细腻的笔触描写他们在社会转型时期的心理与选择。再次，张笑天运用了历史叙述，把小说的整体叙述氛围设置在历史背景之中，然后通过人物的生活推进，慢慢展示历史，以人带史，以史显人。最后，张笑天在创作中保持了高度的历史责任感，履行文学工作者的职责。他有着自己独立的思考，有着正确的历史观念，而且没有游离于读者之外、历史之外，而是很好地通过自己的创作，把历史与读者亲密地联系起来，给了读者一个不一样的历史，同时也启迪了新一批历史的解读者和创造者。

4.3.2　弥合个体叙事与国家叙事的裂痕

国家叙事是以输出国家理念为主的叙事，重论证，重政府话语导向，这在中华人民共和国成立初期表现得十分突出，这也和中国的文化背景息息相关。中国自古以来就是以政治为主导的社会，学而优则仕的观点就是基于此而产生的。中华人民共和国成立初期，民众的参政热情被空前激发，文学工作者的议政热情也空前高涨，一大批国家叙事的文学作品层出不穷。改革开放之后，民众的思想被进一步解放，个体意识空间加强，知识分子自由思潮兴起，文学创作开始了个体时代，涌现出一系列表现个人想象与思考的文艺作品。这两种叙事是国家和社会发展的一种风向标，国家叙事庄严、郑重，缺乏文学的独立精神和想象空间，个体叙事又过于散漫，不拘边幅，过度地表现个人想象。

张笑天的历史与革命小说弥合了个体叙事与国家叙事的裂痕，以作者的独立思考为基础，传递正确的历史观，激发社会正能量，给人们以启迪。首先，张笑天的历史与革命小说打破了主流话语权，打破了传统的人物塑造模式，是对主流意识的一种有力的冲击和补充。其次，张笑天作为一个文学作家，有着强烈的历史感和社会感，在社会与历史的进程中进行思考，所以他的作品也是对中国历史与社会的一种丰富。最后，张笑天的小说以人为本，把历史与文学紧密地结合起来，为读者创造了一个独特的历史，开阔了读者的观史视野。

第五章　结论

张笑天的主要作品就是取材于历史与革命的长篇小说，2002年发表了文集30卷，共2000多万字，在文集中，他的长篇小说占着极其重要的篇幅和地位。从1975年调入长影以来，他先后创作了21部历史题材小说，并将部分改编成电影和电视剧。在这些作品中，张笑天向我们展示了他的历史观和革命观：一切历史都是当代史，当代生活是全部历史基因的总和。学史使人明智，中国是从乡土社会发展而来的，虽然现在经历着翻天覆地的科技革新，但前人的思想对我们以后的发展有着不可忽略的借鉴和指导意义。我们应当积极地参与历史、关注历史、关注革命史，形成正确的历史观。张笑天通过他的历史革命小说传达了他的历史观和历史视角，为我们展现了一个不一样的历史，一个作家眼中真实的历史。

在张笑天小说中比较重要的人物形象首先是关键性人物形象，在历史小说中表现为历史主要人物，在革命小说中表现为光辉革命者形象，这类人物即主要人物；其次是小人物形象，小人物则是次要人物，这里所说的次要并不是不重要，而是在小说中出现较少的人物，但是他们在小说中是不可或缺的，从意义上讲也是主要人物。对历史主要人物的刻画，张笑天极尽笔触，干脆利落，以人物为线索来牵出历史，在事件中展现人物。作者在表现人物时，特别注重对细节和心态的描述，与传统的典型环境中的典型人物的刻画不同，他更侧重表现人物的性格与生活。

张笑天的历史革命小说内容广泛、叙述宏阔、形象丰富、刻画细腻、气势磅礴、结构宏大，具有史诗般的风格。他刻画的人物众多，历史情节复杂。他的历史小说题材多以近现代中国史为题材，从《太平天国》到《开国大典》，再到《抗美援朝》，全景式地展现了中国现代历史的进程，如《太平天国》是中国历史上持续时间最长、规模最大、最具有悲剧色彩的中国农民革命，在小说中具有浓厚的文化色彩和历史色彩，《抗美援朝》展示了中华人民共和国成立后面对强大的帝国主义侵略者进行的艰苦卓绝的奋斗。宏大的历史框架为张笑天提供了充分的创作空间，他以历史为题材，以生动的笔触展示了历史，是中国当代史诗般小说的典范。当然，只有宏大的历史框架对于史诗般的作品创作来说只是一个有利的条件，要把这个条件有效地进行利用，还需要作者的艺术加工，张笑天就以其高超的创作技巧塑造了一大批典型人物。

张笑天通过他的小说创作，对人性进行了深刻的描绘，在大开大合的叙述结构中，让各种人物在历史的框架内演绎了不同的人性。爱与恨、家与国、革命与生存，在这些二元对立的矛盾体中，张笑天如一个画家，顺着人性的纹理大肆地涂抹。一个画家曾说过：画家的神奇之处不在于画工多么高超，而在于他是自然与人的搬运工。张笑天就是通过文学的画笔，把各类包含着真实人性的人物搬运到小说中，搬运到大屏幕上，为我们展示了一个生动而广泛的历史画卷、人性画卷。

特有的宏大结构和典型的历史与革命题材使张笑天的历史革命小说具有史诗般的风格，激流涌动的历史在他的笔下如一幅幅历史画卷向读者徐徐展开。张笑天在创作中一直坚持着他的人文立场，侧重刻画人物细节，展示人物个性，这使其小说具有传奇的浪漫抒情色彩。在小说中，作者没有把自己的意志强加于历史革命小说文本中，同时也摒弃了强化的政治主流意识形态，但是作者在小说中进行了深入的历史思考，有着自己崇高的历史品格，尊重历史、还原历史、认识历史，然后把握历史、创造历史。历史是前进的，人类也是前进的，人类在历史的基石上继续前行，历史在人类新的脚步下不断谱写新篇章，这本身就是充斥于人类生活的一种正向能量，因此，在叙述这种进程的时候，作者就间接传达了历史的正确取向，从而也肯定了革命的正向意义，具有浪漫的革命追求。

参考文献

专著：

[1]张笑天．太平天国[M]．上海：文汇出版社，2000．

[2]张笑天．台湾首任巡抚刘铭传[M]．北京：世界知识出版社，2004．

[3]张笑天．扎西1935[M]．北京：中国电影家协会，2012．

[4]张笑天．开国大典[M]．长春：吉林摄影出版社，1989．

[5]张笑天．抗美援朝[M]．长春：吉林摄影出版社，2002．

[6]张笑天．张笑天短篇小说选[M]．沈阳：春风文艺出版社，1981．

[7]张笑天．张笑天中篇小说选[M]．沈阳：春风文艺出版社，1984．

[8]孙郁．百年苦梦：20世纪中国文人心态扫描[M]．桂林：广西师范大学出版社，2006．

[9]陈平原．小说史：理论与实践[M]．北京：北京大学出版社，2010．

[10]夏志清．中国现代小说史[M]．上海：复旦大学出版社，2005．

[12]特雷·伊格尔顿．二十世纪西方文学理论[M]．伍晓明，译．北京：北京大学出版社，2007．

[13]斯拉沃热·齐泽克．敏感的主体——政治本体论的缺席中心[M]．南京：江苏人民出版社，2006．

[14]爱德华·W．萨义德．知识分子论[M]．单德兴，译．北京：三联书店，2007．

[15]曹文轩．小说门[M]．北京：人民文学出版社，2010．

[16]何青志．东北文学五十年[M]．长春：吉林人民出版社，2007．

期刊论文：

[17]程革．底层叙事的别样风景——论张笑天长篇小说《天之涯，海之角》[J]．文艺争鸣，2012（3）：132-134．

[18]梁云舒．风风雨雨同度过——作家张笑天的一段旷世情缘[J]．健康生活，2001（5）：18-20．

[19]朱圆，王婷婷．向电影大家致敬[J]．电影文学，2012（17）：4-7．

[20]乔迈．话说张笑天[J]．作家，1995（9）：76-80．

[21]张笑天．就《公开的“内参”》答读者[J]．当代，1982（4）：253-254．

[22]周大勇，王秀艳．历史传播细节化与大众化的嬗变——《长春，伪满洲国那些事》读后[J]．社会科学战线，2013（1）：281-282．

[23]纪众．历史叙述的文学文本——张笑天的小说特性和方法[J]．文艺争鸣，2005（6）：71-78．

[24]纪众．历史叙述的小说文本——张笑天中篇小说论评[J]．文艺争鸣，2004(4)：33-40．

[25]张笑天．朋友你理解他们吗？[J]．中国税务，1997（5）：52-53．

[26]智水．妻子给了灵感的“写作英雄”张笑天[J]．新闻天地，2007（10）：37-39．

[27]张笑天．强化主旋律 坚持多样化——对长影的回顾与前瞻[J]．文艺争鸣，1988（3）：49-51．

[28]李前宽，肖桂云．书写生命壮美人的壮美人生——素描张笑天[J]．时代文学，2006（6）：73-77．

[29]乔迈．天纵英才——我知道的张笑天[J]．时代文学，2006（6）：68-73．

[30]朱晶．透视官场、世相与人性的变异——读张笑天小说[J]．文艺争鸣，2007（12）：31-35．

[31]张笑天．物我两忘[J]．时代文学，2006（6）：65-67．

[32]张夷非．寻找革命历史题材影片《扎西1935》的突破点[J]．电影文学，2013（13）：9-10．

[33]宗仁发．永恒的母题：人性的崇高与卑劣——评张笑天的长篇小说《太平天国[J]．当代作家评论，1999（6）：36-39．

[34]陈平原．文学史视野中的“大学叙事”[J]．北京大学学报（哲学社会科学版），2006（2）：67-77．

[35]胡世宗．又见邓友梅[J]．鸭绿江，2009（10）：80-82．

[36]彭樟清．丑小鸭变成了白天鹅——《雁鸣湖新绿》赏析[J]．语文天地，2008（22）：10-12．

[37]宗仁发．张笑天：凌云健笔意纵横[J]．北京文学，2002(9)：97-99．

[38]孙郁．我们与鲁迅的距离[J]．前线，2007（9）：54．

[39]贾仁山．张笑天的爱情传奇[J]．时代风采，2000（11）：46-48．

[40]朱晶．张笑天革命历史题材电影剧作四题[J]．文艺争鸣，2013（6）：101-105．

[41]张诗悦，吴景明．张笑天历史小说创作中历史、文学、现实的融合——以《太平天国》《权力野兽朱元璋》为例[J]．文艺争鸣，2012（8）：134-136．

[42]周珉佳．张笑天与《雁鸣湖畔》[J]．芒种，2013（13）：45-48．

[43]乔迈．众说纷纭张笑天[J]．当代作家评论，1999（1）：92-99．

[44]雷达．雷达专栏：长篇小说笔记之二[J]．小说评论，1999（4）：11-17．

[45]文佳．20世纪历史剧关门之作——《太平天国》擂响战鼓 [J]．电影评介，1998（4）：6-8．

[46]郑惠，章百家．又一部成功的革命历史巨片——《重庆谈判》观后 [J]．电影艺术，1994（2）：71-72．

[47]黄中俊．历史壮举的艺术再现——评影片《世纪之梦》[J]．戏剧之家，1999（2）：53-54．

[48]刘万厦．她，应该是一个探索者——评《公开的“内参”》中戈一兰的形象 [J]．文谭，1982（7）：32-33．

[49]何青志．春天里的叙事——张笑天中篇小说创作论[J]．吉林师范大学学报，2013，41（1）：14-17．

[50]曾庆瑞．天国儿女行 荧屏诵史诗——电视连续剧《太平天国》的英雄群像塑造[J]．电视研究，2000(9)：28-30．

报纸文献：

[51]朱晓东．仁者无敌——读张笑天小说《抗美援朝》[N]．中国新闻出版报，2003-6-23（3）．

[52]孟凌云．创作出富有时代精神的伟大作品——访省文联主席张笑天[N]．吉林日报，2006-11-22（9）．

[53]刘军．从“辉煌”到“失败”——介绍电视连续剧《太平天国》[N]．解放日报，2007-7-14（4）．

[54]刘军．得到历史学家认可，难得——编剧张笑天谈《太平天国》[N]．解放日报，2000-7-13（4）．

[55]朱晶．关注现实 秉笔直书[N]．文艺报，2007-8-2（3）．

[56]任晶晶．揭示生活本质才是深入生活的目的——访十七大代表、中国作协主席张笑天[N]．文艺报，2007-10-13（1）．

[57]赵强．落地生根与叶落归根——读张笑天长篇小说《天之涯 海之角》[N]．文艺报，2011-6-22（3）．

[58]侯增文．浓情重墨写春秋[N]．吉林日报，2002-10-22（1）．

[59]朱辉军．片面的历史观与艺术观[N]．文艺报，2000-9-28（3）．

[60]陈熙涵，吴筠．书香透发上海文化韵味[N]．文汇报，2005-8-11（1）．

[61]龚保华．向文化大发展大繁荣的美好愿景全力进发——访著名作家张笑天[N]．吉林日报，2011-12-16（12）．

[62]张宪．张笑天：作家应是社会生活的觉醒者[N]．工人日报，2006-12-8（7）．

[63]孟凌云．中国电影需要好的编剧[N]．吉林日报，2006-1-16（7）．

[64]龚保华．我深爱着这片广袤的土地[N]．吉林日报，2006-7-20（10）．

[65]朱怡．传统作家亲密接触时尚网络文学[N]．长春日报，2009-10-23（5）．

[66]包名廉．《太平天国》再现近代史上悲壮一幕[N]．文汇报，2000-7-9（5）．

[67]白烨．悲壮的英雄史诗——电视连续剧《太平天国》观后[N]．文艺报，2000-8-3（2）．

学位论文：

[68]吕冰．在历史的夹缝中坚守——张笑天中短篇小说解析[D]．长春：吉林大学，2009．

[69]张待纳．在人性的开掘中书写历史——张笑天历史题材创作解读[D]．长春：东北师范大学，2002．

张笑天抗战题材小说研究

孙　枫

【摘要】张笑天是中国当代文学史上一位重要的作家、编剧，他一生创作了大量文学作品，同时也编写了许多编剧作品。长期以来，张笑天的革命历史题材长篇小说和影视剧文学一直是学界关注的热点，学者们往往容易忽略张笑天的抗战题材小说，甚至将其遗忘在角落，从某程度上来说这不利于全面透彻地研究张笑天的文学作品。本文力图对张笑天的抗战题材小说进行全面细致的研究，使其焕发文学艺术光彩，不再成为沧海遗珠。

自抗日战争以来，抗战题材的文学作品便出现在大众视线内，它们以宣传英雄事迹、歌颂爱国精神、激发群众抗日热情为主要目的，在特殊历史时期，起到了一定的积极作用。张笑天作为当代作家，其抗战题材小说较为真实且完整地为读者再现了抗日战争这段历史。其小说既塑造了大量可歌可泣的民族英雄形象，又不忘对日本侵略者和汉奸叛徒等反面形象进行描写刻画，同时注重展示战争环境下普通人的生存状态和情感表达，书写中华儿女生离死别、爱恨交织的抗战故事。

本文试图从张笑天抗战题材小说的主题内容、人物形象、艺术特色、艺术价值与局限等角度进行研究，从而挖掘出作品的审美意蕴和深层内涵。本论文一共分为五个部分对张笑天的抗战题材小说进行研究分析。第一部分为绪论，主要阐明了论文的研究目的和意义，以及研究现状和方法。第二部分主要分析了张笑天抗战题材小说的主题内容，既对日本战争阴谋进行了深刻揭露和无情批判，又对中国人民奋勇抗战进行了高度赞扬和充分肯定。第三部分主要对张笑天抗战题材小说的人物形象进行分析，分别对小说中的中国人形象和日本人形象进行解读，注重展示特殊历史年代人物的内心与情感。第四部分则是对张笑天抗战题材小说的艺术特色进行分析，分析了张笑天抗战题材小说的写作手法、文学表现方法以及语言特点等。第五部分则是分析张笑天抗战题材小说的艺术价值和作品本身存在的缺陷，肯定了张笑天抗战题材小说是抗战时期文学作品和“十七年文学”的进步，深化了中国抗战题材文学作品的主题内涵，在还原人性本真、再现历史原貌和反思民族文化方面起到了积极的作用，但是也对小说人物意蕴缺少深度、主题单一化、作品创新性不足和历史理解不够全面等局限进行了书写。

对张笑天抗战题材小说创作内容、人物形象、艺术价值和局限性等方面的分析，有利于更好地解读张笑天抗战题材小说，从而弥补学术界对于张笑天抗战题材小说研究的缺失；有利于读者重新认识历史、反思历史、把握历史，起到镜鉴作用。张笑天抗战题材小说在深化抗战题材文学作品主题内涵的同时，又增强了我们民族的文化反思和自省能力，增加了民族精神的内涵，为今后的抗战文学发展作出了探索和努力，其意义价值不容忽视。

【关键词】张笑天；抗战小说；主题思想；人物形象；意义价值

第一章　绪论

1.1　研究目的和意义

张笑天，我国著名作家、影视文学家，因“快速高产”的创作禀赋以及题材广泛的文学作品在中国当代文坛占有一席之地。张笑天文采斐然，下笔万言，倚马可待。作家邓友梅、从维熙认为，张笑天才思敏捷、天赋厚实，是当代文坛的一大“怪才”。作家张天民曾评价张笑天“这人是站着写东西的”，并用三句话来概括张笑天的写作速度：短篇不过夜，中篇不过周，长篇不过月，张笑天的写作天赋可见一斑。张笑天具有代表性的长篇小说有《夺权野兽朱棣》《叶挺将军》《太平天国》《抗美援朝》等；中短篇小说有《公开的“内参”》《木帮》《家务清官》；影视剧作有《开国大典》《重庆谈判》《雁鸣湖畔》《末代皇后》等。

对于张笑天的研究，学界主要集中在张笑天革命历史题材的长篇小说和影视剧作，以及反映现实生活中官场矛盾和人性问题的中短篇小说；同时有对张笑天生平经历和创作概况进行梳理研究的；也有对张笑天小说中体现的地域文化即东北文化中木帮文化进行研究的；还有对张笑天影视剧作中的镜头运用和创作过程中将小说、电影、电视剧的技巧相结合进行研究的；也有一部分对张笑天单部作品如《天之涯，海之角》《台湾首任巡抚刘铭传》等进行研究的。总而言之，张笑天的抗战题材小说一直以来都鲜有人过问，学界缺少对于张笑天抗战题材小说的研究成果，因此本文能够填补张笑天抗战题材小说的研究空白，丰富张笑天文学研究成果。

张笑天的抗战题材小说主要包括长篇小说《抗日战争（上中下）》《中日大谍战》《叶挺将军》《抗日战争备忘书（第一部）：国家阴谋》；短篇小说《落霞》。张笑天抗战题材小说的作品在总作品中所占比重虽然不高，却有一定的研究价值。张笑天的抗战题材小说以再现战争风貌，揭露日本侵略者的阴谋和不为人知的一面，展现战争的残酷性、暴力性和战争中光辉的人性为主题，对于当代社会有一定的现实性意义和借鉴价值，能够引发人们对战争的再思考。

抗日战争是中华民族无法忘记的惨痛壮烈历史，中华民族付出了前所未有的代价，因此作家怎样重现这段历史，怎样展示战争的过程也成了重中之重，尤其是当下部分抗战题材作品娱乐化、世俗化、庸俗化，很难为读者和观众起到警示作用，更别说使读者做到居安思危和养成忧患意识了。如何真实性、文学性、历史性地再现这场战争十分考验作家的历史深度和文化底蕴，一个有社会责任感的作家，其作品一定是具有教化和警醒作用的。文学是一门语言的艺术，蕴含着独特的审美意识形态，作家如若不能依靠自己的智慧和想象塑造出个性鲜明的人物，不能反映社会生活，那其作品将是失败的作品，尤其是抗战题材的作品，它不同于其他题材小说，需要作者以严谨化、精细化、规范化的笔触再现历史和战争，作家必须做到尊重历史、遵循历史，做到以史为纲、以史为本，任何涉及这段战争的文字都必须精益求精，不误导读者。

张笑天接受记者采访时曾说过："文艺工作者要有正确的历史观、强烈的民族自豪感，才能创作出优秀的抗战题材作品。"对于一些抗战"神剧"，张笑天认为其"打着民族正义旗号却把严肃题材娱乐化、妖魔化、儿戏化，失掉了一场战争的警示作用，应当被唾弃"。由此可见，张笑天在写抗战题材的文学作品时是严格遵循历史史实的。张笑天在写《抗日战争备忘书（第一部）：国家阴谋》时是以现实主义的手法来创作的，虚构的成分很少，《抗日战争》中的大历史和大事件全部都是真实的，如西安事变、淞沪会战等。读者可以客观又真实地了解这段历史，感受张笑天是如何通过文学作品来揭露日本的侵略阴谋的，日本天皇、少壮派军人以及日本的"好战分子"是如何一步步走向深渊、堕入黑暗，成为一部部战争机器的。

张笑天抗战题材小说的语言和对人性的挖掘非常能打动读者，高尔基曾提出过"文学即人学"这一文学见解。文学作品一定要反映人性，张笑天的抗战题材小说便很好地做到了这一点，人性的光辉和人性的黑暗在作品中均有体现。一个民族对另一个民族发动战争，一个民族残忍地侵略，另一个民族正义地反抗，究竟是什么原因让日本做出如此丧心病狂的侵略举动，为何深陷战争的泥沼无法自拔，这是否与民族的缘起和文化有关，是值得研究的。在中华民族反抗侵略、抵御外侮的过程中，诞生了无数位民族英雄，也出现了大量的伪军汉奸。“汉奸现象”是值得深思的问题，反映了人性的弱点，张笑天的抗战题材小说中也出现了大量的汉奸人物，如张景惠、赵廷喜等。同时张笑天的抗战题材小说涉及了对伪满洲国的描写，对于研究东北地区的抗战文化有着重大的借鉴作用。综合以上几点，我认为研究张笑天抗战题材小说是有极大现实意义的。

1.2　研究现状

张笑天笔名纪延华、纪华、严东华，1939年出生于黑龙江省哈尔滨市延寿县黑龙宫镇，2016年在北京逝世。1952年，张笑天发表个人第一篇小说《新衣》，获得县征文一等奖；1957年，考入东北师范大学历史系；1958年，应学校之邀参加编写《柳河县志》，从中受到教育和感染，次年创作《白山曲》；1961年，大学毕业后被分配到敦化县（今敦化市）执教九年，后因才华出众从事县内文化宣传工作；1975年，调入长春电影制片厂当编剧，次年担任剧情电影《雁鸣湖畔》的编剧，从而开启了他的创作生涯。

对于张笑天的研究，学界上一直处于不温不火的状态，即便如此张笑天历史与革命题材的作品仍旧是研究的重点。为了更加一目了然地展示学界对于张笑天的研究，本文将研究分为四个部分，即小说研究、影视剧本研究、个人传记研究、散文和游记研究。前两项研究为重中之重，同样也是学界研究的重点；个人传记对于全方位地了解一个作家的生平经历与他的文学作品之间的内在联系有着不可忽视的作用，也在研究范围之内；由于学界对于张笑天的散文和游记的研究少之又少，所以这方面的研究可以忽略不计。

张笑天小说研究主要分为对反映现实题材的中短篇小说的研究和对革命历史题材的长篇小说的研究。张笑天作品风格以20世纪90年代为分界线。20世纪90年代之前张笑天曾发表过《离离原上草》《公开的“内参”》等中短篇小说，这两部小说也使张笑天在当时受到了比较大的争议。《离离原上草》1982年在《新苑》杂志上发表，次年有人指出《离离原上草》“抹杀了国共两党的斗争本质”“以人性论替代阶级论”等，1983年《光明日报》发表署名文章批判张笑天的《离离原上草》，后吉林省委通知：中央要张笑天写出可供发表的“检讨”。1983年底《吉林日报》刊载出张笑天长达四千字的检讨，检讨后张笑天被免去长春电影制片厂副厂长的职务，调到吉林省作家协会成为普通的工作人员。侯守智在《人性的“复归”及其他——人道主义思想在〈九三年〉与〈离离原上草〉中的表现之比较》中对于雨果的《九三年》和张笑天的《离离原上草》都持否定态度，认为二者的作品在尊崇人道主义上存在空想性及思想的局限性，朗德纳克和申公秋在人性的转变上是不成功的。刘立苹在《国家叙事下的个人想象——对张笑天中篇小说〈离离原上草〉的“再评论”》中认为，张笑天的《离离原上草》超出了国家叙事的范围，作家的个人想象应在国家意识形态认同的范围之内。曾祥麟在《随处都有浊流，警惕啊！——读〈公开的“内参”〉随想》这篇论文中对于张笑天的这部作品是持肯定态度的，戈一兰形象的塑造一直都存在很大的争议，但作者却认为现实生活中是存在这一类人的，她们是败类、堕落者，张笑天实际上是在呼喊、警惕世人小心地去应对浊流与暗礁。

对于张笑天的中短篇小说，学界大多是将其作为一个整体去研究。吕冰的《在历史的夹缝中坚守——张笑天中短篇小说解析》认为，张笑天的中短篇小说既有闪光的一面也有不足的一面，原因是受时代的制约，其中一部分作品囿于主流意识形态，缺少了文学的审美和艺术性，作者认为今后对张笑天作品的研究如能选取历史以外的视角则更能呈现研究的多样化。张笑天的中篇小说《公开的“内参”》中女主人公戈一兰的形象一直饱受争议，但李海珉在《全方位的文学比喻——张笑天比喻特色谈片》中以张笑天的《公开的“内参”》为例，认为比喻是文学语言的根本，这部小说运用了大量的比喻和设喻，是值得肯定的。朱晶在《透视官场、世相与人性的变异——读张笑天小说》中将目光集中在了张笑天的短篇小说，认为张笑天的小说反映现实，笔触直面官场的黑暗与腐败，同时小说能够反映人性以及当时社会独有的人生境遇。何青志在《春天里的叙事——张笑天中篇小说创作论》中以张笑天中篇小说为研究对象，作者认为张笑天的中篇小说题材广泛，塑造了众多的人物形象，其中颇具影响力的是以下几类：第一类是塑造知识分子形象的小说；第二类是关注改革浪潮中各阶层人物的内心世界的小说，以官场描写居多；第三类是描写东北地域特色的小说，以《大森林的传说》和《木帮》为主要研究对象。李克的《东北文学作品中的木帮文化评述》将东北文学中的木帮文化作为研究对象，以张笑天的小说《木帮》为例，既描写了木帮中的行业禁忌，又展示了这种独特的婚姻形式。对于张笑天的中短篇小说也有学者从小说的特性和方法上来研究分析，纪众的《历史叙述的小说文本——张笑天中篇小说论评》从张笑天20世纪80年代反映社会现实的中篇小说出发，认为张笑天的中篇小说展示了当时知识分子的生活以及官场的矛盾；其《历史叙述的文学文本——张笑天的小说特性和方法》同样是以张笑天的中篇小说为研究对象，认为张笑天的中篇小

说都是以现实生活为题材，遵循现实主义创作原则，采用历史叙述的方式进行小说创作，即使其中有部分的虚构叙述，但虚构的情节同样是为历史真实所服务的。

对于张笑天的长篇小说研究主要有以下几篇。王维肖的《张笑天历史题材小说研究》充分地肯定了张笑天历史题材小说，认为张笑天的历史题材小说传达了张笑天本人的历史观及历史思考，在论文中作者主要研究张笑天的《太平天国》《开国大典》《重庆谈判》等几部作品，认为张笑天在人物的塑造上颇具内涵，不论是大人物、小人物，还是底层人物，张笑天的笔触无不面面俱到，尤其是对伟人的心理描写、细节描写、语言描写都为读者展示了历史人物最真实的一面，真正地做到了尊重历史、还原历史、回归历史。张待纳的《在人性的开掘中书写历史——张笑天历史题材创作解读》同样是以张笑天历史题材作品为主要研究对象，作者从人性的角度深入挖掘《太平天国》《重庆谈判》《开国大典》等作品，认为文学即人学，张笑天从人性的角度重新塑造了历史人物，为读者展示了不一样的历史。王金娟的《张笑天小说〈太平天国〉人物形象研究》以目前研究最为广泛的历史题材小说《太平天国》为研究对象，作者对太平军形象和清军形象都分别进行了细致的分析，力图将历史中的英雄人物“平民化”，使读者能够“以史为鉴”，从历史中吸取前人的经验教训。

同时也有对张笑天个别作品进行研究的论文。雷达的《雷达专栏：长篇小说笔记之二》对于张笑天的《太平天国》总体上是持肯定态度的，但认为小说仍旧存在着不足，对于小说主题的把握，作者认为还可以再深入一些，比如可以和民族文化以及人性联系起来；对史实的描写和对人物的塑造也美中不足，如对当时的民族矛盾和阶级矛盾展示不够充分，洪秀全形象不够丰满等。宗仁发的《永恒的母题：人性的崇高与卑劣——评张笑天的长篇小说〈太平天国〉》肯定了张笑天的《太平天国》，认为这部小说并没有陷入只陈述史料的窠臼，而是具有一定的艺术性，尤其是对人性的刻画，小说中的爱情故事以及女性角色的塑造都是极其成功的。杨虹的《关于“台湾近代化之父”的凝重叙说》以张笑天长篇小说《台湾首任巡抚刘铭传》为研究对象，小说讲述了刘铭传保卫台湾并开发台湾的故事，揭示了台湾是祖国的一部分，不可分割。张诗悦、吴景明的《张笑天历史小说创作中历史、文学、现实的融合——以〈太平天国〉〈权力野兽朱元璋〉为例》认为，张笑天的小说将历史性和文学性巧妙地结合，并且具有一定的现实意义，对当代社会有一定的借鉴和教益。刘金霞的《夕阳西下，让我们也去寻找天使——读张笑天的长篇小说〈寻找天使〉》认为，张笑天的《寻找天使》是一部现实主义的长篇小说，塑造了夏芳这个令读者感动的人物形象，充斥着人道主义气息，张笑天在创作中将小说、电影、电视的表现技巧都结合在一起，令读者动容。

也有部分学者对张笑天的长篇小说《天之涯，海之角》进行了研究，如周刚的《最好的人生舞台是由自己搭建的——品读长篇小说〈天之涯，海之角〉》，程革的《底层叙事的别样风景——论张笑天长篇小说〈天之涯，海之角〉》等。这几篇关于张笑天小说《天之涯，海之角》的论文都不约而同地肯定了张笑天这部作品，指出20世纪30年代中国人下南洋经商的举动反映了中华民族的智慧和魄力，同时以底层人物为研究对象，认为张笑天对阶级和复杂人性的描写反映了底层人物酸甜苦辣的人生百态，但最具有闪光点的是对抗战爆发后的杨家人的爱国情怀的描写，彰显了中华民族的凝聚力。

对于张笑天影视剧文学的研究则有以下几篇论文。韩路鹏的《张笑天影视剧文学创作研究》主要是以张笑天的影视剧文学为研究对象，主要包括《开国大典》《远离人群的地方》《白山黑水》等，认为张笑天的影视剧文学有着独特的语言风格和表演风格，其中动态镜头的运用和蒙太奇式的叙述方式都是在小说中无法体现的，是值得研究的。宋国贤的《张笑天、张夷非父子——五度合作拍〈木帮〉》讲述了张笑天父子合拍《木帮》的故事。朱晏的《张夷非：白山黑水热土情》讲述了张夷非同父亲张笑天一样有着强烈的爱国热情和民族情怀，并且也热衷于东北文化。文佳的《20世纪历史剧关门之作——〈太平天国〉擂响战鼓》主要讲述了电视剧《太平天国》拍摄的过程及目的。朱晶的《张笑天革命历史题材电影剧作四题》充分地肯定了张笑天革命历史题材的电影作品，认为《开国大典》作为革命历史片在当时的问世具有重要的社会价值和现实意义，张笑天对毛泽东的再书写以及对英雄人物的刻画都是极其成功的。张夷非的《寻找革命历史题材影片〈扎西1935〉的突破点》认为，《开国大典》对毛泽东和蒋介石的人物刻画使二人不再居于神坛，而是成了普普通通的平常人，《扎西1935》中的毛泽东同样接地气，对于毛泽东和贺子珍的情感描写都展现了二人最真实的、不为人知的一面。李欣洋、王嘉琪的《张笑天电影作品中的历史人物形象分析》举例分析了张笑天电影中的人物形象，并将其分为三类，即第一类是无法左右自己命运的人物形象；第二类是在中国近代史上起重要作用的革命领导者形象；第三类是革命进程中的英雄人物形象。王嘉琪、李欣洋的《浅析张笑天电影作品中的人物形象》主要针对的是张笑天20世纪90年代的作品，作者将张笑天作品中的人物形象分为三类，第一类是改革开放初期社会主义新人形象，第二类是新时代进退两难的官员形象，第三类是底层人物形象。

同时，也有一部分学者对张笑天的生平经历做了研究，乔迈的《众说纷纭张笑天》、贾仁山的《张笑天的爱情传奇》、香水的《妻子给了灵感的"写作英雄"张笑天》对张笑天的个人经历以及生平进行了研究。妻子对张笑天的影响极大。张笑天的妻子杨净是张笑天的贤内助，每当张笑天遭遇不顺和打击时，妻子总在第一时间安慰他、鼓励他，使张笑天深受感动。

从上述研究现状来看，对于张笑天的研究主要集中在革命历史题材的长篇小说研究，以及影视剧文学研究，也有一部分现实题材短篇小说研究，对于张笑天抗战题材小说的研究较少。

1.3 研究方法

论文主要采用社会历史分析法。本论文旨在研究分析张笑天的抗战题材小说，因此在整理和收集第一手材料后，因其题材的特殊性，注重对社会历史批评的运用，同时又运用文本细读法对小说中的人物形象、艺术特色与意义价值进行了阐释说明。

第二章 张笑天抗战题材小说的主题内容

1931年的"九一八"事变是日本帝国主义侵华的开端，随后东北地区彻底沦陷，东三省的百姓被日军殖民统治和奴役十四年之久。1937年"七七"事变则是日本帝国主义全面侵华战争的开始，不仅严重威胁到了中国百姓的安全，更事关中华民族的生死存亡，同时它又是中华民族全面抗战的起点，揭开了全国抗战的序幕。日本侵略中国蓄谋已久，一步步地把中国拖进战争泥沼，战争如噩梦般席卷中国大地，中国人民成了这场战争的直接受害者，百姓苦不堪言、生不如死，这场战争对中国人民造成的伤害是难以估计的。但是中国人民从未放弃过抵抗入侵者，即便当时的中国已经满目疮痍、伤痕累累，仍旧有无数的中华儿女为祖国一往无前地献身，将生死置之度外。他们向着炮火前进，向着胜利前进，向着新中国前进，用生命为我们演绎一幕幕扣人心弦的场景、一则则感人肺腑的故事、一幅幅鼓舞人心的画面，他们是当之无愧的民族英雄。张笑天经过思想沉淀和精心构思后，将战火纷飞的特殊年代的历史用文学化的语言传递给读者。

2.1 日本战争阴谋的深刻揭露

从1928年的皇姑屯事件到1931年日本关东军制造“九一八”事变发动侵华战争，张笑天的抗战题材小说深刻揭露了日本的战争阴谋。这是一场蓄谋已久的阴谋，日本侵略者并非临时起意，而是在做了缜密的思考、详细的谋划和精心的布局之后所做的重要决定。张笑天在小说中为读者展示了日本是如何一步步实行“国家阴谋”，如何一步步沦为战争机器，如何在占领中国东北后，建立伪满洲国的傀儡政权，奴役和箝络中国人民，之后又如何将战争泥沼扩大到华北、华南等地。张笑天用他锋利而又尖锐的笔撕开了日本人的伪善面具，揭露了日本侵略者的各项阴谋，暴露出了其丑恶、肮脏的嘴脸，为读者还原了历史最本真的面目。

2.1.1 战争与阴谋

“九一八”事变前夕，日本人的战前谋划、战前动员，以及一系列的高层决断，都被张笑天通过《抗日战争备忘书（第一部）：国家阴谋》和《抗日战争》展现给读者。战争成为日本的既定国策，几乎每一个日本当权者都赞同发动这场战争，他们唯一的顾虑不是战争的非正义性和残酷性，而是发动这场战争的时机够不够成熟。日本少壮派军人成了这场战争的主要发动者，这场国家级别的阴谋在他们手中诞生。

《抗日战争备忘书（第一部）：国家阴谋》是张笑天近年来耗费大量精力所著的现实主义抗战题材作品，其意义非凡。张笑天在接受记者采访时曾说：“我在这两部长篇小说中，写实主义为主，特别是日本军国主义高层。甚至很少艺术虚构，对当年日本军部、少壮派军人乃至天皇的描写，都是于史有据的、有案可稽的，1931年‘九一八’事变，不是偶然的擦枪走火，日本天皇早就把中国看成是日本的‘生命线’‘利益线’，这就是臭名昭著的所谓‘大陆政策’。”

《抗日战争备忘书（第一部）：国家阴谋》从皇姑屯事件开始讲起，讲述了日本军方是如何利用川岛芳子掌握张作霖的列车行程，并派日本关东军化装成南方军在铁轨上埋炸药、接导火索，最终炸死了张作霖嫁祸给南方军的这段历史。日军费尽心机地想要制造事端来入侵东北，万宝山事件和中村事件并没有造成太大的影响，其中，中村事件已经反映出日本侵略中国前所做的前期准备工作，日本人派日本参谋本部情报员中村震太郎等人到中国东北的军事禁区兴安屯绘制军事地图，勘察地形，侦查东北军防务，最终被东北军发现以军事间谍处置。张笑天在描写日本人制造“九一八”事变时运用了大量的细节、语言和心理描写，叙述了板垣征四郎是如何选择柳条沟这一地点，以日本南满铁路被中国军队破坏作为战争缘由，攻打北大营，最终武力占领沈阳城的过程。

在《抗日战争》中张笑天对日本人的战前准备工作进行了细致的描写，在事变前夕，日本关东军做了周密的战前计划。日本人进行了八十七次军事演习，组织了多次“参谋旅行”，从日本国内筹集军费，运来巨型榴弹炮、坦克车、运兵车和骑兵。其中，交通权、制空权和海运等均准备完善，在军队火力配置上选择驻沈阳日本宪兵队为主力部队，驻沈阳的独立守备队和抚顺的二中队配合主力部队一起进攻沈阳城。“九一八”事变当晚，日军事先埋好炸药，按照规定时间引燃导火索炸毁铁路后，板垣征四郎立即下令进攻北大营，占领沈阳城。由于东北军奉行“不抵抗”政策，沈阳城很快沦陷，日本人几乎不费吹灰之力就夺下了沈阳城。

张笑天的小说聚焦于日本少壮派军人，揭发他们无故制造事端、策动事变的罪孽行径，小说中不止一次地写出了日本军方和少壮派军人开会密谋的场景。由于陆军省和参谋本部的掣肘，中村事件不了了之，日本少壮派军官以及军方的元老等在湖月饭店召开会议，其中包括陆军大臣南次郎、作战部长建川美次、参谋本部次长二宫治重等。南次郎在会议上用演讲来煽动日本军国主义者的狂躁情绪，“光荣的帝国军人们，疆土等待你们去开拓，我们的曙光已经在满洲地平线上升起了！他双手握拳，向天连续上举，全场起立效仿，呐喊声震耳欲聋”。

“九一八”事变前，陆军大臣南次郎被日本天皇、闲院宫载仁亲王以及前首相西园寺公望训导要约束军纪，不可在“满洲”发动军事政变，不可武力解决“满蒙问题”，而日本青年军官违抗命令决定提前通知在“满洲”的关东军，给板垣征四郎发电“计划败露，提前行动，坚决干!”，为确保万无一失又派私人飞机飞往“满洲”。其中东京一夕会密室里开展的会议就“满洲”事变最后一次达成协议，众人写下纸条请天照大神帮他们选定日期，最终选定了“九一八”这一天。板垣征四郎就曾提出占领中国东北后实行“以华制华，以满制满”的战略方针。为了稳定中国人的情绪，安抚国际的舆论，他们不得不扶植废帝溥仪来当伪满洲国的皇帝，统治中国百姓，足以见其阴险程度。张笑天抗战题材小说展现了日本人开历史倒车的阴险行为，揭露了日本军国主义分子扶植封建皇帝遮人耳目，迫害、欺凌东北百姓的险恶居心。

《抗日战争》则给读者展示了“九一八”事变前夕日本国内的境况，张学良提前感知到日本人有吞并“满洲”的想法，便派特使宋悦南和乔参云去打探情况。他们见了币原喜重郎外相，在这个火药味十足的时刻，任何人的言论都显得极不友好，币原回答得很模糊，他认为中日是“一衣带水”的关系，但“满洲”的事，没有绝对的把握，是不会去做的。东京市长池田则认为“满洲”是日本的利益所在，这是日本应得的生命线。土肥原贤二则是在偕行社给日本少壮派演讲，要立刻对中国宣战。街上的日本人到处宣扬武士道精神，必须对中国宣战，占领“满洲”。大街上的标语也写着：“支那人在排日，杀害我们日本人，到了日本人复仇的时候了。”可见日本国内弥漫着极其浓重的战争火药味，几乎全日本都在动员民众参与战争。

张笑天抗战题材小说意在说明“九一八”事变前，日本人的侵华野心已经昭然若揭。这不单单是日本少壮派军人、关东军、日本政府高层激进派和保守派的较量，而是早已上升到了国家决策层面，战争成为日本的国策，几乎全日本都在密谋这场战争，他们妄图倾全民族之力来侵略中国。

2.1.2 侵略与扩张

日本入侵中国的历史就是日本的侵略扩张史，日本人绝不满足于中国“满洲”。张笑天的抗战题材小说曾不止一次地写过，“满洲”只是日本人的跳板，他们的最终目标是统一全世界。明治天皇的“大陆政策”一直深深影响着日本历代后人，“大陆政策”共有五个步骤，第一期征服中国台湾，第二期朝鲜，第三期中国东北，第四期为全中国，最后是征服全世界。日本军方甚至是日本天皇都曾表示他们的“意志”，土肥原贤二认为日本应该首先夺取中国“满洲”，其次是华北和全中国，最后是全世界。甘粕正彦同样认为日本缺少煤、炭、石油、木材，是一个资源极度匮乏的岛国，如能占领物产资源丰富的“满洲”，必能为日本建立世界新秩序提供后勤保障。可见日本在侵略与扩张的道路上从古至今如出一辙，“大陆政策”成为日本历朝历代的既定国策。

在《抗日战争备忘书（第一部）：国家阴谋》中曾写到，“九一八”事变时日本攻打北大营占领沈阳后拒绝与中方代表谈判，并污蔑中国军队炸毁日本南满铁路，袭击日军守备队。仅两天时间，东北多地相继陷落，黑吉两省岌岌可危。日本派朝鲜驻屯军开赴“满洲”，日本第10师团作应急部队，关东军第2师团北上长春，进攻吉林和黑龙江，又调3个师团从日本本土增援，吉林和黑龙江也相继沦陷，即便爱国名将马占山誓死保卫黑龙江，最后还是因弹尽粮绝、寡不敌众撤到了苏联境内。

在占领“满洲”后，日本人尝到了战争的甜头，他们不满足于小小的“满洲”，将战争的泥沼扩大到了中国其他地区，妄图扩大战果，占领土地，掠夺资源，获取经济利益。《抗日战争》讲述了日本在占领“满洲”后，恐英美威胁自己的既得利益，便决定在上海制造事端。上海是英美的利益所在地，日军一旦占领了上海，第一可以扩大自己的侵略范围，使南京国民政府屈服；第二便具有了与英美谈条件的资格。日军从本土调来了巡洋舰、驱逐舰和引以为傲的装备精良的海军，后又如法炮制地制造事端，他们派日本浪人砸毁中国人的商店，烧毁中国人的房子，又将责任推给中国人，说中国人排日、反日，殴打日本僧人。日本要求驻扎在上海的19路军后撤30公里，由日本人接防，中国军队拒绝了这个无理请求并打败了日军。日军占领上海的侵略野心丝毫未减弱，他们派新任日军司令官向19路军下最后通牒，要求中方停止抵抗并在规定时间内从驻防第一线撤退。战争爆发后，双方都损失惨重，日军在多次进攻都没能占领上海的情况下召开了紧急内阁会议，“建议组成上海派遣军司令部，以白川义则大将为司令官，负责指挥植田谦吉的第9师团和准备增派的两个师团，这样总兵力可以达10万人左右”。在兵力占绝对优势的情况下，日军最终占领了上海。

《抗日战争》同样写到了“热河战役”，日本人攻占热河是为了扩张伪满洲国的边境线，扩大伪满洲国的领域，为今后进攻华北奠定基础，同时也是为了打压和消灭张学良的部队。1933年7月22日，日军先后从国内和上海调来第6师团、第10师团、第14师团，总兵力达6个师团、4个混成旅、2个骑兵营、1个飞行大队。热河开战以来，张学良的部队连连受挫，汤玉麟部丢了开鲁和赤峰，万福麟丢了承德退到喜峰口，又以督战之名逃到了天津租界，热河沦陷。

华北事变是日本侵略者继上海事变后企图蚕食华北地区的又一事件。《抗日战争》讲述了由于热河的失守，蒋介石的国民政府不得不与日本人签订了《塘沽协定》，中国军队要撤退到延庆、昌平、顺义、通州、香河以南地区，这几乎变相助长了日本侵略者的嚣张气焰。日本人在侵占多伦、沽源后，大举进攻张家口。日本人认为以冯玉祥为首的抗日同盟军违背了《塘沽协定》，与国民党高层何应钦谈判，并调来大批部队，以武力相要挟，最终迫使何应钦与日本人签订协定，这大大加深了日本人对中国华北地区的控制权。

日本不顾一切地发动侵华战争，在侵略过程中其侵略野心不断膨胀，侵略气焰更加嚣张，侵略恶行愈加残忍，疯狂地扩张战争领土，其最重要的目的就是掠夺更多的资源，实现其所谓的“大东亚共荣”，建立由日本统治的新的国际秩序。

2.1.3 奴役与教化

日本人在占领中国东北后，尤其是在伪满洲国时期，为安抚百姓和收买人心，采用了大量的手段和政策，其中主要以奴役和教化为主，培养了大批的中国汉奸为己所用，采用“以华制华，以满制满”的方针，恩威并施，让中国人管中国人，力图将“满洲”变成第二个日本东京。对于自己的士兵，日本军方则实施精神控制，用武士道精神进行约束，要求士兵誓死效忠日本天皇。

甘粕正彦是《中日大谍战》中最具代表性的反面角色，他与其他日本人不同，在征服“满洲”后，他不推崇尚武精神，而是采用怀柔政策，利用自己的权力优势，采用政治策略和文化手段来笼络人心，此举不可不谓高明。甘粕正彦认为“亡国必亡其史”，所以他注重对伪满洲国的高级知识分子和学生群体的思想教化，让他们享受和日本人同等的身份、地位和待遇，久而久之他们就会忘记自己亡国奴的身份，成为日本人的臣民，其阴险程度可见一斑。

在张笑天的抗战题材小说中，可以看到日本人培养了一大批的中国人作为自己的奴役对象，这些人在日本占领中国后由于种种原因背叛了祖国，成了民族的罪人。他们与底层的平民阶层不同，是作为一种“高等奴才”存在于日本人的管理系统中，他们中有的曾经是地方军阀，如张景惠、张海鹏；有的则是皇室出身，后被日本人收养并且培养为军事间谍，如川岛芳子；还有的是贪图权势、贪生怕死的民族悲观主义者，如汪精卫等；最后则是在战争之中迷失自我的亲日派，如徐晴、西江月等。

不论从哪方面来看，日本人培养张景惠作为伪满洲国的国务总理都是十分明智地选择，因为张景惠有着其他人没有的踏实感——忠诚。前任国务总理郑孝胥就因为反日言论被日本人撤职，张景惠不光比他忠诚，性格也更加胆小和软弱，因此深受日本人信任。张景惠的日常工作是批阅各种文件，协助日本人教化、管理和镇压中国同胞。在伪满洲国时期，张景惠是建国大学的名誉总长，每当学生反日情绪高涨或者闹学潮运动时，张景惠都会立即前往学校安抚学生情绪，动之以情，晓之以理，平息事端。张景惠对待日本人十分客气，对待中国人毫不留情，在日本人因抗联而头疼的时候，张景惠想出了一个毒计：在抗联出没地设立关卡，给每个老百姓发放良民证，并严格限制老百姓的食物配给，老百姓自己吃不饱就没办法给抗联送粮食了。可见日本人的奴役政策是如此高明，他们深知中国人最了解中国人，中国人知道中国人最怕什么，“以华制华”的奴役政策是行之有效的。

川岛芳子，原名金碧辉，皇室出身，其父为清朝肃亲王善耆，清朝灭亡后，善耆想借日本之力复国，便将其送给日本浪人川岛浪速做养女，最终日本将其培养成了日本间谍。皇姑屯事件、“九一八”事变以及上海事变，川岛芳子都在其中起到了重要作用，张笑天的抗战题材小说《抗日战争备忘书（第一部）：国家阴谋》中曾写过川岛芳子通过特殊手段打听到了张作霖的具体行程和时间，并通报给日本人，导致张作霖命丧皇姑屯。《抗日战争》则写了“九一八”事变和淞沪会战等，川岛芳子为日本侵略中国提供助力。不难发现这些被日本人培养的汉奸叛徒，并不都是出身卑微的贫苦百姓，甚至于有一些人也曾在历史舞台上大展拳脚，有一定的身份地位和社会影响力，只是由于抗战爆发，人性发生扭曲，逐渐沦落为汉奸。

在《中日大谍战》中，张笑天就曾写到日本人在占领“满洲”后是如何采用各种手段从思想和文化层面教化大学生的，其中就包括在吃饭的时候学生们要做祈祷，感谢天皇赐予的一日三餐，要效忠天皇，其目的就是让中国学生认为自己所得到的一切都是天皇赐予的，从而心存感激，并且在学校将日语改为国语，中国话叫满语，中国学生只能说日语，不能说中国话，长此以往这是叫中国学生数典忘祖啊！不仅如此，日本人在校内经常用敲鼓的方式集合学生，鼓象征着“兴亚大鼓”，暗示着“大东亚共荣”。同时，日本人也会强迫中国学生观看由日本“满映”拍摄的电影，电影全部都是展示日本人占领中国领土时的仁爱和友善，关心中国百姓疾苦的。日本人还会要求学生背诵《国本奠定诏书》《回銮训民诏书》《国民训》等，目的都是让中国学生崇敬天照大神，效忠天皇陛下，久而久之，使学生理所当然地认为“满洲”是日本的一部分。在升旗仪式上升的也是日本国旗，学生们还要唱伪满洲国国歌：

> 天地内有了新满洲，新满洲便是新天地，
> 顶天立地，无苦无忧，
> 造成新国家，只有亲爱，
> 并无怨愁……

不仅如此学生们还要参加恭迎天照大神的仪式，了解天照大神的历史，祭拜和感谢天照大神；还要在规定的日子里祭扫忠灵塔，祭拜因战争而死去的日本英雄。日本还让学生观看日本人杀抗日者的影片，并写《法场纪事》以此达到震慑学生的目的。学校也会在物质匮乏的时期给学生分发糖果来安抚情绪，或者让学生能够吃上米饭和白面，以此笼络学生。不难发现日本人有着自己的一套奴役教化方式，主要是集中在思想文化层面，妄图从思想的源头来掌控人心，让中华民族成为他们的精神傀儡、思想俘虏，最终达到全面统治的目的。

2.2 中国艰难抗战的全面展示

中国人民的抗战史就是中华儿女的战争血泪史，这场非正义的、非人道主义的残酷战争给中华民族带来的灾难和伤害是难以估计的。百姓流离失所、无家可归，成为日本人杀戮和奴役的对象；国家领土主权受到严重的侵犯，东北、华北等地相继沦陷，山河破碎，中华民族陷入了历史上前所未有的灾难。中华儿女是选择苟且偷安默然忍受日本侵略者的残忍暴行，还是选择昂起头颅举起正义之旗奋起反抗，这对处于危难时期的每一个中国人来说都是个值得深思的严肃问题。中华民族之所以能取得这场艰难抗战的胜利，在于每一个不愿做亡国奴的中国人的爱国热忱、不屈灵魂和钢铁般的意志，他们是民族英雄，视死如归，他们愿意以牺牲性命为代价来维护祖国的领土完整。张笑天的抗战题材小说可谓字字情深，作品蕴含着作者深切的期望和真挚的情感。

2.2.1 流亡与苦难

“九一八”事变以来，由于日本侵略者的大肆入侵，再加上中国统治者采取“不抵抗”政策，东三省很快便沦陷于日寇的铁蹄之下。百姓或死于非命，成为日本兵玩弄和杀戮的对象；或背井离乡逃向关内，“独在异乡为异客”，漂泊感和孤独感萦绕心间，终日思念家乡以泪洗面，难以忘记心中的那片故土，在流亡中备受思乡之情的煎熬。

在小说《抗日战争》中，张笑天描述了日本人攻占北大营之后的难民潮，从中体现了东北民众逃亡时的惨状，场景可谓触目惊心。难民的队伍中老少皆有，逃难的百姓相互扶持，在一条黄土小路上拼了命地跑，激起了一缕缕的尘土，边跑还边回头看自己身后的家乡，看这片曾经抚育并养活过自己的土地，不禁潸然泪下。小说的女主角方岫也是流亡群体中的一员，她的母亲被日本人所杀，父亲死里逃生在外漂泊，在东北举目无亲的她不得不带着心上人的儿子逃向还未被日本人占领的北平。这一路上两人为了躲避日本兵近乎流浪，吃不饱，穿不暖，路上到处都是逃难的人，可悲的是凄凉的路上并没有因为人多而有一丝热闹的氛围，相反却十分哀婉，每个人都神情悲痛。到山海关时日本兵屠杀难民，难民们有的相继倒下，有的则像热锅上的蚂蚁不知所措地来回奔跑，方岫费了九牛二虎之力背着孩子从城墙的豁口挤着人流逃进了关内。通过这一情节，张笑天把百姓流亡逃难时的惨烈场景展现给读者，其中充斥着百姓们浓厚的、难以割舍的思乡之情，但更多的是展现百姓们逃亡时的悲惨遭遇，以及对日本侵略者的痛恨和憎恶。

在流亡大潮中不光有老百姓，还有奉行张学良“不抵抗”政策的东北军，与同样逃难的老百姓比起来，他们的心情要复杂得多，有的人甚至在临死前都还想不通为什么要一枪不放把沈阳城拱手让给日本人。在逃难的路上，东北军士气低落，每个人都垂头丧气、无精打采，有的人还在高声哭泣，不时地回头看丢失的土地，悲痛至极，尤其是在看到逃难的百姓时，更是内心五味杂陈，难掩自责之情。张笑天通过对东北军士兵逃难的描写来讽刺蒋介石和张学良“不抵抗”政策的愚昧和无知，同时也表达了东北军的辛酸和无奈。流亡的东北军有家难回，有苦难言，他们的国家正面临严重的民族危机，他们的家乡正在被日寇践踏，他们的亲人正流亡异乡，作为军人却不能保家卫国，战死沙场，这是何等的悲哀。

与流亡在外的东北民众相比，那些因为战火洗礼而成为战争牺牲品的老百姓才是最苦难的群体。手无寸铁、善良淳朴的百姓成为日本侵略者摧残和蹂躏的对象。尤其是伪满洲国建立后，日本侵略者妄图从政治、军事以及思想文化等层面钳制中国人，东三省的百姓处于水深火热之中。

张笑天的抗日题材小说中以流亡与苦难为主题的作品，既是对中华民族劫难和灾祸的沉痛惋惜，又是对日本人血污和肮脏侵略罪行的深刻揭露。小说《抗日战争》中曾写到日军在进攻沈阳城时屠杀老百姓的悲惨景象，“日本兵开始了血腥的大屠杀，他们把机枪架在楼上，对着逃难的市民疯狂扫射，看着百姓成片地倒在血泊中，他们开心地狂笑着”。广场上的男女老少也成了日本兵的活靶子，人们来不及反应，就已经没命了，就连四五岁的孩子也难逃一死。通过这一情节描写，张笑天写出了日本侵略者毫无人性的一面，东北人民被日本侵略者肆意屠杀，却没有得到政府的有效救援，实在令人心寒，悲痛感不言而喻。尤其是对日本兵笑的细节描写，不免使人毛骨悚然、不寒而栗、触目惊心，从侧面反映出了日本侵略者的残暴和野蛮，是对其丑恶行为的深刻揭露。

小说中还写到了日本关东军在攻占黑龙江绥化时的野蛮和冷血。在绥化他们杀人如麻，不管男女老少都冠以“匪”的字样，就连刚出生的婴儿也是“匪”。“日本兵正在处理人头，他们从平板车上卸下一大堆男女人头，血淋淋的，把人头装到网兜中，每一串有十几颗，编好一串，就吊到站台的灯杆上，那些日本兵嘻嘻哈哈，像在做什么有趣的游戏。”赶火车的年轻女人不小心碰到了地上的网兜，日本兵愤怒地抓住她的头发，笑嘻嘻地捏她下巴，扒光了她的衣服，年轻女人夺过军刀想要和日本兵同归于尽，却被开枪打死，血流满地。

张笑天所创作的以流亡与苦难为主题的作品，并没有运用过多的笔墨来描写东北的自然环境和家乡的风土人情，而是将重点集中在了处于东北沦陷区的苦难的中华儿女，反映了他们最真实的生存状态，展现了战争时期中国人民的悲惨命运和苦难遭遇，以及在流亡过程中百姓们难言的思乡之情。

2.2.2 沉睡与觉醒

张笑天除了对东北沦陷区的人间炼狱进行描写外，还基于历史事实，立足于时代背景，书写了“九一八”事变前后，中国人民的抗战态度。日本侵略者觊觎东三省已久，“九一八”事变是蓄谋已久的阴谋。在“九一八”事变之前，日本国内就曾暗流涌动，只是当时并未引起中国人的重视。中国统治者认为日本人不会侵犯中国领土，不敢发动战争，因而未能未雨绸缪，提前做好防范，导致发生了惨痛的国难。“九一八”事变之后，我们的国家和民族面临着空前危机，有的人还在沉睡，寄希望于外界，企图拯救中国；有的人为了苟活于世，不惜出卖灵魂成为汉奸叛徒；而有的人则已经觉醒，用抗日的决心和民族的力量来抵抗日本侵略者，挽救我们的祖国。

《抗日战争》写到张学良在中村事件后曾提前感知到中日之间紧张的气氛，便派特使去日本国内打探虚实，日本国内躁动不安，气氛异常，日本军方几乎在对整个民族做战争动员，战争一触即发。从乔参天和乔参云的对话便可知，这并未引起中国的重视。乔参天是张学良派到兴安屯垦区的一名青年军官，他认为日本人动用武力侵略中国几乎是尽人皆知的事，可是中国军方却无动于衷并未做任何准备，大家都在醉生梦死地活着，听不见日本人磨刀霍霍的危险之声。因为大部分士兵都认为中日兵力相差悬殊，日本关东军在东北不足两万人，而东北军却有三十多万人，占有绝对优势。而且大多数中国人都和乔参云一样盲目乐观，认为日本是一个弹丸小国，中国却有着四万万同胞，就算真的爆发战争，日本人也不是对手。可见在日本人紧锣密鼓地谋划侵华阴谋的同时，中国人却毫无危机感和防范意识，最终酿成了悲剧。

张学良在改旗易帜后，曾就中日问题请教过蒋介石，蒋介石要求退让，不抵抗，有英法两国牵制日本，日本人不会占领全中国，目前最大的敌人仍旧是共产党。日本人发动“九一八”事变后，蒋介石下达“不抵抗”政策，张学良奉行此政策，导致沈阳城迅速沦陷。东北军将领希望张学良带领抗日，张学良却劝说下属，自己只能听命中央，军事、外交属于国家性问题，只能原地候命，只有避免与日本人发生冲突，不抵抗，才占理，他们进攻我们不还手，他们污蔑我们破坏铁路就不攻自破了，只有听命于中央，才能缩小事态，不至于让局部战争波及全中国。当下属用《凯洛格非战公约》《华盛顿九国公约》和国联以及西方列强为张学良开脱时，张学良大加称赞。在日军攻打沈阳城时东北军将领中也曾出现滑稽的一幕，荣臻和臧式毅等人相互推诿责任，荣臻收缴了东北军的武器，臧式毅更觉得不抵抗是正确的，日本人来势汹汹，无异于以卵击石，既然不能抵抗，又挡不住进攻，不如打开城门，这导致日本人几乎不费一兵一卒就占领了沈阳城。

更有甚者在东三省沦陷后为了一己私欲沦为卖国贼，《中日大谍战》中的西江月便是如此，他名义上是新京医科大学的老师，实际上是国民党打入“满洲”的抗日地下工作者。他暗中带领进步学生成立三民主义读书社并发动学潮，印抗日传单，写抗日救国的现代诗，鼓励学生不做亡国奴，营救陷入日本人之手的爱国学生等，深受学生们喜爱，在敌人内部为抗日作出了巨大贡献，但因感情问题导致身份暴露，为了保命沦为日本人走狗，帮助日本人抓自己的革命同志，后因没有利用价值被日本人处死。作者通过这一系列的情节，展示了一部分中国人的沉睡未醒，从国家领袖到高级将领再到普通士兵，当国家有难时，他们第一时间想的不是去抵抗侵略者，而是自欺欺人寄希望于外界，简直是滑稽、可笑、愚蠢至极，有些人甚至还成了叛徒汉奸。

日本人发动“九一八”事变后，中国既有面对国破家亡无动于衷的沉睡者，也有维护祖国统一的先驱觉醒者。他们不甘心沦为亡国奴，不愿意将中国的土地拱手让给侵略者，他们用自己的生命来誓死捍卫祖国的每一寸土地。张笑天在小说创作时能走进人物内心，展示人物角色生命的深度和广度，他们用顽强的意志和不屈的精神，在荆棘和困难中砥砺前行。

《抗日战争》中曾写到由于蒋介石和张学良的“不抵抗”政策导致东三省相继沦陷，而在这期间也曾出现过“抵抗将军”，他便是黑龙江省代理主席马占山。张笑天首先是对马占山作了粗略的外貌描写，矮小精瘦，五短身材，就连张学良也没觉得马占山能有什么大作用，日本人也没瞧得上眼，可就是这样一个人，成了民族英雄。马占山不甘心像吉林和辽宁一样，拱手让出黑龙江，他在齐齐哈尔组成了抗日军序列，共三万多人。在江桥保卫战中他奋勇杀敌抵抗日军，主动出击，先发制人，集合队伍后，以“消灭东洋，保卫家乡”为口号，这支被点燃热血的正义之师，在战场上前赴后继、一往无前地冲锋陷阵，日军不断倒地，溃不成军，最终马占山部队在江桥抗战中取得胜利。日军派重兵分两路夹击马占山部，危急关头，马占山选择表面上假投降稳定日军，暗地里再次收容、组编队伍，筹集武器弹药抵抗日军，虽然最后的结局不尽如人意，却为抗日作出了卓越贡献。张笑天通过描写马占山抗日，既讽刺了张学良等人在东北拥有重兵却拱手让给日本人，实在是羞愧之极，又表达了对马占山抗日行为的钦佩，即便是上峰下发了不抵抗的命令，处于孤立无援的境地，马占山仍旧能够以国家危亡为己任，誓死守卫黑龙江，无愧民族英雄的称号。

《抗日战争》中曾写到过蔡廷锴和蒋光鼐的19路军，他们也是率先觉醒的人。19路军不满蒋介石的抗日政策，主张反对内战，团结抗日，不打共产党，于是被派到京沪地区防御日本人入侵上海。日本人要求19路军后撤30公里，并由日本人接防，19路军拒绝了无理的请求并与日军展开了激烈的战斗，打响了上海抗战第一枪。翁照垣的156旅奋勇杀敌，抵抗了日军一次次的进攻，最后全体战士上刺刀，在肉搏战中击溃了日军。可见在民族危机的关头，中国还是有不少像马占山和19路军一样的觉醒者，他们坚持抗日，在民族救亡的道路上不辞辛劳地奔波着、忙碌着，他们英勇无畏的精神值得歌颂和赞扬。

2.2.3　奋起与反抗

抗战爆发后，救亡图存成为中华民族的首要任务，中华儿女不再选择沉默和隐忍，自觉肩负起自身的使命来抵抗日本侵略者，广大人民群众也坚定抗战信念，万众一心抵御外敌。他们是抗日的中坚力量，更是我们民族的骄傲，他们是为祖国统一奋斗的流血者和牺牲者，是令敌人闻风丧胆的英雄。张笑天对这些抗日战士的描写，展现了在战争这种特殊环境下人的状态、心态和选择，突出了中国人无畏的勇气和不屈的精神，丰富了民族精神的内涵。

《落霞》主要讲述了杨靖宇的故事。杨靖宇是东北抗日联军主要创建者和领导人，如果没有这场战争，这个文弱书生还继续在纺织学校学纺织。因为战争，他不得不离开自己的妻子和刚满一周岁的儿子，并且放弃了与亲人团聚的机会，答应了满洲省委书记罗登贤的请求，留在东北工作。杨靖宇的事迹一桩桩、一件件无不让每一个有良知的中国人动容且潸然泪下。当队伍缺少粮食，抗联战士大老乔因饥饿而放弃抗日选择下山时，杨靖宇选择理解和信任，并制止了宫常升担心大老乔叛变投敌而要灭口的举动；当敌人倾巢出动，封山搜山准备全歼抗联队伍时，抗联队伍被迫躲在地窖里，偏偏鬼子巡逻队离地窖仅三五十步远，抗联战士的遗孤哭了起来，孩子的妈妈为了队伍，要掐死孩子，在这危急时刻杨靖宇用大衣裹住孩子，闯到森林中救下所有人；当日本关东军南满讨伐军司令山田正太郎邀约时，杨靖宇不顾个人安危选择与其谈判，他拒绝了山田提出保留其性命、军队和共产党身份以及东边道独立领有主权的条件，他爱国的强烈意志和坚定的民族自强信念牢不可破；当队伍陷入绝境时，杨靖宇为了掩护大部队能顺利冲出包围圈，选择牺牲自己，带领自己的警卫员作为诱饵引开鬼子，即便二方面军派敢死队来救援，杨靖宇为保留抗联实力，命令警卫员说自己已经撤走了，直到被鬼子包围死前的最后一刻还在向敌人射击。作者通过杨靖宇这一人物，向读者展示了中华民族的民族脊梁，他是铁骨铮铮的汉子，也是柔情似水的父亲，更是我们的抗日英雄，为了国家和民族，放弃与亲人的团聚，他真正做到了打入敌人内部，在敌人的心脏与敌人周旋，牵制住了敌人，分散了日本的兵力，为抗日的正面队伍减轻作战压力。

在小说中张笑天书写了一系列的爱国英雄事迹，他们不顾个人得失，抛开个体情感，将目光集中在保家卫国的抗战事业上，为祖国统一付出了沉重的代价。《抗日战争》中吉鸿昌作为蒋介石的下属曾被派到江西苏区进攻共产党，偏偏事与愿违，吉鸿昌受共产党人影响较深，被共产党所感化，欲发动潢川兵变投奔共产党，却因消息泄露，被蒋介石解除军权，不得已“留洋考察”。“九一八”事变后吉鸿昌曾向华侨作诗一首：“渴饮美龄血，饥餐介石头。归来报命日，恢复我神州。”后来吉鸿昌加入察哈尔民众抗日同盟军，在多伦战役中，亲自组建200多人敢死队，并任敢死队队长，脱去上衣，赤膊上阵，冲在最前线。吉鸿昌的热血感染了每一位战士，他们慷慨激昂、冲锋陷阵，打得日本兵节节败退，攻克了多伦要塞。张笑天将吉鸿昌爱国将领这一形象刻画得淋漓尽致，他是如此真性情且疾恶如仇，渴望为祖国统一贡献一分力量，令读者难以忘怀。

《抗日战争》中平型关大捷是八路军打的第一仗，日寇板垣师团在占领晋北的广灵、灵丘后，准备西进夺取平型关。林彪115师奉命到平型关以西迎击日寇，战前林彪作了周密的部署，他命令各团占领高地，既能堵截日寇，协同友军，狙击回援的敌人，又能断敌退路，阻敌增援。在对敌人火力侦察后，八路军展开了猛烈的火力进攻，但是敌军过多，为了能够分段阻击敌人，八路军不怕牺牲抢占了老爷庙这一制高点，占领了优势，使敌人以失败而告终。台儿庄大捷同样鼓舞了中国人的士气，新四军协同友军采用运动战和游击战牵制日军，使其不敢北上支援南下日军，国民党则是在徐州一线集中优势兵力，消灭孤军深入的日军。台儿庄战役是国共两党相互配合协同作战的代表性战役，其中滕县战役揭开了台儿庄战役的序幕。孙震22集团军的41军122师，为抵抗日军第10师团向滕县进攻，师长王铭章和122师几乎全部殉国，孙连仲第2集团军3个师坚守正面阵地，汤恩伯第20军团一部担任台儿庄周围的防务，中国军队拼死抵抗，伤亡惨重，在敌人援军未到时，李宗仁抓住机会发动总攻，最终消灭了一万多日军。

不难发现，张笑天旨在通过这些事例展现中国人民奋起反抗的主题，激发人民群众的抗战热情，唤醒人们的抗战意识。无论是在正面战场还是在敌后战场，无论是共产党还是部分国民党将领，面对日本侵略者都能无惧生死，将国家和民族的利益放在首位，牺牲小我，成就大我，牺牲小家，成就大家；也从侧面反映出了日本军队不是不可战胜的，只要中国人民同仇敌忾、一致对外，定能驱逐日寇，恢复祖国大好河山。

第三章　张笑天抗战题材小说的人物形象塑造

人物形象在小说中占有重要地位，他们是作家情感表达的载体，对小说情节发展起着至关重要的作用，是作者创作意愿的转述者。张笑天笔下的人物形象丰富多彩，遍布社会阶层的各个领域，诸如军人、士兵、农民、小贩、学生、妇女、汉奸等。总而言之，张笑天的抗战题材小说主要塑造了两大类人物群体，即中国人群体和日本人群体。中国人群体包括运筹帷幄、卓尔不群的领袖形象，舍身为国、救亡图存的仁人志士形象，是非分明、可歌可泣的女性形象，满腔热血、慷慨激昂的学生形象，生活水深火热却百折不挠的底层人物形象，曲意逢迎、仗势欺人的汉奸形象。日本人群体包括惨无人道、罪恶滔天的军国主义者形象，执迷不悟、得过且过的战争顺从者形象，家破人亡、流离失所的战争受害者形象。本章主要从这两大类人物群体入手，深入探讨张笑天抗战题材小说人物形象的塑造。人物形象的塑造，有助于丰富小说情节，增强读者的代入感，使读者理解小说的历史背景和人物所处的战争环境，既还原了历史的本真性，又歌颂了民族精神。

3.1　中国人形象的塑造

张笑天在小说中塑造了数不胜数的中国人形象，这些人形色各异，龙蛇混杂，既有中国未来命运的引领者，也有爱国仁人志士等，他们为了捍卫国家主权和领土完整不惜抛头颅、洒热血，将生死置之度外，同时也出现了汉奸叛徒，在祖国危难之际，他们未能尽到一个中华儿女应尽的责任，选择卖国求荣。张笑天旨在通过塑造几种不同的人物形象，让读者感受到相同的血液和民族，在面临国难时却做出了截然不同的选择。

3.1.1　叱咤风云的革命领导者形象

中国的革命领导者，是中国未来命运的引领者，他们是处于时代浪潮的伟人，地位不可撼动，一举一动都对未来中国之命运具有举足轻重的影响。历史如大浪淘沙般冲走了一批批与时代大潮背道而驰的人，他们也曾在某个时期呼风唤雨、叱咤风云，却因错误或愚蠢的选择被时代所淘汰，被人民所唾弃，最终只能偃旗息鼓、安度晚年。也有人能够顺应时代大潮，以捍卫国家主权和领土完整为己任，与人民为伍，以百姓为依托，创造一支源于人民、属于人民，又服务人民的军队，最终在历史的长河中熠熠生辉。

在长影关于《开国大典》的宣传上，张笑天曾这样展示他对伟人的描写："五十年来，神坛叱咤，无情未必真豪杰，请看银幕如何把毛泽东由神回归人；半个世纪，鬼面登场，却也有七情六欲，且看该片怎样把蒋介石由鬼写成人"。张笑天小说中的大人物愈加平民化，不再是高高在上、遥不可及的代表，而是平易近人，与民众打成一片。张笑天为读者展示了自然而又真实的领导者形象。

在《抗日战争》中，抗战初期蒋介石的形象可谓一言难尽，即便是在"九一八"事变后，他依旧对张学良和东北军下达"不抵抗"的命令，始终把江西红军视为"眼中钉"和"肉中刺"，视其为最大的敌人，导致日本人几乎不费吹灰之力就占领了东北三省。1927年，蒋介石访问日本与田中义一首相会谈时说，中国承认日本在"满洲"的特殊地位和权益。言下之意，蒋介石并不把"满洲"划入真正的中国领土。所以"九一八"事变，东三省被日本侵占后蒋介石的所作所为也就不足为奇了。在蒋介石和宋美龄谈话时，蒋介石说："我的想法和你一样。若想让虎狼退却，不能什么都不给他。我已经告诉许世英，如果日本能担保中国本部18行省的完整，我们可以同意向日本出让东北。"张笑天为读者展示了蒋介石软弱妥协的一面。蒋介石作为国民党的最高领袖一再退让，置国家安危于不顾，置百姓死活于不顾，只在乎自己的权力职位和党国利益，从这个最高领袖就不难看出这个党已经背离人民、江河日下、摇摇欲坠了。

西安事变前夕，张学良和杨虎城扣押了蒋介石，蒋介石被迫同意与共产党合作，全国统一战线共同抗日。在放蒋介石回南京时，张学良为表忠心，决定亲自护送，陪蒋介石回南京。蒋介石作出承诺，绝对保证张学良的安全，可到了南京他就出尔反尔，以"犯上作乱"之罪将张学良送交军事法庭，之后又下令特赦张学良，将其交给戴笠软禁数十年。可见蒋介石心胸狭隘、出尔反尔、工于心计，做人背信弃义。

蒋介石的疑心病很重，曾三番两次误以为自己的得力下属关山度泄露了军事情报，便将其交由戴笠处置，后查明泄露军事情报的另有其人。

蒋介石站起来迎过去，握住关山度的手，说：“这不是在做梦吧？委屈你了！”说罢，用十分厌恶的口气对戴笠说：“你还在这干什么？今后能不能多干点好事？”

蒋介石扶关山度坐在椅子上，说：“你失踪了好几天，我才知道你落在了戴笠这蠢材手里，叫你吃苦了。”

蒋介石的虚伪和逢场作戏在这一段中展示得淋漓尽致，戴上伪善面具的他仿佛是一个正气凛然、体恤下属的好领袖，与之前的猜忌怀疑相比简直是判若两人。为了推卸责任，他把过错推给了别人，自己成了不知情的无辜受害者。从其对下属虚情假意的嘘寒问暖也能看出蒋介石擅长收买人心，与刘备摔阿斗如出一辙。

但是张笑天对于蒋介石的描写不单单只有反面描写，在小说《抗日战争》中，蒋经国留学苏联后加入了共产党，蒋介石颇为不满，甚至一度想要断绝父子关系。而当蒋经国一家回国面见父亲时，蒋介石却热泪纵横，流露出少有的对孙子的疼爱和对儿媳的喜爱之情。当南京城即将失守时，蒋介石来到孙中山的灵前，不禁潸然泪下，他深鞠一躬，喃喃地说：“总理呀，南京孤城不能守，又不能不守。对国对民殊难为怀，对上对下、对生对死，不忍一日舍弃，我该怎么办？”当下属来劝诫蒋介石尽快撤离时，蒋介石叹道：“这次淞沪会战、南京保卫战，都是我亲自指挥的，精锐几乎全部投上，到头来还不是兵败如山倒，我对不起总理呀！”说罢号啕大哭起来。可见张笑天在塑造蒋介石这一形象时煞费苦心，不光写到了蒋介石由于时代和历史的局限所犯下的错误和个人性格上的缺陷，同时也写出了蒋介石牵肠挂肚、儿女情长的罕见的一面。当南京城朝不保夕时，蒋介石的痛哭流涕和矛盾心理，又是他真实人性的最好写照，是个人情感的自然流露，这个历史风云人物终究有普通人的一面。

毛泽东作为共产党人的代表，其性格、人品和行为方式与蒋介石大相径庭。在抗日问题上，毛泽东等中共领导人认为应该团结一致来抵御外侮，赶走日本侵略者，只可惜他们被国民党封锁在苍苍莽莽的大山上，难以施展才能。“要以我个人的心愿，我真想跳出这崇山峻岭，把国民党甩在身后，去同日本人打仗。说到底，与国民党厮打，不过是手足之争，而日本侵略者才是民族大敌。”

可见毛泽东等共产党人深谙民族大义，不愿把精力投入到党派之争上。毛泽东在称呼国民党时用了“手足”一词，而蒋介石在称呼江西红军时则用了“赤匪”二字，可见二人的格局相差如此巨大。毛泽东等人是真心实意地想肩负抗日大旗驱赶日本侵略者，蒋介石却是想维护自己党派的权力和利益。在张学良提出联蒋抗日时，毛泽东起初是难以接受的，蒋介石杀害了共产党诸多同志，他的原配夫人杨开慧也是死于国民党人之手，导致两人的孩子也流离失所、无家可归。但毛泽东的气魄和度量是常人无法想象的，为了抗日救国，让黎民百姓免受战争之苦，他选择和国民党握手言和，一致抗日。毛泽东告诉周恩来："你去同张学良谈吧，联蒋抗日也可以答应。我们不计前嫌，是为了表明我们救国的诚意，精诚所至，金石为开，看蒋介石这块顽石开不开。"

毛泽东、蒋介石二人同为时代伟人，同是两党的领袖，却产生了鲜明的对比，蒋介石的虚伪与善变，毛泽东的大度与正气，这似乎也预示了两党最后不同的结局。与蒋介石工于心计相比毛泽东对人坦诚相待，毛泽东曾听说有老百姓骂自己，便断定此中必有冤情。原来，国民党封锁边区，共产党没有粮食，只能从老百姓手里征粮，而老百姓手里的粮食又少得可怜，便出现了这种事情。毛泽东不但亲手从监狱放出了骂他的百姓，还说："是真的，你没罪。今后，毛泽东再有什么不对的，你去找他提意见，不改，你就骂。"

毛泽东虽为共产党领袖，却也有普通人的七情六欲。毛泽东作为湖南人无辣不欢，瑞金大山里条件艰苦，毛泽东曾因为贺子珍倒掉了一碗变质酸掉的辣椒而火冒三丈，足以看出其质朴和率真。在听说自己的孩子被张学良送去苏联念书时，毛泽东不自觉地流下眼泪，这是父爱的自然流露，他此刻的心情是极为复杂的，既辛酸又无奈，他无法与自己的亲生骨肉相见，做一个称职的父亲，他也是普通人。在得知共产党人结婚时，毛泽东又亲手送上了一篮子大枣、板栗和花生，枣和栗子代表着早立子，花生代表着男女平等，花花着生，体现了毛泽东在生活上的温馨可爱之处。

毛泽东、蒋介石同为时代领袖，二人却因形象上的差异，给读者带来了不同的阅读感受。张笑天通过小说表现了这两个时代浪潮中的伟人不为人知的一面，拉近了时代伟人与读者的距离。他们不再是高高在上的大人物，也不是遥不可及的权力金字塔顶层的代表，他们也是人，有着普通人的情感和难题，不同的是他们各自代表着自己的党派，在历史浪潮的风起云涌时刻和国家危难之际，各自做出了不同的选择。

3.1.2 舍身为国的爱国仁人志士形象

战争文学中永远都不缺少对英雄的塑造，英雄主义从古至今似乎成了战争文学所必不可少的内容。毫无疑问，在战争中人人都可能成为英雄，但是英雄主义并不意味着个人主义，不要求在战争环境下神化和无限放大个人力量。张笑天的抗战题材小说并没有刻意地塑造英雄，他深知英雄是人而不是神。在中华民族抵抗日本侵略者长达14年的抗日战争中，曾涌现出无数不畏强暴、英勇献身的爱国仁人志士。他们是中华民族的骄傲，是为维护国家主权和领土完整而奋斗的流血者、牺牲者，身世或地位的高低并不能阻碍他们的抗战事业，他们在残酷的战争和冰冷的现实中逐渐走向成熟，他们在抗日史上留下了浓墨重彩的一笔，他们才是真正的英雄。

无论是在《抗日战争》中还是在《抗日战争备忘书（第一部）：国家阴谋》中，张学良始终背着“不抵抗将军”的称号，殊不知张学良也有着自己的苦衷。皇姑屯事件，日本人炸死了张作霖，稚嫩的张学良不得不迎难而上成为新一代“东北王”，他恨日本人，更痛恨日本人杀害了自己的父亲。日本人觊觎东北已久，为了保住这片家园，他选择了改旗易帜，归属到了蒋介石的麾下。在东三省沦陷后，张学良曾一再乞求蒋介石抗日，得到的却永远都是奉行“不抵抗”政策的命令，眼看山河破碎，百姓流离失所，张学良踌躇满志却报国无门，最终走投无路发动了西安事变。

> 张学良说：“对蒋介石我们做到了仁至义尽，苦谏、力谏、理谏、哭谏都打动不了他，反倒要把东北军打散。那，我们雪耻报仇，报效人民的宏愿就永远不能实现了。我们现在只剩下一条路，实行兵谏，逼蒋介石抗日！”

在抓捕蒋介石时，张学良虽然惶惶不安，内心却坚定，只要蒋介石抗日，仍可拥护他作为领袖，蒋介石若因兵谏消极抗日，自己愿意自杀谢罪。可见张学良的爱国立场是十分坚定的，始终坚持将抗日救国反对内战作为首要目标。在蒋介石同意联合共产党共同抗日后，张学良又为蒋介石着想，亲自护送蒋介石回南京，最终被蒋介石送上军事法庭，软禁数十年。在小说中张笑天为读者塑造了一个忧国忧民、有情有义的抗日英雄形象。

在小说《抗日战争》中，长城喜峰口是29军阵地所在，29军37师赵登禹旅长面对日本第14混成旅团丝毫不畏惧，在子弹不足的情况下用大刀片与敌人决一死战。在战场上当冲锋号响起，赵登禹最先冲出战壕，挥舞着大刀向敌人砍去，29军的战士们也如猛虎下山，向敌人发起猛烈的攻击，经过一番激烈的交战，日本兵最终撤退，留下了一片片的尸体。战斗结束后赵登禹的刀已经砍弯了，有着一个个豁口，战士们虽然疲惫不堪却因打了胜仗而高兴。这场战争的胜利，对于中华民族来说，是多么鼓舞人心呀！

《抗日战争》中曾写到在平津失守后，宋哲元南撤，张自忠代其守北平，并与日方调解谈判，因此背上了汉奸的骂名。张自忠立志抗战，决心战死沙场来洗刷自己的清白。张自忠回归部队以后，每次战斗前都先写遗书以表忠心，曾一举消灭日军104联队，又击溃日军三个联队。后在枣宜会战中，即便双方兵力相差悬殊，张自忠依旧身先士卒作为33集团军总司令亲自上战场，与敌人展开白刃战，后因胸部中弹，身受重伤而光荣殉国，直到临死前还扪心自问，自己对得起国家和民族。

张笑天小说中的爱国仁人志士远不止这些，如《抗日战争》中的沈崇海，作为国民党的飞行员，在执行任务时因撞击日本巡洋舰而牺牲，左权和乔参霄因掩护彭德怀撤退，死于敌人之手，台儿庄战役的指挥官李宗仁、白崇禧等；《落霞》中的杨靖宇、宫常升、聂东华；《抗日战争备忘书（第一部）：国家阴谋》中的关玉衡、阎宝航等。这些爱国仁人志士都是我们的民族英雄，张笑天在小说中并没有刻意塑造一个个高大、冷峻、模板式的英雄形象，相反他更注重展示人性的动人之处，没有忽视人作为一个个体在战争下的矛盾与挣扎。英雄不是完美无缺的，而是存在遗憾和缺陷的，张笑天深知这一点，所以在展示人物的经历和前后所发生的事件时，重视人物在受到战争影响后，生存状态、心理状态和社会活动所产生的变化，尤其是在生命安全受到威胁，要在个人和国家民族之间做出抉择时的举动。但值得肯定的是张笑天书写的爱国仁人志士有着以身报国、舍生取义的勇气和信念，展示了特殊时期、特殊环境下人性的美好和崇高，为读者带来不同的人生感悟。

3.1.3 坚贞不屈的女性人物形象

战争是无情的，把万千女性卷入其中。张笑天笔下的女性形象同样深入人心，尤其是知识女性，她们作为这个时代最早觉醒的群体之一，吹响了女性反战的美妙号角，她们积极、热情、爱憎分明、疾恶如仇。她们通晓民族大义，渴望为国家和社会贡献一份自己的力量，不会因性别的弱势而选择默默无闻，而是饱含爱国激情，踌躇满志，勇敢地投入到民族革命的斗争中。

在《抗日战争》中，日本人侵占东三省时，乔参雨作为乔家最小的孩子仅上中学二年级，日本人残忍地杀害了她的父母、大嫂和侄儿。复仇的种子在她幼小的心灵深处深深地扎了根，她渴望复仇，渴望赶走日本侵略者，渴望与兄弟姐妹们团聚，但她知道这一切都无法实现。“她早已立下大志，她这条命是捡来的，她与日本兵势不两立，她活一天就要杀日本兵，杀一个够本，杀两个赚一个。”每次杀完日本人后她都会在墙上写上：复仇者，长白女侠。不论是穷凶极恶的日本人还是伪军、汉奸，乔参雨都恨之入骨，欲除之而后快。后来在结识杨靖宇后她加入了他的抗日队伍，为了救出杨靖宇的遗体，落入了日本人手中，被残忍地杀害。

《抗日战争》中的方岫同样值得尊重，“九一八”事变之时，方岫冒着生命危险用相机拍下日本人犯罪的证据，记录下了日军的残忍罪行，在南京大屠杀时，同样因为拍照取证而险些丢失性命。为了宣传抗日，方岫放弃学业成为一名记者，并自创报刊，只宣传抗战事迹。对于共产党的抗战主张，以及马占山、19路军、察哈尔抗日同盟军等抗战事迹她大力宣传，且大加赞扬，对于蒋介石的消极抗战行为则是无情批判，即使上了蒋介石的“黑名单”，依旧坚持自我，敢直言不讳地顶撞蒋介石。方岫经常在枪林弹雨中采访拍照，将抗战英雄最豪情、真实的一面呈现给国人，来激起国人的抗战热情。

在张笑天的小说中，这样的女性形象不占少数，如《落霞》中的林茵，由于脱离组织时间过长不被杨靖宇的部下信任，在面对质疑时她挺身而出，当看到杨靖宇等人被困在冰天雪地中没有粮食可吃的时候，她冒着生命危险用手表、金镏子和老百姓换了几个大饼子，在回来的途中她被日本人发现，为了杨靖宇等人的安全她选择了上山的另一条路，牺牲了自己。再如《中日大谍战》中的杨小蔚，屡次冒着生命危险为她的地下党表哥传递情报，在得知自己的未婚夫成为汉奸时，也能明辨是非，毅然决然地除掉汉奸未婚夫。刘月作为抗联一路军干部的遗孀，一直隐姓埋名地活动在敌人内部，为抗联输送情报，默默奉献；白月朗利用自己和甘粕正彦以及张景惠的特殊关系，多次为抗联传递情报，输送药品，功不可没。除此之外，苗春、史践凡、徐小虎、乔参云等女性形象在小说中均占有一定的比重，给读者留下了深刻的印象，她们的机智、冷静、顽强令人动容。这些女性虽然自身的命运和经历各不相同，但其爱国精神和热情却同样感人肺腑，张笑天将抗战时期的爱国女性作为描写对象，用细腻的笔触、真挚的情感，展示了女性在战火洗礼下的进一步成长，提升了作品的内涵。

3.1.4 赤心报国的学生形象

“九一八”事变以来，在中华民族的土地上出现多股力量与日本侵略者进行斗争，其中有一类群体，他们与敌人斗智斗勇，在心理和智慧上进行博弈，为抗日战争的胜利作出了巨大的贡献，这类群体便是学生群体。张笑天抗战题材小说中的学生形象几乎无处不在，作者没有将学生写成战争中的弱势群体，而是展示了特殊时期学生们坚毅果敢的一面。他们奋勇向前、无畏无惧，即便是在日本统治者错误的教育和诱导下，依然能保持本心，传递爱国精神，昔日稚嫩的面庞和浅薄的思想在战争中得到进一步的历练和升华。小说中这些学生的出身各不相同，有的出身于教育世家，从小接受文化的熏陶；有的出身于贫困家庭，日子虽然清苦，却也其乐融融；有的则是抗日将领的遗孤，被迫隐姓埋名，却仍旧继承父母的遗志为抗战不懈奋斗；有的则出身悲惨，自幼无父无母，孤苦伶仃，但他们的身上都有抗战精神最值得肯定的一面。《中日大谍战》中爱憎分明、疾恶如仇的白月朗，机智果断、雷厉风行的杨小蔚，大义凛然、视死如归的张云峰和张云岫两兄弟；《抗日战争》中敢爱敢恨、舍生忘死的方岫，智勇双全、有情有义的乔参雨，精明强干、忧国忧民的乔参云，他们的爱国事迹感动着每一位读者。

在《抗日战争备忘书（第一部）：国家阴谋》中，张笑天塑造了史践凡这样一个学生形象，史践凡的父亲史籍是张学良的恩师，皇姑屯事件后，张学良觉察到日本人的狼子野心，便派史践凡留学日本，主动接近川岛芳子收集情报。史践凡不辱使命，用相机拍下日本陆军省《解决满蒙问题方策大纲》和《田中奏折》，为中国代表在太平洋会议上先发制人，伸张正义，声讨日本的侵略阴谋，作出了巨大的贡献。

《中日大谍战》中的白刃和白月朗两兄妹，作为伪满洲国的大学生，即便在日本人的镇压和教化下，仍旧能够以学校为依托，开展爱国运动。白刃是共产党人之一，在建国大学经常利用自己学生会长的身份秘密开展读书会，培养同学们的爱国情操，时刻提醒同学们铭记自己亡国奴的身份；同时也会在城内散发抗日救国的宣传单，来鼓舞人心；精心策划学潮运动，联络其他高校一起罢课、绝食反对日本奴化教育。白刃利用自己学生的身份，巧妙地贯彻并执行了共产党的抗战主张。白月朗则是利用自己“满映”明星的身份，以及甘粕正彦对自己的喜爱，为抗联的壮大发展做了重要贡献。

张笑天在作品中多次写到学潮运动，有在伪满洲国的思想文化压制下，学生自发组织策划的学潮运动，为的是抵制日本人在中国“满洲”推行日本化、殖民化；也有反对内战，主张积极抗战的学潮运动，如“一二·九”运动。当得知华北不保时，同学们都自发请愿，高唱救亡歌曲，高喊救国口号，在受到军警的镇压导致头破血流时也勇往直前，要求停止内战，一致抗日。其中最震撼人心的学潮运动是学生们游行请愿，企图劝说蒋介石联共抗日，在流弹打死了一名学生的情况下，万余名学生依旧高举“停止内战，一致抗日”的横幅，高喊口号，宁愿战死，也誓死不做亡国奴。这些感人肺腑的事件，足以证明学生们的爱国决心和热忱，不免令人百感交集。

3.1.5 林林总总的底层人物形象

对战争中底层人物的形象塑造往往能够最真实和直观地反映普通人的生存状态，容易引起读者的共鸣，勾起读者的同情心和怜悯之心。张笑天抗战题材小说中的底层人物一共分为三类，第一类人虽然生活在社会底层，却不自暴自弃、怨天尤人，即使人微言轻，但平凡而不平庸，为抗战贡献自己的绵薄之力；第二类人则愚昧无知、浑浑噩噩，他们既是被命运无尽束缚的人，也是被命运无情践踏的人，在战争中饱受摧残，却又得过且过、不思进取；第三类人则是战争受难者，因战争失去了宝贵生命。

第一类底层人物以《落霞》中的老青山为代表。老青山是一个再普通不过的东北人。他没结过婚，一辈子无儿无女，却从事过多种职业，铁匠、地主家的长工、跑买卖，就是这样一个平民百姓，被抗联战士们称作“抗联父亲”。因为他总是能够在战士们需要他的时候出现。老青山作为地下交通员曾经三次被日本鬼子抓去坐老虎凳、灌辣椒水，但他都逃了出来。由于杨靖宇的抗联队伍在寒冬时节遭到鬼子的封锁无粮食可吃，老青山便冒着生命危险为抗联送粮食。为了躲开日本鬼子的搜查，老青山带着粮食冻死在了山洞里，他把棉袄里的棉絮全都掏空了，灌满了粮食，直到冻死的那一刻他的胡子也向上撅着，嘴咧着，好像在笑，眼睛睁着凝视着远方。老青山是一个有良知的中国人，赵尚志、李兆麟等人都受过他的保护，抗联的战士没有人和他不亲，可惜他临死之前没能看到胜利的曙光。老青山值得我们每一个中国人铭记在心。《抗日战争》中的长城喜峰口29军37师赵登禹旅长也给读者留下了深刻的印象，他面对日本第14混成旅团丝毫不畏惧，决定在子弹不足的情况下用大刀片与敌人决一死战。殊不知赵登禹母亲的事迹同样震撼人心，赵母是生活在社会底层的人物，却有着炽热的爱国之心，在赵登禹八岁练武之时，赵母便学岳飞的母亲，在儿子的背上刺上“报国”二字。儿子在外打仗，赵母便住在老乡家给部队擦炮弹，一天擦十几箱。大战在即，赵登禹为了能够安心打仗决定把老娘送回老家，没想到老娘为了不让赵登禹分心，自己服毒自尽了，老娘认为自古忠孝不能两全，在民族危亡的时刻，对国家尽忠也就是对自己尽孝了。

老青山与赵母虽然只是无足轻重的普通百姓，却深明大义，以民族危亡为己任，为抗日做力所能及之事，真正做到了为国家尽忠，为民族尽力。从这一类人身上能够感受到人性的美好和温暖，老青山和抗联战士之间难以言状的革命友情、赵登禹母子之间血浓于水的亲情为读者展示了在抗战的特殊时期，人性的光辉之处，为处于抗战时期英勇奋斗的战士们提供一丝温暖的慰藉。

第二类底层人物形象以张笑天小说《中日大谍战》中的李贵父母为代表，这类人物形象与鲁迅笔下的“愚民”形象如出一辙。李贵是土生土长的农村人，从小胆小怕事，考上建国大学后，被日本人察觉到弱点，于是日本人自导自演免除李贵父亲的劳工，李贵逐步堕落，最终被利用成为汉奸。李贵的母亲在李贵的父亲被抓劳工后无计可施，劝说李贵：“儿呀，跟娘回去吧，还念什么驴马经，有什么用？书念得再多，也当不了主，叫人家骑脖梗拉屎。”当李贵的父亲被免除劳工后，李贵的母亲就立刻换了一副嘴脸，为表达谢意给李贵的塾务课长青本平进送来一车青菜，并叫其恩人，跪下磕头称呼其为“包青天”。李贵一家认为这就是天底下最大的事，大过改朝换代、天下兴亡，老爹若是回不来，那可真是天塌地陷了。当看见供奉天照大神的神社鸟居时，李贵娘误以为是养鸡的笼子，声称没听过天照大神，“咱们供财神、门神、土地神、灶王爷，还有观音菩萨，没听说有个天照大神，是跳大神，打狍皮鼓的吗？那得有二神陪着啊”。李贵爹娘这类人物目光短浅、思想狭隘且自私自利，只有家的观念，却无国的观念，逆来顺受，懂得在苦难中挣扎，却不懂得在苦难中解脱，在危难之际，贪生怕死，选择苟且偷安。在《抗日战争》中也有这类描述，乔参云和关山度在夫子庙和秦淮河一带散步时，听到秦淮河里画舫船上传出了狎妓的欢笑声和丝竹管乐唱小调的声音，而此时的中国正遭受日本侵略者的践踏，上海危在旦夕，国都南京也岌岌可危，画舫船里的女人却在和权贵之人搔首弄姿，完全不顾国家安危，不免想起李商隐的诗：“商女不知亡国恨，隔江犹唱后庭花”。

这类人物形象如同鲁迅笔下《药》中的华老栓和《孔乙己》中的孔乙己，完全丧失了自我意识和独立思考的能力，愚昧、落后、麻木、不思进取，读者既同情他们的悲惨遭遇，又感叹他们的愚昧无知，这一类形象极具悲剧色彩。

对于第三类底层人的描写作者并未用过多笔墨，而是用直接或间接描写交代了其悲惨命运，这类人的牺牲似乎成为战争时期的常态。在战争时期毫无人道主义可言，如在《抗日战争》中乔参天的父母亲、妻子和一个儿子，都死于日本人之手，对于邻居的描写则是住在西院的老毕家也遭了殃，同样交代了其悲剧结局。东北此时成为魔鬼的天堂，沈阳城内，据马车夫所说：“光运尸体的马车就有好几十辆，运了整整3天”。自从日本人侵略中国开始，便在中国的土地上奸淫抢掠无恶不作，老百姓成为战争的牺牲品，因为战争失去生命的百姓不计其数，即便是能够死里逃生，也要在日本侵略者的奴役下苟活于世，任其摆布，体验亡国奴的悲惨滋味。

3.1.6 卖国求荣的汉奸叛徒形象

在抗日战争期间曾出现大量的伪军汉奸，这些人在乱世中为求自保不惜出卖自己的灵魂和尊严，他们枉为中国人，枉为华夏子孙，是苟且偷安的叛国者，应该被人民唾骂和制裁。张笑天在塑造汉奸形象时，并不是压倒式地直接给汉奸群体下定论，扣上卖国贼的帽子，而是细致地展示汉奸的内心矛盾，注重其沦陷过程，善恶有时只是一瞬间，而人性的复杂程度却难以言状，张笑天抗战题材小说意在从人性的角度来分析其堕落的原因。

汪精卫出生于一个书香世家，祖父曾经中过举人，父亲也是个读书人，但幼年时期父母便相继去世，他跟着兄长过着拮据的生活，从而形成了软弱自卑、犹豫不决的性格。抗日战争爆发后，汪精卫恐日情绪日益强烈，他认为中国在军事、政治、经济上都无法与日本相抗衡，最后选择了做汉奸。1932年，汪精卫劝说国民政府跟日本签订了丧权辱国的《淞沪停战协定》，1938年发表“艳电”，公开投降日本，沦为真正意义上的汉奸。汪精卫于1938年12月29日在越南河内发表的“艳电”是致蒋介石的《和平建议》，他为日本侵略者辩护，说他们“没有领土野心”，要求国民政府与日本政府交换诚意，以期“恢复和平”。汪精卫贪图权势，一心致力于夺取国民党内最高权力，但其优柔寡断被周围“亲日派”所影响，最后酿成了悲剧。

《中日大谍战》中的张景惠算得上是伪满洲国独一无二的大汉奸了，“九一八”事变后，他公开投敌，成了伪满洲国务总理大臣。张景惠在位期间生活奢靡、贪图享乐，娶了多房姨太太，在日本人面前阿谀奉承，一味地讨好迎合，对于中国人则心狠手辣，做了数不清的坏事。张景惠每天在日本人面前提心吊胆，像个受气的小媳妇，可对中国人，有时却比日本人更狠毒。日本人怕老百姓给抗联送粮食，就想了个集团部落的法子，却仍然饿不死抗联。后来张景惠给日本人出主意，给出入集团部落的农民发良民通行证，每人带的午饭不得超过一个大饼子，让他们想支援抗联也支援不成。

《落霞》中的张秀凤也是一个让读者咬牙切齿的汉奸。张秀凤曾经是杨靖宇最信任的部下，十七岁起跟随杨靖宇转战东边道密林，是警卫旅机枪排的排长。在他认为抗日已经没有胜利希望的时候，他带着九千多元老头票（抗联第一路军几乎全部的经费）跪倒在山田的膝下。在队伍打胜仗的时候，所有人都成了驱逐日寇的大英雄，而一旦处于危险之中，当生命安全受到威胁时，叛徒便出现了，昨天还能一起同仇敌忾、上场杀敌的战友，今天则变成了汉奸叛徒，这对每一个真正抗日的中国人来说都是精神思想上的毁灭性打击。

张笑天重在展示抗战期间的人情冷暖和生离死别，以及受战争影响人们生活的变化，以小人物为着手点，将苦难作为主题，展示普通而又平凡的下层人民的命运轨迹，同时又不忘对学生、女性等群体进行刻画，着重将悲情上升到国家和民族的层面。张笑天在作品中塑造了大量个性鲜明的人物形象，这些人物形象不同于抗日战争时期文学作品和“十七年文学”作品中塑造的人物形象，他打破了人物塑造的“二元对立原则”，人物不再是非此即彼、非黑即白，正面人物并非“高大全”，反面人物并非“假丑恶”。日本人中既有战争推动者也有受害者与和平爱好者，中国人中既有爱国仁人志士也有伪军和叛徒汉奸。张笑天的作品便关注到了这一点，在塑造人物时全面且真实，更能贴近生活，走进读者。

3.2　日本人形象的塑造

张笑天在作品中塑造了大量的日本人形象，这些形象不同于抗战时期文学作品中的日本人形象。日本人在当时不分性别和男女老少统称为“鬼子”，而“鬼子”的叫法说明在中国人的思想观念和认知中，日本人已经是魔鬼和阴险狡诈的代名词，他们永远都是禽兽的化身，是可恶的强盗，是披着羊皮的狼。人物永远是非黑即白、非善即恶的，造成了固有的模式化形象，似乎作家在还未下笔之前就已经给人物提前下了定论。张笑天却并非如此，他能够抛开历史的成见、种族的偏见，以客观而又真实的视角，从人性层面和人道主义的立场来分析人物形象，打破一些历史成见。读者既因为日本战争侵略者的丑恶行为而捶胸顿足，又对受战争迫害的日本苦难者感到同情而潸然泪下。

3.2.1　惨无人道的军国主义者形象

日本军国主义者是这场战争的侵略者和驱动者，疯狂、不计后果是他们最大的特点。这些少壮派军人绝大多数为日本中下级军官，个别是日本高级将领，如冈村宁次、土肥原贤二、石原莞尔等。他们试图改写日本的命运，企图拯救江河日下的日本，从而将日本一步步地推向对外侵略扩张的道路，使日本逐步走向战争的深渊，沦为一部冰冷的战争机器。

有这样一句话在日本军队中曾广为流传，征服“满洲”依靠的是板垣征四郎的战术和谋略、石原莞尔的思想和理论以及甘粕正彦的谍报和信息。在《抗日战争备忘书（第一部）：国家阴谋》中，板垣征四郎这一对中国读者来说相对陌生的形象，便通过作者真实、生动而又细腻的笔法，跃然于纸上。可见张笑天在下笔塑造日本侵略者之前做了大量史料准备工作，这对历史学专业出身的他来说是轻车熟路的。张笑天在小说中曾描绘过日本军国主义者开会时的疯狂场面，这些日本少壮派军人中既有军国主义分子，又有右翼组织樱会、黑龙会、一夕会的成员，他们的目的只有一个，就是试图引导国家走向法西斯道路。板垣征四郎便是他们的首领，会场上他用刀划破手指，将血滴进酒里，在场的所有人都照做，酒成为了血浆，众人依次喝下去，大喊："为了天皇"。

由这一系列的动作和语言描写可见板垣征四郎等日本少壮派的狂热，他们丧失了理性，完全成为战争的驱动者，最终酿成人类的悲剧。在板垣征四郎的认知中，中日之间必有一战，导火索由石原莞尔掌握，点火的人却是他自己，这是历史赋予的神圣使命，日本只有占领"满洲"，才能把整个中国置于死地，足以见其狂妄自负、不可一世的一面，并且小说中曾不止一次地写到过这些日本法西斯军人玩弄女人、滥用军权的丑恶行为。

如果说板垣征四郎等人是高傲自大的代表，那么《中日大谍战》中的甘粕正彦就是阴险毒辣的象征。他曾是首任新京警务厅长，经验丰富且心狠手辣。如今，他名义上是伪满洲株式会社理事长，实则暗地里是日本天皇钦点的情报官员，军警、宪特也在他的管辖范围之内，权力可见一斑。他身上没有石原莞尔等人的冲动暴躁，展示给外界的永远是儒雅随和、不苟言笑的谦谦君子形象，实则背地里却血腥、冷酷，杀人不眨眼。只有得人心者才能得天下，甘粕正彦认为"当务之急是笼络、软化满洲知识阶层，要给他们优厚的待遇，让他们过上和日本人一样平等、优裕的生活，使他们忘记屈辱，忘记是奴才"。可见甘粕正彦的高明之处在于他是一个"思想者"，企图从本质上软化、感化并同化中国人，让中国人忘记自己的祖先，忘记自己是被奴役的民族，忘记本民族的文化，从而死心塌地地沦为日本侵略者的傀儡。

张笑天的抗战题材小说对日本军国主义者的塑造，在于剖析其畸形和癫狂心理。他们是一批失去理智的战争狂人，不但肆无忌惮地实行残忍的战争手段，而且编造了一套荒诞的法西斯理论作为他们的精神力量，这也是他们控制人心的有效手段。张笑天的抗战小说通过对其刻画描写，层层剥茧，揭露了外表上温文尔雅、文质彬彬的社会精英，实际上是一群心狠手辣、残酷无情的衣冠禽兽。这些在特殊历史条件下孕育的扭曲、变形的人群，是世界和平爱好者的公敌。张笑天抗战题材小说对日本军国主义者形象的剖析，直击了他们的软肋，使作品达到了新的高度。

3.2.2 无所适从的战争顺从者形象

日本战争顺从者同样是依恋故土的迁徙者，这类人物形象是张笑天抗战题材小说中的另一类日本人形象。与军国主义者不同的是，他们讨厌战争、痛恨战争，却又无能为力来改变战争。他们也曾有自己的家乡和亲人，过着原本平凡而又幸福的生活，却因为战争爆发不得不背井离乡，卷入这场无休止的漩涡中。在这场战争中他们时常迷失自我，不知道自己究竟要在其中扮演什么样的角色，他们的良心也会感到疼痛，内心也时常备受煎熬，多次扪心自问直面自己的灵魂，是默然服从国家的决策加入这场毫无人道主义的战争，还是顺从自己的内心，不做刽子手。

《落霞》中的山田正太郎，他是“日本关东军南满讨伐司令”。正是在1940年2月23日这一天，他亲手抓住了杨靖宇，“他的脸色很平和，既没有得胜将军的自得和骄矜，也没有武将惯有的骄横和悍武，倒像一个谦恭的账房先生”。军医解剖杨靖宇的胃后发现没有一粒粮食，有的只有树皮和草根，山田不禁流下眼泪。山田低声说了这么一句：“用不着掩饰。你是人，你有权流泪，你有权感动，你有权崇拜英雄。我也是人……”可见山田不同于其他日本人，在抓捕杨靖宇后他非但没有得意扬扬的胜利感，反而忧心忡忡，因为在他心里杨靖宇的分量很重，一直以来，他都是十分钦佩和敬重杨靖宇的，这种特殊的情感甚至已经超越了民族的界限。也许在其他日本人眼中杨靖宇是不可理喻的，他无疑是自讨苦吃，但是山田却认为杨靖宇是个英雄，任何人都有权利去崇拜英雄，他自己也是杨靖宇的崇拜者之一。当同僚在恭贺山田抓住杨靖宇时，山田苦笑道：“胜利者书写的历史只能有用于一时，历史本来的面目终有一天要复原，你想过没有，三十年后，五十年后，在东边道这段历史上，杨靖宇难道不会由今天我们眼中的‘匪首’，变成民族英雄吗？我们呢？一群在别国土地上的刽子手！”山田正太郎无疑知道自己的所作所为是错误的，他既是杀死杨靖宇的刽子手，又是杨靖宇的崇拜者，在这场战争中他感到痛苦和迷惘，他在现实与良心中挣扎，在道德与人性中纠结。我们可以看出他的身上还有尚未泯灭的人性，但作为一个中下层的军人，他只能服从命令，他的身上更多的是无奈和惋惜。

在《抗日战争备忘书（第一部）：国家阴谋》中，张笑天为读者塑造了一个叫植松菊子的特殊的日本女人，她的特殊之处在于，她虽然是日本人，但她的情人却是中国东北兴安屯区驻屯军连长车玉堂。她是一个寡妇，丈夫原本是满铁的工人，染病去世后，她迫不得已开小卖部维持生计，希望攒钱早日回到日本。中村事件后，老奸巨猾的甘粕正彦三言两语就令植松菊子在无意之中出卖了车玉堂，车玉堂被抓后，植松菊子十分自责，又冒死从日本人手中救下了车玉堂。车玉堂埋怨植松菊子出卖了自己，而植松菊子只是觉得屯垦军不该杀死中村大尉，他死后老婆就守寡，孩子就没父亲了。可见植松菊子作为一个普通百姓，内心并无国家间谍的概念，她思考问题时会不自觉地感同身受。她为了生存不得不顺应这场战争，在丈夫去世后仍然孤身一人在异国他乡艰难地生活，最大的心愿便是有朝一日回到家乡与亲人团聚。从二人的对话描写中也能感受到她的善良、淳朴、率真，并富有同情心。再如《中日大谍战》中的二宫惠辅，他是建国大学十八塾的塾头，他不像其他日本人一样歧视、辱骂中国学生，他为人温和、大度宽容，经常在中国学生犯错误的时候做他们的挡箭牌，每当学校搜查违禁物品或者宪兵队来抓人时，他总是第一时间通知中国学生。

这类日本人形象的共同点在于：他们顺应了这场战争，并没有因为背离战争而丢失性命，承受的却是心灵上的折磨和煎熬。在异国他乡，他们艰难、迷茫、不知所措，找不到生命的意义和价值，他们中有些人良心尚未泯灭，从未做过伤天害理之事，有些人则在愧疚与不安中惶惶度日。

3.2.3 家破人亡的战争受害者形象

战争带来的永远都是不幸和苦难，对于侵略国和被侵略国来说都是灾难性的毁灭。日本的战争受害者更是被战争摧残的苦难者，张笑天敏锐地觉察到了这一点，不光我国百姓过上了颠沛流离、无家可归的生活，战争发起国日本的普通百姓和民众也是这场战争的受害者。

《中日大谍战》中的尾荣义卫便是日本战争受害者的典型代表之一。尾荣义卫是新京医科大学的日语老师，他和妻子渡边佑子都是作为日本开拓团的团员被强行移民来“满洲”的。由于他的祖父和父亲是渔民，出海捕鱼遭遇台风时被中国人所救，尾荣义卫对中国人心存感激。尾荣夫妇经常宴请中国学生到家里做客，在这个物资极其匮乏的时期，他总能尽其所能为学生们改善伙食，帮助中国学生。尾荣义卫讷讷地说：“我想为中国人做点什么，只是很苦闷，常常是做不到，看到的都是仇视的目光，又没法自我表达。”新京医科大学曾让学生观看日本人枪杀抗日者的影片，并要求学生写一篇《法场纪事》。尾荣义卫便坚决反对这种做法，“杀抗日者，让大学、国高学生都来看，什么意思？杀鸡给猴看吗？据我看，这种教育必然使学生更加反感、更激起民族仇恨”。固执的尾荣义卫坚持己见，一字一句地说："我授课的班级，绝不会让学生写这篇文章的。"正因如此，尾荣义卫被学校停课停薪，生活陷入了拮据。日本对英美宣战以后，战线被拉长，战事吃紧，四十多岁的尾荣被强行应征入伍，学生们再次去尾荣家拜访时，却只看到他披着黑纱的照片和骨灰盒。尾荣的妻子说："我听说尾荣不是好兵，他参加了士兵反战同盟，这是背叛天皇啊！不但一元钱抚恤金不给，还要罚有罪者家属，我想回日本去都不准。"

小说通过尾荣义卫这个日本人的所作所为，向读者呈现了一个有良知的日本和平爱好者形象，虽然他所在的国家发动了战争，但他本人却是战争的受难者。尤其是作为一个知识分子，尾荣有着强烈的明辨是非的意识，在应征入伍后加入士兵反战同盟，是需要足够勇气的，他和夫人在这场战争中失去了全部，唯一留下的是他们的良知，以及他们留给中国人的最后一丝慰藉。

津木惠子是《中日大谍战》中的另一个日本人形象，她父亲是731研究系统的创始人之一。她的父亲在得知731的创建违背初衷，被用于非人道主义用途之后便坚决反对，退出了731，于是日本军方便制造了一场车祸，让津木惠子从此成了孤儿。白浮白收留了津木惠子，他名义上是伪满洲国协和会副会长，实际上是中国共产党地下党，在他的悉心教诲之下，津木惠子成了一个有良知的日本人，尤其是在进入731部队之后，屡次为白浮白传递情报，令共产党提前揭露了日军731部队的阴谋。

以上日本人形象，无论是侵略者还是战争顺应者和受害者，都直接或间接地反映了战争的残酷性，战争让人类的生存何其艰难，就连战争发起国的人民都饱受战争的摧残，被侵略的国家的人民更是难以生存。张笑天通过塑造这一类有血有肉的日本人形象，为读者展示了淳朴、善良、正义的日本战争受害者。

英国小说家福斯特在人物形象塑造上将人物分为"扁平人物"和"圆形人物"。"扁平人物"在塑造时容易产生单一化、类型化的特点，人物性格简单且容易识别辨认，读者很难产生共鸣。"圆形人物"相比之下则较为立体，人物形象圆润丰满，能够更加真实有效地展示人物的复杂性，所以深受读者喜欢。在人物形象塑造方面，不难发现在张笑天的抗战题材小说中并无"扁平人物"和"圆形人物"明显的界限，张笑天塑造的反面人物常常是配角，作为"扁平人物"出现在小说中，人物往往具有符号化的特点。虽然对于这类人张笑天也是批评否定的，却并未一味地塑造单面坏人形象，人物不单单具有贪图享乐、虚伪狡诈的特点，具体性格上也有差异，张笑天注重人物的心理和细节描写，展示人物内心细微的心理变化，这就与传统意义上的扁平人物不尽相同了。而"圆形人物"更是具有典型性特征，给读者留下了深刻的印象。

第四章　张笑天抗战题材小说的艺术特色

艺术特色是文学作品本身就具备的审美特质，换言之，读者在阅读的过程中能从审美层面领会更多内涵。但是抗战时期，兵荒马乱，人们并不过分要求文学作品的美感，只在乎其发挥的社会价值导向和道德指向性作用，达到增强民族凝聚力的目的。而这些受政治环境和时代因素影响的作家们，其作品的艺术性不免大打折扣，创作理念和内容上难免出现刻板化、模式化、共性化的特点，作品也会呈现出单一乏味、形式大于内涵、个人色彩不足的弊病。张笑天抗战题材小说难免受到主流意识的影响，落入作品形式化的窠臼，但阅读后不难发现其作品本身有独到之处，注重对人性的挖掘，展示抗日战争中的细节与真实。对张笑天抗战题材小说艺术性的追寻，是本章探讨的重点。

4.1　现实主义手法的运用

20世纪90年代以来，现实主义的艺术手法被我国作家们普遍运用到文学作品创作中，如莫言、贾平凹、陈忠实等，不论是《红高粱》《古炉》还是《白鹿原》都体现了作家基于现实主义的写作手法，对于作品中故事情节和人物的描写，作家遵循历史事实，用客观的态度和真实的笔墨，再现了当时农村的社会生活，作品始终洋溢着生活气息，为我们创造出了在中国文坛有影响力的现实主义文学作品。现实主义在中国的发展，最突出的特征在于把现实主义从一种艺术风格、艺术方法深化为一种艺术精神，即热切关注中国社会现实、关注中国人的生存命运的“改良社会”“改良人生”的现实精神，而这种现实精神的底蕴则是对这块土地以及生活在这块土地上的人民的热爱。而这也正是张笑天抗战题材小说的创作初衷，他运用了现实主义的创作手法，其作品充满了对祖国的热爱和对人民的喜爱之情，但不同的是张笑天作为当代“现实主义者”，拓宽了艺术视野，增加了现实主义的新内涵。正如陈忠实所说：“我觉得现实主义原有的模式或范本不应该框死后来的作家，现实主义必须发展，以一种新的叙事形式展示作家所能意识到的历史内容，或者说独特的生命体验。”张笑天的抗战题材小说便是如此，张笑天在小说中融入了自己的思考和理解，小说中大大小小的历史事件和重要的历史人物全部都遵循历史事实，不做任何更改，只有小人物的有关情节做了文学上的艺术虚构。张笑天既用现实主义的手法重现历史，又以文学家的笔墨再现了小说中的儿女情长、悲欢离合，和民族、国家内心深处的伤痕。

4.1.1 描写社会生活里的细节

张笑天的抗战题材小说用客观真实的细节描写，以历史本来的面目和时代最本真的一面来反映人生轨迹和社会生活。尤其是战争时期，社会动荡不安，人们容易受到家庭、情感、环境等多种因素影响，而做出不同的人生选择。张笑天的抗战题材小说则是侧重描绘在战争影响下人们生活中的细节，将日常化、生活化的场景、对话、行为方式等融入小说中，反映人的生存状态。

《中日大谍战》中的细节描写不占少数，尤其是对梁父吟、白月朗与甘粕正彦斗智斗勇的细节描写，可谓扣人心弦。梁父吟是甘粕正彦下属的“满映”作家，也是在敌人心脏活动的地下党成员之一。梁父吟家窗台的伪满洲国国旗是与同志联络的信号，国旗插在窗台上证明安全，不在则证明有危险。梁父吟生日这天，甘粕正彦不请自来，白月朗发现了梁父吟的异常，经常走神看向窗台，于是梁父吟向白月朗使眼色让其在甘粕正彦面前不动声色地取下国旗，白月朗一边假意赞扬梁父吟在家里挂伪满洲国国旗忠心耿耿，一边假装不小心碰到了旗杆，国旗便正掉进水坑里，一切表演得天衣无缝，巧妙地化解了危机。这一情节中既有对梁父吟焦急的心理的描写，又有对梁、白二人的细微动作和语言的描写，同时也反映了白月朗的机智和梁父吟平时的谨慎小心。从某种程度上来说，文学作品从历史的客观性角度来反映现实生活，同样具备真实性和必要性。社会生活是战乱时期不可或缺的一部分，对社会生活中历史细节的把控，更是增添了作品的灵动性和充实感。对于民族和国家来说，历史是沧海桑田、时代变迁、政权更迭，而对于普通群众来说，历史只是他们日常生活的常态化，由零散的日常事件和不断变换的生活场景构成。由此可见，张笑天将国旗作为传递信号的构思，可谓用心良苦。当时日本统治下的“满洲”，可谓人间炼狱，老百姓依靠挂国旗来讨好日本人的行为定是日常生活中的普遍现象，所以小说主人公梁父吟才会选择将国旗作为暗号。而这种方式也未必是梁父吟所发明的，可能是那个特殊时代共产党人传递情报的通用做法，这些细节足以见其小说对历史生活的真实性描写。

张笑天注重对战争时期的家庭琐事和社会现象进行描写，如《中日大谍战》中曾写过大量有关家庭生活和社会生活的细节。伪满洲国对老百姓实行严格的配给制，粮食、布匹、薪炭、洋油、火柴等日常物品都要配给。白月朗想给父亲买二两毛峰，却发现对面的黄山茶叶店改成了富士茶叶店，原因是黄山在安徽，容易让东北人想到中国，老板因此被扣上了煽动反满罪的帽子，从而导致伪满洲国的店铺为了生存大都起与日本的地名和名胜沾边的名字；白月朗和梁父吟来到了一家名为北海道茶馆的小茶馆，茶馆里没有肉，只有肠粉和面糊，老板娘为了附庸风雅起名叫协和面，由苞米面、小米面、黄豆面、高粱面和橡子面混合而成，面糊又酸又有霉味，由于糖类配给，丝毫没有甜味难以下咽；白月朗的母亲龚新茹费尽心机想为女儿弄一块阴丹士林布，这个年头，没有阴丹士林布、斜纹布、白花旗布，全是更生布，更生布用手指一捅就坏，不如牛皮纸结实，龚新茹的同事夏天把棉衣里的棉花掏出去，冬天再絮棉花，有的穷苦人家用装洋灰的牛皮纸口袋缝成围裙遮挡下身；梁父吟家周围南湖西侧的菜市场明面上卖的都是小白菜、大葱和水萝卜等青菜，但都夹带私货，菜筐下面都有鸡、鱼、肉、蛋，总是问买菜人要点荤的不，梁父吟买了半斤五块钱一斤的天价猪肉藏在西装里。即便是在如此困难的时期，伪满洲国的国务总理张景惠仍旧大碗喝酒、大口吃肉，御菜如流水一般端上豪华的总理府餐厅，餐具都是银盘子、银钵，筷子为象牙筷子，吃饭之前张景惠还双手合十念往生咒，为被自己吃掉的牛、羊、鸡、鸭超度。张笑天为读者展示了东北沦陷时期下层百姓的诸多生活细节，涉及了衣食住行等各个方面，反映了配给制下普通百姓生活的艰难，处于日本人管制下生活的艰辛，而张景惠等卖国贼则过着奢侈糜烂、纸醉金迷的生活。张笑天对普遍的社会现象和家庭琐事进行了细致的描写，这些微不足道的日常生活事件与场景又与时代紧密相关，通过老百姓的生活反映时代特征和社会环境，从而突出历史进程中大多数平民百姓的生活日常。

《中日大谍战》中也不乏对校园的细节描写，学生们在用餐前都要做祈祷，感谢天皇的恩赐，报效天皇，中国学生这边的饭是高粱米饭和白菜汤，隔壁日系学生餐厅则是一槽子大米饭和一桶桶红烧带鱼，差距明显。同学们要“勤劳奉仕”，既要修飞机场、割庄稼，又要造飞行辅助木桶并且炼酒石酸灰作为造飞机的涂料等。张笑天的其他抗战题材小说也有许多细节描写，如《抗日战争备忘书（第一部）：国家阴谋》中对于生活习俗和历史环境的细节描写，阎宝航请史践凡到饭馆吃饭时，对于饭馆幌子个数与级别关系的描写，以及饭馆包间环境和菜品的描写；对日本人将乌鸦作为神鸟的典故描写和日本人不吃淡水鱼的习俗描写；对裕仁天皇的外貌、神态等描写。

这些细节描写都在一定程度上反映了当时人们最真实的生活状态，还原了历史本来的面目，很少有夸张的成分，重在展示细节的真实性。读者能够从小说的情节和场景中感受到作家的情感指向和思想内涵，而不是作家或作家借人物之口展示给读者，作家在文学作品中对现实生活进行了客观性的再现。张笑天对生活的观察和体验以及对历史的把握和整合，使得其抗战题材小说作品即便是在艺术加工后，细节上和外观上也都符合现实生活的形态面貌。

4.1.2 再现典型环境中的典型人物

在《致玛·哈克奈斯》的信中恩格斯曾说过："据我看来，现实主义的意思是，除细节的真实外，还要真实地再现典型环境中的典型人物。"他展示了典型人物和典型环境之间的关系，典型人物和典型环境是互相依存和影响的关系，环境被人所创造，但环境同时也在影响人，人物和环境都应该具备一定的生活依据，反映真实的历史面貌，不可以假设和臆想。典型环境决定了典型人物的性格基调，人物的言谈举止都受到环境的影响，但人毕竟是有智慧和情感的生物，在一定条件下会打破这种关系，就好比在同一环境下生长，却有好人和坏人之分。但总的来说，典型人物和典型环境一定是互相协助和相互成就的，二者缺一不可，张笑天的抗战题材小说便给读者展示了典型环境与典型人物之间的关系。

张笑天抗战题材小说中的反派人物甘粕正彦在作品中占有极其重要的地位。对于甘粕正彦这一角色的描写，无论是动作、语言、心理还是外貌描写，都与他所生活的环境息息相关。《抗日战争备忘书（第一部）：国家阴谋》中的甘粕正彦外表上永远给人一种谦谦君子的形象，他四十岁的模样，衣冠楚楚，文质彬彬，戴一副金丝眼镜，西装革履，一表人才，人们似乎很难将其与特务工作联系起来，因为他留给外界的永远是谦恭和笑容可掬的样子。但在九年前，甘粕正彦为了加快日本称霸东亚的步伐，借关东大地震之名，杀害了无政府主义首领大杉荣，被土肥原贤二和少壮派军人营救出狱后，去法国学习了绘画，成了艺术家，之后被军方派入中国，又参与策划了皇姑屯事件和溥仪出关。而《中日大谍战》中的甘粕正彦，名义上是"满映"的理事长，却被关东军总司令梅津美治郎请回军部做情报工作，军警、宪特任其调遣。甘粕正彦与其他日本当权者不同的是，在日本占领东三省成立伪满洲国后，他不主张以武力解决问题，而是采取怀柔政策，收买人心，让中国人心甘情愿地为日本人卖命，尤其是对待知识阶层，他采用软化手段，让他们过上和日本人一样安定、富足的生活，使他们忘记屈辱，忘记历史，忘记自己亡国奴的身份。在面对学生们的学潮运动时也选择满足学生们的要求，驱逐学校总长，平息浪潮，放长线钓大鱼。当白月朗因杨靖宇之死而流泪时，甘粕正彦说中国人有权崇拜自己的英雄，英雄不分民族国界和敌我立场，同时在心爱的女人白月朗面前也会驱逐欺负老百姓的警察，博取中国百姓的喜爱。

典型环境对典型人物性格的形成和发展起着至关重要的作用。生活在同一社会环境中的个人，其思想、行为、语言等，每时每刻都被周围环境所影响，环境作为人性格形成的重要条件和社会原因，其重要性不言而喻。甘粕正彦之所以这样做是因为他所生活的土壤和环境造成了他现在的行为方式。历任关东军司令都将穷兵黩武奉为自己的座右铭，视为统治中国人的最有效方式。但事实证明武力只能占领土地，无法征服人心，不管是三光政策还是屠城都无法做到收买人心，让中国人心甘情愿地臣服。中国人民从来都没有停止过反抗，杨靖宇、赵尚志等人率领的抗联队伍在敌人内部活动，抗联几千人却牵制了日本关东军几十万人。因此，甘粕正彦认为日本开拓未来的战车上有两个轮子，一个轮子是军人，另一个轮子是思想者。甘粕正彦以思想者自居，将收买人心作为征服中国人最有效的手段，以期达到和平统治“满洲”的目的，因为他深知武力只会让中国人更加反抗，更难以实现日本人的“大陆政策”。正如梅津美治郎所说，对付抗联就像是割韭菜，割了一茬又来一茬，源源不断，伪满洲国内有共产党的地下党和国民党的地下工作者制造各种事端，学校内还有爱国进步学生策划学潮，伪满洲国虽然在日本人的统治之下，却从未平静过。

甘粕正彦正是看清楚了当下局势，在“满洲”这个复杂环境下，只有采取恩威并施的手段才能彻底让中国人放弃抵抗，心甘情愿地为日本人卖命。因此，当下伪满洲国的现实环境造就了甘粕正彦的性格特点。而甘粕正彦之所以会成为侵略“满洲”的战争狂人，也是受到周围环境的影响。与甘粕正彦为伍的是日本军国主义者和少壮派军人，以及板垣征四郎、东条英机、石原莞尔等战争推动者，他们疯狂、不计后果，为了发动战争不惜一切代价，再加上1929年爆发的全球经济危机和法西斯理论的盛行加速了日本对外侵略扩张的进程，于是甘粕正彦便理所当然地成为战争策动者之一。

梁父吟是张笑天在《中日大谍战》中刻画的另一典型人物，这一人物出现在抗日战争这一特殊历史时期和社会环境中。当时的伪满洲国就是作品中的具体的典型环境，伪满洲国就像是一个大染缸，龙蛇混杂，良莠不齐，在这个典型环境中活动的人物既有日本人，又有无数的伪军、汉奸，还有像梁父吟一样的地下党。在这里一向身份地位分明，日本人处于权力的顶端，中国人只有替日本人做事，才能在乱世之中苟活于世。在民族危亡时刻，伪满洲国内部各种人物形象层出不穷、此起彼伏，张笑天选择了伪满洲国这一典型环境，就深刻地反映出人物受环境的影响非常大。而梁父吟则是和一些卖国求荣的中国人形成了鲜明对比，他是"满映"的作家，由于自身才华横溢深得甘粕正彦器重，其社会地位相对较高，但当时整个"满洲"已经被日本人所统治，作为共产党地下党的梁父吟在伪满洲国国内难以开展抗日运动，便借作家的身份，连同党内其他同志以及爱国人士、青年学生开展反日活动。

而梁父吟作为典型人物出现在伪满洲国这一典型环境中，就一定要有典型事件，正是典型环境培养和孕育了典型事件，才使典型人物的行为具备了合理性。张笑天在处理典型环境与典型事件之间的关系时，着重展示事件在环境中的重要性，如梁父吟作为地下党在敌人内部从事着最危险的谍报工作，为抗联传递重要情报、输送救命药品、组织策划学潮运动等，同时为了衬托出环境的残酷性和复杂性，张笑天以典型人物的悲剧结局作为收尾，梁父吟因为身份暴露而牺牲，心上人白月朗也在得知梁父吟的死讯后自杀身亡。

由此可见，在文学的创作过程中，应该把人物和人物所处的社会环境、生活环境与时代联系起来。在现实生活中，人物和环境的关系应该是辩证统一的关系，人物和环境二者之间互相创造。严格来说，凡是涉及人物形象的文学作品，就不能忽视对人物所处具体生活环境的描写，如果缺少对环境的描写，那么人物形象就很难立得住。但是，如果过分注重人物与环境的统一性，而不考虑人物的性格特点，只是将环境与作品的背景时代相结合，也难以塑造出典型的人物形象，所以文学作品中的具体环境既应该是决定小说人物性格和活动轨迹的现实土壤，也应该是时代的缩影。张笑天在小说中塑造典型人物时，注重展示人物所处的具体环境，小说中梁、白二人的爱情故事固然是美好的，但在当时的社会环境中注定是悲剧。通过梁、白二人的悲剧结局来反映当时伪满洲国的百姓在日本人铁蹄的践踏下处于水深火热之中，揭露了日本侵略者的残暴与冷血。

4.2 多种文学表现手法的运用

张笑天抗战题材小说的文学表现手法极其丰富。张笑天注重在小说中运用讽刺手法，以期达到强化主题的目的，同时善用环境渲染氛围，将气氛烘托到极致。

4.2.1 讽刺手法的运用

张笑天抗战题材小说运用了大量的讽刺手法，既有对现实的批判，也有对现状的不满，并且张笑天所运用的讽刺手法并不是单一的，而是采用嘲讽、自嘲和反讽等手法，从而使作家感情色彩的表达效果更加明显，让小说的讽刺意味得到全面展现。

张笑天抗战题材小说中的讽刺内容是多样的，主要体现在人物语言上。如《抗日战争》中的张学良，他在日本人进攻东三省时，采取蒋介石的“不抵抗”政策，导致东三省的百姓毁家纾难、流离失所，面对这种结果他一般会采用自我嘲讽的方式来排解心中的苦闷与无奈。故乡被日本人占领，最开始他想的不是率领东北军驱逐日寇，而是寄希望于外界，希望国联和英美能够出手相救。当顾维钧提出《凯洛格非战公约》和《华盛顿九国公约》时，张学良赞许其分析得透彻，作为东三省的领袖，其侥幸心理令人担忧。张学良在《抗日战争》中是张笑天主要的讽刺对象，语言和行为上的讽喻，都展现了张笑天不俗的讽刺手法。从乔参云的口中得知日本兵烧杀抢掠、无恶不作，东北已经成为人间炼狱，老百姓都在骂自己的时候，张学良难堪极了，命令乔参云住口；当得知乔参云的父母亲、嫂子和侄儿死于日本人之手，妹妹和另一个小侄儿下落不明时，又说一切都是自己的罪过，自己就算跳进黄河也洗不清了，其言语的前后矛盾性无不体现了张学良外强中干的性格特点，也将张学良当时心虚和自责的心理讽刺得淋漓尽致。

文学中的讽刺手法是多样的，张笑天的讽刺语言也是多变的，张笑天在刻画人物时既运用了暗讽的手法，同时也用反语来对人物形象进行深刻的重塑，以此达到讽刺的效果。东三省沦陷后，张学良在诉苦时，乔参云的一番话可谓极具讽刺意味，乔参云说：“难道不抵抗的命令不是您下的吗？难道下令刀枪入库的人不是您吗？有一份报纸上建议给您颁发诺贝尔和平奖，您觉得怎么样？”作者没有开门见山地直接用正面语言对张学良进行批判，而是巧妙地运用了反语，表达对张学良的不满。乔参云口口声声称呼张学良为“您”，又以诺贝尔和平奖反讽张学良，可见讽刺意味浓重，讽刺意义深远。

张笑天抗战题材小说的讽刺程度极其深刻，其中一个十分明显的特征就在于对小说中人物的讽刺，小说中的语言大多带有讽刺意味，同时又能一针见血地揭示当时的现实状况，达到针砭时弊的作用。如何香凝对“九一八”事变以来蒋介石的“不抵抗”政策深恶痛绝，便找了一条裙子，写了一首诗送给蒋介石，要用自己的裙子向蒋介石换一套军装。裙子本是和战争毫不沾边的，张笑天却借此来讽刺蒋介石，意在说明蒋介石作为一个男人还不如一个女人有骨气，一正一反的讽刺效果将人物刻画得更加逼真，讽刺色彩更加鲜明。再如在南京大屠杀时乔参云和方岫躲在教堂里的情景也充满了讽刺意味，“方岫和乔参云傻了一样坐在空旷的大厅里，座位上整齐地摆放着精装本《圣经》，管风琴压不住外面的枪炮声、惨绝人寰的叫声”。《圣经》代表宗教，宗教则象征和平，而管风琴也是美好的象征，可如今一墙之隔，外面却成了人间炼狱，屋内屋外一动一静，形成了极大的反差。张笑天通过对比讽刺用《圣经》和管风琴来揭露日本人在南京犯下的滔天罪行，并且在叙述这一情节时并没有对日本人残暴与血腥的恶劣行径进行描写。而南京大屠杀作为我们的民族之痛，是我们民族永远的创伤，张笑天在写这部分时却是点到为止，为读者带来无尽的思考，更增强了讽刺效果，将讽刺艺术运用到了最大化。

4.2.2 环境描写的运用

通常来说小说中的人物在特定的场景活动时，作家为了突出人物或者主题，会对场景中的环境进行描写，来渲染气氛，增强小说的真实性，让读者能更快地融入文学作品，仿佛身临其境一般，切身感受事件。张笑天的抗战题材小说便是如此，每当涉及重大历史事件或是书写重要人物和情节时，张笑天都注重对当时环境的描写，其中既有自然环境描写，也有社会和细节环境描写。环境描写并非可有可无，任何类型的文学作品，都少不了对环境的描写。对于作家而言，环境描写是展现其文学功底的表达方式，对于读者而言，环境描写是其欣赏美的重要渠道，同时环境描写还能突出小说主题，提升人物形象，促进情节发展，正如王国维所说：“一切景语皆情语”，环境描写的作用不可忽视。

如《抗日战争》中的这段社会环境描写：“1935年12月9日这一天，北平市气压太低，城市上空充满了煤焦油和二氧化碳的味道。烟排不出去，大街小巷浮动着灰蒙蒙的烟气。这一天寒风凛冽，滴水成冰，云压在房檐上，却没有下雪。”寥寥几笔就把小说中压抑、紧张的气氛烘托出来，尤其是最后一句“云压在房檐上，却没有下雪”，一个“压”字，突出了压迫感，“却没有下雪”，更是将压抑的氛围渲染到了极致，仿佛所有人都处于窒息的状态，北平可能要发生什么事儿，却还没有发生，渲染了一种玄之又玄的气氛，推动情节发展变化，为下文作者要写的“一二·九”运动起到了很好的铺垫作用。

再如《抗日战争》中对于西安事变前张学良和杨虎城住所外的环境描写：“寒风飘着雪花洒在窗户上，朔风肆意吼叫，显得阴森恐怖，火炉里升腾着火苗，红光映照在张学良和杨虎城的脸上。”这一段环境描写与上一段环境描写中气氛的压抑不同，渲染了阴冷、凄凉甚至有些恐怖的氛围，将西安事变前张、杨二人恐惧、害怕的心理展示得恰到好处。这一段环境描写也是二人内心世界的真实写照，反映出事变前二人内心的矛盾与挣扎、紧张与不安。而火苗和火光照在二人脸上，也象征着全民族统一抗战出现了希望的曙光。

张笑天抗战题材小说中的环境描写，在推动故事情节发展方面具有一定作用，小说中故事情节的发展往往与环境描写紧密相关，环境描写为情节发展做铺垫，起到引导的作用，而情节发展又是环境描写某种程度上的延续，二者互相协作。

如《抗日战争》中的这段环境描写："1931年9月18日的黄昏也许与往日没什么不同，天有薄雾，太阳迟迟不肯落到浑江后面去，显得黯淡、惨白，像一张没有血色的结核病人的脸。晚风吹过红了穗头的高粱地，也吹皱了浑江的一江秋水。"一个简单的黄昏落日景象，在经过作者比拟手法的加工后，太阳的颜色和天气的状况被生动地展示给读者，"吹皱"二字更是将江水荡漾的波纹刻画得细致入微。作者渲染这不安氛围的目的是营造小说的特定氛围，增强小说情节的真实性，为下文写"九一八"事变，日本人的侵略罪行做气氛铺垫。

又如《抗日战争》中的环境描写："白皑皑的雪原一望无际，天还飘着鹅毛大雪，呼啸的北风卷着雪花漫天飞舞。大森林也像在披麻戴孝，山岭、树木混混沌沌一片白。漫天风雪旋转着、呼啸着。"这里描写的恶劣天气，渲染了一种庄严、肃穆的气氛，烘托了人物的性格特点。作者写大森林披麻戴孝和风雪呼啸，并不只是单单强调天气，而是对之前小说情节中夏乾出卖同志导致三十多名抗联战士牺牲的愤怒和悲痛，同时也暗示了人物未来的前途命运，借自然环境突出悲壮的气氛，为下文乔参雨手刃叛徒这一情节做铺垫。

张笑天小说中的环境描写同样有着深化主题的作用，主题离不开小说中的人物和情节，但小说的人物和情节又与小说中自然环境的描写息息相关，因此自然环境的描写往往在一定程度上能够起到深化主题、增加作品内蕴的作用。

《落霞》中的"天气晴和极了，没有风，没有雪，没有雾，也没有尘埃，空气像被滤清了一般，连一丝云影都没有。夕阳刚刚沉进戴着雪冠的群山怀抱，在山峰与天空中间，留下了一片五彩斑斓的锦缎般的落霞"。这段自然景物描写写于杨靖宇和警卫员被日本人包围在山头的人生的最后阶段，这段景物描写也正是杨靖宇内心深处最真实的心理状态，平静、波澜不惊，即便是面对死亡，也丝毫不恐惧、不退缩。张笑天将落霞比作杨靖宇是非常贴切的，就算是死，也是慷慨赴死，他的一生都在为抗日做贡献，此时此刻的他就是五彩斑斓的落霞，作者用环境描写突出了杨靖宇的高尚品格，深化了主题思想。

还有《抗日战争》中对于乔参雨坟墓处的自然环境描写："长白山麓的松涛像在合奏着哀乐。朔风低吼，彤云在天上翻卷，狂暴的大雪把天地都搅成了白色，使人分不清哪是天、哪是地、哪是山、哪是谷。"这段自然环境描写仿佛是对"长白女侠"乔参雨不公命运的呐喊，天地为其哭泣，山川、河流为其鸣不平，将乔参雨这一人物形象烘托到了极致，彰显了无数个像乔参雨一样的中华儿女坚韧不屈的抗日精神，他们的爱国之心为天地所动容，为大自然所明鉴，同时也深化了全民族抗日的主题。

4.3 独具特色的语言运用

如果说人物是一部作品的灵魂，那么语言一定是支撑灵魂的重要力量。语言作为文学作品的载体，影响着作品的主题、内涵和审美特征。张笑天抗战题材小说同样以语言作为输出方式和表现手段，其作品中的语言具有极其丰富浓郁的地域特色。张笑天作为一个土生土长的东北作家，在他的作品中读者能够感受到十分鲜明的北方地域色彩。《中日大谍战》《落霞》《抗日战争》《抗日战争备忘书（第一部）：国家阴谋》等作品的历史背景都是东北这块黑土地，小说中的人物语言将东北方言、俗语展示得淋漓尽致。经过张笑天的精心构思，无论是融入小说人物的方言俗语，还是融入小说整个话语叙事系统的东北方言，都向我们展示了张笑天抗战题材小说语言上质朴、纯真又独具匠心的一面。而小说中修辞手法的运用，又为读者带来了别样的阅读体验。

4.3.1 东北方言的独特性运用

罗兰·巴特曾说过："当作家采用人们实际说着的语言，即当它不再是生动描绘的语言，而是像包容了全部社会内容的基本对象的语言之时，写作就把人物的实际语言当成了他的思考场所。"地方语言便是如此，它代表着一个地区的地方特色，能够更直观地展示出当地的风土人情和民俗习惯。在张笑天抗战题材小说中，东北方言、俗语比比皆是，比如"叫叫"（用嫩柳条做的口哨）、"老抬杆"（土炮）、"猴精"（过分聪明）、"白话"（讲话聊天）、"死倒"（倒在地上像死了一样的人）等。

《落霞》叙述了发生在东北抗联大山深处的故事，对东北方言和东北俗语的运用极其丰富并且地道真实，如吃不饱饭，用东北话说是"喝西北风"，躺下睡觉说成"躺下挺尸"，能力不足说成"没能水"，等等。如抗联战士们互相拿对方开玩笑，聂东华取笑徐小虎见到鬼子吓得喊妈，徐小虎扑到杨靖宇怀里掉眼泪的情景：

> 赵福拿烟锅刨了聂东华脑袋一下，斥道："你不知道他小，好掉'金豆'吗？当矬子偏说短话！"
>
> 杨靖宇瞪了聂东华一眼，说："叫妈也不寒碜，我头一回听见炮响，还吓了个腚蹲呢！"

短短两句话，却包含“金豆”“矬子”“短话”“寒碜”“腚蹲”等东北方言，这些东北方言都是东北地区老百姓日常生活中的常用语，张笑天将其运用到了抗联战士的对话中可谓是真实至极。尤其是大部分抗联战士都是穷苦出身，生活在农村，文化程度不高，使用东北方言和俗语毫无违和感，拉近了小说与现实生活之间的距离。

张笑天不光能熟练地运用东北方言，还对东北地区的俗语驾轻就熟，比如“麻秸打狼，两头害怕”“王八掉灶坑，憋气又窝火”“裤裆里抓蛤蟆，手拿把掐”“别拿豆包不当干粮”“狗咬尿泡，一场空”等。如建国大学的学生们都在闹学潮静坐绝食，只有李贵一个人没有参加，他想起了父亲的话：

> 他是土包子开花，不容易，“小子，咱一脑袋高粱花子的人，脑瓜皮薄啊，吃亏是福，啥事别出头，出头的椽子先烂，别跟日本人作对，心里骂他八辈祖宗，嘴里得抹上蜂蜜，挑好听的说。人在屋檐下，怎敢不低头？等混出个人模狗样来，腰杆直了，再喘大气也不晚。”

这一段语言描写向我们展示了东北地区的方言俗语，尤其是李贵父亲作为一个没有文化的农村人，用“脑瓜皮薄”“出头的椽子先烂”等俗语来教育儿子为人处世之道，将其胆小怕事、眼界短浅的特点展示得恰如其分。

再如“九一八”事变后，马占山和下属们就抗日进行的谈话也尽显东北地区的语言特点。

> 张殿九说：“也许熙洽、张海鹏他们更聪明，好汉不吃眼前亏，少帅不让抵抗，我们打了，再打不赢，那不是姥姥不亲、舅舅不爱，两头够不着吗？”
>
> 乔参天说：“大概少帅也是哑巴吃黄连，有苦说不出。少帅说，别人偷驴他拔橛子，他有口难辩。”
>
> 马占山说：“他也太窝囊了，这少帅白念这么多‘四书五经’了，都念成驴马经了不成？”

马占山和下属的对话用到了很多北方地区的方言俗语，由于马占山是绿林出身，身上有一些江湖气，小说中人物的这些话反而符合马占山的性格特点。所以张笑天将“姥姥不亲、舅舅不爱”“两头够不着”“驴马经”等用在马占山等人身上时，非但不显生硬，还体现了人物粗犷、豁达、豪气的一面，使人物更显丰满。

4.3.2 修辞方法的多样性运用

文学化的语言应该是艺术的语言，文学语言作为作家塑造形象、彰显主题、表达情感、展示语言艺术的一种方式，应当是鲜明、生动、富有内涵、极具感染力的，能够把读者瞬间带到特定情境中。将修辞手法运用到文学作品中，能够提高表达效果，增强文字的表现力，使小说的语言更具张力和扩展性，更与小说的主题相契合。

第一，比喻修辞手法的运用。比喻作为修辞中最重要的手法之一，其意义非凡，有时候能起到“四两拨千斤”的重要作用。用比喻手法来描绘事物特征或具体事物时，能够使事物生动、形象地呈现在读者脑海中，既激发读者的想象力，给读者留下深刻的阅读印象，又能增强小说的文字魅力和感染力，可谓一举多得；在比喻说理时，又能将复杂深奥的道理通过浅显的比喻展现给读者，真正做到了化繁为简、深入浅出，从而引发读者思考，文采斐然。

在张笑天抗战题材小说中比喻比比皆是，在人物描写上，他将率真、质朴的乔参雨比作天堂鸟，将29军的战士比作猛虎，将他们的喊杀声比作山洪暴发，将张作霖死后张学良的处境比作在风暴中心夜航的巨轮，时刻有触礁的危险。这些比喻使得人物的形象和性格特点更加立体和鲜明。在景物描写上，张笑天把流淌的山泉水比作银链子，将月色下的长江水比作一江碎银，使景色描写在小说中成为另一种吸引读者的独特方式。对于具体事物的描写，张笑天将拼刺刀比作上下翻飞的银链，将信件比作春风，将生活比作风帆，将机会比作春天的柳絮，将方岫辛辣、一针见血的文章比作刺刀加辣椒面。

在这些比喻中，作家没有以自己的视角来进行叙述，而是以纯文学化的方式借助小说中的人物视角来设喻，既隐藏了作家的情感，又增加了小说的可阅读性，使小说的语言风格更加鲜明。

第二，对比修辞手法的运用。对比的修辞手法是文学创作中常用的表现方法，使读者能够更加直观、鲜明地感受作品中的人物形象和小说主题，能够强烈地感受到作家的情感指向，能够在比较之下明辨是非，同时对比的修辞手法也能突出被表现事物的个性特点，加强作品的感染力和艺术效果。

张笑天在小说中多次用到了对比的修辞手法，如在《中日大谍战》中写到新京医科大学中系和日系学生之间伙食的比较，中国学生一日三餐是高粱米饭和白菜汤，日系学生则是大米饭和一桶桶红烧带鱼，差距十分明显，并且中国学生在吃饭前还要做感谢天皇的祈祷。一经对比，将中国学生在身份和地位上低人一等的差距明显地展现了出来。日本人在占领东三省成立伪满洲国后实行配给制，日常用品以及衣食住行都要定量配给，肉类更是老百姓不能随便吃的，否则会扣上经济犯的帽子，百姓苦不堪言，生活难以为继；而张景惠在其住所却大摆宴席，御菜如流水一般，餐具为银制器具，筷子为象牙筷子，极尽奢华，每每尝到不合胃口的菜还要倒掉。张笑天抗战题材小说在写到“九一八”事变中日军队的数量、精神面貌以及状态时也用到了对比的方法。东北军有近四十万人，而日本人只用了一万兵力就占领了东三省，并且日本军队在整个侵略过程中都处于一种热血沸腾、精神异常的状态，人人都仿佛打了鸡血一样，疯狂地进攻。反观中国东北军的沈阳北大营却处于一种休闲状态，打牌、洗衣服、唱戏的比比皆是，为了响应蒋介石的“不抵抗”政策，枪都被收起来存进了军械库。

对比手法的运用能够更好地塑造人物形象，深化小说的主题内涵，抒发作者内心最真实的情感，通过正反两方面的对比增强读者的阅读感受，加深读者的阅读体验，使读者更加深入地思考小说主题。

第五章　张笑天抗战题材小说的意义价值

战争时期兵荒马乱，内忧外患，社会动荡不安，文学创作难免会受到社会变迁和政治环境的影响，导致抗战小说如雨后春笋般涌现。在这一特殊历史时期出现的文学作品，即便在一定程度上具有积极影响，自身却也存在着明显的不足。可随着时代的不断发展，作家的创作意识和思想观念逐渐发生变化，抗战文学的主题内涵也更加深刻，意义价值显得尤为重要。张笑天的抗战题材小说能够跟时代紧密结合，将自身的所思所感融入战争语境中，注重对人性和生命之痛的解读和诠释，用细致而尖锐的笔触关注人道主义下普通人的生存状态，同时注重书写不同区域下的爱国热忱和社会景象，致力于抗战文学的更好发展，彰显了其作品重要的文学价值。不容忽视的是，尽管张笑天的抗战题材小说在思想内涵和艺术价值等方面，较之前的抗战题材文学作品有了进一步的提升，但其自身仍旧存在很多的缺点和不足。小说中存在部分语言描写较浅显，难以引起读者共鸣；人物形象塑造不够丰满；文学作品的写作创新性有待提升；对历史的还原不够全面等问题。通过肯定张笑天抗战题材小说的价值，剖析小说的局限，有利于更好地把握抗战文学时代导向意识的重要性，从更为广阔和辩证的视角来研究张笑天的抗战题材小说。

5.1 深化中国当代战争题材的小说主题

抗日战争爆发后，文学与战争开始变得密不可分。20世纪30年代，左翼文学产生了巨大的影响力，到了20世纪40年代左翼文学成为当时的主流文学，并影响着其他文学流派，他们将社会政治与文学的主题内涵相统一，以期传播延安文艺座谈会确立的思想和方针，实现战争时期文学意识形态上的理想化目标。这反映了当时文学的一种趋势是为抗日力量做宣传，发挥文学对于正义与人心的积极作用。这是受当时时代感召下的使命意识所影响的结果，足以证明当时的文学主张与社会现实紧密相连。

1937年，“七七”事变标志着全面抗战的开始，次年，中国文艺界统一了抗日民族统一战线，成立了中华全国文艺界抗敌协会，将《抗战文艺》作为会刊，提出并实践了“文章下乡、文章入伍”等主张，促进了文艺大众化运动，有力地推动了抗战文艺运动初期的迅速发展，为抗战事业作出了一定的贡献。1937年，在延安成立了陕甘宁边区文化界救亡协会，先后出版了《文艺突击》《大众文艺》《大众习作》《文艺战线》等刊物，即便在这一时期抗战文艺活动以五花八门的形式出现在群众的视野中，却仍旧未能和人民群众很好地结合起来，无法做到为工农劳苦民众服务。这一时期也曾出现大量的反映抗日斗争的文学作品，如艾青的《毛泽东》高度赞扬了中国人民的伟大领袖；沙汀的《随军散记》描写了贺龙同志的军旅生活和人生经历，塑造了一个无产阶级革命者的形象；吴组缃的《山洪》写了皖南地区小山村的青年农民章三官由惧怕参军入伍到意识到抗日重要性决定参加游击队的转变过程，反映了其真实、质朴的性格特点；姚雪垠的《差半车麦秸》同样塑造了一个农民形象，他从参加革命前的胆小、懦弱到革命后的勇敢无畏，认识到了家国对自己而言的重要意义，在以后的战斗中也无惧生死，具有自我牺牲精神。可以看出这一时期的文学作品有一定的局限性，无论是哪种文学形式在主题内容、作品内涵以及人物塑造上都存在单一性、同一性的特点，很难创造出具有时代影响力的作品。

1942年，为了使文艺更好地为抗战服务，毛泽东《在延安文艺座谈会上的讲话》（以下简称《讲话》）提出文艺为工农兵服务的方针，解决了当前时代文艺如何为工农兵服务的问题。作家要移除小资产阶级立场，站在无产阶级立场上，以工农兵为研究对象，作家的文学作品创作要深入到群众中，以群众为根基，将群众作为创作灵感的源头，全心全意地为群众去创作，创作出反映人民群众生活的文艺作品。这一时期也出现了反映抗日战争的解放区小说，如邵子南的《地雷阵》讲述了主人公李勇在战争中摆设各种“地雷阵”，屡次重创敌军，并将地雷战传遍晋察冀的故事；孙犁的《荷花淀》塑造了一群美丽、坚强的青年妇女形象，她们的丈夫是抗联战士，她们在看望丈夫的途中遇见了鬼子，于是与丈夫们并肩作战消灭敌人最终加入抗战事业；马烽和西戎合著的《吕梁英雄传》作为解放区较早出现的长篇小说，在当时也产生了重要影响，主要讲述了吕梁山下一个小村落，在共产党的正确领导下，以武得民和石雷柱为首的抗日英雄与日本侵略者斗智斗勇的故事。不难发现，这一时期的抗日文艺作品与抗战初期相比较，作品内容的深度和广度均有所提高。但由于历史和时代的局限性，作家注重对作品中群体的刻画，展现的是群体的精神力量和社会使命感，虽然具有一定的宣传和激荡人心的力量，能够带给读者一定的积极影响，却忽略了对个体、对单个人的描写，尤其是对于人性和心理的刻画。《讲话》确实在当时特殊的战争年代起到了相当大的作用，它要求文学艺术的创作来源是大众群体的社会生活，那么文艺作品不再是脱离群众高高在上的存在，也不会披着其他层面的外衣，表里不一，而是真正做到了文艺活动与群众紧密结合，出现的新的题材、主题、人物和艺术形式显示出了旺盛的生命力，具有一定的时代意义，在中国文学史上绝无仅有。所以，在民族危亡的紧要关头，延安文学作为中国人民爱国热忱的代表和反侵略斗争决心的象征，以一种新形式出现在大众面前，就像是一盏明灯、一团烈火，照亮并点亮了无数为抗日事业不懈奋斗的中华儿女，展现了无数中国人刚劲、顽强、生气蓬勃的精神。它作为战争时代的特殊产物，所起到的作用是无法估计的，是一种昂扬向上、生生不息的力量。它与时代对接，以一种抗战主旋律的姿态出现在了群众视野中，奏响了时代最强音，歌颂了抗日战士的顽强意志和满腔热血，以及中华民族抵御外敌的英雄气概和对革命事业无限忠诚的优良品质，彰显了我们的民族精神。

即使是中华人民共和国成立后的“十七年文学”依旧存在着不足，未能摆脱意识形态领域对其的束缚，文艺作品的政治性是高于文学性的，并且当时的文艺作品几乎清一色受时代政治气息的影响，作家的思想内涵不自觉陷入了一个框架内无法自拔。从此，激昂、振奋的革命热情替代了文艺作品的现实性和艺术性，但不可否认的是这一时期也出现了许多脍炙人口的文艺作品。曲波的《林海雪原》讲述了解放战争初期，以团参谋长少剑波和侦查员杨子荣为首的东北民主联队，深入林海雪原剿匪的故事。孙犁的《风云初记》讲述了冀中平原五龙堂村在共产党人的领导下，赶走日本人，保卫家乡的故事。再如李晓明、韩安庆合著的《平原枪声》，冯德英的《苦菜花》，袁静、孔厥合著的《新英雄儿女传》等都属于这一类型的作品。

"十七年"时期的文学作品在中国传播较为广泛，很多小说都被改编成了话剧、舞台剧、电视剧，深受老百姓喜爱。作品中展示的多是硝烟弥漫的战场，两军交战时期激烈的战斗场面，赞扬的也是指挥官和战士们奋勇杀敌的精神，作品往往以国家和民族作为强大的后盾，纵使敌众我寡，也有冲锋陷阵、视死如归的勇气和决心。作品反映的也是一种积极乐观、斗志昂扬的主旋律基调，展示的是战争面前舍我其谁的英雄气魄，这样的战争作品不好吗？答案是好的，在特定的历史时期，这样的文学作品确实能起到相当大的鼓舞人心、动员群众的积极作用，也能改变群众的精神面貌，燃起群众的爱国热情，并取得一定的成效。但是这些作品的风格较为简单，往往千篇一律，大都以"歌颂""回忆""斗争"为主题，缺少文学作品的艺术性，人物形象也呈现出一体化、片面化的特点。

我国的战争文学多以大的宏观视角来描写战争，如古代的《春秋》《左传》《战国策》都描写过战争。这些作品不拘泥于战争本身的过程和细节，而是以俯视的视角，从军事、政治、外交等角度来论证分析，把战争和政治相结合，研究视角也仅局限于国内，反映的也是军事价值。而抗战以来的战争文学的着眼点主要是人物形象的塑造和刻画，展现典型环境中的典型人物，典型人物在特定的环境中被无限制放大，最终英雄主义出现在了小说中。英雄多是正义与光明的化身，不能是普通人，只有那些视死如归、英勇顽强、敢于牺牲的人才配称为英雄，才能得到作家和读者的喜欢，成为谈论的焦点，作品也大都以民族团结和保家卫国为主题。但是一部优秀的战争题材的作品不光要有对战争的描写，还应该有对战争的反思，其思想内涵应该是反战的。不管任何类型的战争，正义的还是非正义的战争，都是血腥的、残暴的、充满杀戮的，是反人性的、违背人道主义的。作家要在作品中融入自己的情感和观点，还要挖掘人内心深处隐藏的、不易察觉的部分，注重对个人的关怀，而不是对集体的描写和对英雄的塑造，这样的作品才能到达一个全新的层面。

所以，一部优秀的战争题材小说往往要将反战和人性结合起来，侧重小说中的人文关怀部分，宏大的战争场面不是不能写，而是要注重展示战争中的细节和人最真实的状态，做到"以小见大"，而不是从上帝视角描写战争。张笑天的抗战题材小说在战争与人性之间巧妙地构筑了一个天平，把人性和战争相关联，其作品中不光有激烈的战争场面描写，更注重挖掘人在战争中的状态，尤其是人物的心理状态、生活状态、精神状态，以人为中心，用人物推动故事情节和小说情境的发展，而不是过分地渲染精神的力量，刻意塑造英雄的榜样，尊重个体在战争中最自然、真实的状态，告别过去单一的叙事模式和统一的主题风格，所以作品的高度也就超越了民族国家的层面，更能够引起读者的共鸣。人性是极其复杂的，张笑天的抗战题材小说就不止一次写到了人性，在他的小说中既有人性的温暖也有人性的冷漠，人间冷暖和世态炎凉在小说中都有所体现。在《中日大谍战》中张笑天塑造了白月朗、杨小蔚、冯月真等女性形象，她们是作品中爱与美好的代表，三个命运、性格、出身都截然不同的人，却最终都走上了抗日救国的道路。并且巧妙的是三个人都与主人公梁父吟有着密切的关系，白月朗是恋人，杨小蔚是表妹，冯月真是其发展的革命同志。小说中的梁父吟是一个极具正义感的作家，幽默、善良、才华横溢。虽然同为谍战小说，但其所展示的内容与麦家的作品《暗算》《风声》等所展示的紧张刺激、扣人心弦，甚至刀头舔血的谍战生活不同，谍报工作所占比重不大，写得也比较简略，但贯穿作品始终。张笑天展现给读者的更多的是小说中人物的聪慧和机敏，是多个装有同样爱国灵魂，却在不同环境下为了民族、理想、信仰不懈奋斗的人。所以，张笑天也是在为读者展示一种“爱”，这种“爱”既包括男女间纯洁的爱情之爱，也有兄弟姐妹间难以割舍的亲情之爱，和革命同志间友情之爱。这种“爱”既不是抽象的爱，也不是难以名状的爱，这是一种神圣且庄严的爱。尤其是作品中的各种“小爱”，如涓涓细流汇成了“大爱”，上升到了民族国家层面，反映了中华儿女的爱国情怀，使作品具有更深层次的精神内涵和更旺盛的生命力。同时张笑天不忘对温情主义、悲情主义和人性主义进行书写，注重战争环境下情感的表达。

张笑天在作品中融入了自己对战争深刻的理解和反思，注重表达日本侵略者铁蹄下的人性的美好或是扭曲。张笑天的作品不再是以冲锋陷阵、出生入死为主要歌颂的内容，在人物塑造上，英雄也都走下神坛，注重描写普通人的日常生活，展示普通人的战时状态。张笑天的作品在描写战争的冷酷无情，两军交战时期惨烈的战争景象，或是下层民众悲惨的命运遭遇，给读者带来视觉和心灵震撼的同时，也有对战争时期不同阶层的抗日战士的描写。他们都是普通人，有自己的七情六欲和不同的命运选择，有的经过血与肉、灵与火的冲击，最终百炼成钢，成为了一名合格的革命战士；有的则是无法经受死刑或是荣华富贵的考验，最终堕落为民族的罪人。张笑天的抗战题材小说展现了战争时期不同的命运选择，在战争这种特殊环境下，探究人性能否经得起考验，旨在揭露人性的伪善面，赞扬人性的真诚面，为读者带来了独特的阅读体验和深刻的思考。

《落霞》中杨靖宇的抗联队伍中就有形形色色的人。杨靖宇作为抗联的领导人之一，展示给外界的永远是坚强、勇敢、不苟言笑的一面，以至于白秀菊说他是石头缝里蹦出来的。但实际上并非如此，他的内心并不是坚如磐石，纺织学校出身的他，革命前就有老婆孩子，只是这一切都因为战争改变了，身在异乡的他心头抑郁，思念自己的妻女。而每当队伍打了败仗或是出了叛徒时，杨靖宇都会选择一个人排解内心的苦闷，独自坐在山头看落霞。他的内心也曾千百次地呻吟着、呼唤着何时才能驱逐日寇，何时才能与家人团聚。《落霞》为我们展示了杨靖宇不为人知的另一面，他是英雄，是令日寇闻风丧胆的抗联领袖，是日军下告示用“三万块老头票”换取性命的人，是日本人的眼中刺、肉中钉，是他们口中的“灾星”。可张笑天却选取了杨靖宇普通人的一面，展示的是杨靖宇与抗联战士的日常生活情景。小说中对战斗场面的描写很少，却有大量的心理活动描写，书写战争背后的杨靖宇，作为英雄，他是神也是人，也有普通人的脆弱和苦闷，他不是冰冷的机器，他也有着火热的内心、真挚的情感，张笑天为读者带来了抗日英雄杨靖宇平民化的一面。同时《落霞》中的老青山、大老乔和张秀凤也极具典型性，为读者展示了人性的复杂性和多样性，引起读者的思考和对战争的憎恶。老青山和大老乔都为抗日做出了贡献，也都献出了宝贵的生命，老青山给抗联送粮食，为躲避日军冻死在了山洞里。大老乔则是因抗联被封锁在大山里缺少粮食，自己受不了挨饿的滋味而选择下山假投降，在饱饭后与日本人同归于尽。张秀凤则是在取粮食的路上被日军抓住后投降，供出了自己的同志和藏粮地点，成了名副其实的汉奸叛徒。张笑天抗战题材小说不仅再现了历史，更塑造了形态各异的人物形象，力图真实再现战时的人性状态。

张笑天的抗战题材小说不同于其他抗战作品一味赞扬中国军队敢冲锋、不怕死的牺牲精神，而是深入到人性的层面，挖掘战争时期人内心最真挚的情感，抛去外界强加给人的责任感、使命感和道德感，注重危急时刻人最“本能”的想法，带给读者最真实的生命体验。在战争时期，追寻生命的价值，探求生命的真谛，是要付出一定代价的，并不是所有人都愿意做民族英雄，张笑天正是基于这一思考，深化了作品的精神内涵，探究人物受到“灵与肉”的折磨，遭受“名与利”的考验，在“生与死”之间挣扎，在道德和精神的双重夹击之下会做出何种选择，这才应该是反映时代精神和特征的作品。如《中日大谍战》中的西江月和李贵，张笑天在小说中就曾细腻地描写心理、语言、动作、环境、性格等多方面因素，给读者展示其沦为汉奸的具体过程，其中人物内心的挣扎、扭曲的状态、人性的转变展现得淋漓尽致。而乔参雨、张云峰被捕后则是选择英勇就义，誓死不做卖国贼。

同时张笑天的抗战题材小说也有对战争的思考，思考战争与人的关系，既然战争是反人性的，为什么日本人还会发动战争。陈晓明曾提出一个疑问："没有人认真探究过日本鬼子为什么就可以长驱直入，为什么可以一个小国打得中国没有还手之力，大半江山迅速沦陷。迄今为止在文学作品中我们找不到恰切的答案，在学术书籍中也颇为困难。"张笑天以思考战争的本质为切入点，以人性作为阐释的对象，从日本的历史、文化和精神层面着手，为读者带来了一个别开生面的战争题材小说的新视角，丰富了中国战争题材文学的种类和形式，提供了一种新的研究方向。

抗日战争带给中华民族无尽的苦难和折磨，这是无数中华儿女记忆中不能抹去的沉重一笔。张笑天抗战题材小说将中华民族抵抗日本侵略者的历史通过文学的巧妙构思，以一种全新的面貌呈现给读者，具有一定的时代意义，有利于弘扬爱国主义精神，歌颂民族英雄，展示战争下的人性和战争背后的深刻内涵。尤其是在当前时代，利益作祟、娱乐至上，抗战题材的小说难免会出现变质变味的现象，近些年来"抗日神剧"的出现，导致这种不正之风更是层出不穷。张笑天作为主流文学的中流砥柱，有着正确的历史观和民族认同感、归属感，在塑造英雄儿女的同时，注重对人物心灵深处的解读，加深了作品主题的意义，又彰显了新时代下民族精神的新内涵，提升了我们的民族形象。

5.2　全景再现战时的社会景象

文学作品的创作不应该与时代环境相背离，要展现时代内容，抗战题材的文学作品由于题材的特殊性更应如此，不能割裂作品本身与时代的必然联系。张笑天的抗战题材小说将时代特点与小说自身融为一体，如果说时间是小说的横轴，那么人物和故事情节就是小说的纵轴，纵轴和横轴的交叉点就是真实发生的历史事件，并且这些事件在小说中均有描写。张笑天认为："历史小说，当然不是历史，但必须具备历史的真实性，这是基本品格。重大历史事件、年代、重要人物，都不可以虚构，允许艺术加工的只能是为烘托历史而设计的小人物或某些细节，以没有硬伤、不伤筋动骨为原则，任何颠覆历史、矮化历史、戏说历史的作品，都是不可取的。"可见张笑天在文学作品的艺术创作上有着自己的原则主张，尤其是按照时间顺序串联小说的故事情节，是其抗战题材小说的一大特点。

《抗日战争备忘书（第一部）：国家阴谋》以皇姑屯事件为起点，之后写到张学良改旗易帜蒋介石的国民党，又写到了万宝山事件、中村事件，最后以“九一八”事变作为小说的结局。《落霞》以1940年2月23日杨靖宇的死作为小说的开端，采取倒叙的方式，按照时间顺序书写从抗联成立到杨靖宇牺牲的整个过程。《抗日战争》涉及的历史事件较多，以“九一八”事变为开端，之后写到蒋介石下达“不抵抗”政策，马占山抗日，喜峰口抗战，“一·二八”淞沪抗战，察哈尔抗日同盟军成立到灭亡，“一二·九”运动，西安事变，“七七”事变，第二次国共合作，平型关大捷，台儿庄战役，百团大战，皖南事变，最后日本人投降。几乎抗战期间有影响力的大小历史事件在张笑天的作品中都有所体现，可见其历史功底的深厚性，否则其很难依据庞大而繁杂的历史事件，按照时间顺序，来虚构小说人物进行文学艺术的二次加工。在《抗日战争备忘书（第一部）：国家阴谋》中对日本军国主义者的描写，张笑天采用了现实主义的手法，一夕会和少壮派军人开会时的情景描写，是有史料依据的，就连小说中提到的“八丁目血案”和“东瀛惨案”也是历史上真实发生的事件。在小说中，中日间的历史事件相互连接，如张笑天在日本人密谋的《田中奏折》和《解决满蒙问题方策大纲》与“太平洋会议”之间，增加了爱国女青年史践凡与女间谍川岛芳子斗智斗勇，最终获得了日本人的纲领文件，使中国在太平洋会议上取得了舆论优势的情节。这种文史结合的写法使读者能够一目了然地了解作品所反映的内容，增强小说的历史感、厚重感，将史料价值发挥到极致，又不失文学艺术性，不会造成文史两难的尴尬局面。小说结构秩序井然，故事情节由头到尾自然贯通，更重要的是张笑天避免了一些以时间为主线的叙事类作品常犯的主次不分、详略不当的错误。

张笑天不仅以历史时间轴为线索来进行小说创作，同时作品也反映了战争时期民众的社会生活图景。由于受到时代的限制，小说中人物的活动范围、方式、场景往往被禁锢在一个框架内，小说中的情节发展也受制约，不能挣脱时代的枷锁，具有一定的局限性。而张笑天的抗战题材小说则是力图做到多角度、多方面、全景式地再现战时社会景象，使其完整地呈现在读者面前，对重大历史事件读者能够俯瞰全局，对局部事件读者也能洞察得细致入微。

如小说中对战斗场景、方式和环境的描绘，《落霞》采用的历史截断面是杨靖宇带领的抗联在最危急的时刻与敌人殊死一搏的阶段。日寇动用十倍于我们的兵力采用“梳篦战术”和悬赏制度企图围剿杨靖宇部。杨靖宇率部在冰天雪地、弹尽粮绝的恶劣环境和悲惨境遇下，以草根、树皮、棉花为食，最终被日寇包围英勇就义。即便是在深山老林如此艰难竭蹶的地带与敌斗争，杨靖宇、赵尚志等人所领导的东北抗日联军五千余人却牵制了日伪军七十万兵力。而《中日大谍战》描绘的场景是在伪满洲国内部，梁父吟、白浮白等人是地下党，潜入敌人内部系统成为卧底，在敌人的眼皮底下与敌人斗智斗勇，利用身份和职务之便，为抗联和共产党人输送药品，传递敌情，一次次地粉碎了敌人的阴谋，为读者展示了没有硝烟却“硝烟弥漫”的战场。《抗日战争》所写到的战斗场面不计其数，如马占山率领部下奋勇杀敌，将士们前赴后继，冲破日军防线，在江桥大败敌军；“一•二八”淞沪抗战，19路军浴血奋战，多次顶住日本飞机坦克的轮番轰炸，最后全体上刺刀，在肉搏战中取得了胜利；第二次淞沪会战国民党空军炸毁日军军舰，击落敌机，沈崇海英勇献身与敌人同归于尽等。可见三部作品的题材内容和作品风格都截然不同，作品展示的战斗场面和战斗方式也差异较大，既有游击战、谍战又有阵地战和正面战场冲锋陷阵，小说中的战争场面描写大多是从第一视角进行描绘的，反映了战争的惨烈和残酷，大大加深了读者的印象。可见张笑天抗战题材小说人物的行动轨迹和活动空间以及行为方式等，不是固定在同一场景内，而是呈流动性的，构成了全景式社会图景。

在作品中张笑天还对战争以外的场景进行描写，从侧面反映出在战争影响下其他领域或是场所的战时状态，如教育领域、思想文化领域、政治领域、外交领域、老百姓衣食住行方面，以及学校、市场、饭馆、茶社、商店等，都在战争影响下产生了巨大变化，发生了许多标志性事件。《抗日战争》是一部有着宏大背景的长篇历史小说，小说中有着数以百计的人物，上到国家领袖和历史风云人物，下到普通士兵、平民百姓，人物数不胜数，所展示的小说情节和事件也多种多样。如小说在对学生群体进行描写时，写到“九一八”事变后面目全非的东北大学不得不搬迁到北平，学生们不得不眼含热泪挥别故乡；还写到了国民党准备放弃南京时，北平和上海的大学生南下请愿，要求政府对日宣战，武力夺取失地；当国民党准备放弃北平时，北平的东北大学学生和北京大学、北平师范大学、市立女一中、清华和燕京大学学生，高喊口号，一同举行示威游行，请求政府动员全国抗日。学生永远都是最敏感、最真实、最具正义感的群体，体现了学生们的爱国热情和民族责任感、使命感。

《中日大谍战》虽是谍战题材的抗日小说，但小说却展示了伪满洲国时期中国人民在日寇统治下最真实的生存状态。日本人采取“以华制华、以满制满”的方针政策，扶植溥仪上台，选择张景惠等卑躬屈膝的高等奴才。伪满洲国一律实行严格配给制，市场只能卖菜不能卖肉，老百姓衣食住行受到极大的限制，要交各种苛捐杂税，苦不堪言。日本人为了让中国人数典忘祖，不论是商店、饭馆、茶社等都要起和日本地名、风景名相关的名字，除了日本餐厅，中国的饭馆都只能做素菜。学校里的学生则必须以日语作为国语，每天饭前做祈祷，学习日本的文化和历史，感恩日本的天照大神，心甘情愿地为日本天皇效力。伪满洲国时期放的电影也是反映日中是邻里友邦，日本人热情友善，帮助中国人，建设新“满洲”的电影。而共产党人、抗联战士还有国民党都在伪满洲国隐藏身份，密谋并且策划各种反日爱国活动，为抗日事业贡献力量。

张笑天抗战题材小说注重对底层百姓悲惨命运的描写，小说曾写到“九一八”事变时日本兵在攻进城内后如何对手无寸铁的中国无辜百姓进行残忍的杀戮。逃难的百姓、街上的行人等都是被屠杀的对象，日本兵奸淫抢掠无恶不作，老人、妇女、儿童都难逃厄运，一些幸存的中国人转眼间便家破人亡、流离失所。可见张笑天抗战题材小说通过对各种人物、场景以及小说情节的描写，展示了同一时期不同人物身份、地位、生活环境的差异导致的不同的命运抉择和人生走向，以及在战争影响下不同群体和阶层的生存状态和生活状况。张笑天抗战题材小说并不是单一地去展示战争时期人物的活动范围和轨迹，而是采取了多样性的原则，客观、真实地描绘了当时的社会图景。

张笑天的抗战题材小说也有对个人或是家庭命运的描写，展示了战争时期不同的命运归属。《抗日战争》讲述了乔家兄妹在“九一八”事变后生离死别、酸甜苦辣的人生轨迹。张笑天运用现实主义写作手法，沉重地再现了抗战时期艰苦卓绝、血泪情仇的历史，为读者塑造了一个个以身殉国的伟大英雄形象，再现了中华儿女宁死不屈、视死如归的悲壮场景。乔家一共兄妹五人，“九一八”事变时乔父、乔母、大哥乔参天的妻子崔萍和一个儿子死于日本人之手，从此之后兄妹五人四处漂泊，大哥乔参天辗转多地抗日最终加入了中国共产党；二哥乔参霄同样也是共产党人，牺牲于革命战争；三哥乔参穹是国民党空军，牺牲于空战；四妹乔参云以与方岫合办报刊并组织学生爱国运动的方式参与抗日；五妹乔参雨是“长白女侠”，为夺回杨靖宇的尸体牺牲于日本人之手。小说中方岫的父母同样死于日本人之手，方岫的母亲被日本人无辜杀害，父亲由于革命队伍中叛徒的出卖，也被残忍杀害，方岫则是辗转中国各地办报刊针砭时弊，为抗日做贡献。《落霞》中与家人相隔两地的杨靖宇，《中日大谍战》中为抗战做贡献最终家庭破碎的白月朗一家等，幸福的家庭是相似的，不幸的家庭却各有各的不幸，张笑天为读者展示了抗战时期不同家庭的悲惨命运，描绘了一幅幅忧伤的画面，激起读者对战争的憎恶和对受战争洗礼和摧残的人民的同情。

张笑天的抗战题材小说用文字来勾勒时代景象，通过对战争的文学化书写，采用多角度、立体化的手法，为读者再现战时社会景象，为抗战文学的发展带来独特的研究方向，也使读者对历史的认识更加全面，进一步反思战争带给中华民族的苦痛与灾难。

5.3 张笑天抗战题材小说的局限

张笑天抗战题材小说作为弘扬时代主旋律，彰显民族精神内涵的文学作品，在一定程度上真正做到了还原历史面貌，对增强民族凝聚力和向心力，激发爱国热情，培养当代中国人的民族忧患意识起到了重要的引导作用。但从艺术的角度来探析张笑天的抗战题材小说，不难发现其中还存在着许多不足之处。战争作为政治的延伸，其复杂性和多变性不言而喻，没有亲身经历过战争就很难理解战争，更何况创作战争题材小说。当代大部分作家都没有参与过战争，多数是从史料和前人口述中了解战争，所以创作者难免存在历史的局限性，再加上受到主流意识的价值观、固有历史观、政治环境的影响，以及群体价值标准的干涉，张笑天抗战题材小说自身难免存在一定的局限，无论是人物情感方面还是作品的理论层面都有待提升。

人物塑造缺少全面性、综合性。张笑天抗战题材小说虽然塑造了千姿百态的人物形象，但仍无法避免一些人物形象略显单薄、不够丰满的缺点，尤其是在对反面人物的塑造上最为明显。在小说《抗日战争》中，张笑天所提及的日本人非常之多，诸如板垣征四郎、土肥原贤二、石原莞尔等，数量可达数十人，其中不乏我们所知悉的甲级战犯。但遗憾的是，张笑天在对这些反面人物进行塑造时，并没有将其塑造成典型化的人物，他们出现的场景大多是在会议上，战争前的密谋和部署上，战后的布局和策划上。对于他们的描写，张笑天仿佛只是在陈述史实，讲述日本人是如何一步步侵略中国的历史过程，突出的只是人在侵略过程中扮演角色的重要性，却忽视了角色自身的情感。人是一种有思想、会思考的高级生命体，作者不应该忽略人在历史事件中的重要作用，尤其是张笑天在小说中塑造一些反面人物时过于注重二元对立原则，人物非对即错、非此即彼，忽视了人最基本的情感特征，反面人物也是人，也应该被塑造得立体复杂。文学作品中的角色应该是个性鲜明、栩栩如生、真实而自然、个性而丰满的。日本人作为反面人物，在小说中不应该是作为一个群体而存在，而应该是个体，不能只有共性而没有个性，不能因为是反面人物就被共同贴上禽兽、畜生的标签，不能只是战争的策划者和驱动者，不能是没有思想的机器人，不能是纯粹的没有血肉和情感的扁平人物。值得思考的是，在《抗日战争》这部长篇小说中，几乎从未出现过日本人作为反面人物良心未泯和自我反省的情况，但据史料记载，日本人中不乏许多爱好和平的反战者，这也是这部小说人物形象塑造上的一大憾事。

其次，张笑天抗战题材小说虽然对底层人物进行了描写，但其中缺少对老百姓和人民群众的描写，尤其是对军民鱼水情的描写。决定战争胜负的原因有很多，涉及军事、政治、地形、军队士气、指挥者的才能等多种因素，但是在烽火连天的时代，民心所向才是决定战争胜负的关键，如刘知侠的《铁道游击队》、都梁的《亮剑》等小说均有所体现，老百姓看似无足轻重、微不足道，却决定着战争的最终走向。自古以来得民心者得天下，中华民族之所以能够打败日本侵略者，这与我们本土作战、军民团结一致抵御外敌有着极大的关系，张笑天的抗战题材小说在一定程度上忽视了人民群众对战争的巨大贡献，没有对这一重要抗战力量进行书写。

文学主题观念的单一化书写。文学作品应该是不断创新的，不能因循守旧持续走前人的老路，尤其是革命历史题材的小说，如果在创新性方面停滞不前，那么作品主题的深刻性便可想而知了。通过阅读张笑天抗战题材小说，不难发现作品中许多情节较为相似，作品缺少创新。首先，《抗日战争》和《中日大谍战》都是“战争加恋爱”的模式，小说以抗日救国为主线，男女之间的爱情作为副线，按照时间轴的顺序，主线和副线之间互相交织穿插，最终作品的主题得到升华。其中，《抗日战争》是以乔参天和方岫的爱情为主要叙述对象，乔参云和关山度、乔参雨和李鬼、乔参穹和彭璇的爱情故事贯穿始终。《中日大谍战》则是以梁父吟和白月朗的爱情为主要描写对象，陈菊荣和张云岫、杨小蔚和张云峰、冯月真和西江月的爱情贯穿始终。可见两部作品的谋篇布局、故事模式和叙述方法都十分相似，都是以“生、死、爱情、国家、民族、苦难”为主题，导致小说主题难免出现单一化的色彩。

并且小说中的人物和情节也有许多相似之处，如《抗日战争》中的乔参雨和《中日大谍战》中的杨小蔚，两人都是学生出身，作为时代知识女性的代表，都个性鲜明。乔参雨的男朋友夏乾和杨小蔚的未婚夫钟鼎都曾是抗联战士，为抗日作出了杰出贡献，却都因为一念之差沦为了汉奸叛徒，做了许多丧尽天良之事。乔参雨和杨小蔚都选择大义灭亲，用毒酒结束了另一半的罪恶一生。再如《抗日战争》和《抗日战争备忘书（第一部）：国家阴谋》的主人公都和张学良交情匪浅，原因都在于主人公的父亲是张学良的恩师，两家是世交，而张学良也都派亲信去日本打探情报。上述小说中的情节可谓如出一辙，情节缺乏创新，作家并未对小说情节进行深入探索和思考。在小说语言上，张笑天善用白描的写作手法，语言文字质朴凝练，叙述四平八稳，却也导致文章结构平淡无奇，缺少冲击力和吸引力，模式化的写作使小说缺少艺术感染力。

文学作品应该有自己独特的艺术风格和写作手法，张笑天的这两部抗战题材小说在一定程度上存在模式化的特点，没有突破自己原有作品中主题、情节、人物等构思上的局限性，在艺术上有一定的瑕疵，在创作上缺少新的想法和见解，导致了小说情节互相借鉴。

对抗战历史的片面化理解，尤其是对国民党历史史实掌握不够全面。由于历史原因，抗日战争自抗战初期开始，形成了由国民党领导正面战场和共产党领导敌后战场的局面，两个战场的独立性较大，拥有各自的领导和指挥系统。但是从抗战的大视角来看，两个战场之间的联系密不可分，既互相依存，又互相援助。在“九一八”事变后，以蒋介石为首的国民党实行“不抵抗”政策，张笑天在其抗战题材小说中均有所展示，也借文学作品表达了自己的不满和愤怒之情。但是到了战略防御阶段，日本侵略者将国民党作为主要对手来谈判交战，国民党在这一阶段积极抗战，在正面战场发挥了重要的作用，粉碎了日军的战略企图，沉重打击了日军的嚣张气焰，消灭了大量日军，为中共敌后战场创造了相对有利的条件。虽然国民党进入战略相持阶段时，消极避战，保存实力，打击共产党的军队，对抗战造成了许多不利的影响，但不能否定其对正面战场起到过一定的积极作用。

创作者在进行文学作品的创作时应该抛开历史的成见以及创作者自身的历史局限性。张笑天的抗战题材小说缺少对战略防御阶段国民党在正面战场发挥积极作用的描写，小说中虽然提到了淞沪、太原、徐州、武汉四次大会战，以及南京保卫战、台儿庄战役等知名战役，却没有运用过多笔墨进行描写，部分战役只是简略叙述了战争的起因、发展和结局，没有将军队、指挥官、士兵的战争状态充分展现在小说中。张笑天的抗战题材小说过于注重对战争结果的叙述，而不是战争所产生的意义。国民党军队虽然付出了巨大的牺牲，却也延迟了日军的进攻战略，鼓舞了中国军队的士气，增强了中国必胜的信念。

并且国民党军队的许多爱国将士所表现出的民族义愤和抗战决心在小说中展示得也并不完整，在描述国民党抗战时，过多展示国民党内部之间的斗争与矛盾、党派利益之间的冲突与博弈，以及对共产党的恶意揣测和担忧，而不是书写国民党正面战场的作用，如《抗日战争》中所描写的蔡廷锴19路军与敌军兵力相差悬殊，而军政部长何应钦拒绝派兵支援，导致了淞沪抗战的失败。总而言之，虽然国民党消极抗战和片面抗战的方针路线减缓了中国的抗战进程，给沦陷区百姓带来了沉重的苦难，但不应忽略国民党对于抗战所起到的积极作用。

第六章　结论

张笑天作为中国当代作家群体的重要组成部分，他的抗战题材小说继承了先辈们作品中优秀的部分，又扬长避短，有所创新，填补了以往红色经典文学在题材、人物和表现手法上的空缺。张笑天认为文学具有教化和宣传作用，注重剖析社会历史，挖掘文化深度，他的抗战小说关注个人在战争中最真实的情感，展示普通人面对战争时最自然的状态，突出人性的重要作用。作品中体现了“爱”的力量，这种“爱”的内涵是多种多样的，既包括“小爱”也包括“大爱”，还有亲情之爱、爱情之爱、友情之爱，这些“爱”都和冰冷、残酷的战争形成了鲜明的对比。张笑天通过他的抗战题材小说表达了他的战争观、战争视角和战争思考，为我们展示了一个别开生面的战争，一个作家眼中真实的战争。

张笑天的抗战题材小说大体上塑造了两类人物形象，一类是中国人形象，另一类是日本人形象。张笑天在塑造中国人形象时，没有一味地赞扬和歌颂英雄主义者形象，相反则是书写了战争中革命领导者不为人知的一面，从而拉近了革命领袖与读者的距离。在对其他中国人形象进行刻画时，则是将笔墨集中于普通官兵和底层人物真实的战争状态。同样，张笑天在塑造日本人形象时并没有因循守旧，一律给日本人冠以“假丑恶”的帽子，他们是侵略者的同时，也有一部分日本人是战争的受害者，张笑天便觉察到了这一点，既描写了日本军国主义者冷血、残忍的一面，又描写了日本下层官民的辛酸和无奈，书写了他们受战争影响不得不离开故土，甚至客死异乡的悲惨命运。小说中的人物形象虽有主次之分，但次要人物并不意味着不重要，只是在小说中出现次数相对较少，人物活动范围和轨迹较窄，人物描写所占笔墨较轻，但也是小说中不可缺少的人物，从情节发展、意义影响上看也都起到举足轻重的作用。张笑天对主要人物的描写妙笔生花，尽情地挥洒笔墨，小说中的主要人物作为线索牵引出抗战时期真实存在的历史事件，展示战争中人作为一个个体最本质的情感和最真实的状态，用战争突出人物的个性。张笑天根据当时确凿的历史事件烘托氛围，通过心理描写和细节描写对人物进行再塑造，使人物既不脱离当时主流的历史方向和思想倾向，在艺术加工后又个性化十足，不再是如完美的雕塑般存在，而是优缺点兼备，有着普通人的喜怒哀乐和爱恨情仇，更好地彰显了人物的性格特点。值得一提的是张笑天还注重展示女性人物形象在作品中的重要作用，张笑天在小说中不吝笔墨塑造了大量的女性人物形象，女性是战争中的弱势群体，张笑天既有写到她们和男性一样征战沙场，也写到了她们爱憎分明，利用智慧战胜对手的故事，她们的出现既推动了故事情节的发展，又丰富了小说的主题内容，彰显了民族精神，展现了中华民族不畏强敌的一面。

张笑天的抗战题材小说内容丰富、主题突出、视角多元、人物鲜明，善于在恢宏庞大的历史事件下以细腻的笔触来描写抗战时期的国仇家恨和儿女情长，在对战争场面的重现上，注重将历史的真实性与文学的艺术性相结合。张笑天在作品的创作上始终坚持现实主义手法，深刻揭露了日本侵略者的战争阴谋和奴役教化手段，展示了中华民族不畏强暴，争取民族独立的伟大精神。张笑天善于在小说中展示人性和反战思想，在宏大且复杂的叙述结构下，将人物置于战争背景的统一框架内，书写不同的人生画卷。爱情、亲情、悲情、温情、友情，情情演绎，情情打动人心，直击人的灵魂。各色各样的人物在生存与灭亡、反抗与背叛、救赎与沉沦的双重矛盾中不断地挣扎，作为一个作家，张笑天不断地反思人性、梳理人性、感悟人性，将战争时期的各种人性纳入作品中，其作品中蕴含的反战思想，增加了作品的广度和深度，使读者在不经意间陷入思考。

张笑天的抗战题材小说还展现了各种社会生活里的细节，注重多种文学手法相结合，既将讽刺手法运用到了作品创作上，又善用环境描写渲染氛围，同时又注重对东北方言的运用，表现了其抗战题材小说的独特性。同时张笑天在创作上始终坚持他的人道主义立场，注重对人性的描写和细节的展示，使小说具有人道主义气息。然而时代局限性和历史局限性导致张笑天的抗战题材小说在一定程度上存在着人物意象层面缺失、语言表达能力缺失、作品主题意蕴缺失、艺术表现形式缺失等问题。并且小说还有着写作内容不够全面，历史还原度不足，不能完整地反映历史事实，还原历史真相等局限。

意大利哲学家克罗齐曾说：“一切历史都是当代史。”这里所指的历史的“当代性”并不意味着用当代人的观念来曲解历史，而是注重将历史的真实性与当代社会、文化、思想相结合，创作者的思想内涵属于当代，但历史轨迹却真实地存在于文学作品中。历史的文学性功能同样如此，它所反映的历史内容可以为当代人提供借鉴和警示作用。张笑天在创作抗战题材小说时，并没有过多受到外部环境影响而将外界观点强加于小说中，真正做到了认识战争、尊重战争、审视战争、思考战争、书写战争。战争是冰冷的，可人类却是有温度的，中华民族跨越了这场劫难，取得了这场正义之战的胜利，开启了民族新篇章，而张笑天作为一名当代作家，他的抗战题材小说体现了他的爱国情感和民族忧患意识，对今后的抗战文学发展起到了一定的借鉴作用。然而，由于本人能力有限，张笑天抗战题材的小说占总作品的比重较小，学术界对其研究的论文较稀缺，因此对于张笑天抗战题材小说的研究难免有不足之处，希望后续研究者们能够指正本论文的缺点，弥补本论文的欠缺之处。

参考文献

专著：

[1]田仲济，孙昌熙．中国现代文学史[M]．山东：山东人民出版社，1979．

[2]张笑天．落霞[M]．沈阳：春风文艺出版社，1983．

[3]苏光文．抗战文学概观[M]．重庆：西南师范大学出版社，1985．

[4]军事科学院军事历史研究部．中国抗日战争史（上卷）[M]．北京：解放军出版社，1991．

[5]肖效钦，钟兴锦．抗日战争文化史[M]．北京：中共党史出版社，1992．

[6]郭志刚，孙中田．中国现代文学史（上册）[M]．北京：高等教育出版社，1999．

[7]郭志刚，孙中田．中国现代文学史（下册）[M]．北京：高等教育出版社，1999．

[8]张笑天．抗日战争（上、中、下）[M]．长春：吉林人民出版社，2002．

[9]张笑天．中日大谍战[M]．太原：北岳文艺出版社，2011．

[10]张笑天．叶挺将军[M]．上海：上海文艺出版社，2011．

[11]张笑天．抗日战争备忘书（第一部）：国家阴谋[M]．北京：北京大学出版社，2014．

[12]张中良．抗战文学与正面战场[M]．北京：社会科学文献出版社，2014．

[13]张碧波．中日关系史论[M]．北京：中国文史出版社，2016．

[14]克劳塞维茨．战争论[M]．天津：百花文艺出版社，2019．

[15]张德祥．当代文艺潮流批评[M]．北京：中国文联出版社，2006．

[16]北京大学中文系文艺理论教研室．马克思、恩格斯、列宁、斯大林论文艺[M]．北京：人民文学出版社，1986．

[17]魏萌．脱衣舞的幻灭——外国后现代主义随笔[M]．兰州：敦煌文艺出版社，1996．

[18]老舍．大地龙蛇·序[M]．北京：人民文学出版社，2008．

期刊论文：

[19]房福贤．论新时期抗战小说的本体美学意识及其表现[J]．山东师大学报（社会科学版），1999（6）：12-14．

[20]孙玲玲，梁星亮．抗战时期汉奸伪军集团形成的社会因素探析[J]．西北大学学报（哲学社会科学版），1999（3）：20-23．

[21]刘德龙．正确区分和对待传统文化中的精华与糟粕[J]．东岳论丛，2000（1）：23-27．

[22]陈晓明．鬼影底下的历史虚空——对抗战文学及其历史态度的反思[J]．南方文坛，2006（1）：49-55．

[23]王蓉．国民党正面战场在抗战中的作用[J]．大众文艺，2011（24）：194．

[24]朱晶．张笑天革命历史题材电影剧作四题[J]．文艺争鸣，2013（6）：101-105．

[25]邱坤荣．台静农抗战小说的另一种解读[J]．安徽电子信息职业技术学院学报，2013，12（6）：102-104．

[26]王俊杰．论战争及战争文学的审美品格[J]．湖南工程学院学报（社会科学版），2013，3（2）：25-28．

[27]张夷非．寻找革命历史题材影片《扎西1935》的突破点[J]．电影文学，2013（13）：9-10．

[28]肖向东．战争・人性・和平——论战争文学主题的文化蕴含与启蒙意义[J]．怀化学院学报，2013，32（10）：47-50．

[29]熊小伟．抗战时期汪伪汉奸现象探析[J]．新乡学院学报（社会科学版），2013，27（3）：72-74．

[30]曹固强．抗日战争时期汉奸现象的思考[J]．红广角，2015（10）：16-22．

[31]徐志民．新时期以来的抗战胜利前后惩处汉奸研究[J]．史学月刊，2015（11）：101-107．

[32]陈舒劼．当代抗战文学的“地域文化”观察[J]．石家庄学院学报，2017，19（2）：125-130．

[33]范庆超．叶广芩抗战书写的新向度[J]．民族文学研究，2019，37（2）：157-164．

[34]陈颖．论徐訏“抗战小说”中的“人性与爱”[J]．安康学院学报，2019，31（3）：42-44．

[35]慕江伟．用抗战记忆重绘战争图景——范稳抗战小说论[J]．中国现代文学研究丛刊，2020（3）：211-214．

[36]王鸿儒．蹇先艾的抗战小说[J]．贵州文史丛刊，1985（3）：152-158.

[37]周政保．战争小说的审美与寓意构造[J]．文学评论，1992（3）：104-117.

[38]吴维平．论战争文学的审美特质[J]．中州学刊，1993（1）：125-126.

[39]房福贤．中国抗日战争小说的历史回顾[J]．文史哲，1999（5）：23-25.

报纸文献：

[40]陈颖．“十七年”抗战小说创作再探析[N]．文艺报，2020-09-04（3）.

[41]葛胜君．东北抗战文化的时代价值[N]．吉林日报，2020-08-17（5）.

[42]刘新如．历史的拷问[N]．解放军报，2015-07-13（6）.

[43]张笑天．不能忘记的民族之痛[N]．吉林日报，2015-5-14（13）.

[44]曾毅，任爽．访《开国大典》影片编剧张笑天：有所突破才更加真实[N]．光明日报，2013-10-10（7）.

[45]何平．探寻陈忠实的现实主义法度[N]．人民日报，2016-7-15（24）.

学位论文：

[46]张待纳．在人性的开掘中书写历史——张笑天历史题材创作解读[D]．长春：东北师范大学，2002.

[47]刘艳辉．战争如何“文学”[D]．石家庄：河北师范大学，2007.

[48]肖敏．论20世纪90年代后期战争文学的人性书写[D]．长沙：湖南师范大学，2007.

[49]陈琳媛．靳以抗战小说论[D]．重庆：重庆师范大学，2012.

[50]赵一妲．战争记忆与新文学抗战小说研究[D]．沈阳：辽宁大学，2013.

[51]陆媛．艾芜抗战小说研究[D]．南宁：广西大学，2013.

[52]叶力军．论蹇先艾抗战小说[D]．重庆：重庆师范大学，2013.

[53]赵佃强．新世纪抗战小说研究[D]．济南：山东师范大学，2014.

[54]周彦彦．大战争中的小人物[D]．海口：海南师范大学，2014.

[55]龙秋麟．“九一八”事变与中国现代文学[D]．重庆：重庆师范大学，2015.

[56]韩路鹏．张笑天影视剧文学创作研究[D]．延吉：延边大学，2015.

[57]谢湖涟漪．新时期滇西抗战题材小说研究[D]．昆明：云南师范大学，2018.

浅析张笑天《黑土地魂》的人物形象

高德斌

【摘要】张笑天是中国当代东北文学重要作家之一，其历史小说成就卓越，在历史开掘中展示人性复杂的一面，这对当代东北地域文学乃至当代文学来讲都具有深远持久的意义。以往对他的小说的分析，主要是以改编成影视作品的《太平天国》等小说为主，对《黑土地魂》的研究较少，本文主要是对《黑土地魂》的人物形象进行分析，探寻在日寇统治下伪满洲国时期知识分子的爱国情怀，这对全方面、多层次地了解东北地域文学以及研究张笑天文学创作有较大意义。

【关键词】张笑天；黑土地魂；人物形象

第一章　历史小说与《黑土地魂》

“历史小说”应当指依据史书典籍记载的人物和故事加以虚构展开的小说作品，不管其创作如何发挥想象或进行虚构加工，最基本的人物和事件都具有一定程度的历史母本。张笑天的作品高度契合此定义，他的历史小说在20世纪90年代东北文学中占有突出地位，这跟他本人所受的教育及阅历、修养息息相关。张笑天是东北师范大学历史学专业的学生，酷爱阅读，毕业后被分配到敦化县（今敦化市）执教，1975年调入长春电影制片厂，先后担任编辑、副厂长，后成为一级编剧。电影制片厂的工作经验使他创作《黑土地魂》时简直行云流水，他把自己对祖国深沉的情感通过对场景、人物的细致描写环环相扣地融入书中，让读者的情感被缓缓卷进“九一八”事变群众反抗呐喊的澎湃之中，不难看出，张笑天丰富的基层工作经验与个人的文学天赋为他的历史小说提供了丰富的创作源泉。

“黑土地”一般指东北肥沃的土地，人民在黑土地上农耕播种，等待粮食丰收，“魂”象征民族的魂、中国的信念，很容易让大家联想到在这样的“黑土地”上养育出了一代又一代坚贞不屈的爱国革命人士，《黑土地魂》的书名让人肃然起敬。

《黑土地魂》通过对个人生命体验的细致描写把人性的复杂展现出来，人们既有坚贞不屈的一面，也有面对困难妥协放弃的一面；通过对日寇、汉奸猥琐狠毒的描写，把日军的虚伪残忍、中国知识分子淡定从容的反抗精神及爱国情怀由浅及深地表达出来。小说中的日本人确实在历史上存在过，这本小说极大程度上还原了历史真实，并把真实的故事加以想象和描述让读者在了解东北历史的同时，真切地感受到中国知识分子对日本占领东北的愤懑不满及顽强抵抗，让读者的灵魂慢慢地荡漾起涟漪。

第二章　《黑土地魂》人物形象分析

《黑土地魂》以“九一八”事变东北沦陷，日本统治下的“伪满洲国”为史实背景，描写在日本对中国东北进行强权控制、军事管辖、文化输入等多重强制打压之下，一批爱国分子即舒家三姐弟及傅家两兄妹等积极开展爱国活动，坚持民族气节，不怕困难的故事。小说中也出现了屈服于诱利之下的反叛者，作者通过对这些懦弱妥协者的描写，让读者在回味历史的同时能够看到复杂的人性。

2.1　坚定信念的爱国者

2.1.1　从始至终的顽强执着者

舒心语是舒家三姐弟中的二哥，成熟稳重，心思缜密，在新京（长春）第一国民高等学校上学时看到日本教师刁难欺负中国学生，“舒心语心里很难受，心疼得闭上了眼睛”。舒心语与傅家长子傅秋声（建国大学大学生），两个知识分子从小说伊始便对日寇的侵略表示出强烈的愤懑之情，把自己为抗日牺牲一切、奋斗一生的坚定信仰传递给身边的同学、朋友。即使关系密切，两人始终隐藏自己的真实身份，直到个别人员叛变，两人的共产党身份才浮出水面。在新的伪装身份中，舒心语认真在牙医店做小工，他的随机应变和严谨令人钦佩，在一次传输药品时，舒心路等人被日寇抓住，舒心语撤离长春。

夏正熏是“满映”的一位风趣幽默、有才华的作家，他用作家这个职业掩盖自己地下共产党的身份。面对高压生存境况，心理素质优秀的夏正熏与甘粕正彦相处起来是那么的从容淡定，他编写的每个剧本都含沙射影地把矛头巧妙地指向日本人。夏正熏家里的窗户上摆放了一面旗子，旗子在窗户上代表家里安全，可议事。有一次甘粕正彦突然前来拜访，夏正熏便让在他家中闲谈的傅秋水把旗子取下，聪明机智的傅秋水巧妙地把旗子取下，化解了一次暴露的危机。正赶来议事的同志看到情况有变便及时撤离。他的睿智机敏以及爱国情怀让傅秋水深深地爱上了他，在他的委托之下，傅秋水利用自己的有利条件帮他为地下党员传递物资。

张笑天善于运用典型人物形象描写，典型人物形象的塑造让故事情节饱满起来，通过情景的描绘与人物的勾勒，爱国人士的坚贞不屈被充分体现出来，在东北抗战的关键时期，他们毫不退缩，勇往直前。张笑天对作品中人物和情景的细节描写，可以让读者很真切地感受到当时社会状态的急迫感、压抑感，感叹人物的执着不屈，在重压之下依旧伪装得那么到位。

2.1.2 冲动热血的革命感召者

舒家三弟舒心路年少热血冲动，为帮姐姐舒心清筹集手术的费用，不顾自己身体的负荷，每天去医院献血，后来因体力不支晕倒在医院。在超市面对日本学生洋子小姐的鄙弃，舒心路握紧拳头要教训她，但当他看见松冈洋子即将被人侮辱时却挺身而出，“我当着松冈洋子面许过诺言，不把这事张扬出去，我不能食言啊！”舒心路因为信守承诺保护洋子小姐的名声，险些被学校开除。天生冲动、感性的他，邀请被日本人收买的同学黎得福参加读书会，消息泄露之后，舒心路被迫辍学，不辞而别。在一次为地下党送药品的途中，他发现接洽人正是哥哥舒心语，二人在信仰上产生共鸣。后来，在一次护送药品的行动中，他被日本人发现，舒心路为掩护李倩和秦岚，自己冲出草丛吸引日本军的注意而被抓获枪决。

舒心路本性善良，即使是恨得咬牙切实的敌国人，当看到其有生命危险时还会给予帮助，这是不分国界的大义。洋子小姐对中国人傲慢的态度还原了历史史实，在伪满洲国中国人是没有地位的，日本人肆意压榨中国人，此时的中国人是敢怒不敢言的。在日本势头正猛时，中国人没有妥协，只是把工作阵地转移到地下，悄无声息地慢慢壮大队伍，进行爱国主义斗争。

2.1.3 冷静伪装的隐忍正义者

傅家父亲傅雨田不仅是第一国民高等学校的校长，还是建国大学的讲师，在伪满洲国虽然中国人当“一把手”，但是权力都集中在“二把手”日本人手里，傅雨田就是日本人操控学校的“傀儡”，他在担任校长期间，唯唯诺诺，他的女儿傅秋水多次用轻蔑的话语指责父亲这种欺软怕硬的性格。但正是这种怯懦的性格帮助傅雨田掩盖了他的真实身份——共产党员。他利用校长职权采用以退为进的方式帮助中国在校学生免于日本教师、学生的欺压，他虽是校长但生活贫瘠，因为他的工资都用来给山中共产党补给药品。在小说前半部分，唯唯诺诺的傅雨田像用上帝视角俯瞰这座城市变化的局外人，他沉着冷静，遇到事情巧妙化解，对下级的指挥也是正确无误；在小说后半部分，由于地下党行动艰辛以及人员的叛变，他的地下共产党身份才逐渐浮出水面。

对于傅雨田这个人物形象，作者是以自己父亲为模板进行细致勾勒的。作者在散文《与寂寞为伴》中写道："我的父亲是一个和平、善良、没有多少棱角的人，他胆小怕事"。这篇散文是写作者回忆父亲生平的一些事情，作者父亲当过小学校长，胆小怕事的父亲曾经竟然因庇护一个为地下共产党跑交通的教师而受日本人的生死威逼，且始终没有说出实情。作者父亲深明大义，在危难面前挺身而出的品质与傅雨田这个人物形象十分吻合，父亲胆小怕事的一面又与校长伪装成委曲求全的和事佬的一面很相似。傅雨田这个坚贞奉献的人物形象在作者笔下格外令读者感动。

2.1.4 权豪利诱下的坚贞不屈者

傅家小女傅秋水是一个梦想当演员的灵气美女，她在机缘巧合之下认识了日本重要人物株式会社满洲映画协会理事长甘粕正彦。在甘粕正彦的提携下傅秋水成为"满映"的头牌演员。傅秋水利用甘粕正彦对她的欣赏巧妙地把同学周燕从宪兵队手中救出来，并多次帮助共产党传递珍贵药品物资。她为保护夏正熏的人身安全决定嫁给甘粕正彦，在婚礼当天，她得知夏正熏已被处死，心灰意冷的傅秋水刺杀甘粕正彦未遂，反而被日本军打中腹部，危在旦夕，该书由此而告终。

灵动可爱的傅秋水最初单纯地希望能当一个明星，日寇的残暴以及国人的苦难让她心中大为震颤，加之钦慕对象夏正熏的引导培养，她坚定了爱国情怀。傅秋水代表当时东北社会的一种典型女性知识分子形象，对现状不满却又抱有热情，无处倾泻，正有用武之地时，她们临危不惧，有勇有谋，甘心奉献，在实践过程中培养出高度的爱国坚定信仰。

2.2 懦弱妥协的反叛者

小说对软弱妥协者的描写衬托出知识分子同仇敌忾、为祖国大无畏奉献的精神。

黎得福是考入国高的胆小怕事的乡下孩子，日本教师多次责罚他并让中国学生一起受罚，他心里既愧疚又着急，情急之下逃回家中，舒心路和宋伯元好心相劝才把黎得福从乡下劝回来上课。返校上课的黎得福在遭到日本学生的霸凌时，敢怒不敢言，非但没有反抗，反倒屈服于猖獗的日本学生手中。在黎得福焦灼无奈之际，副校长松岗彻二抛出好处，诱惑他当间谍，黎得福的心理、道德防线均被利益击垮，答应松岗彻二做他的密探，及时把中国学生的动态向松岗彻二汇报。

塞上雪是新京女子国民高等学校的教师，在国高的"勤劳奉仕"中，塞上雪与舒心路的读书会计划被泄露，塞上雪担心事情泄露会波及自身的国民党身份，坚持让舒心路连夜转移，他的软弱妥协在此刻已见苗头。他与李倩的情谊让对他情有独钟的弘报处的情报课长罗曼由爱生恨，罗曼发现塞上雪私藏传单，便佯装要与塞上雪一同加入国民党，等待时机将其一举抓获。罗曼设计让塞上雪入狱并到法场陪绑，塞上雪在生死关头走了一遭，吓破胆子的他在国家大义与个人生死面前选择了个人安全——向日本投降。

郑斯人原名楚天人，中共地下党员，在长春的济世镶牙院当牙科医生，甘粕正彦用他家人的生命安全威胁他叛国叛党。日本人帮他筹集药品试图调出一系列的地下党员。但是郑斯人没想到交接药物的人竟然是他的心爱之人——秦岚。当秦岚证实郑斯人已叛变日本后，含泪将他处死。

黎得福、塞上雪、郑斯人的人物形象表现了中国部分小知识分子不坚定、易妥协的性格，在国家和民族生死攸关之际，为了保全自己性命抛弃国家大义，他们命运的结局自然也是自食恶果，不善而终。反面人物的描写不仅让我们看到了人性的复杂一面，这些人物的结局还符合当代文学创作的主流，符合主流文学的价值取向，背离国家民族事业的人内心会遭到自我谴责，他们的命运是没有好的结果的，从侧面表达出具有坚定爱国情怀、艰苦奋斗的意义。

2.3 其他人物形象分析

2.3.1 逐步成长的坚定女性

秦岚是郑斯人的女友，同时也是夏熏风的表妹，她豪爽、有魄力。郑斯人接到上级命令后没有与她道别，直接以一个新身份来到长春当牙科医生，秦岚为爱追到长春，得知他为中国伟大事业奋勇拼搏时，她内心激起了革命爱国的浪花，携手与郑斯人共同对抗日寇。当她证实她的爱人郑斯人已叛变时，性格泼辣的秦岚反问郑斯人："你的手上已经沾了同志的血，还能洗得干净吗？""如果孩子问你，你当亡国奴的时候…… 你有勇气说，我是民族的败类、祖国的叛徒，一个大汉奸吗？"在国家大义面前，秦岚痛心含泪地亲手把郑斯人处决。她由一个单纯的知识分子转变成坚定的抗日爱国者，这种形象的转变，令人钦佩。

2.3.2 善良温暖的日本教师

正面客观的日本教师山寺忠夫和建国大学的广濑登主对学生一视同仁。山寺忠夫对日本学生霸凌中国学生的行为十分愤怒，曾多次主动向松冈彻二（第一国民高等学校副校长）为受惩罚的中国学生求情，后参加战争不幸去世，日本人不但没有给予抚恤金，还不让他的妻子回到日本。广濑登主处处维护学生，帮傅秋声藏禁书，认为学生不分国界都是未来的栋梁，和善对待每一位中国学生。

小说中的日本人形象除了山寺忠夫、广濑登主之外，均是还原历史真实的残忍狡诈形象，可以看出善良、淳朴、明事理的日本人少之又少，体现出日本人对当时的中国社会以及人民群众的鄙夷和像玩偶一样肆无忌惮地操纵。

第三章 小说价值与意义

张笑天认为，他追求的是通过作品的艺术感染力去直抒胸臆的境界，采用历史真实叙述与虚构人物情节两者结合的方式来感知现实世界。舒心语、傅秋声以及傅雨田是否撤离长春脱离危险，从文本不得而知，读者的内心显然是希望他们有好的故事结尾。《黑土地魂》使读者通过人物形象感受历史的经典，感受在日本控制下的人民大众的苟延残喘，感受长春人民在日本统治下的隐忍与反抗，感受日本人的残暴与中国人的宽宏气度，在感受中体会现在东北生活的美好，感慨生活的同时反思历史，感激那些为国家、民族奉献一生的中国共产党人。人物的热血隐忍都是在危难环境中自发产生的，他们之间的爱情也因为社会情况而被压制，如果孤立开那些社会历史背景，我们就很难再去弄明白那坚韧背后的伟大爱情何以会有那么多关于价值的惨痛了。

历史小说的故事情节没有浪漫主义、现代主义等跌宕起伏，张笑天以历史上重要历史人物以及重大历史时间展开叙述，是因为其历程和命运本身就充满了激烈的矛盾和斗争，从而可以从中提炼出紧张曲折的故事情节，但小说的故事情节比较生硬，情节与人物融合得不够细腻，语言生硬不生动，结尾略有仓促，细节方面还需提高。

参考文献

[1]徐国定．形象学[M]．海口：南海出版公司，2001．

[2]张笑天．张笑天文集第29卷[M]．长春：吉林人民出版社，2006．

[3]张笑天．张笑天散文集[M]．北京：作家出版社，2009．

[4]陈晓明．中国当代文学主潮[M]．北京：北京大学出版社，2013．

[5]范志忠．新时期历史题材小说叙述范式的转型[J]．浙江大学学报（人文社会科学版），2002（1）：69-75．

[6]纪众．历史叙述的小说文本——张笑天中篇小说论评[J]．文艺争鸣，2004（4）：33-40．

[7]纪众．历史叙述的文学文本——张笑天的小说特性和方法[J]．文艺争鸣，2005（6）：71-78．

[8]刘进军．中国新时期历史题材小说论[D]．济南：山东师范大学，2008．

[9]张诗悦，吴景明．张笑天历史小说创作中历史、文学、现实的融合——以《太平天国》《权力野兽朱元璋》为例[J]．文艺争鸣，2012（8）：134-136．

[10]王金娟．张笑天小说《太平天国》人物形象研究[D]．延吉：延边大学，2014．

浅析张笑天电影作品中的人物形象

王嘉琪　李欣洋

【摘要】张笑天的电影作品涉猎内容十分广泛，塑造的人物形象丰富多样，本论文将其分为三类：投身于“四化”建设的社会主义新人形象、身处新时代矛盾旋涡中的官员形象和底层小人物形象。

【关键词】张笑天；电影；人物形象分析

第一章　投身于“四化”建设的社会主义新人形象

张笑天先生的主要作品都是20世纪八九十年代所创作的，浸润着那个时代独特的气质。他的作品中有一类人物是大力革新者，他们把所有的精力都投入到“四化”建设中，代表人物有《春眠不觉晓》中的黎庶、《延伸的大陆》中的黎阿仔等。张笑天的这一类作品中明显体现出关于人性的探讨。在新的社会主义建设的时代背景下，他们面临着时代变革所带来的新机遇，需要做出新的抉择。

《春眠不觉晓》中的黎庶是一个锐意进取的实干家，同时也是一个有血有肉的人，面对自己的女儿想要离开北大荒回城的要求，他也会犹豫，伦理人情与自己一直以来所坚持的理想的冲突让他感到痛苦，最终他选择了理解女儿的选择。

“黎庶：不要哭，我不会阻拦你的。从前，试图阻拦过，我失败了。这使我明白了一个最浅显的道理：思想不能遗传，影响也不是万能的。一个人，除了自己，谁都不能替他去选择生活。”

作者这样的设计，虽然削弱了黎庶这个共产党人身上无私为民的党性色彩，但给他增加了一抹人性的光辉。世人皆有情，作者把人物有私情的一面表现出来，让这个人物更加饱满、立体。作者在塑造这个人物时，把强烈的变革意识与多病的身体一起放在他身上，带有强烈的悲剧倾向，给人悲怆的苍凉感。他是一个多病的英雄，一方面要承受着身体上的痛苦，另一方面，作为时代的先驱者，他的革新触动了旁人的利益，面临着众叛亲离、无人认同的窘境，有的时候他也会怀疑，也会不坚定，但这样的怀疑和不坚定是现实中每个人身上都有的，这让人物更加贴合现实，生动可感。

《延伸的大陆》中的黎阿仔是一位被派往珠海经济特区的改革者。作者在描摹这个人物的时候，着重表现了珠海内部各种矛盾的复杂性，黎阿仔在这里经历了种种考验，初心不变。面对区妹和苏琳的感情，他在其中也会有犹豫，面对自己的过失，他宁愿冒着坐牢的风险，也要自己承担错误。可以说黎阿仔不是一个完美的人，但是在大是大非面前，他依旧坚持了自己的操守，是新时代社会主义建设者的缩影。

第二章　身处新时代矛盾旋涡中的官员形象

《法官躲避镜头》展示了新时期官员的众生相。既有俞达这样为人民做主的官员；也有像石友一家躺在过往的功劳簿上，认为自己的官位凌驾于人民和法律之上的人；还有像况炯这样夹在过往的恩情与司法的公正之中痛苦不堪的人。该部作品展示了官与官之间、官与民之间的复杂关系，表现了司法公正的重要性。

《家务清官》中市委书记的妻子杨青蔚被称为“权威”人士，喜欢滥用私权，喜欢别人的奉承，她利用丈夫的权力，成了“不加冕的书记，无任所大臣”，将自家客厅变成了“官场”。在尝到权力带来的甜头后，杨青蔚更不舍得放开权力，在丈夫申请退休时百般阻挠。而丈夫梁羽与杨青蔚不同，为人正直清廉，落实党的政策，主动申请退休，力排众议，为年轻的新生力量腾位置，为社会主义现代化建设增添了新鲜血液。

《挂冠归来》中的李赞是一名退休的市委书记，退休后的他倍感不适，曾经肩上挑着千家万户事，如今卸下重担无所事事，一时难以融入正常老年人的生活。他一方面觉得“这些人太可怜了，他们的内心多么无聊、空虚”，另一方面却“嫉妒他们的泰然自得，又过不来他们的日子”。他可以从群众到干部中去，却难以从干部回到群众中来。直到抗洪前线的那天晚上：

> 李赞扛着白面袋子在雨中小跑。
>
> 李赞终于接过了那沾满好多人唾液的烟尾巴，很庄重地吸了一口。

（李赞）内心独白：我和他们本来就是一样的人，我从前和他们之间，好像隔着一堵看不见的厚墙，这墙，被这场洪水冲得无影无踪了。

李赞终于回到了人群之中。

张笑天先生既塑造了正直清廉的官员形象，也塑造了贪污腐败、滥用职权的官员形象。张笑天一方面揭露了官僚主义作风问题，揭示了在社会主义建设时期官员队伍存在贪污受贿、官官相护、滥用职权的腐败现象，另一方面展示了优秀干部的形象，鼓励向他们看齐，坚持从群众中来到群众中去的处事原则。在这几部作品中我们不难看出，张笑天先生支持老干部主动退休，为年轻的新生力量腾位置，为社会主义现代化建设增添新鲜血液。同时，文中塑造的年轻的新生力量形象均是正直、有能力的，笔者认为这是其对新生力量的看好、鼓励与期待。所以在《法官躲避镜头》中，年轻的律师不受官员的影响，坚守正义，《家务清官》中的梁羽主动申请退休，提拔年轻、优秀的迟新芳接任他的位置，都是作者对于新生力量的认同。

在塑造官员形象时，同样涉及了人性的问题，揭示了人性在金钱与权力的腐蚀下所呈现出的病态。在《法官躲避镜头》中，李健民害怕得罪官比他大的石友，所以站在石友一方，背弃了正义与公平，而石友借着自己对法官的恩情，以此来进行道德上的绑架，曾经是“一员干将”的他在金钱与权力的腐蚀下发生了变化。《家务清官》中的李景德，在梁羽未退休时唯唯诺诺，请求梁羽妻子杨青蔚帮助他争取出国机会，在梁羽申请退休后，觉得自己失去了升官的梯子，令自己的儿子解除了与梁羽女儿的婚约，委实是一个“政治流氓”，其变脸速度令人咋舌。《挂冠归来》中的李赞退休后，曾经唯唯诺诺的“手下”全部盛气凌人起来，变脸速度令人惊叹。

第三章　底层小人物形象

张笑天先生作为一位扎根于人民并深知人民疾苦的平民作家，他的作品并不局限于大人物的伟大，也包含小人物的不平凡，他们不被生活的困苦所击败，努力生存，不失本心。

《明月》中，作者用平静亲和的语言娓娓道来，塑造了一个集真善美于一身的赵银月，在生活困苦与失去学习机会的双重夹击下，她努力生存，不被击倒，充分展现了小人物所面临的生活困境以及面对困境时的不平凡。

《天使》中的唐敏作为天使的“母亲”，为她倾尽了所有，自己的健康、生活，甚至自己和丈夫的孩子。此外，她隐忍坚韧，在丈夫宋国民离开后，独自赚钱为天使治病。在艰难的生活面前，她没有流露出一丝后悔与愤懑，在天使面前，她平凡而伟大。

张笑天先生在塑造底层小人物时，赋予了他们善良真诚的高尚品格，赋予了平凡的小人物不平凡的事，使平凡的小人物集真善美于一身，闪耀着人性的光辉。故事的结局往往是美好的，《明月》中姐姐为使妹妹有钱读书，甘愿成为富二代的二奶，万万没想到的是富二代已经离婚，故事转变成了有情人终成眷属，而妹妹也得到了读书的机会。《天使》中唐敏的丈夫打拼归来，与天使的生母一起凑够了钱给天使成功做了手术，生母也不再打扰这一家人，出国了。美好的结局与真善美的人性遥相呼应，讴歌人性，传播善良，鼓励读者成为集真善美于一身的人。

张笑天先生在中国文学的天地里面塑造了一批特殊的人物形象，使中国文学变得更加丰富多彩，其对于人性的准确把握，丰富了中国文学的形象群。张笑天先生对中国文学史、当代文学史的价值是不可估量的，必将在中国文学史上留下浓墨重彩的一笔。

参考文献

张笑天．张笑天文集35[M]．长春：吉林人民出版社，2002．

历史长篇小说《太平天国》研究

姜品亦

【摘要】张笑天作为我国著名的文学作家，其创作的历史小说《太平天国》以太平天国运动为题材，描绘了一场恢宏壮丽的历史革命。本文将以张笑天的《太平天国》为研究对象，在对太平天国运动这一反对帝国主义、封建统治的规模巨大的农民起义战争有一定了解的基础上，对张笑天的个人经历、文学作品以及其创作这部历史长篇小说的时代背景做进一步的了解，深刻体会其通过《太平天国》所要表达的主题和历史观点；对小说《太平天国》中的主要人物进行形象刻画上的对比分析，整体感受太平天国运动这一历史事件所具有的艺术特色和价值意义；最后深入探索张笑天这部长篇历史小说《太平天国》所反映出来的时代特征与对当今作家创作历史题材小说或革命题材小说的启发，并对笔者阅读其他作品提供帮助。

【关键词】张笑天；《太平天国》；历史小说；主题内涵

第一章　绪论

1.1　研究目的和意义

太平天国运动是我国历史上众多农民起义战争中规模最大的一个，作为一场反对帝国主义侵略、反对清王朝封建统治的运动，太平天国运动战斗了十四年之久，其势力范围蔓延了大半个中国。太平天国运动在政治上拥有自己的政权、政治纲领以及革命理论，不但为政治研究领域提供了广阔的研究空间，还为文学创作、文学研究提供了十分丰富且复杂的文学素材和艺术创造内涵，很多文人作家都曾以此为题材进行艺术创作。而张笑天的历史长篇小说《太平天国》更是将这场运动的恢宏气势表现得淋漓尽致。他生动形象的人物刻画、耐人寻味的反思主题、别开生面的艺术特色都令人回味无穷。

张笑天是一个产量很高的当代作家，他的作品题材众多，以散文和小说为主。

其小说很有特点，像以底层人物和官场腐败等为题材的小说多为中短篇，而历史题材和革命题材的小说则以长篇见著。张笑天的历史长篇小说总能传达出一种生动有趣又富有内涵的历史观。从他的人生遭遇中可以看到20世纪中后期中国知识青年的创作环境，更可以从这种创作环境中感受到他们互相关联却又互不相同的观察力和体验感。他们将一个个历史素材用或大气磅礴或精巧绝伦的方式描绘成一幅幅时代的画卷，通过这些画卷我们不仅可以了解小说中时代的特点，也能感受到作者所在时代的历史特征。而张笑天所处的时代恰好就是一个十分重要的历史时期。那个时代的文学创作"百花齐放、百家争鸣"，从伤痕文学到先锋文学，一大批作家纷纷觉醒，投入到创作中来，通过研究身处其中的张笑天的作品，也能更好地感受那个时期的社会风貌和魅力。

张笑天的《太平天国》是其历史长篇小说中很有代表性的一部作品。张笑天将他颇具传奇色彩的人生融入小说创作，根据自己的理解和人生体验来切割太平天国运动这一历史事件，塑造了一个又一个立体丰满且富有时代意义的人物形象，并游刃有余地处理历史、现实、理想和艺术之间的关系。本论文将以研究张笑天历史长篇小说《太平天国》的主题思想、人物形象和艺术特色为目的，结合历史时代特征、张笑天的人生经历以及小说内容表达等方面，来体会张笑天这部作品的艺术价值。

1.2 国内研究现状

根据笔者搜集到的资料来看，暂无与本选题相关的国外研究资料，不仅如此，国内与张笑天的长篇小说《太平天国》相关的研究资料也寥寥无几。通过检索和梳理得到以下结果：通过输入关键词检索到相关文献共14篇，其中学术期刊6篇，学位论文8篇，多为对张笑天本人的研究，而针对其历史长篇小说《太平天国》的研究文献则是少之又少。根据对以上文献材料的阅读和梳理笔者共作出以下五点归纳：对张笑天作品的整体研究、对张笑天生平经历和创作环境的研究、对小说《太平天国》人物形象刻画的研究、对小说《太平天国》思想主题的研究，以及对小说《太平天国》价值和意义的研究。其中，宗仁发的《永恒的母题：人性的崇高与卑劣——评张笑天的长篇小说〈太平天国〉》和雷达的《对长篇〈太平天国〉的几点思考》对本次选题的研究具有相当大的启发意义。

宗仁发在《永恒的母题：人性的崇高与卑劣——评张笑天的长篇小说〈太平天国〉》中指出，张笑天追求真实的艺术，没有丝毫的戏说，更多的是还原历史，通过对历史情节的还原来揭露人性的善恶，最终在故事情节的推动下鞭挞了假、恶、丑，歌颂了真、善、美，可以说张笑天的《太平天国》很好地还原了历史，具有非常现实的文学价值和意义。

韩路鹏在《张笑天影视剧文学创作研究》中指出，张笑天的文学作品大都尊重历史，在此基础上进行了很深刻的思考，主题丰富，对人物和故事有很好的还原和刻画，让历史更有深度，让人物更加真实。

王维肖在《张笑天历史题材小说研究》中指出，张笑天通过自己的才思将历史与艺术、艺术与真实、细节与历史进行融合，展现了丰富的文学思想，深入地把握了历史与个体的关系、人性在动荡中的碰撞，通过对历史情节的还原，让英雄走下神坛，更具体、深入、直观、真实地描写历史人物。

王金娟在《张笑天小说〈太平天国〉人物形象研究》中指出，张笑天笔下的历史英雄不再高高在上，而更加有血有肉，作者不再恶意丑化反面人物，而是让人物更加“人化”，更加与现实人物接近，并通过对历史和历史人物的阐述分析，来进行思考，吸取教训和经验，以史为镜。

1.3 研究方法

本课题将综合运用文献资料法、文本解读法等研究方法来展开论证。

文献资料法，笔者通过对与太平天国运动、张笑天以及《太平天国》有关的纸质文献和网上电子文献进行全面的查询，筛选了与本课题有紧密关联的有价值的文献资料，并进行了观点的整理，为本课题的开展奠定了理论基础。

文本解读法，笔者通过对张笑天的《太平天国》进行分解剖析，针对小说文本的特点，确立解读的重点和难点，从文本的表层深入到文本的深层内涵，结合文本挖掘小说的深层意义。

以上研究方法为本课题提供了理论与实践的指导，使笔者在预定期限内完成了课题的研究。

第二章　张笑天《太平天国》概述

2.1　张笑天简介

2.1.1　人生经历

张笑天，黑龙江省哈尔滨市人，曾用笔名纪延华、纪华、严东华，生于1939年，享年77岁，是作家、一级编剧，曾任长春电影制片厂副厂长、吉林省文联名誉主席、吉林省作协名誉主席。张笑天生于教书世家，家境贫困，其祖父在民国时期做过督学，父亲也曾从教。其人生经历坎坷曲折，写作路上屡遭挫折。1952年，张笑天发表了个人的第一篇小说，并获得了县征文一等奖，由此踏上文学创作的道路；1957年，考入大学；1961年，被分配到吉林省敦化县（今敦化市）担任中学教师；1975年，调入长影任专职编辑；1976年，担任剧情电影《雁鸣湖畔》的编剧，由此开启了编剧生涯，并随后凭借多部历史电影获得了小百花奖优秀编剧、中国电影金鸡奖最佳编剧奖等奖项。

2.1.2　作品及创作特点

张笑天创作功力深厚，作品选材广泛，保有强劲的生命力，其小说深入现实和历史，针砭时弊，锋芒毕露。张笑天用独特的创作力，构建起文学的殿堂。而他所创作的历史作品通过对历史事件的解构、重述，将历史上的人物以全新的方式进行演绎，以史为鉴，通过对历史的思考去反思当前的社会问题。张笑天写历史尤善以历史为准，合理虚构，通过对历史问题、历史人物的思考，利用自身的想象力填补历史空白。代表作有小说《雁鸣湖畔》《严峻的历程》《沉沦与觉醒》《太平天国》等；电影作品《雁鸣湖畔》《末代皇后》《木屋》《开国大典》《警察世家》等。

2.2　太平天国运动

2.2.1　简单介绍

太平天国运动是发生于清朝时期的农民起义战争，是19世纪中叶中国最大的一场大规模反清运动，由洪秀全等人发起。在鸦片战争后，中国开始沦为半殖民地半封建社会，清朝政府和西方列强签订的不平等条约导致政府财政亏空，为了弥补财政损失，清政府横征暴敛，使得大量农民生活难以维持，兼之外国商品挤占中国市场，国内的农民和手工业者难以获利，只能被剥削，广大农民不堪重负，纷纷揭竿而起，农民自发的起义高达100多次，加之以天灾，于是洪秀全于1851年领导了太平天国农民起义。太平天国运动持续了14年，势力范围扩展到17省，不仅打击了清王朝的封建统治，也对外国的侵略势力造成了一定的打击。1864年，太平天国首都天京（南京）陷落，标志着太平天国运动的失败。

2.2.2 文学创作价值

太平天国运动在中国历史上占据重要地位，其本身极具争议，历史发展复杂，涉及人物众多。太平天国本身作为农民政权，具有内部的“悖反”现象，存在巨大的矛盾性，内部并非团结一心。太平天国运动作为文学创作的选材，一直有着巨大的文学创作价值。自清朝开始，就存在以太平天国运动为本的创作作品。在大量的文学作品中，根据创作时代的不同、创作目的的不同，作者选取了不同的角度，如王韬以批判太平天国运动为主，对革命造成的民间苦痛进行控诉，写就了一系列的历史笔记小说；而到了抗日战争时期，大量的文学作品将太平天国运动作为农民起义的革命力量，通过脸谱化的写作方式展现革命精神。由此可见，太平天国运动本身展现出来的复杂属性，使其在文学创作中能够以不同的方式进行诠释。

2.3 张笑天历史长篇小说《太平天国》

2.3.1 小说内容

张笑天以太平天国运动作为历史背景所著的长篇历史小说《太平天国》，将太平天国运动这一重大的历史事件加以概括和剪裁，塑造出一系列生动的人物形象，并以艺术的笔触描绘出太平天国运动兴起、壮大和衰亡的过程。小说不仅坚持历史事件的客观性，不将人物脸谱化、绝对化，还通过气势恢宏的文字，全面地再现了革命的壮烈历程，将历史性和文学性巧妙结合。

2.3.2 创作背景

1992年10月，中国共产党第十四次代表大会确立了建立社会主义市场经济体制的改革目标，自此市场经济迅速发展，在包括小说在内的文学生产与消费的过程中，经济因素迅速蹿升至中心地位。小说的生产和消费不再局限在狭小的文学范畴，更将作家、出版商、读者、文本内容等一系列因素考虑在内，小说的文艺观念和价值内容也因此发生了深刻的转变，推动了商业性文化消费和通俗文艺的繁荣，对严肃文艺构成了有力冲击。《太平天国》创作于1999年，此时社会主义市场经济体制改革与市场经济深入发展，面临着“无主潮、无定向、无共名”的发展趋势，此时的历史小说创作极大地背离了宏大叙事的模式。不仅是历史小说创作，20世纪90年代的历史题材作品的生产和消费进入了一个全新的繁荣时期，《戏说乾隆》《雍正王朝》等历史电视剧的热播、二月河“帝王系列”的风靡、历史类通俗读物的畅销等表明，包括小说在内的历史题材创作在世纪之交的市场经济时代掀起了一阵“历史热”，在此时，相关的历史题材小说不可避免地被赋予了市场叙事的时代特征——以市场化的意识形态为中心，所有叙事都紧贴着市场化社会的现实生活而浮动，与市场消费的利益观念休戚相关，这类叙事更加关注个人的现实化生存。

2.3.3 文学成就

在历史小说创作中张笑天首当其冲，尤其是在影视剧改编上，其所著的历史小说既尊重历史真相，也不失文学性和趣味性。

《太平天国》是历史小说将历史和现实相平衡的重要代表，其不仅将历史真相还原，还通过文学创作的想象和激情揭示了历史背后的哲思。《太平天国》塑造了大量有血有肉的人物，展现了属于女性的光辉和力量，小说一经发表便受到读者的喜爱和追捧，成为历史小说的重要代表作，后来被改编为电视剧，受到公众的好评和喜爱。

第三章 历史长篇小说《太平天国》的主题内涵

3.1 历史观点和革命内涵

3.1.1 历史与革命的关系

太平天国运动是历史中重要的农民革命，在《太平天国》中，作者深入地刻画了这场革命的历程。历史的不断向前发展离不开革命的推动，而革命是历史大环境下必然发生的事件，历史和革命之间具有紧密的关联，这种关联也是小说深藏的时代背景。在小说中，作者通过对历史革命的思考展现了其对于历史和革命的看法，在对历史关键时刻的探索中，对太平天国的历史探索和关键时间的展示，不仅表达出特定历史条件下不同历史角色如洪秀全等人的历史反应，也展现了作者对于革命的思考。太平天国体现了在政府压迫之下人民的反抗，作者对这一革命提出了赞扬，也批判了清政府的黑暗腐败。通过对太平天国运动的描述，作者表现了对于历史事件的哲思——没有历史，就没有今天；没有革命，就没有宏伟的民族史。一个伟大的民族在人类历史发展的进程中，必然要面对各种各样的挑战和突破，在面对人类自身的局限时，人们必须要进行思考与行动。那些最伟大的行动在后人看来就是迫在眉睫的时刻采取的壮烈行动。

3.1.2 历史题材小说的价值和意义

历史是时间滚滚向前的痕迹，对于拥有漫长发展历程的中华民族来说，历史的痕迹是时间的馈赠，也是宝贵的实践经验。作为历史长篇小说，《太平天国》展现了历史的重要价值，以全方位的呈现，深入剖析革命失败的原因。对于未来的发展来说，历史题材小说做到了“以史为鉴”，将历史和现实连接起来，以历史的发展照亮现实发展的道路。通过对清政府暴行的描述、对革命失败的剖析，让读者能够反思自身、反思现实。在张笑天历史题材小说中，可以看到作者对于历史学习的明确肯定，其充分表明一切历史都是当代史，而当代的生活发展和人民的经历是国家全部历史基因的结合。对于中国来说，作者所处的时代国家正面临着改革开放等翻天覆地的变化，从科技到人文再到社会，时代产生了巨大的变迁，历史的经验和前人的思想对于国家的发展具有不可忽略的借鉴和指导意义。张笑天通过对太平天国运动这一历史事件的描述和思考，引导读者关注历史和革命，引导读者形成正确的历史观，推动中国当代社会的发展。

3.1.3 历史与革命的现实意义

《太平天国》创作于20世纪末，正是中华人民共和国成立后文学发展的重要时期，作为历史题材小说，其不仅描述历史，也刻画革命。在小说中，除了能够看到太平天国运动时期的社会百态，还能够看到现实的历史。小说将革命作为一种结果去展现，全方位展示关键性时刻和事件的重要意义，展示不同的人在历史性时刻和事件中的反应，通过对历史和革命的刻画，深入现实，反映历史与革命对社会发展的重要意义。张笑天秉持着历史和当代社会发展具有密切联系的观点，认为一切历史都是当代史，因此其对于历史的描述也映照着现实社会的发展。对于太平天国运动这一历史事件的描绘和思考展现了时代的使命，而太平天国运动中的历史角色无论是洪秀全抑或是曾国藩，都拥有着自身的历史使命。我们不能认为洪秀全失败了，就认为他的历史是失败的，失败也是一种历史作为，就是他的失败成就了他的历史命运。这也是作者书写历史和革命所要表达的意义。历史的变迁改变了山河，磨灭了沧桑，但是不能磨灭历史中的人性。对于历史和革命中的事件和人物的思考，也是对历史闪光点的挖掘，并对当代社会的发展和人们创造历史的步伐提供了参考经验。

3.2　《太平天国》对时代环境的思考

3.2.1　通过底层人物展现历史环境

在太平天国运动时期，底层人民的生活水深火热。小说虽然将焦点放在革命之上，但是也没有只书写革命，而是将太平军和其生活经历联系在一起，从根本上发掘底层人群的生活。小说中的人物既有自身的特点，也具有独特的代表意义，他们展现了一幅幅生动的历史画卷。张笑天对底层人物的细致刻画，包含着作者对于现实的关注和他的人文情怀。在鸦片战争后，底层人民生活在一个极其尴尬的境遇中。小说通过描写平凡血肉之躯遭受的折磨、对命运的抗争，去展现历史的悲壮和作者对于底层人民凄惨生活的悲悯。

3.2.2　人物命运与时代环境相互关联

历史是由人物造就的，而人物的命运又与时代密切关联。小说塑造了时代的大环境，也刻画了一个个人物的不同命运，把人物在时代中的渺小无助和历史的无情紧密连接在一起，通过太平军众人的命运来展现时代背景的残酷。太平天国的英雄失败了，他们演绎了一场轰轰烈烈的悲剧，但是他们的抗争和清政府的无情，也让读者深深陷入其中。作者将人物命运和时代环境关联起来，见微知著，以人物命运的跌宕起伏投射时代的大环境。

通过以上对《太平天国》主题内涵的分析可以发现，小说中包含着作者的历史观和革命观。在小说中，作者以底层人物的人物命运展现自身对于时代环境的思考，将人物命运和鸦片战争后的残酷历史相关联，深入解析历史与革命之间的关系，并借由历史中的革命反思现实。

第四章　历史长篇小说《太平天国》的人物形象

《太平天国》塑造了大量的人物，这些人物在作者张笑天的笔下尤其凸显了作为“人”的真实感，而非脸谱化的英雄角色。张笑天对人物的塑造复杂而又立体，将历史人物的情感和思想完美传达给读者，让读者跟随故事中人物的命运变迁而心情变化的同时，也让读者以这些历史人物为鉴，感悟历史经验。

4.1　人物形象的分类

小说《太平天国》展现了极其复杂的故事，过程悲壮宏大，塑造人物众多，但是这些人物并没有呈现混乱感或是脸谱化，而是各个有血有肉。太平天国运动包含多个阵营，其中最明显的对立方是太平天国和清政府之间，小说将太平天国运动作为故事的核心，这种阵营对立的关系是不容忽视的。因此，本文对《太平天国》小说人物进行分析时，根据具体人物形象特征进行分类，分为以洪秀全为代表的太平天国阵营形象和以曾国藩为代表的清朝营垒形象。这种阵营上的人物划分，有利于梳理小说情节，加强小说的革命情感。

4.1.1　以洪秀全为代表的太平天国阵营形象

在《太平天国》中，太平军作为抗争方，其人物形象以正面形象为主。但是张笑天不拘泥于对人物的正面描绘，着重对太平军一方的情谊、真实性进行构建，塑造多个有血有肉的人物形象。该阵营形象典型代表为洪秀全、杨秀清、石达开等，作者在塑造人物形象时，强调以真实历史为根本，忠于历史的发展，以历史为基准。

此外，张笑天的《太平天国》虽以真实历史事件为根本，但也不乏想象，张笑天通过自身的想象赋予历史空白具体的表现，也虚构了部分人物角色或是性格，力争让小说呈现复杂立体的革命事件。这种虚构在太平天国阵营中表现尤为明显，以傅善祥、洪宣娇等女性形象为代表，小说对于女性人物在历史发展中的积极意义给予了肯定，作者通过虚构人物性格和事件的方式，给予该类人物表现空间，以其视角描绘了太平天国中的种种变化和事件发展。

4.1.2 以曾国藩为代表的清朝营垒形象

小说刻画太平天国运动这段真实历史事件必然写到镇压太平天国的清朝阵营，清朝方角色由于其出场、态度等和太平天国众人相反，也成为了小说中的“反面人物”。清朝营垒中的人物角色以曾国藩、左宗棠、李鸿章等人为代表，其虽然立场和太平天国阵营相反，但是在小说中，作者并不局限于描绘其反派的一面，给予了该阵营复杂、立体的情感和形象塑造。清朝营垒的阵营形象更多地展现了我国封建时期的官僚、地主形象。

4.2 人物形象塑造的特点

通过上述对小说中不同类型人物的划分，深入分析人物的性格塑造，不难发现，《太平天国》的人物形象之所以生动立体，离不开作者对于各种不同人物的细致刻画。小说在人物形象的塑造上具有重要的特点，具体如下。

4.2.1 从平凡人的角度解读英雄人物

在历史记载中，为了凸显英雄人物的特性，历史有时会让英雄成为完美的、被神化的人物。但是《太平天国》避免了对于英雄的盲目崇拜，以平凡人的角度去解读历史中的英雄，不刻意忽视英雄的不完美之处，让英雄更加真实。

如小说对洪秀全的解读，一方面对他作为太平军首领雄才大略的一面进行了诠释，通过各种事迹将洪秀全的英雄伟岸展现出来，以宣传拜上帝教为例，洪秀全借用宗教这面旗帜拉拢农民，这表现了他的政治敏锐和推翻清朝的决心。但另一方面也展示了他作为首领不完美的一面。小说运用大量的笔墨描绘洪秀全对于杨秀清、石达开等人的军事依赖，但是洪秀全心胸狭隘、醉心权力，对杨秀清等人并不信任。在太平军定都天京后，洪秀全表面深居天王府，摆出全然信任的姿态，但是却在宫中摆了一张图，“这张图上布满了杨秀清等人的名字，而且各个人物之间都用线相连”，洪秀全以此掌握各官员之间的关系，并在东王府安插眼线监视东王。小说经常用“老谋深算”“阴险算计”等词描绘洪秀全，将洪秀全在政治斗争中的权谋算计放大，还原其作为政治家的形象。尤其是在洪秀全和杨秀清的交锋中，洪秀全以帝王般的忍让、大度的姿态面对杨秀清，一味地放纵杨秀清的飞扬跋扈，在最后又毫不顾忌兄弟情谊，将杨秀清除掉，只为了维护自己的统治地位。这种政治家、权谋者的形象反而将洪秀全拉下神坛，将其作为立体化、真实化的平凡人进行刻画。而对于太平天国运动后期的洪秀全人物形象的塑造也是在此基础上描写了其生活奢侈、多疑猜忌等，从而使英雄人物更具有“人性”。

英雄人物的去神性化，能够使文章的故事情节更为真实，在正史基础上使人们能够身临其境，感受时代背景下的末路悲歌，从而以史为鉴，借助历史反思现实。

4.2.2 深度刻画，丰富人物形象

在宏大的历史背景下，人往往会显得渺小，为了不让人物显得刻板，作者深入挖掘人物的内心，进行深度刻画，丰富人物的形象。作者基于统治阶级与平民百姓的矛盾激化，全方面地讨论人物所处阶级带来的影响与思考。

如曾国藩虽是清军将领，但是作者没有将其作为纯粹的反派人物进行描写，而是刻画出了其对于太平军中英雄人物的尊敬、对于百姓离乱的哀叹，以及内心信仰的挣扎，尤其注重描写曾国藩和左宗棠交锋的场面。曾国藩处处维护左宗棠，为他请功，但是却中了朝廷的离间计，使左宗棠对其恩将仇报。面对这样的局面，曾国藩虽然心寒但仍以大局为重。小说中对于曾国藩的沉着冷静进行了详细刻画，他以德报怨，二人在太和殿中上演了“曾左失和”的精彩大戏。这里将曾国藩的智慧和大局观体现得淋漓尽致，并没有将其塑造成一个邪恶必诛的反派角色，反而站在客观立场上塑造了曾国藩大度、冷静和宽容的形象。“曾国藩坐拥二十万众，以他的实力和威望，振臂一呼，改朝换代，开创曾氏家族的皇家基业，肯定是势在必得的。”在面对太平军时，曾国藩虽然血腥镇压太平军，但这是曾国藩侍奉君主的选择，其尊重礼法、尊重皇权的形象跃然纸上。而在面对太平军将领和英雄好汉的死亡时，曾国藩“不禁潸然泪下”为这些英雄感到惋惜和悲伤。张笑天深度挖掘了曾国藩真实的一面，丰富了小说对于曾国藩形象的刻画。

4.2.3 从细节出发，展现人物特征

《太平天国》对于人物的描写，离不开对人物的细节刻画，既抓住人物的鲜明特征，也注重人物的各种细微动作和语言。

如对左宗棠进行描写时，小说在语言的细节上将其狂放不羁和傲慢显露出来，并对他的尖酸刻薄进行细微刻画，如“拂袖而去”一词经常用在他身上，淋漓尽致地展现了左宗棠的狂傲。小说中的左宗棠在尚未就任朝廷之时，还被石达开盛赞。但也正因如此，左宗棠的性格更加外露，其张扬、狂放和傲慢的特征在各种细节之中得到展现。如在小说中，左宗棠带五百木匠想要去帮助曾国藩打造云梯对付石达开时，曾国藩却没有采用，左宗棠说：“那我回长沙去了，还是留下这五

百木匠给湘军打造棺材吧”，凸显了左宗棠的尖酸刻薄。

这种细节化的人物塑造方式，尤其能够展现人物的特征，将人物之间区别开来，虽然小说刻画了大量的人物形象，但是却不会让读者感到混乱。

4.3 人物形象塑造的作用及意义

生动、真实的人物形象塑造不仅让小说的故事情节更显流畅、丰富，也帮助作者以各种不同立场的人物来揭示历史中的哲思，以太平天国运动的失败来启示现实发展，让读者反思自身。

4.3.1 从历史人物的角度分析太平天国运动

《太平天国》是一部恢宏壮丽的历史史诗，作者通过对历史人物的全方位、深度塑造，将太平天国运动的历程展现出来，让读者清晰地发现，太平天国运动的失败与太平军的性格缺陷有关。读者能够通过历史人物的思想、性格、行为等对历史上的太平天国运动进行分析，通过阅读该小说，以历史人物为镜，辨自身得失。

4.3.2 对历史长篇小说的人物塑造具有典型意义

《太平天国》将历史洪流中的人物以真实、生动的方式展现出来，具有典型意义。作者对于历史群像的人物塑造能够加强历史小说故事情节的展现，通过人物解释历史背后的真相，揭露革命失败的原因。张笑天是历史长篇小说人物塑造的集大成者，其小说的人物塑造既不失对历史真相的展现，又不失对现实的警戒。

本章以《太平天国》小说中的人物塑造为研究对象，通过对小说中的人物形象关系、人物塑造手法以及人物塑造的典型意义进行分析，发现作者对于历史人物的刻画具有平凡化、复杂化、细节化的特征。这种刻画方式将人物以真实的形象展现在读者面前，让读者在阅读的过程中发掘历史的演变，发现太平天国运动失败背后的人物性格缺陷，并进而反思自身。

第五章　历史长篇小说《太平天国》的艺术特色

5.1　内容的真实性

5.1.1　叙述内容广泛

《太平天国》以历史和革命为主要题材，对太平天国运动进行了生动的刻画，将一段跨度长达14年，涉及历史人物繁多的革命以独特的手法表现出来。其叙述内容宏大，为事件的发生塑造了恢宏的意境。小说包含了丰富的历史信息，从军事、政治到社会、经济，又刻画了不同类型的人物形象。张笑天将农民起义、风云突变的时代背景通过宏阔的手法呈现出来，辅以历史风口浪尖中的爱情，一张一弛，巧妙构造故事背景。小说历史跨度较大，刻画人物繁多，所摄取的历史资料以及历史事件极其丰富，描绘了太平天国这一历史事件，视角从历史到历史人物、从政治变迁再到残酷的战争，其表现画面宏大壮观，反映了历史进程，也描绘了历史中人民的生存状态。而且其对于历史事件和革命的描写并非单一的主线情节，而是深入历史背后，多线并行展现社会的方方面面，展现历史的完整面貌

5.1.2　感情描写细腻

小说历史背景宏大，但是作者并没有将目光单纯聚焦于革命之上，而是尤其注重细节的刻画，对历史更迭中的人性进行思考。太平天国中的儿女情长和主线的事件占据了作品大量篇幅。这种大篇幅的感情描写，以爱情的悲欢离合展现历史的更迭变迁，并且用生活场景间接反映现实，通过真实的细节从侧面突显人物的形象和命运，保留人物的原始状态，生动而又令人回味无穷。张笑天填补了历史细节，填充了历史发展中后人和前人空白，侧重于从人性角度对历史进行描写，打破了人们对于洪秀全等历史人物和太平天国运动的刻板印象，走进了历史事件的内部，展现了历史全貌。张笑天在对历史事件进行刻画时，通过情感纠葛的细节刻画展现人物细腻的情感，赋予历史伟人感性色彩，并且通过细微动作和心理动向展现事件和人物的形象，更具有针对性，展现了历史本真样貌。

5.1.3 艺术虚构合理

《太平天国》对于历史的叙述是真实的，同时也是艺术的。作者追求历史的真实展现，但是也明白历史最具价值之处是历史背后的艺术和文化。在小说中，作者通过真实又富有想象空间的艺术手法，丰富人物信息和细节，进而填补历史的空白。同时，也通过适当地虚构人物的情感经历，凸显历史背景的残酷和变迁，这种虚实结合、以艺术表现历史的手法，更反衬其真实性。这种艺术性追求的是对于真实历史的艺术再现，历史终归是历史，后人的抒写一味地强调真实也不可能实现原有历史的真实展现。张笑天认为太平天国运动最有价值之处并非事件中的真实，而是真实中的艺术，是基于当代社会发展基础上的想象。艺术对革命事件的合理虚构，丰富了历史的细枝末节。

5.2 人物形象的丰富性

《太平天国》中的人物塑造是丰富的。作者通过独特的手法将历史中的群像人物放入小说中，既不会让读者感觉到混乱，同时也让每个人物都能够在故事中发挥自己的特殊性。这有赖于作者对人物关系的精确把控和对人物与时代背景的深入思考。张笑天杜绝刻板的人物形象塑造，更注重每个人物背后属于“人”的一面。小说对于人物细节的关注，也展现了对于生命的思考和对于人性的反思。

5.2.1 大人物与小人物各具特点

小说立足于现实基础，历史中既有大放异彩的英雄，也有寂寂无闻的小人物。小说以小人物的命运去体现历史，如洪宣娇、石益阳等。作者通过描绘小人物真实的生活状态，刻画历史。面对历史的滚滚车轮，他们的无能为力和默默承受尤显心酸。英雄人物是推动历史的关键点，也是小说发展的中心，对于英雄人物的描绘，作者着重挖掘其内心深处的变化，当历史的聚光灯投在他们身上时，他们便闪耀着独特的真实性。这种对大人物和小人物各具特色的描绘方式，丰富了人物的形象，凸显了故事的情节发展在时代洪流中的无奈。

5.2.2 人物命运与历史发展相关联

历史的发展是由一个个人物命运交织而成的，个体的命运往往蕴含了历史发展的流向，被时代的复杂形式所牵绊。《太平天国》对于人物命运的刻画展现了作者的人文关怀，其作品将人物命运和历史的发展关联在一起，通过一种辩证的关系展现个人命运和历史发展的矛盾，既有历史成就命运之感，也有个体的命运组成历史之感。这种关系是对于历史人性的思考，也是对于未来发展的期盼。

5.2.3 多角度刻画英雄人物

作者对于英雄人物有自己的见解，他认为英雄人物也是平凡人，具有弱点、缺点，并非完美无缺的。小说对于英雄人物的塑造，拒绝神化，通过细节和行为展现英雄人物的雄才伟略，同时也不忽视英雄人物的性格缺陷。例如对于杨秀清的塑造，既写了杨秀清对于太平天国创立的重要贡献，也写了定都天京后，其居功自傲，飞扬跋扈，从而引起了太平天国的内部矛盾。这样的英雄塑造方式别具一格，极富特色，既不夸大其功，也不否定其过。

5.3 语言的多样性

5.3.1 语言的创新与改造

作为历史长篇小说，《太平天国》具有独特的叙事风格。作者打破了主流的意识形态，开创了人文视角叙述模式，以人物为中心叙述历史。语言上的创新与改造首先体现在对人物的刻画上，将符号化的英雄人物、历史角色赋予人性化的特征，带领观众重新感知历史、重新认识英雄；其次是历史叙述的视角，作者更关注底层小人物的生活感受，语言上以小见大，通过小人物的叙事展现恢宏的历史；最后在创作中不仅将历史的记叙放入小说这一层面，更强调故事和现实的关联，强调历史小说的现实意义。

5.3.2 个体叙事和国家叙事的结合

《太平天国》打破了个体与国家的撕裂感，既不会过于注重国家叙事的庄严，也不会过于强调个体的思维和想象。小说的语言结合了个体叙事和国家叙事，既体现了作者强烈的历史责任感和社会责任感，也打破了传统小说的主流话语权，以人为本，用语言为读者创造了一个独特的历史。

小说《太平天国》刻画了中国历史上持续时间最长、规模最大、最具有悲剧色彩的中国农民革命，具有浓厚的文化色彩和历史色彩。作者通过小说传达了他的历史观和历史视角，为读者展现了一个不一样的太平天国运动。他的笔触干脆利落，以人物为线索牵出历史，在事件中展现人物，叙述宏阔、形象丰富、刻画细腻，同时间接传达了作者的历史取向，也肯定了革命的正向意义，体现了革命追求的浪漫性与理想性。

第六章　结论

总而言之，《太平天国》是一部优秀的历史长篇小说，其对于人物的刻画、对于历史事件的揭露，都展现了作者深厚的创作功力。在小说中，作者以虚实结合的手法展现历史革命洪流中的人物，通过对人物命运的思考，讽刺时代环境的残酷，让读者反思自身和现实。小说对人物的塑造、对主题的揭露，以及对历史事件的描写都具有典型意义，展现了历史小说的恢宏壮丽。

纵观《太平天国》全篇，不难发现，作者虽然描绘了一个极其宏大的历史事件，但是并没有将焦点完全放在革命运动上，而是通过对各类人物的塑造、细微之处的刻画，给读者一种如临其境的真实体验感。在塑造人物时，张笑天也拒绝人物的脸谱化、刻板化，通过多种角度和细节展现人物的性格和命运。小说语言多样、创新，在一定程度上影响了历史小说的发展方向。

参考文献

[1]张笑天．太平天国[M]．桂林：漓江出版社，1999．

[2]张诗悦，吴景明．张笑天历史小说创作中历史、文学、现实的融合——以《太平天国》《权力野兽朱元璋》为例[J]．文艺争鸣，2012（8）：134-136．

[3]文佳．20世纪历史剧关门之作——《太平天国》擂响战鼓[J]．电影评介，1998（4）：6-8．

[4]宗仁发．永恒的母题：人性的崇高与卑劣——评张笑天的长篇小说《太平天国》[J]．当代作家评论，1999（6）：36-39．

[5]智水．妻子给了灵感的“写作英雄”张笑天[J]．新闻天地，2007（10）：37-39．

[6]雷达．对长篇《太平天国》的几点思考[J]．当代作家评论，1999（6）：33-35．

[7]张林君．从史学研究动态认识太平天国运动[J]．学术探索，2019（5）：112-124．

[8]何青志．春天里的叙事——张笑天中篇小说创作论[J]．吉林师范大学学报（人文社会科学版），2013，41（1）：14-17．

[9]贺宇堃．1980-1990历史小说中的太平天国叙事[D]．长沙：湖南大学，2018．

[10]王维肖．张笑天历史题材小说研究[D]．延吉：延边大学，2015．

[11]王金娟．张笑天小说《太平天国》人物形象研究[D]．延吉：延边大学，2014．

[12]张待纳．在人性的开掘中书写历史——张笑天历史题材创作解读[D]．长春：东北师范大学，2002．

[13]韩路鹏．张笑天影视剧文学创作研究[D]．延吉：延边大学，2015．

张笑天短篇小说的主题研究

曾安妍

【摘要】张笑天先生是一位驰骋文坛、不可多得的东北作家，家庭的文学艺术熏陶和大学的历史学历背景使他可以以真实又生动的语言向全国展现北地的风土人情和世事变迁。他的每部作品都是以极其成熟稳定的状态和极高水准的文笔完成的，这样的佳作使他成为中国文坛独树一帜的存在。本篇文章运用文献研究法和归纳法，从肯定祖国发展、赞颂崇高职业、揭露丑恶人性、抨击政治现象四个方面来研究张笑天短篇小说的主题。每个主题都通过几个方面和多部作品来加以阐述和分析，以求能浅显地研究张笑天先生短篇小说中蕴含的深刻意蕴。

【关键词】主题；发展；职业；人性；政治

第一章　肯定祖国发展

1.1　反映改革开放的成就

中国在经历过众多挫折和磨难后，终于奔向光明的未来。改革开放对人们的意义绝不只是报纸上的新闻或是书本上的知识那么简单，它是给人们带来财富、机会和希望的源泉，它打开了对外交流和沟通的大门。

《新管家出山》写出了一家人充满智慧和干劲儿一步步过上幸福美满生活的过程，满篇都体现出满仓奶奶一家子对生活变富变好的满足和快乐，以及对未来生活的美好期许。小说中温馨的一大家呈现出积极向上的氛围。满仓奶奶原本就是过日子的一把好手，曾是土改时期的老妇女主任，家里的小辈更是有“五虎上将”的名号，每个人都各有各的本事，自打农村有了家庭联产承包责任制这一政策，村里都觉得这一家肯定是最有能力富起来的。而大把挣钱的机会摆在满仓奶奶面前，她却因为国家缺粮食，直接选择了包大田，但包的还是不容易长庄稼的薄沙地。最开始家里人都垂头丧气，不理解，但满仓奶奶很快就动员起全家17口人想办法改善土地，并且在家里实行按劳取酬，全家上下都有了积极性。杨虹是三儿媳，是这个家里唯一敢跟满仓奶奶顶嘴的，但奶奶却叫杨虹管事儿、出主意，他们还把以前跟奶奶有过过节的公社农技站技术员魏秉魁请来请教耕种技术。就这样，在全家人的努力下，终于可以从银行取出8000块钱。奶奶让杨虹当了家，全家上下都充满着幸福感。好日子已经来了，而更好的日子在后头呐！

《肥水甘落他人田》也是农村搞包产到组时发生的农民们不计前嫌、互帮互助、共同富裕的故事。“孟广俊是说起来叫人竖大拇指的庄稼院好把式”，也是一个“诚实、勤劳，遇事一碗水端得平，从来不以小心眼儿对别人”的人。政策放宽后几乎所有的包产组都邀请他入组，但孟老汉一直都没有做决定，原因是他惦念着朱锦和。朱锦和曾是磨盘山大队的首富，他以前是负责开会、布置任务的人，有着上级给的干部公分补贴，不用辛苦劳作就可以生活。但如今的政策让他必须下地干活了，而这些年的“悠闲”生活让他荒废了种庄稼的手艺，所以这次搞包产组没有人拉他入组，都怕他拖后腿。孟老汉虽曾与他结过仇，但二十年前在孟老汉落魄的时候是朱锦和主动搭伙。如今，角色完全调换了过来。孟老汉做出了和当年朱锦和同样的选择，他主动去找了朱锦和，带着他发家致富。改革开放给了农民们过上好日子的机会，然而如果农民之间没有热情、大方、淳朴的情谊，好日子到来的过程也会很坎坷啊！

《酸雨》中，“我”与一位美国姑娘互相羡慕和向往对方国家的生活方式，这让“我”内心有了极大的震撼，这也说明，国内的生活已经逐渐走上正轨，国外的人正在逐渐认识和了解中国。“我”在中国本是一个享有盛名的钢琴家，有着“钢琴皇后”的称号，但看着国外的钢琴家住着别墅开着汽车，再对比自己省吃俭用，过着低质量的生活的时候，“我”动了去美国追求富裕的心思。但实际上，“我”在美国的生活和我想象中的完全不一样。“我”被不如“我”的钢琴家批评，为了生存去刷盘子，在街边路上闻到了酸雨的味道。正当“我”愁闷痛苦的时候，“我”在戏院遇到的一个美国姑娘告诉“我”，她向往着中国的生活。她说美国充满着工业的味道，人们每天被利益和欲望所控制，已经成为赚钱的机器，没了自我，生活无趣而乏味，但中国却有自己的信仰。这番话是“我”之前没有想到过的，或许这正是自己忽略的部分，有种“不识庐山真面目，只缘身在此山中”的感觉。尽管改革开放前中国的生活条件可能没有达到一些人的期望，但不可否认的是，现在的中国在以自己的方式悄然成长，此时就已经让国外的人注意到了中国的不同，假以时日，以这个伟大政策为基础，人们都会满意自己在中国的生活，为自己是中国人而感到自豪。

1.2 展现四化以来的变化

如同《北大荒的“神话”》中说的那样，在1200个春秋里，“其间几经人世沧桑，年年雁去雁来，岁岁花开花落，北大荒经历着由万古荒原向繁花似锦演绎的漫漫长路”。而“北大荒”这个称号，在东北奔向康庄大道的途中，也渐渐地被东北甩在后方。机械化的强大是不可估量的，当人们把机械化运用到实际当中，那翻天覆地的变化让人瞠目结舌，为之惊叹。农业的机械化把东北人原来耕种时使用的弯把犁变成了集各种功能于一身的万能工作车，以前大概需要5万劳动力的农场现在只需要15个人，从空中俯瞰大地，从战时的哀鸿遍野、饿殍当途，到如今满地都是金子般的稻田。这样巨大的变化让“我”觉得这就是人们创造出来的奇迹和神话。“我”曾和拖拉机训练班劳动模范程光、美国朋友韩丁一起考察过，也亲眼见过这片荒原上的“惨状”，而在40年后，当我再次回到这片土地时，我感受到了无形的力量。“黑龙江的流水啊，你可听见了我的呼唤？你可听见了8亿人民行进的脚步声？像江河行地，像日月经天，四个现代化像出现在东方地平线上的曙光一样，任何力量都无可阻挡！”或许我们没有亲身看见这巨大的转折，但我们现在正切实享受着这四个现代化的成果。张笑天先生也是带着最殷切的期盼以及对现状的满足和自豪写下了这篇小说，赞颂着祖国的智慧和无穷的发展潜力。

第二章 赞颂崇高职业

2.1 记者

记者在现实世界起着十分重要的作用，它是一个需要客观评价，如实发表信息和新闻的职业，而在官员和百姓之间，官员需要记者向百姓公布措施和政策，百姓需要记者向官员或政府表达自己的意愿或诉求。无论是向哪一方传播消息，记者需要保持最基本的原则，那就是真实。如果记者违反了这一原则，我想，除了是专业素养还有待提高以外，还有另一个现实的原因便是，记者只服务于有权有势的人，也就是说，记者只说官员想要说的消息，而不顾这些消息的真实性。但是在《无冕王》这篇小说中，我们看到的是一个不惧强权、大义灭亲、敢于说真话的记者，可以说是所有记者的榜样，是一个真正的无冕之王。主人公黎砚是一个业务能力强，语言犀利、准确的记者，他像他的父亲一样，有“直言”精神。他的任务是去调查并报道小柳河公社的上级是否虚报粮食产量，经过他的了解和调查，他发现官员确实在说谎，百姓为此而受苦。这一事件的真相牵扯到的是主管农业的省委副书记肖林，也是黎砚的舅舅。黎砚没有为亲人掩盖错误，在与肖林的通话中还义正词严地要求肖林道歉。小说还塑造了另一位直爽、敢说的曝光者路遥。同样，作者也用大量笔墨描写了深受官僚腐蚀、推卸责任、想要蒙混过关的公社书记陈虎的心理过程。小说中有路遥和黎砚与各级地方官员唇枪舌剑，这也代表着正直和腐败两方的斗争。最后，肖林主动承认错误、承担责任，也给小说增加了明亮的基调，圆满的结局总是让人们对以后的生活充满希望，同时在希望之中也让人更加敬佩记者的胆量和坚持。

2.2 教师

“教师，平凡得很，他们虽不能建树惊天动地的伟业，可惊天动地的伟业里却有他们的汗水；他们虽然没有几个人名垂史册，可每一页时代的历史中都有教师的心血。”这是张笑天先生的《永不停摆》中的一句话。确实，教师是平凡的，但一定是最不可或缺的。自古又有多少文人墨客用诗词来赞美教师，当然也有不少诗句是后代的我们为了赞美教师而赋予了诗词另外的相关含义。然而，即使我们都受过许多教师的教诲，但如果我们不在其位，并不一定能完全理解作为教师挑灯批改作业的辛苦和桃李满天下的自豪。《永不停摆》和《飞松》通过描述两位老师不平凡的一生，让我们的心里再次升起对教师的敬佩。

两位老师都付出了极大的心血。《永不停摆》中的王长照老师继承了父亲的衣钵，谨遵父亲教诲，她终生未嫁，没有子女，她的伴侣只有那三尺讲台。她一直过着素食节衣的朴素生活，但却用自己所有的工资资助贫困的学生。《飞松》中的林香老师为“我”向父亲争取继续读书的资格，自己花钱但却以特等助学金的名义一直资助“我”上学，为“我”选择了教师的职业，在“我”被批斗的时候揽下“错误”。她一直相信教育可以疏通堵塞的心灵，但当她知道自己曾经的学生不谙世事初入社会被残害后，就在校庆那天通过重重关卡去教养院将现在是罪犯的学子带来，以此来告诉还在校园的学生，这个社会，是存在危险的，教育也有解决不了问题的时候。我相信，这会在她学生的心里留下不可磨灭的印记，使学生在学到知识的同时，也学到了与社会连接的道理。在她死去的时候，就像一棵飞松，“当它荫庇下的幼松成林时，她的杆枝化成了一抔淳厚的沃土”，“叶子悄悄地落光，躯干默默地腐朽，无声无息”。她们都曾用一生的力量教育未来的学子，即使未来的学子的职业不是教师，但学子在今后各自的岗位上会继续发扬两位老师的品质，将坚持、责任扛在肩上，在社会发光发热。

第三章　揭露丑恶人性

古往今来，人性之善恶一直是众说纷纭的话题，而善恶之分往往是通过一定的环境或具体的事件体现出来的。在张笑天先生写的关于亲情或能体现出亲子关系的小说中，人性之丑恶充斥着近乎每篇小说。他所描述的亲情大多不是温馨的，而是冰冷的、无情的。小说中的儿女往往忽视、疏离，甚至虐待父母，以至于父母在晚年都是无奈、寂寞、孤苦、悲凉的。而儿女这样不孝的理由都是父母没有了价值，或是因为父母身上还有自己所能企图的东西而勉强维持着表面上相对平和的关系，但他们对父母已经没有了“情”。在儿女的眼中，当父母只和利益画上等号的时候，人性就已经开始扭曲了。

3.1　寡淡的亲情

在《母爱的废墟》中，64岁的张金花是一个至善的人。她的想法甚至是超前的。土改时期，她不忍看到地主一家曝尸荒野，便劈了自己家的躺柜，和丈夫一起将那地主一家埋了。抗战胜利后，在大家将自己的愤怒和怨恨发泄在日本孩子莲儿身上时，她又一次挺身而出，向大家磕头乞求放过这个孩子，并自己含辛茹苦地将她养大。她还是一位典型的中国母亲，她为了自己的孩子一直在付出和牺牲，甚至可以说是燃烧自己，透支自己的生命。这位了不起的母亲理应在晚年享受自己的生活，事实上她短暂享受过。但一切并不如意，从如同张金花家前那条污浊又稠滞的废水一样的血栓开始，半边身体的麻木让张金花已经生活不能自理，只能待在家里，她赚不了钱了，对这个家再也不能付出和贡献任何事情，在这个家里她已经没有了价值。于是，自己一把屎一把尿带大的19岁的孙子顺顺骂她“老不死”，小儿子用刻薄的话嫌弃家里穷，娶不到媳妇，从村民棍棒下救出的莲儿在这之前也回了日本寻找亲人，再没回头。小儿子甚至讲了一个儿子炸死了自己的母亲和一飞机的人而获取了一大笔保险金的故事，有意无意地暗示着自己的母亲。母亲惯性的付出让她在心惊之后动了用死来获取赔偿金的心思，她去马路“碰瓷”

了，她用生命的代价让这件事成功了一半，但是当她看到车主焦急不安的脸时，内心善良的天性打败了恶念，用最后一丝力气向警察说，这不关车主的事儿。母亲的善良和小辈的丑陋人性形成了鲜明的对比。小说中不止一次地将母亲的养育说成是“义务”，没有其他选择，只能服从，母亲就像是被人操控着的一个不停运转的机器，机械部件因超负荷的工作而渐渐破损、脱落，等到老旧到再也不能运转时，就被人嫌弃，甚至会被榨干最后一点价值。这是让人不寒而栗的母子关系，是在亲情中体现出来的赤裸裸的丑陋的人性，人性之恶，昭然若揭。

在我眼里，《寂寞的蝴蝶》中，“蝴蝶”二字既指许校长，又指小水花。二人作为两个寂寞的人成为忘年交，相互慰藉，相互依靠。同《母爱的废墟》中的张金花一样，退休的许校长患有脑血栓，靠着拐杖走路，一瘸一拐，但和张金花不同的是，许校长退休前优越而光荣的工作让他晚年有着优渥的生活条件，家人照顾他的饮食起居如同侍奉皇上一般精细。然而，家人和许校长的互动也仅仅是饮食起居而已了，实际上，儿子儿媳、孙子孙女已经将许校长隔离在他们的生活之外。儿子儿媳嫌弃父亲已经不明事理、不懂礼仪，“爸爸，您好好养老算了，跟您说您也不明白”“多活几年是最高纲领”语气虽然温和但却刺耳又尖酸，孙子孙女嫌弃爷爷总是忆苦思甜，跟不上时代。“碎嘴子”“乡巴佬”，这样带有轻视和侮辱的称谓竟是孙子用来形容自己爷爷的。包括后来许校长为小水花攒医疗费不向家里交伙食费而惹儿子儿媳不快这件事，更让我感受到这种亲情实际上就是建立在金钱上的亲情。“他觉得一家人都不了解他，对他不过是敬而远之，像敬一个祖宗牌位一样，彬彬有礼的冷淡，或者是没有真情实感的热情。”许校长自己心里是能真切地感受到的，他心中是渴望着家人之间的真正的互动和关心，而不只是家人满足自己的物质条件，这也是为什么，他可以和9岁的小水花成为忘年交。小水花是一个患有癫痫病的可怜孩子，这样的病让她无法像其他孩子一样生活，她被家人关在大杂院内，但她心地善良，就像一束暖阳，做的许多事让许校长感受到了亲情间的温暖，他待小水花也是不同的。然而，最后小水花惨死的悲剧实际上也夺回了许校长对生活的希望，从此之后许校长再没有可以互相取暖的人。多么心酸和悲凉啊，除了最基本的吃穿住行，一家人丝毫没有控制自己对老人的不耐烦和轻视之意，为了自己显露在外的面子而随意对待自己的父亲和爷爷。亲人间不正常的淡漠和忽视让人感受到了人性的扭曲。

在《康乃馨》这部小说中，人性的变异体现在母亲身上。这位母亲只有一个在敬老院的代号，12号。她之前也是一名教师。她因为自尊和骄傲，不愿让其他的老人知道自己也和他们一样是被子女抛弃的，从而用自己存折里的钱在逢年过节的时候买了大量的礼物分给其他老人，装作是自己儿子买来孝敬和关心自己的。但是，“当他们在存折上看到的是只有一块钱的存折时，会不会丑状百出？”在这一句话中，可以看出儿子们对这位母亲的凉薄。这位母亲的积蓄已经撑不到下一个节日了，为了不让这种假象幻灭，母亲动了轻生的念头。破碎的亲子关系让母亲的心灵受到了创伤，难以抚平又不愿面对。她戴着面具让众人以为自己家庭幸福和睦，实际上她内心深处渴望着天伦之乐。这是一个对亲情绝望又抱有希望的母亲，然而这种面子大于一切的心理让人感到心惊，或许有些人无法理解这位母亲怎能做出这样的事情来，甚至到最后都不想把死讯告诉家人以维持着自己圣人的形象。小说最后母亲到底有没有轻生，做了怎样的选择我们不知道，但我们却能从母亲一直的伪装和欺骗中读出母亲异样的心理状态。

3.2 利益至上的爱情

在张笑天先生笔下，破碎的爱情多由于一方的背叛。而背叛的原因大多是阶级、思想、利益、地位的矛盾。迥然不同的二人通过极其巧合性的偶遇而产生了差距极大的对比。这种惨烈的场景揭开了伪装在脸上的面具，让读者感受到了隐藏在生活下的残酷的现实，在政治环境和身份地位这种外在的强压下，爱情是那么的不堪一击，或者可以说有人利用爱情来满足自己的私欲。

在《曼阁寨》中，刀美芳完全就是爱情的受害者。她被反革命的逃犯林冬的才情所吸引，在原始的热带雨林里，和林冬结合并孕育了一个女孩儿。远离现实的大自然给一切都披上了一层美丽的纱衣，一旦踏进现世，这层纱便遮盖不住外面丑恶的世界。刀美芳坚定地相信着林冬的承诺，不顾父亲的反对和林冬登了记，在林冬被调回上海的时候还痴痴地等待着林冬能回来接她。然而，林冬这一走，便是两人的再无可能，是刀美芳一个人的等待。在那片森林里与刀美芳发生的一切只不过是林冬的生理需要和他作为逃犯沦落到像个原始人一样境地的心理慰藉。对林冬来说，回到上海才是回到了自己正常的生活，而再次回到西双版纳恐怕也只不过是他的一时兴起，更何况他身边已经有了真正的城市女孩盛云曼。他把爱情当作牺牲，“他不能想象，当他把一个土里土气的傣族姑娘引荐给文艺界同事时，会不会引起大哗？”他在和刀美芳重逢时，心里居然是这种无情的嫌弃。甚至为了尽快逃离内心对女儿的愧疚而用金钱来斩断亲情。但最后这一切都被盛云曼知道了，林冬虚伪的面具终于被撕下了。林冬利用刀美芳来疗伤，在他生活有了新的转机的时候，便彻底抛弃了配不上他、阻挡他道路的妻女，二人的关系甚至不用任何外在的因素来阻挠，只是一人心里崩坏的思想，便让一个女人有了悲剧的一生。

读完《献给爱丽丝》这篇小说后，第一个映入脑海的作品便是沈从文的《丈夫》。《献给爱丽丝》和《丈夫》的题材是相近的，都是男子留在家乡，而妻子在外做着皮肉生意赚钱。不同的是，在《丈夫》中是当时封建的环境和人们愚昧的思想让丈夫送妻子去城里卖身，但一系列事件的发生让丈夫有了一丝悔悟，并带着自己的妻子回家安分地过日子；在《献给爱丽丝》中，丈夫对妻子在外做的生意并不知情，但在他无意间来到妻子工作的地方，知道了妻子的真实工作后，丈夫从最初的震惊和不可置信到最终因为金钱和利益而接受了妻子的工作。两篇小说都描绘了两位丈夫大量的心理活动和想法的转变。而《献给爱丽丝》与《丈夫》结局的不同更让读者受到了冲击。或许《丈夫》中最后丈夫带着妻子逃离那罪恶的城市回家会带给读者一丝安慰，人的良知还能被唤醒，但在《献给爱丽丝》中，丈夫为了能承包煤窑接受了妻子的工作，任由妻子讨好粗鄙的乡长，他“想通”了，回到妻子工作的“天上人间”的同时，他的“人”性已经泯灭，无法拯救。

《哲学天平上的爱情》讲的是在特殊的政治环境下发生的悲剧的爱情。即使是从小青梅竹马、彼此熟悉、为共同的事业奋斗过的青年男女也因为前途而决裂。女主人公鹿逸群就是站在历史前沿的人，最开始的李衡也是。然而李衡背叛了她，他的“奖品”是保卫处长的职位。“失去爱人是痛苦的，但毕竟可以另寻新欢；失掉前途确是无法弥补的损失。李衡不是出于自愿，是经过仔细权衡以后，在酷刑下忍痛交出替罪羊的。”在被审查的那天，他交代了她所有的“罪证”，也是他亲手把她送进了监狱。在李衡心中的天平上，前途的砝码远远重于恋人，与鹿逸群之间多年的感情并不足以与自身的前途相提并论。这是他的选择，但不可否认的是，他是他们二人感情的叛徒。即使最后，他来接鹿逸群出狱，想要求得她的宽恕，也只是为了让自己心里的愧疚能减少一点。结尾处，鹿逸群对他的评价也是整篇小说塑造出来的背叛者的形象，李衡的本性如此，如果他再一次面临选择，他依然会选择更好的利益而背叛现在的一切。但在鹿逸群心中，与李衡的恩怨已经不重要了，因为她的心中，没有了爱情，可一直保留着本心。

第四章　抨击政治现象

张笑天的小说蕴含着许多深刻而现实的道理，我们可以从他的短篇小说中看到大量现实中被人刻意隐藏或众人心照不宣的问题，也能更加深刻了解中国20世纪七八十年代的众生百态。他用纸笔替社会感叹，为百姓发声，他用尖锐的语言真实地反映了世态的怪相，也用沉痛的话语郑重地为受害者祭奠，令我们无不震惊于社会现实的黑暗和它带给人们的伤害。张笑天先生的笔触令人赞叹，他为我们还原了社会的真相。

4.1　官场风云

自古便有官员腐败、政府黑暗的现象，如今官场上互相勾结、踩低捧高的问题仍然存在，让人气愤和痛恨。一些官与官之间或为了共同的利益而互相遮掩罪行，或利用自己的权职而为所欲为，或是立场不同而给对方使绊子，或是对大势已去的官员落井下石。这些剑拔弩张、刀光剑影的场景或许都发生在瞬息之间，没有什么人情可言。

4.1.1　官官相护

《时间隧道》讲述了一位副省级的退休干部住院时发生的事，揭露了人走茶凉的官场情势和官员之间对富贵的人阿谀奉承、谄媚讨好并且勾结走私的官场现象。小说开始就是陈赋住院而曾经约定俗成专属他的病房被一个脑满肠肥的大款占据，退休后没有了实权的高位让从前他住院时的门庭若市变成门可罗雀。陈赋被大款王总裁的言语侮辱，一气之下拿了钥匙，趁王总裁不在，偷偷进了王总裁的病房，就这样无意间得知了他走私的事情，并且现在的许市长跟他勾结替他遮掩罪行。后来，陈赋偷进病房的事情被发现，而原本就已经不堪重负的心脏在此时发病，许市长则趁机彻底断了陈赋想要举报他们的路，好不容易抢救过来的陈赋再一次陷入了黑暗之中。

《章鱼》涉及的罪行也是走私，只是这篇小说的主人公经历了一番痛苦的纠结和挣扎。主人公作为一个市长，一向被百姓敬重，被称赞为清正廉洁的好官，而他自己也确实多次拒绝过首富鲍鱼翅的巨额贿赂，但儿子在外求学因非法打工而被“黑”下来。高压的打工使儿子的胳膊都泡烂了，但儿子却因为面子不愿意回国。市长虽是大官，却没有什么积蓄支撑儿子的生活。这时鲍鱼翅的钱解了燃眉之急。这次拒绝不了的市长打破了他一直以来坚持的原则，不再义正词严、理直气壮地说要打击贪官。没过多久，鲍鱼翅的钱终于要“收”回来了，他让市长帮忙捞他走私的同伙出来，市长“还”了这钱，但同时，他也失去了平静的日子，每天惶惶不可终日，他为身边每个人不同寻常的态度和语言而惊慌，但其实他们每个人都各有各的事情，和他并无关系。“大章鱼舞动着腕足，先是在梦境中缠绕着我，现在又游出漆黑的梦的海洋，游到夜空，弯弯曲曲地缠绕着我的肢体，勒得我喘不过气来，我的心就在这没有光亮的混沌中窒息着无法摆脱……”这句话完美地诠释了一个做错事的官员的恐惧和悔恨之情。

在官场里，钱是一些官员之间沟通的工具，是一些官员升职的敲门砖。有些官与官之间需要钱来维护关系，互相“帮助”。在这些官员之间有着自己的一套行事规则，他们不接受贿赂，但他们会接受礼物，他们将收到的钱称之为“灰色收入”。《我想生病》写的就是“我”为了当县长，在市委书记住院期间去送礼后，果真当上了县长，由此“我”也想通过住院生病来收取钱财，并且验证谁是真心对待自己的。在自己是送礼者得到好处后，自己也变成了收礼者，以此来判断谁是“真心”需要自己帮助的，这种上下级沆瀣一气、市侩的嘴脸着实令人作呕。

4.1.2 官场欺压

自然，这种用钱维系起来的盟友情谊是最不值一提的。“没有永远的朋友，只有永远的利益”，而当两人的利益不可共存的时候，必然会抛弃对方以求保全自己。《断腕》这篇小说就表明了连带关系的“一荣俱荣，一损俱损”的形势，并且当事件恶化不可挽回的时候，就需要牺牲局部，保全整体。小说中“我”跟着市委书记许兰传做事，但有一天，许兰传把“我”叫到办公室与我谈话，告诉我需要“断腕”以求得他的安全，而“断腕”最彻底的办法或许就是彻底“断头”，在“我”不忿和怨恨的眼神中，许兰传用保全“我”家人和身后名的方式威胁“我”不能将他告发。许兰传将“我”的后路都断了，“我”只有通往地狱的一条路可以走了。这种牺牲他人性命以保全自己的阴险又恶毒的方法真的可谓是“无毒不丈夫”。

在《明天，将如何》中，宋田是一名栽培农作物的科研人员，他对科研抱有极大的热情，为了研究栽培技术可以不辞辛劳地到海南出差两年；因为有鸡把从国外新引进的种子吃掉了而痛哭流涕，为此当地黎族的村民都把家里的鸡拿过来让宋田杀掉，想要在鸡还没排便之前挽救一些种子；他坐船坐4等舱，吃着最便宜的云吞面。他学历高、资历好、能力强，按理说他出差回来后理应进入升职加薪的名单，但却听到司机小秦说农作物栽培研究室主任李允哲并没有上报自己的名字。他的工作生涯和前途把握在了一个睚眦必报，什么都不如自己，论文也是从别人那里收集得来的，只是人际交往能力强的人的手里。有能力的人得不到相应的回报，反而专业素质差的人平步青云。就这样，觉得委屈和愤怒的宋田在曾副所长面前憋不住泪水和抱怨。曾副所长也为他的际遇而感到愤怒，答应他一定会替他“申冤”。但后来李允哲又替宋田的升职加薪而感到高兴，说这是自己舌战群儒的成果。这个疑惑在省报文教编辑室的记者来采访宋田时被解开了。原来，宋田升职加薪的机会是曾副所长争取来的，而李允哲先是想平摊宋田的功劳，平摊不成便不想让宋田得到这个机会，最后就连曾副所长的“功劳”也要抢去。这些事几乎没有任何道理可言，就连宋田都不知道明天该如何。曾老说过一句话：“中国读书人唯一的一点骨气，那就是从不向钱臭低头！切记！”

4.2 官民矛盾

《逝水流年》讲的是受恩于凤阳农户的官员铁珊，在任职凤阳地委书记期间并没有改善凤阳的穷困条件，甚至一次都未曾去过凤阳，而当他看到自己曾倾心过的姑娘的女儿在街卖艺时，不由回忆起以前的事情而悔恨不已的故事。铁珊原是个“小老革命”，在解放战争时期17岁的他跟随着受伤的吴团长去凤阳吕溪养伤。凤阳是一个穷乡僻壤之地，小说里说：“因为晚稻黄梢儿季节漫了一场洪水，弄得田坂颗粒不收，一交仲秋，十有八九的人家背起花鼓出外逃荒、讨饭去了”。他们住在了阿凤的家里，因为他们的到来，阿凤一家没有外出打工，只为了照顾这两位为穷人打仗的战士。善良的一家人即使自己顿顿都吃“吹一口千层浪，吸一口一道沟”的稀汤，父女二人长途跋涉去卖艺挣钱，也要给铁珊和吴团长做有面筋条儿、白米粒儿、香饼块儿的什锦杂烩汤，要不是阿凤在他们面前饿晕，铁珊会一直被阿凤“善意的谎言”所骗。面对这样的恩德，铁珊面对郭大爷的期望许下了誓言：“我若是忘本，天打雷轰！”然而，或许曾经燃烧的斗志和信念并没有在年轻的战士心里停留多久，他跟随吴团长离开之后，就再没回来，即使是做了当地的官员，也并没有真正解决农民们的问题。直到看到阿凤的女儿甄丹凤，才悔恨不已，想要回去赎罪。阿凤一家自始至终都没有怨恨过铁珊。然而，30多年过去了，阿凤和郭大爷已经不在了，铁珊也已经不再是原来的铁珊，凤阳却依旧是之前的凤阳。

《生活是真的》像是《逝水流年》的姊妹篇，但在《生活是真的》里，官员的自私索取和农民的无奈贡献形成了鲜明的对比，即使是最后“我”后悔了，但生活是真的，无论是曾经、现在还是未来，曾经“我”给农民们造成的伤害也是真的。小说的开头是以一位美丽的姑娘跟着“我”进了市政府大楼，这位姑娘太像“我”之前认识的一位死去的姑娘了。“我”对那位姑娘怀有愧疚，看见她，一段沉重的记忆便涌现了出来。“我”曾在三台子大队的“路线教育工作组”工作。为了响应口号，家家户户都要交“余粮”。实际上农民为了这个口号十有八九都断了粮，但公社的领导没有体察民情只顾愚昧地完成任务，提醒“我”三台子的农民粮够吃，防止他们哭穷，“我”就这样轻易地信了，在农民家吃饭的时候一直挑三拣四，吴巧芳家也是很勉强地给“我”提供吃食。“我”一再忽视着周围人真实的状况，甚至当吴巧芳向“我”求助时，“我”仍然认为她是在利用“我”和她之间的情谊。就这样，吴巧芳的父亲老吴头病倒了，吴巧芳为了自己的爹能吃一顿好的去偷了麦子而被当场“示众”。吴巧芳因为没了面子而投河自尽。这让“我”的良心一直受着谴责。回到现实中，“我”将这位酷似吴巧芳的姑娘认作吴巧芳的妹妹，她是拿着钱来的，想要“我”帮老吴头买彩色电视机，并且想要“我”帮忙将钱献给灾区。农民们在生活富足时仍是想要救济贫苦的人，这样的无私更凸显了“我”当年的自私。而在最后，姑娘承认了她就是吴巧芳。

第五章　结语

张笑天先生曾说过:“我不敢说我收录在这里的作品都肩负着多么伟大的使命，我只想告诉我的读者朋友，我和我的作品都是真实的，这就够了。”张笑天先生一生经历过痛苦、挫折、彷徨的日子，也曾接受过鲜花和掌声，他作品中体现的主题既是自己的人生经历也是当时社会的写照。本文中的四个主题是对张笑天先生的短篇小说中体现的思想进行的大概总结。但无论作品中体现的是社会的进步还是正能量，亦或是其中存在的沉疴痼疾，都蕴含着张笑天先生对世间美好的期盼。本篇文章存在的问题是没能更深层次和多方面地挖掘张笑天短篇小说的主题。希望我在今后的学习中可以拓宽思维，也希望研究张笑天先生的学术作品领域能更加广泛。

参考文献

[1]张笑天．张笑天短篇小说选[M]．沈阳：春风文艺出版社，1981．

[2]纪众．历史叙述的小说文本——张笑天中篇小说论评[J]．文艺争鸣，2004（4）：33-40．

[3]纪众．历史叙述的文学文本——张笑天的小说特性和方法[J]．文艺争鸣，2005（6）：71-78．

[4]纪众．历史叙述的文学文本——张笑天被遗忘与被敌视的两部中篇小说论评[J]．作家，2005（7）：95-101．

[5]朱晶．透视官场、世相与人性的变异——读张笑天小说[J]．文艺争鸣，2007（12）：31-35．

[6]宗仁发．永恒的母题：人性的崇高与卑劣——评张笑天的长篇小说《太平天国》[J]．当代作家评论，1999(6)：36-39．

[7]何青志．春天里的叙事——张笑天中篇小说创作论[J]．吉林师范大学学报（人文社会科学版），2013，41（1）：14-17．

[8]乔迈．众说纷纭张笑天[J]．当代作家评论，1999（1）：92-99．

[9]张笑天．人格·品格泛论[J]．文艺争鸣，2002（6）：23-25．

[10]张待纳．在人性的开掘中书写历史——张笑天历史题材创作解读[D]．长春：东北师范大学，2002．

[11]吕冰．在历史的夹缝中坚守——张笑天中短篇小说解析[D]．长春：吉林大学，2009．

[12]韩春燕．东北地域文化小说论[D]．长春：吉林大学，2006．

站在历史的高度来观照当下的世界
——张笑天小说《太平天国》的艺术特色研究

张　鑫

【摘要】历时十四载的太平天国运动，作为我国历史上最大的农民战争，席卷了大半个中国。对太平天国主题进行创作，是多少人的梦想，有多少作者曾跃跃欲试，但终因其题材之大、内蕴之杂等种种因素无奈放弃。张笑天也是这些有梦想的作者中的一位，他为此查遍古籍史料，加之学史出身的独特优势，历经十年，将专业知识烂熟于胸，创作出了与太平天国有关的文学作品中少有的成功作品。本文试从《太平天国》极具特色的艺术创作中寻找张笑天创作的本意，以史为鉴。

【关键词】人物创作；双线索；历史与艺术结合

第一章　引言

著名作家、编剧张笑天创作的历史题材小说《太平天国》，被中国史学会会长戴逸称为："在描写太平天国的文学作品中，这是最好的、最成功的一部！"其创作富有鲜明真实的历史倾向，通过对主人公情感生活的合理安排、对细小情节的巧妙构思，进而达到场景再现的目的。同时作者又将时间与情感作为故事行进的两条线索将故事情节进行穿插整合，使小说在金戈铁马的历史行进中，又不缺乏主人公对爱情凄美的向往。可以看出作者在体现历史真实的前提下，用文学的虚构艺术，通过复杂的心理斗争，逐步使读者感受到人性本质的真实。这往往是历史题材小说缺少的，同时也是该历史题材小说难能可贵之处。

第二章　在真实的历史行进中进行艺术虚构

历时十四载的“太平天国运动”，作为我国历史上最大的农民战争，席卷了大半个中国。其题材之大，内蕴之杂令对其有所想法的作家望而却步，时至今日，与太平天国有关的文学作品少之又少，精品就更少有可谈了。其实有关太平天国的全史型文学作品的创作难度非常之大，不像集中性比较强的一些文学作品，就某个历史人物或历史事件进行到底，就可撑起一部文学作品，全史小说的创作需要把丰富复杂的内蕴糅合到一个有机体中，还要使作品引人入胜，避免冗赘。这就需要作家除了有深厚的历史知识的积累之外，还需要有一定的文学创作的魄力，在历史中跳进跳出，站在一定的史料高度，去重新俯瞰历史，使文学作品运思缜密，框架繁复清晰。

2.1　虚实相生塑造人物形象

从小说的行文来看，张笑天在《太平天国》中是从人性的角度来塑造人物形象的，而不是将其作为一种观点、一种结论与史实苦涩结合。作者以人带史，在对人性的挖掘和塑造的基础上，表现出不同人物的理想和追求、人之本能的情感和欲望，以及最终悲剧般的人生和命运。正如郝威在《这是描写太平天国作品中最好最成功的一部作品》中写的那样，“如果说，太平天国发生的那个时代是势不可挡的浩浩长河，那么他笔下的大人物、小人物、男人、女人，便统统是这浩浩长河的一滴水、一朵浪花，他们不可避免地带着那个时代的特色”。

在《太平天国》中，人物形象的塑造大致可分为三大类。第一类就是以洪秀全、杨秀清、石达开等为代表的农民领袖形象。张笑天笔下的这些人物具有英雄的人格魅力、魄力、气概，但绝非公式化的英雄。以洪秀全、杨秀清、石达开三人为例，生活经历不同、所受的文化熏陶程度不同等从本质上导致了三人的性格逻辑和命运轨道的发展方向不同。可以看出，作者并非想着力刻画一些令人膜拜式的英雄人物，而更多地追求的是一种残缺，这种残缺恰恰是一种真实的体现，如溪水高流低淌一样，使得每个人物都能够自然本色地走向人生的结局。第二类人物就是曾国藩、左宗棠、李鸿章等清朝统治者。这类人物无论如何在这样一段历史中是无法回避的，对这几位“中兴之臣”的评价历来都是褒贬不一。就拿曾国藩来说，他既被人奉为道德圣贤的化身，同时也有“曾剃头”的诨号。张笑天将他在不予封王和受左宗棠暗算之时所体现的胸襟，与对待李秀成的狡诈进行对比，于是一个以黄老之术为里、慈善儒道为表的奸雄形象便活现出来。第三类是女性形象，前两类的人物描写都是在真实的历史基础上创作出来的，而对女性群体的塑造则是在人性本能的基础上进行的艺术幻想和理想主义的创造。笔者认为，小说中的女性形象虚构成分最多，但同时也是小说最出彩的地方。自古就有美女配英雄的说法，小说中，几乎每个英雄都有一个豪情与温柔相济的美女英雄与之相伴，如洪宣娇与林凤祥、曾晚妹与陈玉成等。女性形象的出现不仅使小说生色不少，同时也弥补了太平天国不完整的男性世界。值得一提的是，小说中十几位夸张和虚构的女性形象都个性鲜明、各具特色，如洪宣娇是坦诚直率、善良洒脱的女杰形象；而卓有“太平之花”的傅善祥有着忠贞不渝的高尚情操，同时也是大厦将倾却无力回天的悲剧形象。从这些形象当中可以看出，女性形象都是在禁欲与纵欲、压抑与抗争、大局与私情的痛苦中进行抉择。从某种程度上说，这些女性形象的虚构和塑造不仅推动了小说情节的波动曲折，同时也在侧面烘托和显现出历史的真实与残酷。所以就像戴逸所说：“应该允许艺术家在这一空间充分发挥想象力和创造性，去塑造一群符合于当时历史氛围的女性形象。”

2.2　双线索串引全文

小说《太平天国》的叙事线索有着自己独特的方式，分两条线索相互交叉行进。

从纵向上看，由于小说《太平天国》是历史小说，所以历史发展的线索是必然存在的，也就使得太平天国运动的发生、发展到最后的停滞、失败的过程都是无法避免的，而这也恰恰是该小说的叙事基础和基本框架。就像牢固的地基对于建筑的重要性一样，如果框架处理得不好，那么小说的整体性就没有那么连贯，从而进一步导致其艺术性削弱。张笑天充分利用自己烂熟于胸的历史知识以及对小说文学的独特见解进行构思创作，使得纵向线索条理清晰、层层推进、高潮迭起、步步紧逼，使读者既能体会战场上的惊心动魄，又能领略富有戏剧性的情节变化。而且作品有意地避开了农民起义的老套，既没有刻意描写洪、冯、杨聚众布道，也没有不惜笔墨地去渲染老百姓艰难困苦的生活窘境。首先，《太平天国》没有过多地描写和突出历史背景的存在，从整部小说来看，即使是在战争场面的描写上，也很少能看见和找到那种最真实的厮杀，往往只是简单刻画。而《太平天国》的一个特点就是关注人性，这也是其不同于其他历史小说的独特之处。其次，从小说《太平天国》的故事发展思路上看，作者重在宣扬内省而不是外部战争。历史小说不同于其他小说的最大意义就在于，通过真实的历史事件，给予后人一定的教育意义，使读者从中获得一定的感悟。从小说一开始，到小说终了，不难找到洪秀全疑心重、石达开出走、韦杨之变、封王泛滥等描写，张笑天没有进行简单的褒贬，而是富有深度地关注皇权、腐败，进一步对内讧和内耗进行批判。

某种程度上在《太平天国》中除了可以看见我们常说的历史和阶级的局限，同时也能看到人格的弱点。感情线是小说《太平天国》故事发展的横向线索。横向线索的延续更多地体现出一种真实的人性。作者是在替读者去发觉，让读者深切体会到人物内心的情感和特定的历史环境之下复杂的人物关系导致的情感纠葛，从而体现出一种真实性，即在英雄的身上也存有情与爱。比如在一次转移当中，曾天养的数十位族人被屠杀，那种悲恨交加的情感令人同情和惋惜。与此同时在横向线索上张笑天还创造了近乎带有浪漫主义革命情调的女性英雄人物，像洪宣娇与林凤祥、曾晚妹与陈玉成的爱情故事都是曲折凄美的，爱情故事的创作和存在，为严酷的起义增添了一丝丝温暖的柔情。一些文学家对张笑天所塑造的女性形象是这样评价的，“张笑天所塑造的女性形象，十分精彩而又细腻感人”；曾将张笑天的《末代皇后》《汉宫飞燕》搬上荧屏的陈家林导演称张笑天是“最擅长写女人的”。

第三章　历史与文学、真实与艺术融合下的现实感悟

有人评价历史小说是“戴着镣铐跳舞”的艺术，历史小说是小说的一个特殊类型，不同于其他类型的小说，它不能够任凭作者在头脑中天马行空的想象，或者运用各种叙事技巧进行文学创作，历史限定了这类小说必须满足历史发展的大环境和大背景，在此基础上进行文学雕琢和文学创作。因此，对创作历史小说的作者的要求之高可想而知，所以，作家在创作时不但需要熟悉所写故事的历史背景、历史人物并在此基础上进行文学创作，同时又要使小说不同于历史文献，从

而体现出小说的文学性。

历史小说真正的成功所在，实际上就是能在历史与现实、真实与艺术之间找到一个平衡点，使作品既能展现真实的历史行进，又能看见隐藏在文字背后的艺术想象，同时能激起读者对当下现实的感触。张笑天的《太平天国》就是一部范例之作。张笑天在《太平天国》的创作上延续了历史小说“七分实三分虚”的艺术创作手法，获得了大众的认可，同时也得到了中国史学会会长戴逸的高度评价：“在描写太平天国的文学作品中，这是最好的、最成功的一部！”之所以说《太平天国》是真实的历史原因在于，小说中无论是太平天国起义的背景、主要战役，还是制度、礼仪、服饰、民情风俗都是真实的。但是小说毕竟是文学的创作，需要作者进行合理的虚构。张笑天成功地将这个历史舞台上的人物情感和生活细节进行了虚构。笔者认为这部小说最大的亮点就在于作者善于以情叙史。文中通过英雄人物与美女英雄之间的感情纠葛，形成了历史发展和感情历程相互交错的两条线索。这样的叙事结构，既展现了金田起义、天京事变等重大事件，同时也使得洪秀全、杨秀清、石达开等历史人物悉数登场。其中，虚构的情节和人物情感纠葛不但满足了文学创作的需求，同时也更大程度上激起了读者大众的阅读兴趣和阅读期待。

历史小说的创作不仅是文学的需要，根本上是将历史与现实相联系，从而使读者能够从中得到一些教益和借鉴。有学者认为，历史范畴中的现实与单纯的现实之间是存在差异的。历史的演进仿佛一条直线，而历史范畴中的现实就是形成直线所需的连贯点，它更多体现的是一种前瞻的价值性和历史的连续性。从这个观点上看，历史的意义在于对现实生活的启示。这也使得在历史范畴中形成的历史小说具有了更多的现实责任。中国著名美学家李泽厚先生曾经提出实用理性的观点，即“关注现实社会生活，不作非理性思辨，事事强调‘实用’‘实际’和‘实行’”。这也就要求历史小说需要有更多属于理性的历史思考，体现出指向现实的真切关怀。张笑天在《太平天国》中塑造了坚贞不屈的苏三娘、正气凛然的石益阳等女性形象，这些正面、美好的形象正是作者在人性的制高点上，通过对现实的思索从而在历史的虚构中寻找投射的努力尝试。马克思认为，“整个历史也无非是人类本性的不断改变而已”，“‘历史’并不是把人当作达到目的的工具来利用的某种特殊的人格。历史不过是追求着自己的目的的人的活动而已”。这样的历史观，是一种以人为中心的思想态度，其实这也可以作为文学创作的一种态度，尤其是历史题材的小说创作。在展现了文学价值之后，笔者认为，更多的期待还会在于读者阅读之后，产生怎样向上的思想变化。在某种程度上说《太平天国》做到了，小说通过种种故事告诉我们太平天国失败的原因是内部猜疑而不是战争，作为读者，是不是对我们过往的经历有一些回忆和感触呢？

第四章　文学既要满足艺术要求也要满足市场要求

20世纪90年代出现了长篇小说热，从数量上看，根据管晓莉所写的《“经典化写作”向“市场化写作”的历史蜕变》可以看出，长篇小说的数量逐年增长，从1992年的373部到1996年突破800部大关。除此之外，还出现了地域性作家的创作现象，同时出现了“畅销书”这一耳熟能详的名词。这一名词的出现，反映出一个现象，就是此时的作家作品出现了两极分化的态势，要么处于畅销之中，要么被搁置一旁。从这样一个现象可以看出一部小说或者一部文学作品的创作，作者已不能单纯地考虑艺术创作需求，同时也得应对市场经济给文学作品带来的变化。从某种层面上说，文学市场化的发展趋势是一个时代发展的侧面表现，这使小说创作更加贴近生活，在一定程度上摆脱了概念化的尴尬。与此同时，娱乐性、消遣性逐渐成为小说创作的关注点，这也迫使作者需要在文学和市场当中寻找一个准确的平衡点，寻求一个双赢的出路。

《太平天国》小说的文学性得到了权威学者的高度肯定，它的文学成就毋庸置疑。但是《太平天国》的创作正是处在特殊的历史时期，特殊的文化背景和文化需求对张笑天小说创作提出了更高的要求。他凭借着自己深厚的历史积淀和深刻的生活感悟，加之对历史和现实冷静的思考，在历史长河中不断地进行拓展和发现。同时随着生理年龄和创作年龄的增加，张笑天已进入知天命的年纪，几十年的创作和生活，给予了他更多的感受，同时让他拥有了丰富的洞察力，使得他能够准确地揣摩历史人物的心理，同时也能够准确地了解读者的心理。笔者认为，张笑天是一位富有敏锐商业嗅觉的睿智作家。他成功的关键因素是他能够与时代最前沿找到交接点。20世纪90年代，DVD、VCD、电视等电子数字科技成为当时的主流，特别是电视不知不觉间已经成为人们日常生活中不可缺少的重要部分。电视散文、电视诗歌等一些人们喜闻乐见的音像制品，已有将传统的纸本文学作品逐步边缘化的趋势。张笑天审时度势，通过敏锐的文学嗅觉和对文学发展的远见，借鉴了《水浒传》《三国演义》等几部名著转化为电视剧的成功经验，将自己的文学作品改编后拍成电视剧。这对于应对市场经济浪潮，满足人们丰富的文化需求来说，不得不说是一种适时的成功转型。据悉该剧在台湾创下历史剧最高价，仅在第一稿完成后三个月，该剧的海外版权收入就超过了之前拍摄的任何一部历史剧。不仅如此，该剧不但成功打入东南亚地区，同时也成为第一部进入欧美主流社会的中国电视剧。张笑天的电视剧《太平天国》与华纳公司达成协议，该公司为其做代理发行，中国电视剧制作的资深制片人靳雨生表示，“该剧最起码能成倍赚”。

第五章　结语

通过上面的简述大家也可以看到，张笑天在历史小说的创作和叙述当中，最大程度地利用了有关历史文本，借助史料文献，使得小说《太平天国》拥有了历史小说独有的真实性，同时，我们也不难看出小说中合理的虚构成分，为之增添了文学色彩，虚构得恰到好处。张笑天利用复杂的关系网，以时间和情感线索作为基点，穿插交织成一个复杂的脉络网。同时作者并没有拘泥于历史对人物的评价，将人物放在关系网中，从性格、情感等多方面、多角度塑造人物，使人物更加圆满。作为一部文学作品，《太平天国》包含了一切文学作品成功的要素，同时它也具备了其他作家难以企及的商业价值。可以说从文学、商业等方面综合衡量来看，《太平天国》是成功的。《太平天国》的成功成就了张笑天，同时也给了文学创作者和文学爱好者一个有益的启示：任何一部文学作品，都需要满足人们先进的文化需求，符合市场的发展规律，只有被大众接受了的文学作品才能体现其价值，甚至流传于世，文学的创作不要拘泥于纸本，换个形式也许会更好。

参考文献

[1]张笑天．太平天国[M]．长春：吉林人民出版社．2002.

[2]张诗悦，吴景明．张笑天历史小说创作中历史、文学、现实的融合——以《太平天国》《权力野兽朱元璋》为例[J]．文艺争鸣，2012（8）：134-136.

[3]李艳．《太平天国》纵横谈[J]．中国电视，2001（1）：44-46.

[4]王爱松．评电视剧《太平天国》的文学原著[J]．中国电视，2001（1）：47-48+29.

[5]王雨萌．电视剧《太平天国》评论综述[J]．中国电视，2001（6）：48-51.

[6]杨静．电视剧与历史叙事——对电视剧《太平天国》的文化批评[J]．现代传播，2002（6）：68-70.

[7]雷达．对长篇《太平天国》的几点思考[J]．当代作家评论，1999（6）：33-35.

[8]张笑天．《太平天国》自述[J]．出版广角，1999（4）：53-54.

[9]周荣．对近代历史重构的探索——评《太平天国》中人物形象的塑造[J]．湖南科技学院学报，2006（8）：15-16.

[10]纪众．历史叙述的文学文本——张笑天的小说特性和方法[J]．文艺争鸣，2005（6）：71-78.

[11]郝威．这是描写太平天国作品中最好最成功的一部[N]．北京日报，2000-07-12（9）.

[12]包明廉．《太平天国》再现近代史悲壮一幕[N]．文汇报，2000-7-9（5）.

[13]李雾．《太平天国》：赚钱已成定局[N]．工人日报，2000-7-17（4）.

[14]张待纳．在人性的开掘中书写历史——张笑天历史题材创作解读[D]．长春：东北师范大学，2002.

[15]吕冰．在历史的夹缝中坚守[D]．长春：吉林大学，2009.

[16]韩璐璐．论罗尔纲的太平天国历史人物研究[D]．合肥：安徽大学，2012.

[17]周琼．90年代以来新历史小说的叙事研究[D]．南京：南京师范大学，2013.

张笑天长篇小说《权力野兽朱元璋》的主题研究

赵　赟

【摘要】张笑天的长篇小说《权力野兽朱元璋》涉及对朱元璋双面性格的描写，这一历史人物既有正向性格，也有反向性格，具有军事谋略和卓越的管理能力，能屈能伸，恩威并施。在张笑天的长篇小说《权力野兽朱元璋》中，作者通过对朱元璋的双面性格以及军事谋略的表述，突出了小说的主题。《权力野兽朱元璋》具有以个人命运勾勒历史面貌，以个人性格揭示命运成败，以人物经历揭露人性内核，以人物价值揭露时代观念的主题思想。基于上述论述，本文将对张笑天长篇小说《权力野兽朱元璋》的主题进行分析研究。

【关键词】张笑天；长篇小说；权力野兽；朱元璋

第一章　引言

《权力野兽朱元璋》是吉林省作协主席、著名历史作家张笑天创作的小说，小说一共有三部，概括起来就是成型、定型和转型，第一部主要写朱元璋从一个快饿死的乞丐逐渐成为一方豪强，第二部主要写朱元璋的事业如何做大做强最终修成正果，而第三部就是写朱元璋成为帝王后的天威难测。在这三部中，张笑天着重刻画朱元璋性格的逐渐转变，他独断专行的霸气与戾气之气场越来越强，也说明了朱元璋既坦诚又深奥的根源。朱元璋出身低贱，身世卑微，他最怕的就是被人瞧不起，被人揭穿老底，因此会忽而自卑得厉害，忽而又目空一切，叫人摸不准、看不透，而当他向权力顶峰渐行渐近之时，他的这种性格也就越来越明显，朱元璋一步步走来，最终成为一只权力野兽。张笑天通过对朱元璋这种对权力的渴求的表述，突出了朱元璋这一人物与历史、命运、人性以及时代四者之间的关系，揭露了深刻的主题思想。基于上述论述，本文将对张笑天长篇小说《权力野兽朱元璋》的主题进行分析研究。

第二章　朱元璋的双面性格

2.1　正向性格

2.1.1　温和——铮铮铁骨不乏柔情

在《权力野兽朱元璋》中，朱元璋具有“温和”这一正向性格，其自身铮铮铁骨，不乏柔情。例如小说中，朱元璋和郭子兴有着极其密切的关系。《明史》称：“元之末季，群雄蜂起。子兴据有濠州，地偏势弱。然有明基业，实肇于滁阳一旅。”即大明江山，肇始于郭子兴。朱元璋初以布衣投身元末起义军洪流，能够在军中脱颖而出，兴起壮大，全赖濠州豪帅郭子兴慧眼识英雄，不但授予其兵权，还许配以义女马秀英。可以说，郭子兴不但是朱元璋的上司、领导，还是伯乐、岳父，更兼扶上战马，送了一程又送一程的人。因此，朱元璋得了江山，统一了宇内，不忘追封郭子兴为滁阳王。尽管郭子兴的儿子曾经想要设计陷害朱元璋，但是朱元璋并没有怪罪郭子兴，在小说中，朱元璋还亲自帮郭子兴立了墓碑，并且在郭子兴的墓碑上刻了“已故滁阳王”字样。在《权力野兽朱元璋》中，作者对朱元璋这一温和的做法给予了揭示。“李善长沉思道：‘朱将军是为这位滁阳王而悲，还是为自己悲？’朱元璋眼睛看着远处，低声说：‘人死了就不要苛求了。这都是他儿子的主意。当然，如果不是我力阻，他也早就加冕为王了。’”朱元璋这一席话，显示出他并没有因为郭子兴儿子的过错而迁怒于郭子兴，他对郭子兴始终是抱有感恩之心的。这也反映出朱元璋是一个温和的人，所谓温和，就是客观公正地看待问题，就是处事方式不会让人难堪。郭子兴对朱元璋有大恩，因此朱元璋客观地看待他的恩情，不因为郭子兴儿子与自己的过节而改变。这种温和的性格使得朱元璋公正严明、冷静客观。

2.1.2　仁爱——对百姓仁爱有加

在《权力野兽朱元璋》中，朱元璋具有“仁爱”这一正向性格，其始终对百姓仁爱有加。1355年，朱元璋一举攻克了和县，郭子兴即刻任命朱元璋为总兵官，镇守和州。一次，朱元璋外出，看到一个小孩在哭，朱元璋问他为什么哭，答说是等父亲，朱元璋仔细一询问才知道，原来孩子的父亲和母亲都在军营，父亲在营中养马，母亲和父亲不敢相认，只好以兄妹相称。朱元璋意识到，部队军纪存在问题，他们攻破城池后，扰民滋事，掳掠妇女，这样下去，部队将失去民心。于是，朱元璋召集众将，申明纪律，下令归还军中有夫之妇，让城中许多被拆散的夫妻团圆，此事被广为传颂，朱元璋由此深得民心。此外，还有小说中写道的“山东、河南今年大旱，从春到夏，好多府县滴雨未下，农夫纷纷远遁他乡，饿殍遍地，朱元璋动用国库开始了大规模的赈灾”，也是朱元璋对百姓仁爱有加的体现。他的共情能力强，因此他可以站在百姓的角度去宏观地看待问题。而朱元璋之所以会有这种仁爱的性格，也和他从小的经历有关。朱元璋是农民出身，他非常能理解基层百姓的生活问题，在战争中，真正应该被关心的应该是百姓。朱元璋在看到战争后离散的百姓时，仿佛看到了以前的自己，因此他才会申明部队纪律，以此来保证类似的情况不再发生。

2.2 反向性格

2.2.1 残酷——对权力的无限渴望

在《权力野兽朱元璋》中，朱元璋具有残酷的性格，其对权力有无限渴望。有人谩骂朱元璋，朱元璋就命令手下把全部人都杀掉，小说中有对朱元璋语言的描写：“‘关什么关！’朱元璋怒道，‘全是刁民、匪类，全部杀掉。’”在这一段中，作者描述朱元璋“怒道”，由此可见其非常愤怒，还有 “刁民”“匪类”“全部杀掉”的语言描写，都反映出朱元璋残酷的性格。此外，小说还写了朱元璋要把这些人“点天灯”，并着重描写了“点天灯”的具体操作。“所谓点天灯，就是把人大头向下吊在旗杆顶上，全身涂满桐油，从脚那头点上火，一点点向要害部分烧，人常被烧得惨叫，却又不能马上毙命，活受罪。”这种死亡方式无疑是非常痛苦的，而朱元璋仅仅因为有人谩骂自己就要对全部人施加这种极刑。从根本上说，朱元璋这一残酷行为的原因，不在于别人的谩骂，而在于他自身权力受到了侵犯。在朱元璋看来，他的权力是至高无上的，任何人都不能忤逆他，而百姓口中的谩骂，无疑是忤逆他的一种方式。朱元璋之所以会有这一残酷的做法，还是因为他对至高无上权力的渴望，他渴望得到人人称好的至高权力，在这之前，任何反对的声音都不应该存在于这个世界上。由此可见，在《权力野兽朱元璋》中，朱元璋因为对权力的无限渴望，而具有了残酷的性格。

2.2.2　严苛——对统治的无限约束

在《权力野兽朱元璋》中，朱元璋具有严苛的性格，其制定了各种规则。朱元璋登基后不久，下令设专人每天五更时在谯楼上吹起号角，并高唱："为君难，为臣又难，难也难；创业难，守成更难，难也难；保家难，保身又难，难也难"。此外为了防止功臣们居功自傲，朱元璋特令工部制造了一种申诫公侯铁榜，对他们可能发生的各种不法行为逐项规定了处罚标准。洪武十八年前后，朱元璋将自己编写的四本诰书印发给各位官员，让他们认真学习，引以为戒。通过这种层层规则的设置，朱元璋统治的大明朝逐渐走向全盛。而这些特定规则的制定，也反映出朱元璋严苛的性格特征。他这种严苛的性格有效地实现了对统治的加强，官员必须全都按照他的思想来行事，如果有忤逆者，必然受罚，这是思想上的中央集权。

第三章　朱元璋的军事谋略

3.1　能屈能伸

在《权力野兽朱元璋》中，朱元璋具有丰富的军事谋略，其自身能屈能伸，具有大丈夫的风范。首先从"能屈"这一角度来说，朱元璋始终都能坦然地面对困境，例如小说中的鄱阳湖之战，陈友谅在经历了失败之后，率领六十万大军东下，在洪都（南昌）附近攻打了三个月还没有攻下城楼。明军率领二十万士兵赶到鄱阳湖，朱元璋亲自指挥战争，但是由于水师力量悬殊战况一度十分危急，朱元璋本人都差点被张定边斩首，幸得常遇春救驾才得幸免。在这一危急的时刻，朱元璋没有选择继续战争，反而静候时日，最后次日申时，朱元璋放火烧死了陈友谅的两个弟弟，明军胜利。在这场战役中，朱元璋面对来势汹汹的敌人，并没有选择继续攻克，在处于劣势的情况下，朱元璋选择"屈"，等待时机，最终获胜。其次，从"能伸"这一层面来说，朱元璋该出手时就出手，绝不犹豫。例如小说中朱元璋要歼灭张士诚，张士诚躲在城内不出门，朱元璋主动出击，往城内投放弓箭、炸弹，张士诚企图突围，但是都被朱元璋抵挡住了。最后，朱元璋攻破城楼，企图劝降张士诚，奈何张士诚不从，朱元璋就杀掉了他。不顺从的人绝不留，这是朱元璋"能伸"的体现。

3.2 恩威并施

在《权力野兽朱元璋》中，朱元璋懂得恩威并施才能治军有方的道理。首先是“恩”，在小说中，朱元璋经常会施加恩惠给别人。例如蓝玉想娶郭惠，然而朱元璋却让他娶知府的女儿，蓝玉和朱元璋因为这一问题产生了诸多不快，蓝玉甚至想要杀掉朱元璋，然而朱元璋并没有介意，反而给蓝玉恩惠，升他的官职。其次是“威”，在小说中，同样是蓝玉，后期的蓝玉作为太子妃舅父，极力维护太子的储君地位，与早已觊觎皇位的燕王交恶。1393年，蓝玉被朱元璋以“谋反罪”处死。朱元璋通过施加恩惠，使其军队有了更多活力，例如蓝玉升官之后更加拼命地为朱元璋效力，最终成为大明开国功臣。同样，以蓝玉为例子，他的死亡为其他有谋反想法的人展示了谋反的下场，起到了警戒作用，这样一来，军队纪律有所提升。综上所述，朱元璋通过恩威并施，提高军队活力，规范军队纪律。

3.3 注重全局思想

在《权力野兽朱元璋》中，朱元璋十分注重全局思想的运用。例如在龙湾之战中，陈友谅携大量军舰东下，军舰直接登城企图攻克太平。在这种局势下，朱元璋深入分析形式，自知己方不论是士兵数量还是军舰数量，都不如陈友谅多，在这种情况下，朱元璋知道不能再正面攻打，他选择利用全局思想，从整体的角度去分析这场战争，最终确定诈降计，亲自指挥，亲自设伏，最终获胜。在这场战争中，朱元璋利用全局思想，跳脱出了战争本身，从整体局势层面去制定相应的计划，最终取得胜利，这是朱元璋的军事谋略中全局思想的运用。

3.4 管理才能卓越

在《权力野兽朱元璋》中，朱元璋具有卓越的管理才能。例如洪武初年，朱元璋便与刘基研究创立了明代特有的卫所制度：军籍世代沿袭，实行耕战结合，平时屯耕，战时出征；自京师至郡县，皆立卫所，在军事重地设卫，次要地方设所。洪武十三年，朱元璋在废除丞相制的同时，也废除了统管全国军事的大都督府，代之以中、左、右、前、后五军都督府，每府各设左右都督。都督府负责军队的管理和训练，但无权调动军队。在这些严格的军事管理制度下，明朝的军队越来越精良。朱元璋卓越的管理才能在明朝军队行兵打仗的过程中发挥了不小的作用。在军事行动中，真正有实权的人还是皇帝，其他人并没有实权，例如，朱元璋废除大都督府，设立五军都督府，五军都督府无权调动军队，这样在一定程度上就加强了朱元璋对于军队的实际统治权。综上所述，朱元璋具有卓越的管理才能，他能够将军队管理得井井有条，同时还能够保证军队权力专权。

第四章 《权力野兽朱元璋》的主题探究

4.1 以个人命运勾勒历史面貌

《权力野兽朱元璋》能够以朱元璋这一人物的个人命运勾勒历史面貌。纵观朱元璋的一生，他当过农民，当过和尚，起过义，参加过军事行动，最后建立大明王朝。朱元璋这一人物，是社会压迫下反抗者的代表，因此其自身的个人命运，也是反抗者的命运。在小说中，朱元璋的父亲母亲还有大哥都因为瘟疫离开人世，人们生活在水深火热之中，普通百姓的生活没有人真正关心。在这样被压迫的环境下，朱元璋奋起反抗，最终建立新的王朝，改朝换代。朱元璋的个人命运反映出的历史面貌就是“哪里有压迫，哪里就有反抗”，当一个朝代出现疲态之后，最先体现在普通百姓的生活上，此时百姓的生活必然是在压迫之中，而在这种无穷的压迫下，必然会有朱元璋这样的义士奋起反抗，最后受压迫者联合起来，推翻旧王朝，建立新王朝。这是历史的面貌，中华上下五千年，诸多朝代更替的原因都在于此，而朱元璋这种反抗者的个人命运，恰好是对这种历史面貌的勾勒。

4.2 以人物性格揭示命运成败

《权力野兽朱元璋》能够以朱元璋这一人物的性格揭示命运成败。小说中描写的朱元璋性格具有两面性，其既具有温和仁爱的正向性格，也有残酷严苛的反向性格，不论是正向性格，还是反向性格，都是朱元璋这一人物性格的一部分。正向性格使得朱元璋能够得到他人的信任与支持，在大事上能够做出决断，诸多百姓以及属下会因为朱元璋的正向性格而与他出生入死。而反向性格则为朱元璋这一英雄增添了决断力，成大事者必然有过人之处，朱元璋的过人之处就在于他残酷严苛的性格，这一性格使得他能够在诸多小事上非常快速地做决定，有君王风范。由朱元璋的人物性格看命运成败，可以窥见，人必须具有正向的性格来决断大事，同时也必须具有反向性格来处理小事，正向性格和反向性格相结合，必然会有一定作为。

4.3 以人物经历揭露人性内核

《权力野兽朱元璋》以朱元璋这一人物的经历揭露了人性内核。在小说中，朱元璋经历坎坷，他的父母亲以及大哥因为瘟疫离开人世，因此他才奋起反抗，在一步步的反抗中，朱元璋逐渐尝到了权力的滋味，他由一开始纯粹的反抗，转变为对权力的渴求，他想要成为权力的绝对拥有者，他想要属于自己的专权。在对权力的渴求下，朱元璋最后成功称帝。朱元璋的经历也揭露了人性内核，即人始终都在为符合自己利益的方向而努力，朱元璋一开始反抗，是因为自己双亲的死亡，在这一时期推动他前进的是他心中的愤怒，这符合当时朱元璋的利益。然而后期随着权力的扩张，朱元璋的利益侧重点发生了变化，他渴望更多的权力，他渴望拥有绝对的权力，因此他不停斗争，不停努力，最后终于成功。

4.4 以人物价值揭露时代观念

在《权力野兽朱元璋》中，作者以朱元璋这一人物的人物价值，揭露了一定的时代观念。在小说中，朱元璋的人物价值在于他的反抗精神，如果没有一开始朱元璋的反抗起义，也就没有后来的大明王朝。这种反抗精神，也是时代观念的重点所在，面对不平等，人们要敢于反抗，勇于反抗，就像朱元璋一样，面对旧朝代的苛政，他敢于反抗，最终活出了自己的一片天。作者通过对朱元璋的这种反抗精神的论述，揭露了“敢于反抗”这一时代观念。时代的更替说到底还是人的更替，旧时代的陋习必须通过新时代人的反抗才能够得以根除，人们的反抗精神是每个时代的清道夫，它根除旧时代的陋习，建立一个新的精神自由的时代。

第五章 结语

在《权力野兽朱元璋》中，张笑天利用小说的形式，对朱元璋这一人物进行了深入而细致的描写，在符合历史现实的同时，还具有通俗小说的趣味性。小说对朱元璋的描写使得这一人物不再是历史书上古板的人物，而是具有了一定的烟火气。小说通过对朱元璋这一人物的性格以及军事谋略等方面的描写，突出了朱元璋对权力的渴望，由此和小说的题目“权力野兽朱元璋”相契合。

参考文献

[1]张笑天．权力野兽朱元璋[M]．上海：上海文艺出版社，2010．

[2]朱晶．透视官场、世相与人性的变异——读张笑天小说[J]．文艺争鸣，2007（12）：31-35．

[3]程革．底层叙事的别样风景——论张笑天长篇小说《天之涯，海之角》[J]．文艺争鸣，2012（3）：132-134．

[4]宗仁发．永恒的母题：人性的崇高与卑劣——评张笑天的长篇小说《太平天国》[J]．当代作家评论，1999（6）：36-39．

[5]张诗悦，吴景明．张笑天历史小说创作中历史、文学、现实的融合——以《太平天国》《权力野兽朱元璋》为例[J]．文艺争鸣，2012（8）：134-136．

[6]纪众．历史叙述的文学文本——张笑天的小说特性和方法[J]．文艺争鸣，2005（6）：71-78．

[7]刘金霞．夕阳西下，让我们也去寻找天使——读张笑天的长篇小说《寻找天使》[J]．文艺争鸣，2015（2）：166-169．

[8]王维肖．张笑天历史题材小说研究[D]．延吉：延边大学，2015．

[9]王金娟．张笑天小说《太平天国》人物形象研究[D]．延吉：延边大学，2014．

[10]张待纳．在人性的开掘中书写历史——张笑天历史题材创作解读[D]．长春：东北师范大学，2002．

张笑天中篇小说的主题研究

夏铭清

【摘要】张笑天是中国当代著名的作家、编剧，他素来以高产优质而闻名于文坛。张笑天的文学创作涉及长篇小说、中篇小说、短篇小说、剧本等多种类型。中篇小说是他文学创作的一部分，在其文学生涯中有着一定的地位。

本文以张笑天中篇小说的主题研究为切入点。论文正文主要分为以下几个部分：第一章是引言部分，对研究目的及意义、相关领域前人工作和存在问题、研究范围及方法等方面进行了简要的叙述。第二章是对张笑天其人和其作品的简单介绍，包括了张笑天的经历、创作特点和作品成就。第三章是对张笑天中篇小说的主题意蕴的分析。他的中篇小说对社会现实和普通人的境遇都给予了很大程度的关注，在个人对祖国强烈的情感方面也有着一定的表达。第四章是对张笑天中篇小说的创作特征进行归纳分析。张笑天在其创作中善于刻画人物的心理，用对比和矛盾冲突等方式为文章添色，其作品广度和深度并存，有一定的历史性和现实意义。第五章是对全文的总结，张笑天的中篇小说主题丰富、内蕴深刻，其对人性、官场、社会都有着独到的见解，他的创作也给予了普通人更多的关切，在他的笔下塑造了知识分子、官员、文艺工作者、医务工作者等千姿百态的人物形象，使作品具有鲜活的生命力。小说表达了对现实的关注，具有一定的社会批判性。

【关键词】张笑天；中篇小说；主题意蕴；研究

第一章　引言

张笑天是中国当代文坛颇具影响力的作家，其创作涉及长篇小说、中篇小说、短篇小说、影视剧本、散文等多种类型。他凭借自身的天赋和夜以继日的勤奋努力在文学创作上取得了杰出的成就。

1.1 研究目的及意义

1.1.1研究目的

每个文学作品都有自己的主题。金圣叹曾在评点《西厢记》时提到过“凡作文，必有题”。主题是一个作品的关键要素，它和作品之间存在着必要的联系。

从概念上来看，“主题”往往指中心思想和核心表达，它是一个作家对社会现实的认识、评价和内心期望的表现。因此，对一个作家文学作品的主题研究不仅可以掌握文章的观点，也能了解到作家本身的生活经验和思想水平。

本文的研究目的就是结合作者的自身经历和创作的时代背景来分析其中篇小说的主题意蕴和创作特征，感受作者赋予作品的强大的生命力和鲜明的色彩。

1.1.2 研究意义

张笑天是我国当代著名的作家，改革开放以来，东北本土作家的创作开启了一个崭新的历史阶段，张笑天在文学上的成就对东北地区的文学发展甚至是全中国的文学发展都有着一定的意义和贡献。

张笑天的作品众多，主要有《永宁碑》等长篇小说，《佩剑将军》《末代皇后》等电影文学剧本，《家务清官》《前市委书记的白昼和夜晚》《忘忧草》《泼雪泉》等中篇小说，以及《底色》《落帽风》等短篇小说。他的小说《前市委书记的白昼和夜晚》获得了1985—1986年全国优秀中篇小说奖。小说《公开的“内参”》《离离原上草》曾在社会引起广泛的争议。张笑天有着敏锐的观察力，其写作灵感及素材很多都是来源于自身的经历和生活的积累。他的中篇小说大多从社会现实出发，有着独特的文学价值和历史意义。

1.2 相关领域的前人工作和存在问题

从国内外研究现状来看，在中国知网上搜索有关于“张笑天”的文献，得到53条搜索结果，其中期刊文章为41篇，硕士学位论文为5篇，报纸文章为7篇。像张未民的《创作一种吉林文笔的可能性》等几篇文章并非以研究张笑天为主题，只是简单提了一句张笑天，这类文章在此就不做更细致的划分。而有关张笑天其人或其作品研究的外文文献，目前仅能搜索到《장샤오톈（张笑天）중편소설<공개된“내부 참고”（公开的“内参”） > 소고（小考）》这一篇。这篇文章发表于2018年，属于期刊文献，主要是针对张笑天的中篇小说《公开的“内参”》的研究，

分析了《公开的“内参”》被批评的原因，以及张笑天作品的创作特征。

对剩下的文章进行归纳分析，主要分为两个部分：一是对张笑天个人的研究，二是对张笑天作品的研究。涉及张笑天作品研究的共有29篇，如张待纳的《在人性的开掘中书写历史——张笑天历史题材创作解读》、何青志的《春天里的叙事——张笑天中篇小说创作论》。而乔迈的《众说纷纭张笑天》和贾仁山的《张笑天的爱情传奇》等几篇文章则是侧重对张笑天本人及其爱情故事的叙述和探究。

长期以来，人们对张笑天的电影文学作品给予了很多的关注，他担任编剧的很多电影、电视剧都广为传播，其获得第10届中国电影金鸡奖最佳编剧奖的《开国大典》和获得第2届中国长春电影节最佳编剧奖的《重庆谈判》等影片更是被人们所熟知。但人们对于他的小说创作的关注度十分有限。而对其小说的研究又以长篇小说为主，对中短篇小说的研究较少。

从研究张笑天文学作品的这些文章来看，针对张笑天电影、影视剧文学创作的文章有张夷非的《寻找革命历史题材影片〈扎西1935〉的突破点》、韩璐鹏的《张笑天影视剧文学创作研究》等8篇。对张笑天长篇小说进行研究的文章有程革的《仁之心，义之路》等10篇，专于对张笑天中短篇小说进行研究的文章仅有5篇。

目前，对张笑天中篇小说的研究主要集中在对其创作特征、主要内容、中心思想等方面的分析上，在创作特征方面，其中篇小说主要采用传统的叙述方式、历史叙事等，在主要内容和中心思想方面，其中篇小说涉及人性和历史等多个方面。

《春天里的叙事——张笑天中篇小说创作论》一文是从美学的角度着手，对张笑天作品的审美意象和思想意蕴进行研究，并总结了张笑天中篇小说的创作题材。《人性的“复归”及其他——人道主义思想在〈九三年〉与〈离离原上草〉中的表现之比较》一文是以几部作品为例分析张笑天作品中的人道主义思想。《历史叙述的文学文本——张笑天的小说特性和方法》和《历史叙述的小说文本——张笑天中篇小说论评》两者都是以张笑天小说的历史特性为主，这一类论文或从历史与故事的关联入手，分析张笑天小说的特性与方法；或从小说的历史环境及历史背景的角度出发，对张笑天的中篇小说作出评述。

除此之外，人们对张笑天作品的研究更多地聚焦于其历史题材创作。

第二章　张笑天与其文学创作

2.1　张笑天其人

张笑天是中国当代作家、编剧，1939年出生于黑龙江延寿县的书香世家，其祖父在民国时期担任过督学，父亲是中学的校长，文学氛围浓郁的家庭环境、严谨的家风、良好的家教都有利于他文学素养的提高。

他早在十三岁时就在《中国少年报》上发表了小说《新衣》并获得了县征文的一等奖，这便是他文学创作之路的开端。1959年，正在上大学的张笑天创作出了令他的老师和同学都震惊赞赏的小说《白山曲》。1961年从东北师范大学历史系毕业后他被分配到敦化县（今敦化市）的一所中学担任语文教员。

张笑天曾说过，他是从历史的夹缝里钻出来的。生活的坎坷并没有磨灭他对创作的激情，他始终坚信“天生我材必有用”，也一直把坎坷的经历当作一份很宝贵的财富。在张笑天看来，人生之路就应该是曲折的，是欢乐与痛苦、挫折与成功并存的。也正是生活的磨难给他增添了更为丰富的生活体验和人生经历，为他的创作积累了丰富的素材，使他的作品更加真实，更加生动形象。

张笑天不仅具有极高的禀赋，而且非常勤奋。生命不息，笔耕不止，可以说他的一生都奉献给了创作。下笔万言，倚马可待，他才思敏捷，创作如行云流水，有着非同寻常的写作效率，一万多字的手稿一气呵成，连涂抹之处都少见。

2.2　张笑天其作

张笑天的作品一直因其深厚的史学功底、优秀的文学素养和深刻的生活意味而独具特色。其作品也做到了文如其人，不矫揉造作。

张笑天的作品素来以数量多、质量高、题材广泛而闻名。中国作协名誉副主席邓友梅和中国当代著名作家从维熙在为张笑天的中篇小说集《春之烦恼》作序时曾这样写道：“‘四人帮’寿终正寝以来，文坛上崛起的作家为数不少；若以作品的产量以及题材的广度而论，笑天同志则居于全国之首。” 乔迈在《天纵英才——我知道的张笑天》中这样写道：“如果把张笑天在长、中、短篇小说和电影、电视剧五大方面的创作成果，分给五个人，那么，这五个人都会在中国当代文坛成名。”可见张笑天的作品之出色，以及其在文学界的影响之深远、成就之大，他为中国当代文学的繁荣发展做出了重要的贡献。

在人民政协报的一篇名为《塑伟人——访五次饰演孙中山的台湾演员赵文瑄》的采访中，被采访人赵文瑄说：“好在剧本是著名编剧张笑天先生写的，文学性很高，句句都充满着道理和哲思，绝非言之无物的空洞之作。所以尽管台词很长、很难，但我背起来感到十分受教益。”可见张笑天作品的文学功底之深厚。

第三章　张笑天中篇小说的主题意蕴

一个小说的主题涉及题材和叙事等多个方面，往往通过作者塑造的艺术形象和描绘的故事情境表现出来，是作者写作环境和用意的主要体现。

张笑天的小说主题丰富，其长篇小说主要以历史与革命为主题，中篇小说则大多以中国近现代社会为背景进行创作。

从题材上看，张笑天的中篇小说题材广泛，他在中篇小说的创作上倾注了很多心血。其中篇小说的主题深刻且多元化，既有表现人性的，也有描绘官场和社会现实的。张笑天的小说就像一面镜子，他常常从一人一家庭的经历展开，向人们投射出特定历史时期的社会图像和生活场景。

3.1　对社会现实的关注

3.1.1　人性：丧失与坚守

文学是人学，所以作为人的本质心理属性的人性，也就更受文人学者的关注。从古至今都有很多关于人性的争论，战国时期的哲学家、思想家孟子提出了人性本善的性善论，战国末期的文学家荀子提倡人性有恶的性恶论，明代思想家王阳明所推崇的则是无善无恶论……到了近代，很多作家的创作依然离不开对人性的探讨与揭示。

文学作品中的人性更偏重伦理道德层面，张笑天有很多中篇小说都将笔墨聚焦于对人性的叙述和探讨上，来展现当时人们对道德的坚守或摒弃。丧失了道德底线和人性的人就成了异化的产物，而始终恪守人性者，才是具有良知的人。

异化单纯地作为一个现象而言，早在原始社会的末期就已经出现，随着历史的不断推移和发展，它也在不同的时期被不同的人赋予不同的含义。从马克思主义哲学的观点来看，异化是同阶级产生的社会现象，是一种人们的劳动成果反过来控制人的行为。而人的异化，也就是指人本质的丧失，即当一个人受到自然、社会和人与人之间的关系等各种外界因素的影响时，其“人的本质”开始改变和扭曲。在异化的世界里，人们成为金钱等物以及精神、权力等无形之物的附属品。

在张笑天的中篇小说中，有很多异化现象。《乔迁之喜》中的总务处长隋云佩借用语言的艺术假装宽解祝佩英，实则却是为了惹怒他，最后导致了其心肌梗死。这种蓄意谋害他人的行径是如此恶劣和卑鄙。《故乡明月在》中的主人公旷观所认的假舅舅缪相亚和酒店的费经理，他们为了金钱、为了自身的满足不择生冷地诳骗单纯无知的年轻女生，甚至残忍地毁掉了她们的一生。这种为了达到自己的目的，不择手段，甚至丧失了对生命最基本的尊重的人，实质上就是被异己的力量所奴役了，这种异己力量或体现在物质方面，或体现在精神方面，人们在其奴役下逐渐丧失了理智，人的本质也随之被扭曲。

还有《木帮》中大把头对妻子残酷的暴行，其实也是人的异化的一种体现，只不过与表层意义上的利益争夺不同，这是一种被精神层面的异己力量所奴役的现象，正如文中的“我”所发出的疑问一样——人残废了，心也残废了吗？小说中的大把头从一个乐于助人、不顾危险去救别人的伐木工，到最后变成一个暴躁、阴暗、可怕的人，他内心的转变是一个不断被异化的过程。因为身体残疾、瘫痪在床，以及精神上的煎熬和屈辱，他的内心开始向扭曲和阴暗的一面发展，到最后甚至丧失了最基本的人性。

《泼雪泉》中的李宪璋本身是一个对国家和人民有功的军人形象，然而这种光辉背后却是内心的扭曲。他爱他的妻子，但这种爱却发展成了可怕和自私的占有欲，病态的怀疑和猜忌让他不惜将自己的妻子打得遍体鳞伤。这种身份与行为的强烈反差和光辉形象的倒塌过程在某种程度上也是人异化的过程。

这些所谓的人的异化，一定程度上都是特定时代背景和特定社会生活的产物，当时的社会背景、社会矛盾直接或间接地造成了人本质的改变和内心的扭曲。落后的生活水平、腐败的社会风气和被扭曲了的价值取向等各种纷乱复杂的因素都影响着人们。特殊的社会状况使人们的心理也形成了一个特殊的习惯趋势，很多异化现象甚至都可以看作是一个动机性循环过程。蒋承勇认为：“当具体的权力剥夺形成一种威胁性挫折，人们会感觉到自己的无能、屈辱、弱小，基本人格即被损害；当他突然获得也可以威胁别人的可能性时，已经受损的人性便会用同样的方式去获得补偿，以解救自己难以面对的尴尬。”有人曾说过：“世界上有两件东西不能直视，一是太阳，二是人心。”但其实人性从来不是只有丑陋的一面，它是复杂的、矛盾的，是具有善与恶的双面性的。与德国哲学家莱布尼茨“世界上没有两片完全相同的树叶”这一观点所延伸出的道理一样，每个人的思想都是不同的，对人性的坚守或丧失的选择也是不同的，甚至坚守的程度也不能一概而论。人性固然有弱点，但也无法否认它耀眼无比的光辉。这一点在张笑天的中篇小说中也有所体现。

《芳草天涯》讲述了一个“麻风村”的故事。小说中有这样一句话：“从此，邵蔚平对自己的专业没有产生过丝毫动摇，包括医生们被赶到乡下去的年月。”即使生活不尽如人意，社会动荡不安，邵蔚平仍热爱自己所学的医学专业。她自愿报名去人们避之不及的亥·十三号医疗区，冒着被传染的风险深入传染病病区，她这种救死扶伤、甘愿奉献的精神就是人性光辉的一种体现。同样，小说中的杨旭初也是具有人性光辉的，他在被公开批评，在政治上被宣布了死刑的情况下，也没放弃对麻风病的治疗和研究，甚至默默地留在疫区，与麻风病人生活在一起，尽心尽力地救助患者，给病人生的信念。整篇小说在字里行间带给了人们关于人性的思考，医者仁心的伟大和人性的璀璨光辉在发扬也在传承。

《生活的蒙太奇》中边岩和郭秀川身为军人保家卫国，不惧流血受伤；尹兆强为了西双版纳的发展，为了保护森林甘愿留在条件艰苦的地方。这些平凡又普通的人，他们的人生却是不平凡的。他们都是人性光辉的发扬者，都是崇高伟大的人。

张笑天所写的人性的卑劣或崇高触及了社会的各个层面，带着置身民间，接近底层的立场，只为唤起人文关怀、善意和良知的本性。

3.1.2 官场：利己与利民

官场是张笑天中篇小说的又一大主题。他的小说中不乏对于官场之人之事的描写，他的笔下既有权力至上的利己主义者在官场圆滑世故，也有利民主义者甘愿削职为民，心怀大义。

官场，在那个年代仿佛就是权力的代名词。而张笑天这一主题的小说也可以看作是对权力的衡量和思考。无论是“安得广厦千万间”的远大志向，还是得一屋一室安定家人便足矣的美好愿望，都和级别、权力扯上了关系。不仅如此，这种权力观念和官职观念还充斥在婚姻、家庭、医院等各种地方。但人们内心对于官场的态度和面对权力的诱惑所做出的选择却是不尽相同的。

于利己主义者而言，官场无非是一个玩弄权术的地方。深陷其中的人便成了提线木偶，被利益操纵着，麻木不仁。这些人本着实用主义的原则，认为求得一官半职就是为了使自身所获利益最大化，“一人得道，鸡犬升天”的封建腐朽思想仿佛成了他们心中做事的准则，甚至就连生死攸关的大事也要被牵扯上权力和仕途。小说《雪下》开篇以“他的权：一言定生死”作为小标题，就表现出了权力的巨大作用，极具讽刺意味。文中的凌冰恕能在医生紧缺、伤号伤势危急的情况下决定先抢救谁，然而他针对抢救顺序所做的决定却是以两者谁会对自己的升职有利为依据的，与伤患的病情、治疗方案都没有任何的关系。人的生或死竟沦落成一枚为仕途铺路的棋子。

无独有偶，《乔迁之喜》这篇小说也刻画出了利己主义者的丑陋面目。兢兢业业的高级建筑师被利己主义者的贪婪、无信逼向了生命的尽头，“安得广厦千万间，大庇天下寒士俱欢颜”的美好愿望也终究无法与权力抗衡。小说中原本为中年教师建造的房子，好楼层、好房间都被科长、处长和合作单位分了去的状况也是权力为己所用的体现。《第六感觉》中的电视中心主任年国荣还有一年才退休，职位却已经被很多人惦记，张笑天用“艺术中心瞬间成了政治中心”讽刺官场上一些人对官职和权力过分关注、过分渴望的不良风气。

《家务清官》中的杨青蔚之所以那么执着于丈夫的官职，也是因为官与权力密不可分。在她看来有权就相当于有了一切，她习惯了享受别人对她的奉承，习惯了干部家属这一身份给她带来的便利，爱慕虚荣的心理和自私自利的思想让她想尽一切办法去阻挠丈夫的退休。除此之外，梁羽的几个孩子对他的退休也有着不同的看法，甚至是家里的保姆，也会因为担心丢掉工作而反对梁羽的退休。这看似是一场生活的闹剧，其实却是思想上的交锋。一个家庭的一举一动，则反射出社会普遍存在的现实问题。很多人在潜意识里都认为一个人做官，全家都会受益，人的思想被权力观念所控制、束缚，官职对人们的影响和诱惑太大了。

小说在揭露了当时社会迂腐的思想和腐败的风气之余也引发了人们对官场和家庭之间关系的思考——一个合格的干部不仅要在工作岗位上做到清廉公正，在家也要做一个清官，要引领家人的思想，不搞所谓的客厅外交。

张笑天在用洋洋洒洒的数篇文字讽刺批判了权力至上的利己主义的同时，也赞扬推崇了削职为民的利民思想。

《家务清官》展现了典型的权力为己与为民两种思想的矛盾冲突。小说围绕主人公梁羽的退休辞官展开，通过对其家人、朋友的态度和行为的描写，塑造了正反两种形象。小说的主人公梁羽就是一个老实正直，对党有着赤胆忠心的老干部形象。在他看来，做官就要做清官，不能滥用职权，更不能倚官仗势，他在任职期间，没有因为高冲是他的亲戚就提拔他，到了退休的年龄他又主动辞官，削职为民，把职位留给更有能力的年轻人去接手。

《雪下》中的退休干部韩宁也是一个爱岗敬业的人，他曾对女儿说，他是给人民当官，是共产党的官，是不兴贪赃枉法的。还有《公仆》中的农场管理局老局长顾星辰，他在官复原职后首先想到的却是他能给人们带来什么。他摒弃不良的风气，从自身做起，拒绝干部家属的特权，坚持把自己被照顾进城的女儿送回农场。他亲自下到基层，带领小青年们在农场劳作。在他看来，当官就是为人民服务、为国家谋发展的，做人民的公仆才是官场应有的态度。

张笑天笔下这些正直的干部都有着一个共同的特点，即他们都认为人民的利益、党和国家的利益高于一切，在他们心中一个小家庭的命运和整个国家的命运相比是不成比例的。张笑天在小说中表达了对这种为民为国的干部思想的赞扬和呼吁。

3.1.3 社会：黑暗与光明

在实践哲学里，人和社会是互相生成、互为前提的辩证关系，人是社会的人，社会是人的社会，离开了社会，人的自我将无从定义，人的交往活动、人的思想活动无不打上了社会的烙印。人的一切活动都离不开社会这个大范畴，写作作为人的主体性活动自然也离不开对社会的书写。张笑天以笔为戈，笔耕不辍，是一位极具社会责任感的作家。也正是这种强烈的社会责任感让他勇于直面现实社会中的美与丑，将黑白是非跃然纸上，展现给世人，展现给读者。

黑暗有时是可以吞没人的。《乔迁之喜》以“高级建筑师死于分房小事”作为开篇，在“高级”与“小”两词的鲜明对比之下，死亡所形成的冲击便更为强烈了。生命，本应该是最珍贵的东西，可主人公祝绰英却死于利益争夺。在这篇小说中，房子是人们利益的切入点，人们为了分到房子不择手段，不惜利用一些“排他性”的方式，将社会黑暗丑陋的一面展现得淋漓尽致。造屋者营建了千百座大厦可自己却几十年风餐露宿，甚至最后尸骨未寒时，自己的家人就被迫搬家，住进了没煤气没暖气的房子里。这些都是残酷现实和黑暗社会的一种表现。

《故乡明月在》中的贺经理所说的一句话：“所有的警察头子都是敝人的金兰交”也反映出了当时社会的黑暗。警察的职责就是维护治安，打击犯罪，可本来应该是维持社会秩序，保护人民安全的警察背后竟肮脏混杂，他们竟也会为了自身利益而违背职业道德，使社会没有真正的公道可言，这种黑暗所造成的冲击是更加强烈的。

《泼雪泉》中的女主人公在舆论和政治的逼迫下，明知前方是深渊，也不得不走下去。周巧芳迫于外界压力所结成的婚姻以及之后发生的一系列悲剧，都是黑暗的、压抑的。《芳草天涯》中得了麻风病的人被人们厌恶歧视，甚至治疗麻风病的医生也被世人排斥，他们的孩子上学都没有地方愿意接收。这是社会不科学的习惯势力所促成的社会黑暗面。而这篇小说中所描绘出的一些医生的消极状态和医学被政治所左右的状况则是医学界黑暗的表露。

张笑天勇于抨击社会的黑暗和人心的丑陋，揭露社会的不公，他让人们看到社会不美好的一面，写出了人们在黑暗笼罩下的恐惧和挣扎。

而鞭挞黑暗，则是为了呼吁光明。张笑天虽然在他的作品中描绘出了社会的阴暗、丑陋和腐朽，但他的文字给人们带来的从来不是无边无际的压抑，而是绝望中的希望和对冲破黑暗的渴望，他的笔下有光。《来自居里大学的报告》一文，反映出了当时社会存在的问题：知识分子的待遇差、生活水平低下。但小说后文也提到中央正逐步改善中年知识分子的境遇，这就像是黑暗中的一束光，让人们看到未来、看到希望。

《芳草天涯》中的社会固然也是黑暗的，病人被隔离在孤岛，医患间出现信任危机，很多被派去的医生也都放弃了对病人的治疗，但是也有像邵蔚平、杨旭初一样心存善意、对生活充满激情的人，这些人不仅给患者带来了希望的曙光，也是整个社会的光明和希望。就像邵蔚平始终坚信着的那样，党终究有一天会消灭掉寄生于自身的病菌，所以明媚也会照亮每一个黑暗的角落，这个社会也会慢慢变好。

黑夜中会有星，拨开云雾时会见明月。张笑天的文字似乎有能穿透一切黑暗的力量。他描写那些阴暗面是为了引导人们去寻找光明，他批判讽刺腐朽丑陋的社会现象，是为了让人们以此为鉴，为之做出改变，文以载道的同时也向人们传递对美好新生活的期盼与信念。

3.2　对普通人的关注

除了对社会现实境况予以关注之外，张笑天的作品也给予了小人物格外的关注，那些形形色色的普通人都是他创作的主要题材。他或描写小人物的生活困境和尴尬境遇，或展现普通人的生活状态，着力于关注普通人在社会浪潮中的遭遇和经历。

3.2.1 知识分子的尴尬境遇

张笑天很多中篇小说中都有知识分子形象的出现。他着重描写这些知识分子生活条件差、工作进程受阻等尴尬处境。《来自居里大学的报告》揭露了科学家们的痛处，国内科学家的生活水平和研究条件都很艰苦。这种自身的价值和社会待遇的不匹配，体现出知识分子境遇之尴尬。平均主义的大锅饭，使得科学院的工作人员多有混日子的心理，只熬年头、不看水平的职位评定规则和庸俗的人际关系对科学的进步来说是一种严重的阻碍，对科学家自身的发展也是一种阻碍。

《乔迁之喜》中的中年讲师难以得到分配的房子，高级建筑师勤勤恳恳工作却无法安居，这些知识分子没有得到应有的尊重，处境艰难。《相会在西半球》也指出国内复杂的人际关系使优秀的人才难以作为的窘况。

3.2.2 医务工作者的尴尬境遇

在小说中，医务工作者的尴尬处境在于医学与政治扯上关系，无论是《雪下》中的医生被暗示，还是《芳草天涯》中医学上的分配、落户都被政工处的一个领导所决定，都表现了医务工作者被压迫的处境。医学变得不仅仅是治病救人那么纯粹。工作兢兢业业的医生会被扣上“反动权威”的帽子，一心救死扶伤的医生会被污蔑成沽名钓誉……医学界存在着包括打击报复、以权压人在内的很多不公现象。社会需要医生，可却没有给予医生应有的尊重，医学的神圣受到了一定的考验。

3.3 对祖国的情感表达

个人与祖国是紧密联系着的，两者是部分与整体的辩证关系。爱国主义是民族精神的核心，家国情怀也一直是中华民族仁人志士的操守。人们对自己的祖国和家乡都会有一种特殊的情感，这是一种寄托，是一种心灵上的慰藉。现当代很多作家都认识到个体与国家密不可分，民族和国家也成为文人所关注的核心话语。

张笑天的作品中总是蕴含着浓烈的家国情怀。《来自居里大学的报告》中远渡重洋的留学生们深切地爱着自己的祖国，即便中国的科研环境、工资收益和发展水平都远不如国外，他们也毅然决然地放弃更好的研究条件和可能得到更高成就的机会，克服重重阻碍，回到祖国的怀抱。正如“树高千丈，落叶归根”所表达的一样，张笑天所塑造的很多人物形象都对家乡、祖国有着深厚的情感。

梁园虽好，不是久恋之家。这种家国情怀在小说《故乡明月在》中也得到了很强烈的体现。小说中柳丽丽对祖国充满留恋和不舍，在她看来，国外再好也不是祖国和故乡。王重华用行动践行自己的观念，不羡慕和向往国外，用勤奋和汗水为祖国的发展贡献力量。旷观最后的悔恨、对祖国的想念，以及小说结尾再一次提及故乡的明月都表达了个人对祖国的依存和深切情感。

张笑天的作品也时常会引发人们的思考：祖国给了你什么？你给了祖国什么？这种个人和祖国的联系是永恒的。

第四章　张笑天中篇小说的创作特征

4.1　历史性与现实意义

“文变染乎世情，兴废系乎时序”。文学作品与社会情况是息息相关的，中国当代文学也和时事、政治有着密切的联系。可以说文学作品是对时代风貌的反映，而生活是创作的源泉，文学作品离不开生活这个原材料，张笑天的创作亦是如此，他非常注重生活的积累，深入生活进行文学创作。切身的生活体验让他对历史事件的感知更深切，也使他的文字更真实、更鲜活。

张笑天始终以历史的立场来叙述，他的作品与社会紧密相连，有着丰富的历史意义和现实意义。譬如创作于1980年5月的小说《家务清官》，整篇小说以20世纪六七十年代的中国为主体背景。20世纪60年代的中国正接受着各种考验，三年自然灾害、持续时间长达十年的“文化大革命”……给党、国家和人民带来了深重的灾难，也使中国的经济发展受到了重创。20世纪70年代则是社会变革的年代，粉碎了四人帮、提出了改革开放的基本国策，中国也逐步完成了历史性的巨变，进入了现代化建设的新时期。整篇小说以这个特殊的年代为背景，反映出社会变革中的种种问题与矛盾。张笑天对生活有着极其敏锐的感知力，他将这些历史事件带给他的触动都用文字的形式传递了出来。

马克思主义文学批评理论家弗雷德里克·詹姆逊曾提出“政治视角构成一切阅读和阐释的绝对视域”的论断。张笑天的中篇小说创作也符合这一论断的特征，行文紧跟政治主线，小说主题与话语讲述年代的时代语境息息相关。1980年2月，中国共产党第十一届中央委员会第五次全体会议在北京召开。全会讨论并通过了《关于党内政治生活的若干准则》，会议也对党的干部制度做了新规定，其中就包括废除干部领导职务实际存在的终身制。《家务清官》这篇小说也多次提及五中全会文件和精神，包括“一家人的命运比起民族和国家的命运是不成比例的”“干部问题是很重要的问题”，这些都是和社会现实、政治环境息息相关的。张笑天塑造出梁羽这个正直的形象，也是对政治主旋律的弘扬。

除此之外，张笑天的创作是带着明显的时代特征的，《公开的“内参”》就是以处于计划经济体制、改革开放初期的中国为写作背景的。张笑天的很多中篇小说都具有政治性和历史语境。

张笑天的文字在把读者带入特定的历史时期的同时，也引发读者关于目前社会和人性的思考。譬如他以官场为主题的小说，在揭示当时社会腐败风气之余，也对现今社会有一定的指导意义。法国作家司汤达曾在其长篇小说《红与黑》中写道：“在人生的这片自私的沙漠里，人各为己，人人都是在为自己打算。”即便是经济高速发展、社会进步的今天，很多人也都会为了自己的利益考虑，而忽略了事情的本身意义与价值。张笑天的作品给人们带来的启发是有一定的现实意义的。

4.2 广度和深度并存

题材广且具有深度是张笑天中篇小说创作的又一大特征。张笑天的中篇小说题材广泛、内容丰富，且能深刻地反映千态万状、光怪陆离的现世相。他写改革、写官场、写封建的习俗和国内外的差异等，他以作品为载体，塑造出了丰富多彩的人物形象。在他的小说中形形色色的人也反映出了多个社会阶层、不同职业的人们的生活状态，反映出了社会改革进程中的问题，也引发着人们更深刻的思考。《老将离休之后》以回忆性的笔触入手，讲述的是战场上不顾全大局的“个人英雄主义”对战友们造成的伤害，同时也是对个人英雄主义对国家和社会的危害的一种强调和反省。

同时他的作品还有一定的地域性特征，对东北地区的描写也是张笑天创作题材的一部分，如小说《春之烦恼》和《公仆》的故事发生地都在位于中国黑龙江省的北大荒。他的小说让读者加深了对东北文化的了解，有着独特的文学魅力。在他的作品中也常常能看到很多带有东北色彩的词汇，以《木帮》为例，这篇小说中就出现了“扒拉”“溜严”“埋汰”等东北方言。

在故事的叙述中，张笑天也从来不是简单地去叙述一件事，而是意在通过一件事来传达更为深层的道理。他用自己对人性和社会的思考来浇筑作品，因此他的作品是充满理性和思辨性的，是有深度和内涵的。张笑天的中篇小说对洞察事物有着很好的把握，其所揭示的是隐藏在现实外衣之下的现实。

4.3 细节和心理刻画

细节是文学文本的细胞，通过对细节的刻画，可以更直白、更细腻地表现人物的心理特征。张笑天善于运用细节描写来刻画人的心理，描写形形色色的人及其心路历程。

他常常从人物的本身入手，去洞察人的内心世界，讲述属于他们的经历和故事。在他的作品中既有官员、退休干部，也有知识分子、医务工作者等，这些在不同岗位上的人们都是年代的缩影。对人物不同心理的塑造和崎岖的心路历程的描写都是为了更好地展现主题。

《乔迁之喜》中祝佩英被挂上“反动学术权威”的牌子时，他们一家都成了周围人眼中的麻风窝，身边人都唯恐避之不及。看似不经意，却是将人心和世态炎凉刻画得细腻深刻，写出了现实的残酷。《泼雪泉》中李宪璋内心从丑向美的转化和《来自居里大学的报告》中留学生对回国这一问题的心态的不断转变都是对人物内心的细腻刻画。这种对人物内心的刻画使整篇小说都被注入了灵魂。

4.4 对比和激烈的矛盾冲突

对比作为文学创作常见的一种表现手法，在张笑天的很多中篇小说中也都有所呈现。对比的运用能更充分地展现事物的矛盾，加强小说的艺术效果和感染力。

《木帮》中大把头之前的幸福美满和之后的凄惨生活形成了强烈的对比，而他前后期的性格也是一种对比。《前市委书记的白昼和夜晚》则是把官员领导的生活与底层百姓的生活状态相对比。《生活的蒙太奇》也有几处对比：张冬冬因为工资评定不去探望受伤的老朋友郭秀川，而尹兆强走了一宿黑路，背着一竹篓的水果来探望郭秀川，这二人的行为和对朋友的态度就是一种对比；张冬冬的自私和郭秀川主动为国出征的无私也是一种对比。在这些对比的映衬下，人性的复杂便暴露无遗。

张笑天善于利用这些鲜明的对比来表现人物自身或社会阶层的矛盾冲突。他将好与坏、善与恶等各种对立揭示出来，使其中心思想的表达更深刻。这些对比也使小说的矛盾显得更为激烈。矛盾本身具有的普遍性特征，万事万物都存在矛盾，一切事物发展的始终也存在矛盾。文学作品作为一个整体性的叙事过程，也离不开矛盾。张笑天在其作品中所表现出的希望与激情、苦难和反抗都是社会矛盾的体现。

第五章　结语

张笑天的中篇小说取精用宏，有针砭时弊的锋芒和切中要害的表达。他在文学创作中不懈探索，用宏伟辽阔的笔触和深远的眼光来表现民族历史和现实生活。家史与国史彼此缠结，个人命运与时代律动相互激荡，对人性不断开掘，此类“家国寓言”成为张笑天惯常的书写方式。

张笑天的中篇小说风格多变，有着丰富的主题意蕴，他的作品选材涉及官场、农村等多个方面，其笔下的人物也囊括了知识分子、官员、文艺工作者等不同的社会阶层。远渡重洋的留学生、兢兢业业的医务工作者、森林里的伐木工人……这些丰富多彩的人物形象正是张笑天文学作品的灵魂所在，张笑天把笔触聚焦于社会上的普通人，将他们的生活经历描绘得细腻且生动、真实且深刻。在他的笔下，每个人物都是具有个性的存在。

张笑天通过对官场之事、社会状况的叙述和对人性的揭露，来达到文以载道的目的，又通过对比、心理描写等方式使小说传达出的道理更有力。在对于人性的描写中，他既写出了人的异化、人性丧失的现象，也赞扬了人性的光辉。而在对官场之事的叙述中，权力至上的利己主义者和正直的利民主义者的不同思想观念形成了鲜明的对比和冲击。

张笑天的创作源于生活，和社会背景息息相关。因此，其作品既表达了对现实的关注，也展现出了特定历史时期的故事情节，具有深刻的社会批判性。

参考文献

著作：

[1]张笑天．张笑天中篇小说选[M]．沈阳：春风文艺出版社，1984.

[2]张笑天．春之烦恼[M]．长春：吉林人民出版社，1983.

[3]张笑天．太平天国[M]．广西：漓江出版社，1992.

[4]张笑天．张笑天短篇小说选[M]．沈阳：春风文艺出版社，1981.

[5]张笑天．张笑天中短篇小说选[M]．长春：时代文艺出版社，1987.

[6]蒋承勇．20世纪西方文学主题研究[M]．北京：中国社会科学出版社，2013.

[7]刘勰．文心雕龙[M]．北京：中华书局，2016.

[8]弗雷德里克·詹姆逊．政治无意识[M]．王逢振，陈永国，译．北京：中国社会科学出版社，1999.

[9]戴尔·卡耐基．人性的弱点[M]．宋璐璐，译．北京：新华出版社，2018.

期刊论文：

[10]乔迈．天纵英才——我知道的张笑天[J]．时代文学，2006（6）：68-73.

[11]刘国新．现代性主题下人的异化的哲学审思[J]．商丘师范学院学报，2019，35（10）：24-28.

[12]纪众．历史叙述的文学文本——张笑天的小说特性和方法[J]．文艺争鸣，2005（6）：71-78.

[13]何青志．春天里的叙事——张笑天中篇小说创作论[J]．吉林师范大学学报（人文社会科学版），2013，41（1）：14-17.

[14]刘金霞．夕阳西下，让我们也去寻找天使——读张笑天的长篇小说《寻找天使》[J]．文艺争鸣，2015（2）：166-169.

[15]孙幼佳．试论矛盾冲突在小说主题探究中的作用[J]．教育科学论坛，2018（1）：50-51.

[16]李克．东北文学作品中的木帮文化述评[J]．长春工程学院学报（社会科学版），2019，20（4）：71-74+140.

[17]朱晶．张笑天革命历史题材电影剧作四题[J]．文艺争鸣，2013（6）：101-105.

[18]程革.底层叙事的别样风景——论张笑天长篇小说《天之涯，海之角》[J].文艺争鸣，2012（3）：132-134.

[19]张笑天．华盛顿印象[J]．小说界，1987（3）：227-230.

[20]张笑天．人格、品格泛论[J]．东北史地，2001（11）：18-19.

[21]张笑天．深入生活的核心是认识生活[J]．小说林，1982（9）：63-66.

[22]김종석．장샤오텐（张笑天）중편소설《공개된 "내부 참고"（公开的"内参"）》 소고（小考）[J]．중국학논총，2018，62：91-120.

报纸文献：

[23]程革．仁之心 义之路[N]．人民日报，2012-02-28（24）.

[24]赵强．落地生根与叶落归根——读张笑天长篇小说《天之涯 海之角》[N]．文艺报，2011-06-22（3）.

[25]周刚．最好的人生舞台是由自己搭建的——品读长篇小说《天之涯 海之角》[N]．吉林日报，2011-12-08（11）.

[26]张未民.创作一种"吉林文笔"的可能性[N].吉林日报，2020-01-11（13）.

[27]孟繁华．地缘的建构与想象[N]．人民日报，2013-06-18（14）.

学位论文：

[28]吕冰．在历史的夹缝中坚守[D]．长春：吉林大学，2009.

[29]王平福．从细节进入文学文本[D]．武汉：华中师范大学，2007.

[30]张待纳．在人性的开掘中书写历史——张笑天历史题材创作解读[D]．长春：东北师范大学，2002.

张笑天《天之涯，海之角》的戏剧元素

汤淑平

【摘要】张笑天小说《天之涯，海之角》一共有一百零八章，篇幅长达八百多页，书中的故事主要围绕杨、齐、麦、宋这四个家族的恩怨纠葛展开，丝绸商人杨润德和同行齐云鹤的商业竞争是贯穿整本小说的主线。

在《天之涯，海之角》这本书里，作者用写实与传奇相互交织的笔法刻画了一群有着强烈鲜明的戏剧性的人物形象，描写了他们离奇曲折的人生经历、百转千回的命运激变。作者把这群命运缠绕、彼此牵连的“非常”之人放在了“天涯海角”这个广阔的天地里，让每个人物都在各自的舞台上扮演角色，体味五味人生，演绎无常命运；让他们去经历一桩桩曲折离奇的事件，去遭遇一次次巧合与偶然。作者把这些由非常之人演绎的非常之事，写得跌宕起伏、波澜壮阔，极具传奇色彩，俨然是一出精心设计的传奇大戏。

在这本小说中，极富视觉冲击性的场面描写和频繁的场面切换俯拾皆是，这明显是作者对戏剧表现手法的借鉴。这既可以看作是穿梭于影视与小说之间的特殊经历给张笑天的文学创作带来的思维混同，也可以看作是他对文学创作新模式的一次大胆尝试，对视觉艺术所塑造的全新审美心理的一次主动迎合。

【关键词】张笑天；《天之涯，海之角》；戏剧元素

第一章　引言

吉林省作家协会主席张笑天生于1939年11月13日，从13岁发表第一篇小说《新衣》而步入文坛以来，尽管在文学创作的道路上历经了一些波折，但他始终没有扔下那支用来创作的笔。张笑天在文学创作方面有过人天资，素有“文坛快笔”之称。著名作家邓友梅和从维熙在目睹过张笑天进行创作的情形后，就留下过这样的文字：“我俩曾目睹他的笔下如行云流水，一日之内，写成万余字的短篇小说。

不但文稿清清爽爽，而且少有丢字漏词及涂抹之处。文思的彩翼在稿纸上展翅飞翔，使同行们为之目瞪口呆。”东北师范大学历史系毕业的张笑天在小说创作中总是不自觉地融入自己对历史的深度思考，他始终在真挚而又深情地向人们讲述着人性永恒，针砭着世间百态。迄今为止，张笑天公开出版的作品主要有长篇历史题材小说《永宁碑》《爱的葬礼》《孙中山》《朱元璋》《永乐大帝》等二十余部；现实题材中篇小说《离离原上草》《木帮》《大森林里的传说》等五十余部；短篇小说《小鹰展翅》《VISA卡悬疑》等六十余篇；还有《开国大典》《重庆谈判》《末代皇后》《太平天国》等耳熟能详、影响广泛的电影文学剧本四十二部、电视剧五百多集。

近年来，随着《开国大典》《末代皇后》《太平天国》这些文学剧本被陆续搬上荧幕，张笑天文学创作的价值正日益受到人们的关注。国内外已有不少的学术机构开始了专门的张笑天研究，与张笑天渊源颇深的延边大学就在2013年组织成立了延边张笑天研究会，目前，对张笑天的研究已经取得了一些成果，但是仍然有很大的发展空间。就已经公开发表的论文来看，张笑天的历史小说是当前研究的热门方向，尤其是那些广为人知的已经被搬上荧幕的作品，而张笑天的其他优秀作品则或多或少受到了冷遇。这种研究方向过于集中的现状显然不能够让我们对张笑天文学作品的整体面貌和风格有全面透彻的认知，所以张笑天文学研究的关注点还需要从中心扩散开来，研究者要能够远离中心，去发现张笑天文学世界里不一样的风景。

110万字的长篇小说《天之涯，海之角》就是一处独特的风景，这是张笑天先生在2010年完成的一部皇皇巨著。张笑天用史诗性的宏大叙事，将近百位个性鲜明的人物和一桩桩错综复杂的事件圆融完整地巧妙编织在一起，展示了全面抗日战争爆发前夕齐鲁儿女种种人生境遇。通过对书中正面人物形象的塑造，作者大力讴歌了宽厚仁德的民族品格，奋勇拼搏、顽强不息、舍生取义的民族精神，辉煌灿烂的民族文化，崇高炽热的爱国情怀。

细读这部小说，我们可以明显感知到编剧与作家的双重身份对张笑天创作思维的影响。书中所写人物多是非常之人，性格丰富多变、鲜明强烈；书中所写事件也多是非常之事，件件离奇曲折、百转千回，俨然是一出作者精心设计的传奇大戏，他让每个人物在各自的舞台上扮演角色，体味五味人生，演绎无常命运。这本小说不仅在人物塑造、故事情节的展开上有着浓墨重彩的戏剧元素，而且在场面描写上，作者对戏剧手法也多有借鉴，像场面描写的可视性追求，频繁进行的场面切换等。基于这一发现，本篇文章对《天之涯，海之角》这部小说中的戏剧元素进行了深入的研究。

关于《天之涯，海之角》这本小说，目前在知网、万方上仅能找到一些专业性不强的评论文章，如程革的《仁之心 义之路——关于小说〈天之涯，海之角〉》、周刚的《最好的人生舞台是由自己搭建的——品读长篇小说〈天之涯海之角〉》。这些文章多是对小说的人文内蕴展开探讨，并未谈及小说的艺术特色和创作手法的突破。就当前研究现状来看，本篇文章选择的研究方向有着一定的首创意义，可供以后的研究者参考。

第二章　人物塑造中戏剧元素的体现

小说《天之涯，海之角》一共有一百零八章，篇幅长达八百多页，书中的故事主要围绕杨、齐、麦、宋这四个家族的恩怨纠葛展开，丝绸商人杨润德和同行齐云鹤的商业竞争是贯穿整本小说的主线。故事发生的时代背景是20世纪30年代中期，全面抗日战争爆发前夕。作者在小说中为人物搭建了极为广阔的活动舞台，小说的空间跨度从山东的昌邑、青岛，京城北平，一直绵延到印度尼西亚首都雅加达。在这样一个广阔的舞台上活动着近百位形形色色的人物，他们有的是勤劳勇毅、顽强拼搏的底层劳动者，有的是仁德宽厚、谦逊自律的儒雅商人，有的是侠肝义胆、舍生取义的侠义人士……作者用写实与传奇相互交织的笔法塑造了性格丰富多变、强烈鲜明的人物形象，描写了人物之间的矛盾对立关系、人物思想逻辑的非正常性与荒谬性、人物命运的突转和他们离奇曲折的人生经历，充分表现出人物矛盾纠结的精神世界、鲜明多变的性格特征以及跌宕起伏的命运遭际。

2.1　人物性格的丰富多变

戏剧这种艺术形式要在有限的时间内集中展现矛盾冲突，因此人物性格必须要鲜明、突出。而《天之涯，海之角》这本小说里的近百位人物也如戏剧人物一般，均有独特鲜明的性格特点。他们每个人的性格都是丰富多变的，他们在传奇跌宕的故事里展示着自己变化流动的极端性格，呈现着人生百态、人情百种。

齐云鹤是《天之涯，海之角》这本小说中作者着墨较多的一个反派人物。这个人物正式与读者见面是在第三章第二节，作者给他的初次登场安排了这样一种形象：

> 此时齐云鹤躺在大烟上，刚抽了一个泡，过足了烟瘾，待小老婆端走烟枪，烟灯，他才吃力地爬起来。他胖得滚圆，几乎没有脖子，坐在特大加宽的太师椅里，像塞进去的一团肉。

抽鸦片、三妻四妾、臃肿肥胖……这样的形象设定似乎是在一开始就为这个人物打下了反派的外在标记。随着故事的展开，人物的反派性格逐渐鲜明起来。为了在与同为丝绸商人的杨润德的经济斗争中占得上风，他费尽心机、罔顾伦理、不择手段，可谓阴险毒辣至极。小说前九十五章集中笔墨写齐云鹤性格的阴险狠辣，这种性格特质在他与杨润德的三次较量中体现得淋漓尽致。为了彻底击败他的竞争对手杨润德，他与崔二扁头、李进才等人暗中勾结，策划了雁脖岭劫镖、京中偷梁换柱、南海海盗绑票三次毒辣的暗害事件，每一件都欲置杨家于死地而后快。雁脖岭劫镖事件中为了破坏杨润德的外国生意，他对永泰镖局所有的镖师大开杀戒；京中偷梁换柱事件因仓库管理员郑五传递消息败露之后，他残忍地将郑五杀害；在南洋绑票事件中，为了巴结好色之徒李进才，他把自己未过门的儿媳拱手送上。

但就是这样一位刽子手一般残忍无耻的反派人物，在九十五章以后性格竟然有了翻天覆地的变化。日本人在劝说杨润德担任总商会长无果之后，就将齐云鹤定为第二人选。在齐家所有人对此都喜形于色，认为这是重整家业的好时机时，齐云鹤的反应却出乎所有人的意料。他对弟弟和儿子说："这掉脑袋，背千古骂名的事，能干吗？"齐云鹤为了不背这千古骂名，想出了在家里装瘫装残的办法来蒙混日本人。国难当头之际，爱国情怀的展露是反派人物齐云鹤性格转变的第一步。后经八极寺一游，齐云鹤大彻大悟，他终于明白"这么多年，费尽心机与杨家斗，到头来又能怎么样？还不是一场空？"这个在过去为了和杨家作对无所不用其极的齐云鹤，竟然让弟弟用自家的钱上下打点，全力营救身陷囹圄的杨润德，这是人物性格转变的第二步，这种一百八十度的性格转变几乎让所有人都感到难以置信。最后，齐云鹤因惹怒日本人，所有财产被没收，这个曾经的反面人物居然说出了这样一番慷慨激昂的话语："虽然财产没了，可我也得到了人心，得到了声誉，得到了做人的尊严，昌邑父老再也没人骂我齐云鹤了，都会说齐云鹤是有民族气节的人，一副铮铮铁骨，钱算什么！"俗话说，江山易改本性难移，齐云鹤前后性格变化如此之大，无疑具有十足的戏剧性。

2.2 人物形象的对比鲜明

戏剧出于对戏剧性的追求，为了表现戏剧核心的主题，其中的事件、人物往往带有极强的象征性。戏剧家们通常会舍弃在小说中被视为精髓的艺术性细节而通过对矛盾的简化来制造戏剧性的二元对立，从而提炼出更为抽象的真实。在小说《天之涯，海之角》的人物塑造中，张笑天也借鉴了这种戏剧创作手法。

在小说《天之涯，海之角》中作者塑造了两类对比鲜明的人物形象，一类是以齐云鹤为代表的反面人物，一类是以杨润德为代表的民族脊梁式的人物。虽然齐云鹤在小说的结尾处幡然醒悟得到救赎，但是在此之前他的反派形象也是被刻画得入木三分。而他处心积虑想要扳倒的杨家当家人杨润德，则完全是作者塑造的近乎理想化的完美型人物。他宽厚仁德，恪守“宁人负我，无我负人”的人生信条。宋家护镖不力，导致杨家货物被劫，他没有对其步步紧逼，而是二次托镖，助其重振声威；他礼贤下士，对底层劳动者，对教书匠均能温和以待，他体恤车老板吉福来的辘辘饥肠，特意为他加上两个馍馍，他赏识教书先生麦秋的才学，对其委以重任；他节俭自律，虽然家财万贯，但是却不浪费一丁点粮食，就是一口残馍、几粒剩饭，他都不忍丢弃……作者塑造的这两类对比鲜明的人物形象，可以很自然地让我们想起雨果经典的“美丑对照原则”，美就在丑的旁边生长，天使与魔鬼同行。在反面人物的衬托下，正面人物形象愈显高大，作者也借此传递出了对传统文化中仁义思想的讴歌与礼赞。因为需要承载作者所欲表达的主题意蕴，所以人物形象在强烈鲜明的对比之中被刻画出来，也就有着十足的戏剧性意味，他们也许不能够完全贴近生活的真实，但又确实让读者印象深刻，备受启发。

2.3 人物命运的起伏跌宕

我们在感慨人生起伏多变时，常有人生如戏一说，而在小说《天之涯，海之角》中，书中近百位人物的命运遭际就真的是一场高潮迭起的大戏。

女扮男装的宋问天本意是要撮合妹妹宋问舒与麦秋，结果没想到自己却爱上了这位妹妹的昔日恋人。宋问天百般纠结，最后终于决定追随爱情和麦秋一起去南洋，但在南洋海上又遇到绑架事件，为了解救人质她不得不与爱人麦秋分道扬镳，嫁给海盗吕墨礁。用情至深的她在生下麦秋的孩子后，却因不愿辜负痴情一片的吕墨礁而接受了吕的追求，并决定把孩子送还给麦秋抚养，然后好好和吕过日子。可是眼见孩子就要送到麦秋手里了，吕墨礁却因为荷兰金砖事件被抓入狱，宋问天也因杨崇孝的报警而成为警察的追捕对象，万般无奈的宋问天，最终只能孤身一人，漂泊天涯。麦家次子麦穗本来是永泰镖局的镖师，听到父亲客死南洋的消息后，就离开了镖局，抱着为父亲清理尸骸“挣不挣钱不重要”的初衷下到南洋。可是最后父亲尸骸并未寻见，自己却被印尼少女红毛丹和荷兰贵族小姐玛丽安娜爱上，还机缘巧合地成为南洋家喻户晓的名医。麦家童养媳胡月兰是一个安分乖巧、勤劳善良的农家姑娘，她最大的心愿就是麦秋能够娶她。不料她却被流氓刘二盯上，麦芒、李狗剩为救她杀了刘二，她为了给麦、李二人顶罪去了警署投案自首。费尽周折从牢房出来后，麦秋也终于同意娶她，正当胡月兰在幸福里晃神的时候，周围的飞短流长轻易地就击破了她薄脆的幻梦，最终她只能放下不属于自己的一切，逃至寺庙，斩断三千烦恼丝，落发为尼……书中人物的命运，仿佛冥冥之中早有安排，兜兜转转，历经起伏激变，在天涯海角的舞台上始终免不了带着一丝萧索黯然谢幕退场。

2.4 人物语言的独具特色

戏剧是一种语言艺术，它靠人物自身的语言来展开情节，塑造形象，表现作者的创作意图和情感倾向。所以在戏剧文学中，人物语言不仅占了大量的篇幅而且还有着动作化、个性化和口语化的特点。正如高尔基所言：“剧本（悲剧和喜剧）是最难运用的一种形式。其所以难，是因为剧本要求每个剧中人物用自己的语言和行动来表现自己的特征，而不用作者提示。”而在传统小说中，人物语言是被弱化的，占主体地位的是叙述者的语言，作者常常以上帝视角，跳出正在发生的故事来评价人物形象的善恶美丑，判断当下事件的是非对错，捕捉人物细致微妙的心理活动。但是《天之涯，海之角》这本小说不但有大篇幅的人物对话描写，而且人物语言还呈现着动作化、个性化、口语化的戏剧语言特点。这种独具特色的人物语言呈现明显是对戏剧语言的借鉴。

2.4.1 大篇幅的人物对话描写

黑格尔在《美学》中说过 ：“全面适用的戏剧形式是对话，只有通过对话，剧中人物才能达到自己的性格和目的。”因为对话可以彻底地擦去叙述的痕迹，人物被直接推上舞台，发言权都在人物手中。这样，作者的影子消退了，作者好像是和读者一样，是旁观故事的一个人，任由故事中的人物对话，让故事自己发展下去，作者和读者一样只能旁观而无法加入自己的思想。在小说《天之涯，海之角》中处处都是大段大段的人物对话，一些场景几乎完全是由人物对话构成的，这些对话对表现故事、揭示主题和刻画人物性格都非常重要。如小说在第七十章的第一节有一段描写杨家人在南海被劫后的对话：

英格兰威尔士号里近四十个人质被锁在漆黑的底舱，铁栅栏门紧锁着，门外有两个持枪海盗在看守。杨润德、杨崇礼、杨崇孝、华振铎和华而实紧紧挤在一起。

杨润德说：我感觉这不是平常的海盗，他们也不仅是抢劫。

杨崇礼：是啊，我觉得像是针对咱们家来的。

华振铎：确实可疑。

杨润德：海盗头子连咱家的人物关系都知道得一清二楚，可见事先有预谋。

杨崇礼：如果是这样，必有内鬼，齐云鹤有最大的嫌疑。

杨润德：他当然有这样的动机，他对咱家恨之入骨啊！不过，我想不至于下此狠手吧？

杨崇孝：爹你不是说，齐云鹤还请你吃饭，言归于好吗？

杨润德：那倒不作数，那种表面文章谁不会做？

华振铎：也许那正是麻痹你们的烟雾弹。

杨润德：不过，谁能与咱有这么大的仇呢？只有他最可疑，他当然能给海盗提供这么准确的情报，坐哪条船，都谁在船上，海盗才知道得准确无误……

这一段场景描写，除了第一段对环境、人物的简单介绍外，其余的就是杨家父子和华振铎你来我往的简短对话，中间没有插入任何叙述性的语言。这样的文字组织形式与戏剧剧本极为相似，第一段简短的环境人物介绍就如同戏剧文学里的提示语，而下面的人物对话则完全可以不做改动搬进戏剧文学的剧本里。从人物简洁紧凑的对话中，我们几乎可以看到整个事件的来龙去脉。这比作者的转述更加直观生动，能够让读者快速地进入对话之中，迅速融入小说情节并产生切身的感受。

2.4.2　人物语言的戏剧性色彩

老舍在谈到如何在戏剧创作中写好人物语言时说，“人物语言是人物性格的索解，也就是什么样的人说什么样的话”，“我要求自己始终把眼睛盯在人物的性格与生活上，以期开口就响，闻其声知其人，三言两语就勾出一个人物形象的轮廓来”。《天之涯，海之角》这部小说人物众多，有底层劳动者，也有富商巨贾；有痴情女子，也有懵懂少年；有流氓地痞，也有贪官污吏……形形色色，林林总总，五彩斑斓。但是每一位人物在作者的笔下都得到了活灵活现的刻画，他们或直率淳朴，或心思细腻，或学识过人，或粗俗浅陋……他们之所以能够以鲜明生动的形象呈现在读者面前，关键就在于作者将这些人物的语言描写得有声有色、生鲜灵动，有着戏剧语言动作化、个性化、口语化的特点。

所谓人物语言动作化是指人物语言要以矛盾冲突为基础，并且能够促进事件冲突的发展。它不一定指语言表达必须伴随着具体可见的外在动作，而更多的是指人物的语言对推动情节发展、展示人物心理所起到的作用。当两种力量在对话中相遇时，语言中便隐藏了一种相互冲击的倾向，这就是人物语言的动作化。人物语言交锋的结果或是一方战胜了另一方，或是两个一同毁灭生出全新的一方，这样就推动了事件的发展和变化。人物语言的动作化会使人物获得更加鲜明的性格、更加丰满的形象；两种动作倾向的碰撞融合，产生的新的动力会促进剧情的发展变化。在《天之涯，海之角》中，人物的语言从来都不是静止的，处处都体现着一种张力，传达着人物内心的颤动频率。如小说第三十六章的第一节中有一段杨润德和美国商人洛德在北京饭店谈生意的描写：

> 杨润德出奇的固执，洛德提出的百分之八，他居然也不接受。
>
> 洛德有点激动了，喝了一杯咖啡，在地毯上走来走去，他问杨润德，可否这样理解，他们完全没有诚意！
>
> 杨润德不动声色，若无诚意，他就不会跨洋过海到芝加哥去了。
>
> 洛德喘口粗气：“那好，你想出什么价？”
>
> 杨崇智插了一句嘴：“报价不早就给洛德先生了吗？”
>
> 洛德尖叫起来：“但愿我没听错！这么说，你们一分钱都不想降？”
>
> 杨润德说：“是的。那个价格，也是我们双方磋商的，你们同意了的，后来是你们反悔的，我们恒信做生意，向来一口价，不带水分，你可以去打听。”
>
> 洛德双手捧头作痛苦状：“上帝呀，这简直是在开玩笑。”

杨润德与洛德的对话中，极具动作性的语言渲染出了当时剑拔弩张的气氛。洛德想要压低价格但是又毫无底气，所以虚张声势，上蹿下跳，但是杨润德心知肚明，洛德是非买杨家的丝绸不可的，所以气定神闲，寸步不让。这场对话虽然没有直接推动情节的发展，但是却为齐、杨两家的二次斗法给出了一个结局。齐、杨两家的二次较量，最终以杨润德这样气定神闲的胜利姿态收尾，故事的发展在此也进入了一个缓和阶段，但这样大快人心的胜利又为后面齐云鹤对杨家再下毒手设计南海绑票的事件埋下了伏笔。

所谓人物语言个性化，就是我们通常所说的话如其人，人物的语言完全符合其性格、身份和经历。在小说《天之涯，海之角》里，人物的语言有着极高的辨识度，诚如老舍先生所言“什么人说什么话”，知识分子的语言是文雅、委婉还带有些许哲理意味的，地痞流氓的语言是粗俗不堪的，而底层劳动人民的语言则是通俗晓畅的……不同风格的语言展示着各色人物不同的身份修养。麦家两兄弟，哥哥麦秋大学肄业后做了中学教师，弟弟麦穗则是早早地踏入江湖做了一名走南闯北的镖师，所以“理想是哲学家和骗子共同拥有的！这就是相对论”这样颇有深意的话只能出自哥哥麦秋之口，而“哪那么娇性！我这肠子、肚子、肺，全是铁打的，抗折腾”这样爽气豁亮的话也只能是出自弟弟麦秋之口。

所谓人物语言口语化，就是指人物的语言要通俗易懂、亲切自然，要多用俗语、俚语，这样能打破书面语的刻板严谨，使文章生动活泼，表现力十足，还能够拉近人物与读者的距离。人民艺术家老舍就一贯主张用生动活泼的口语来创造人物，他说：“我写作小说也就更求与口语相结合，把修辞看成怎样能从最通俗的浅近的词汇中去描写，而不是找些漂亮文雅的字来漆饰。”小说《天之涯，海之角》中的口头语言、俗语、俚语比比皆是，像“有枣没枣打三竿”“马蛋子还有发烧的时候呢”“没有你这鸡子还不打糟子糕”等，全是地道的民间用语，相当通俗生动。

小说《天之涯，海之角》里面的人物语言，晓畅易懂、隽永活泼、趣味性十足。动作化的语言揭示人物内心暗流，个性化的语言体现人物身份性格，口语化的语言则勾勒出人物的神韵气质，这些都是《天之涯，海之角》这本小说在人物语言描写上戏剧性元素的体现。

第三章　故事情节展开中戏剧元素的体现

清代的戏曲家李渔有“非奇不传”之说，这里的“奇”指的是戏剧所讲的故事要奇特夸张，富有曲折变化。在小说《天之涯，海之角》中传奇故事也在无时无刻地上演。小说中杨、齐、宋、麦四个家族的发展轨迹彼此缠绕，又相对独立。杨、齐两家斗争数十载，历经劫镖事件、调包事件和绑票事件，最终在民族危机面前抛却过往恩怨，同仇敌忾；麦家女儿逃亡青岛竟能在途中偶得古代文物；无赖胡玉明游手好闲，靠道听途说的坟场写风也能发意外之财……这些由非常之人演绎的非常之事，跌宕起伏，波澜壮阔，极具传奇色彩，充满了戏剧性。

3.1 故事的传奇色彩

小说《天之涯，海之角》里面发生的各种故事，都具有非常性质，均是非常之人的非常演义。杨润德、齐云鹤是世代仇人，前世冤仇，现世怨念，纠结异常。宋问天、宋问舒是一对双胞胎姐妹，但是由于宋家是武术世家，而且男丁稀少，所以姐姐宋问天从小女扮男装，练习武艺，混迹在镖师中间。宋问天虽为女儿之身，但是武艺、酒量均不输男儿。在第二次为杨家护镖的途中，她大显神力，用单薄双肩扛起水中断桥让车马过河，看得众人目瞪口呆。雁脖岭遇伏，她能以一当十，将歹人绳之以法，在历经劫难之后，终将杨家的丝绸稳妥地运到了京城。麦家的麦秋、麦穗两兄弟，虽是普通农家子弟，但一个文采卓然，一个武功不凡，均有过人本领。齐家老三齐云鳄，留洋归来，是一位有着现代商业管理理念的新式商人，是满肚坏水的齐家人里的一个异类。吕墨礁在被带去白腰雨燕岛成为海盗之前本是英属东印度公司弗朗哥号轮船上的大副，他是有名的大孝子，为了母亲，绝意不娶。他功夫了得，石子砸鸟，百发百中。他不为美色金钱所动，坚决不为南洋海盗卖命，最终却因顾及母亲安危而妥协。无赖胡玉明、地痞刘二、打手李进才、海盗凯撒大帝……均是些非常人物。在小说中围绕着这些非常人物，发生了一系列非常之事：宋家姐妹爱上了同一个男人——麦家长子麦秋，麦芒逃亡青岛偶得珍贵文物，胡玉明坟场写风压中大奖……桩桩离奇事件，种种机缘巧合，都带有强烈的传奇色彩。

3.2 情节的曲折紧张

黑格尔在《美学》中说：“因为冲突一般都需要解决，作为两对立面斗争的结果，所以充满冲突的情境特别适宜于用作剧艺的对象，剧艺本是可以把美的最完美最深刻的发展表现出来的。”小说《天之涯，海之角》用八百多页的篇幅讲述了杨、齐、麦、宋四个家庭的恩怨纠葛和他们各自的命运遭际，故事情节紧张曲折、扣人心弦，矛盾冲突纷繁多样，整个故事波澜壮阔、气势恢宏。虽然这本小说人物众多，线索纷杂，但是主要还是围绕着齐、杨两家的三次斗法这条主线展开，情节环环相扣，跌宕起伏。故事的开场，宋家为杨家所运的货物半道被劫，镖头宋天雄羞愤自杀，镖师麦穗前往杨家报信，此时恰逢杨家老太太过大寿，齐家派长子以拜寿为名上门探听虚实并在暗中起坑害之心，欲破坏杨家与美国人的生意；杨家宽厚仁义，再度托镖宋家，齐家得知消息，勾结崔二扁头、李进才策划雁脖岭劫镖事件；齐家阴谋被麦秋、宋天问识破，镖师客栈大败歹人，杨家货物被顺利运达北平；齐家报复心切，一计不成又生一计，再次联合崔二扁头策划北平仓库调包事件，不料北平仓库管理员郑五前往杨家报信，齐家奸计又未得逞；为彻底击败杨家，以报新仇旧恨，齐家勾结海盗凯撒大帝，策划海上绑票事件，杨家为付赎金散尽家财，但赎金却全部沉落海底，最终被麦家次子麦穗打捞上岸，成了购买抗日武器的资金。在这一过程中，杨家处处退让，齐家步步紧逼，齐、杨两家斗争的战场从山东昌邑延展到印尼雅加达，辗转多地，两家的矛盾也呈不断加剧之势。在这三次暗害行动展开的过程中，一些看似不起眼的小事件使情节的发展产生了戏剧性的变化。在京城调包事件中，若没有郑五报信，齐家肯定奸计得逞，杨家海外生意失败，损失重大，或许从此一蹶不振，那么第三次暗害事件也就根本无从谈起，这样事件的发展就会被引向另一个方向。

另外，在主线之外发生的一些情节，同样也是跌宕起伏、曲折离奇。流氓刘二逼胡玉明拿侄女胡月兰抵债，胡玉明被迫签下文契，但终因良知未泯而逃去外地。胡玉明逃亡，故事至此稍微缓和。不料数月之后，刘二竟在青岛车站偶遇胡玉明，矛盾又起。旧事重提，胡玉明被逼无奈只好妥协，将胡月兰骗出麦家，恰好被麦家女儿麦芒和麦芒同学李狗剩看见，二人坐车紧随其后，诱骗事件至此出现激变。刘二家中，麦、李二人为救下正被刘二侵犯的胡月兰，失手砸死刘二，从此开始逃亡之路，二人辗转多地，最后去到南洋，与麦芒兄长会合。故事从胡玉明外地躲刘二到麦、李二人误杀刘二，多处转折，扣人心弦，每一次戏剧性的转折都改变着故事的方向，推动了情节向前发展。

第四章　场面描写中戏剧元素的体现

戏剧舞台的呈现方式决定了这种艺术形式对场面表现的追求。戏剧更多的是要把它的人物和故事通过一个个场面直观地呈现在观众面前，让观众参与到艺术的创作之中并产生一种身临其境的真实感，能够以一种自然的方式被引入阅读体验中去，而非简单地冷眼旁观，置身事外。小说《天之涯，海之角》也借鉴了戏剧的这种注重呈现的艺术理念，不仅强化了对场面描写可视性的追求，还在频繁的场面切换中，丰富了读者的阅读体验。

4.1 场面描写的可视性追求

在《天之涯，海之角》这本小说中有多处极具视觉冲击性的场面描写，作者用富有动作性的语言来描写场面，营造一种类似于舞台戏剧的画面感。这样的场面具体、真实，完全展现出现实世界的生活本相和人物形象，不夹杂任何主观情绪或修饰。场景可视性追求无疑使小说产生更大的包容力，使日益走向弱势和边缘化的小说创作焕发出新的活力和可能性，也使其在视觉文化冲击下获得相应的转变和存在空间。

小说第四章，杨润德二度托镖宋家，宋天问亮出功夫来证明自己有独自押镖的能力。小说中这样描述："宋天问觉得受到了轻慢，很不服气，见武馆的长鞭挂在墙上，便走过去，握鞭在手，叫武馆弟子麦穗在地上摞起十几个铜钱，然后退后几步，举起鞭子在空中绕了几下，甩出几个脆响，啪的一鞭朝铜钱抽去，最上面的铜钱飞了，其余的纹丝不动。"在这段宋天问展示过人武艺的场面描写里，作者一连用了"握""举""绕""抽"四个动词展示这火光四射的场面，武艺高强的宋天问仿佛女侠一般栩栩如生地站在了读者面前。

再如小说第七章第三节写无赖胡玉明在麦家果园偷果，也是画面感十足。"胡玉明从篱笆空隙中钻进去，向前爬了几步。一个熟透了的苹果掉下来，正好砸了他的头。他揉揉脑袋，伸手拾起苹果，咔嚓一下，报复地狠狠咬了一口。恰是这咬苹果的动静惊动了看园狗，它嗖一下蹿过来。胡玉明吓了一跳，赶紧从兜里掏出一个大饽饽扔过去。"胡玉明钻篱笆、被苹果砸头、拾苹果、咬苹果、狗蹿出来、扔饽饽，这一连串动态画面组成的场景，让读者好像就身在其中一般，目睹了这朦胧月色之下，正在上演的一切。

4.2 频繁的场面切换

戏剧艺术是在一个具体实在的空间舞台上完成的，故事无论如何生动丰富或是包含多少富于变幻的空间都必须要考虑如何让舞台容纳，所以剧作家会以幕和场的形式来组织安排戏剧的时间和空间，即通过幕与场来切割时间，改变空间。但传统小说的叙事却都强调有序性，要求按照一定的时间顺序，四平八稳地向读者展示小说里的世界。这样规范化的叙事就只能描绘出同一时空的画面场景，无法传递更大容量的空间信息。有限的信息传递可能会阻碍故事的表达，尤其是当小说情节复杂，又有多条相对独立的线索的时候。在小说《天之涯，海之角》中，张笑天为了把每个人物都刻画得生动饱满，把宋、齐、杨、麦这四条线索都充分地铺展开来，便有意地打破了传统小说有序的时空叙事方法，借鉴了戏剧的表现手法，频繁地使用场面切换来展示同一时间不同空间的人物百态。这种叙述具有极大的跳跃性，作者截取一个个类似于电影镜头的生活片段、场景等，依据小说的特定主旨及四条线索交错发展的节奏，将这些场面重新进行组合连接。这种跳跃性的叙述将几件同时发生的相对独立的事件交错展示，看似增加了读者的阅读难度，但是实际上，读者越是知道每一个部分就越渴望看到每一部分汇合到一起之后的情景，因此在越来越紧张的叙事节奏中，读者阅读的兴趣得以产生和持续。

《天之涯，海之角》这本小说一共有一百零八章，每一章有四到七小节，每一章里面至少会出现两个平行空间，一章下的几个小节会交错地对这几个空间场面进行描绘。小说第一章有五个小节，这五个小节居然在同一时间里呈现了三个不同空间的画面。第一小节的画面是永泰镖局潍河边上遭劫，镖师宋天雄身负重伤；第二小节画面就转到了昌邑城里，描绘了昌邑城里繁荣的丝织业，杨家恒信号的生意兴隆和杨家府上门庭若市的情形；第三小节画面又陡然一变，转到了培真学校，麦秋、杨崇孝一干人物出场；第四小节则又回到了第一小节出现过的潍河边上，接上了第一小节的画面，宋天雄因失镖而羞愤自杀，众人哀痛不已；第五小节的场景则又回到了杨家府上。张笑天用这样极富有跳跃性的画面呈现，将一干人物纷纷带到了读者面前，简洁明了、不蔓不枝，还避免了沉闷叙事、顺序推进的单调感。

这样频繁的场面切换不仅在每一章里，就是在短短的一节文字中也时有出现。小说第二十七章第三节里所呈现的画面就有多次跳跃。麦芒、李狗剩为了救胡月兰而失手杀掉了刘二，所以二人不敢回家。这一节文字里，作者表现的画面在麦家与李狗剩之间来回跳跃。先描写麦家小院的场景，表现麦秋娘等女儿的焦灼，中间突然闪过李狗剩小心翼翼进城的画面，然后画面又回到麦家小院，写麦家母子的对话，最后画面又跳到了李狗剩，写他挤在人群里打探消息。两个画面的不断交错呈现，不仅能够很好地营造一种紧张氛围，还能够让读者拥有上帝一般的视角，洞知一切。这样的时空转换和场面组接，无论是在时间的推进、结构的安排上，还是在篇幅的容量上，都优于传统小说的线性叙事，而且画面衔接紧凑自然，没有生硬之感，也给予了读者更大的思考空间。作者在《天之涯，海之角》这本小说里频繁用到的场面切换，既是对创作形式的一次大胆创新，也是对戏剧艺术手法的一次很好的借鉴。

第五章　结语

别林斯基曾说过小说“也有使人物更为鲜明而突出地表达自己的手段”。那这种手段是什么呢？美国戏剧理论家道森给出了答案：“戏剧特质并不限于以剧本的形式为剧院而写的作品，19世纪以来，小说已经成为主要的戏剧性形式，在深度和生命活力上都超越了剧院中的戏剧。”近年来，不少中国作家也认识到了小说与戏剧文本互动产生的奇妙化学反应，并开始在创作中进行尝试。2010年5月，莫言在贵州大学举办的题为“小说与戏剧？从个人经验谈起”的讲座上就提出了“小说向戏剧学习”的新观点。他说：“小说怎么样走出困境，再著当年的辉煌？也只能按照汪先生（指汪曾祺）所指出的两条道路来走，一条是向外部学习……向其他的行当学习，包括向戏剧学习。”

张笑天的《天之涯，海之角》无疑是戏剧因素与小说文本完美结合的一个成功范例，它不管是在内容上还是在形式上都有着明显的戏剧性因素呈现。这不仅仅是张笑天对文学创作新模式的一次大胆尝试，也是编剧与作家的双重角色带来的一种思维混同，当然，也可以看作是作者对视觉艺术所塑造的全新审美心理的一次主动迎合。张笑天将戏剧因素融入小说，突破传统小说的结构，让故事以全新的形式呈现在读者面前，为读者带来别样新奇的阅读体验。这种全新的刺激为逐渐被电子娱乐所代替的纸张阅读注入了新的活力，使更多人愿意回归这一传统的阅读方式，在文学的世界里洗去现世的浮躁，接受精神的重塑与灵魂的洗礼。丰富多变的人物性格，对比鲜明的人物形象，各种传奇曲折、跌宕起伏的故事情节，处处可见、极具戏剧特色的人物语言，视觉化的场景呈现，以及频频使用的场景切换都让《天之涯，海之角》这本小说显得那么与众不同，好似一出正在上演的锣鼓喧天的传奇大戏。诸多的戏剧性因素是《天之涯，海之角》这本小说不可或缺的重要元素，也正因为它们的存在，才让这本小说有着让人着迷的艺术魔力！同样，这种对戏剧艺术创造性的借鉴也展现了张笑天的文学魅力所在。

参考文献

[1]张笑天.天之涯，海之角[M].吉林：吉林人民出版社，2010.

[2]卢卡契.审美特性[M].徐恒醇，译.北京：中国社会科学出版社.1986.

[3]福斯特.小说面面观[M].苏炳文，译.广州：花城出版社.1984.

[4]高尔基.文学论文选[M].孟昌，曹葆华，译.北京：人民文学出版社，1958.

[5]黑格尔.美学：第三卷下册[M].朱光潜，译.北京：商务印书馆，1991.

[6]老舍.老舍论创作[M].上海：上海文艺出版社，1982.

[7]老舍.出口成章——论文学语言及其他[M].北京：人民文学出版社，1984.

[8]黑格尔.美学：第一卷[M].朱光潜，译.北京：商务印书馆，1979.

[9]S.W.道森.论戏剧与戏剧性[M].艾晓明，译.北京：昆仑出版社，1992.

[10]乔迈．天纵英才——我知道的张笑天[J]．时代文学，2006（6）：68-73.

[11]陈思敏.不可缺少的重要角色——试论莫言小说《檀香刑》中的戏剧元素[J].科学导刊，2014（6）：203-205.

[12]曾林姣.论亨利·菲尔丁的小说《汤姆·琼斯》中的戏剧元素[J].科教文汇，2007(6)：180-181.

[13]程革.底层叙事的别样风景——论张笑天长篇小说《天之涯，海之角》[J].文艺争鸣，2012(03)：132-134.

[14]李晓风.《史记》“戏剧性笔法”探析[J].平原大学学报，2007(3)：60-63.

[15]方静杰.论白先勇小说的可视性特征——以《游园惊梦》为例[J].青春岁月，2014(16)：68.

[16]程慰世，田洪英.论戏剧中的幕和场[J].齐鲁艺苑，1993(3)：39-45.

[17]罗祥玉.沙汀语言的戏剧性——以《在其香居茶馆里》《淘金记》为例浅析人物之间的争吵[J].金田，2013(11)：321.

[18]张敏.论戏剧语言的特点[J].当代小说，2010(4)：69.

[19]程玖.从《四世同堂》到《茶馆》——浅谈老舍小说和话剧之间的沟通[J].合肥学院学报，2004(4)：72-76.

[20]陈娟.张爱玲小说中的戏剧手法初探[J].廊坊师范学院学报，2015，31(1)：30-32.

[21]欧孟红.试论白先勇小说的戏剧化[J].安康师专学报，2003(1)：26-29.

[22]姬春晖.试论戏剧人物性格化语言的审美功能[J].焦作大学学报，2010，24(1)：55-56.

[23]沈言天.论莫言《蛙》中小说与话剧的跨文本互文性[J].山花，2014(12)：120-121.

[24]魏华.略论张爱玲小说中的人物语言[J].安徽警官职业学院学报，2012，11(3)：113-116.

[25]程革.仁之心 义之路——关于小说《天之涯,海之角》[N].人民日报，2012-2-28（24）.

[26]周刚.最好的人生舞台是由自己搭建的——品读长篇小说《天之涯海之角》[N].吉林日报，2011-12-8（11）.

[27]孟娜.论萧红小说的蒙太奇叙事[D].长春：东北师范大学，2007.

[28]张待纳.在人性的开掘中书写历史——张笑天历史题材创作解读[D].长春：东北师范大学，2002.

[29]吕冰.在历史的夹缝中坚守——张笑天中短篇小说解析[D].长春：吉林大学，2009.